ULLSTEIN

Das Buch

Wie soll man mit einer Mutter umgehen, die auf Schritt und Tritt fromme Lieder singt? Und mit einem Vater, der gegen das »Geschwür des freien Willens« wettert? Und dann die Großmutter! Zeternd sitzt sie in der Missionsstation »Die Arche«, hat für die ständige Beterei nur Hohn und Spott übrig und treibt ihren Sohn zu wenig frommen Wutausbrüchen. Calvin flieht indessen in erotische Träume von Jennifer, die das unerhörte Glück hat, in einer ganz normalen Familie aufzuwachsen. Zu Calvins großer Freude macht sie diesen Sommer ebenfalls im italienischen Portofino Urlaub… Langsam entwickelt sich auch eine innige Freundschaft zwischen Calvin und seiner Großmutter, doch als diese schwer erkrankt und Calvin mit einem gebrochenen Bein ins Krankenhaus kommt, gibt es ein Problem, das die Eltern auch mit einem wahren Gebetsmarathon nicht lösen können. Calvin muß nun erwachsen werden …

Der Autor

Frank Schaeffer, Schriftsteller und Regisseur, wurde 1952 als Sohn einer amerikanischen Missionarsfamilie in der Schweiz geboren. Später konvertierte er von der protestantischen zur griechisch-orthodoxen Kirche. Sein erster Roman *Portofino* (dessen Hauptfigur ebenfalls Calvin ist) wurde verfilmt. Frank Schaeffer lebt in Massachusetts.

In unserem Hause ist von Frank Schaeffer bereits erschienen:
Portofino

Frank Schaeffer

Calvin

oder wie ich versuchte, meine Großmutter zu bekehren

Roman

Aus dem Amerikanischen
von Olaf Matthias Roth

Ullstein

Ullstein Taschenbuchverlag
Der Ullstein Taschenbuchverlag ist ein Unternehmen der Econ Ullstein List
Verlag GmbH & Co. KG, München
1. Auflage 2001

Die deutsche Erstausgabe erschien 2000 im Eichborn Verlag AG,
Frankfurt am Main.

Published by arrangement with Berkley Books, a division of
The Putnam Berkley Group, Inc.
Titel der amerikanischen Originalausgabe: Saving Grandma
(Berkley Books, New York)
Übersetzung: Olaf Matthias Roth
Umschlagkonzept: Lohmüller Werbeagentur GmbH & Co. KG, Berlin
Umschlaggestaltung: DYADEsign, Düsseldorf
Titelabbildung: Mauritius, Mittenwald
Druck und Bindearbeiten: Ebner Ulm
Printed in Germany
ISBN 3-548-25167-6

1

Jennifer Bazlinton
1 Harrow Court
London W1
England

An
Master Calvin Becker
»Die Arche«
Chalet Les Tulipes
Trois-Torrents-sur-Monthey
Wallis
Schweiz

1. April 1967

Lieber Schwachkopf,
wie geht's Dir? Wollte Dich nur daran erinnern, daß Du meine Maske und meinen Schnorchel mitbringst, die Du einfach hast mitgehen lassen! Wenn Du nicht willst, daß ich Dir den Hals umdrehe, hast Du beides heil und unversehrt bei Dir, wenn Du in den Ferien kommst!

In Liebe, J.

P.S.: Du kommst doch, oder? Falls nicht, gib Bescheid.

P.P.S.: Egal, wie oft Du zum Gebetskreis rennst – nichts wird Dich vor meinem fürchterlichen Zorn bewahren, wenn Du mich im Stich läßt!

Mom reichte mir die Postkarte.

»Ich wünschte, sie würde sich weniger flapsig ausdrükken. Vielleicht gibt dir der Herr dieses Jahr Gelegenheit, ihr das Evangelium zu verkünden.«

Ich vermied es, Mom direkt anzuschauen.

»M-hm.«

Wieder einmal bedauerte ich, daß ich nicht gut genug lesen konnte, um Jennifers Handschrift zu entziffern, und Mom mir Jennifers Karte vor meinen Schwestern vorlas.

Rachael nervte mich immer mit ihren Fragen nach Jennifers Seelenheil, und Janet zog mich damit auf, daß Jennifer meine Freundin wäre. Aber Jennifer war viel mehr als nur meine Freundin, sie war meine beste Freundin.

Wenn es ging, redete ich nie über Jennifer. Ich kannte sie seit unserem dritten Lebensjahr. Wir haben im Abstand von nur einem Monat Geburtstag. Ich sah sie jedes Jahr schöner werden, wenn wir uns am Strand von Paraggi, in der Nähe von Portofino, trafen, wo unsere Familien seit zwölf Jahren Urlaub machten.

Rachael hatte wohl bemerkt, daß ich meine Füße anstarrte und versuchte, nicht zu Janet hinüberzuschauen, die wegen der Postkarte grinste. Rachael war neugierig, aber nicht bösartig, deshalb wechselte sie das Thema, bevor Janet eine ihrer unverschämten Bemerkungen über die Hochnäsigkeit englischer Mädchen machen oder mich davor warnen konnte, mein Herz an ein unerrettetes, ganz den weltlichen Dingen ergebenes Mädchen zu verschenken.

»Gott hat uns mit einer wunderbaren Familie gesegnet«, sagte Rachael.

»Meinst du Großmutter?« murmelte Janet.

Mom fixierte sie mit ihrem strahlendsten vorwurfsvollen Lächeln.

»Der Herr war gütig zu uns, trotz der unglückseligen Mutter deines Vaters!«

Dad sagte kein Wort über die Güte Gottes, obwohl Mom

sich erwartungsvoll zu ihm umdrehte. Wahrscheinlich hoffte sie auf etwas wie »Und am allermeisten danke ich ihm, weil er mir so eine großartige Frau gegeben hat!«

Wenn Dad das gesagt hätte, dann wäre unser endlich wieder einmal stattfindender Familienausflug an die Uferpromenade in Montreux perfekt gewesen, das, was Mom ein besonderes Geschenk zu nennen pflegte. Dad hatte keine seiner Launen oder so. Aber seit Großmutter 1965 zu uns gekommen war, stimmte Dad immer seltener in die Lobpreisungen und Danksagungen von Mom und meinen Schwestern ein. Jeden Tag schien er sich weniger zu freuen, daß er Gottes Werkzeug war. Nicht daß Dad dem Herrn je so nahe gestanden hätte wie Mom. Rachael hat mal gesagt, Dad wäre ein viel unreiferer Christ als Mom.

Im Frühjahr 1967 war mein Vater kein glücklicher Mensch. Er war fünfundvierzig. Und das sah man ihm an. Seit dem College hatte er nicht mehr regelmäßig Sport getrieben. Damals war er Ersatzmann beim Hürdenlauf. Dad hatte nie etwas gewonnen. Mom meinte, er wäre zu klein, selbst für die Maßstäbe der späten dreißiger Jahre. Jetzt hatte er eine Wampe und schaute mürrisch. Nur wenn er predigte, wirkte er glücklich. Er lächelte dann, um der dramatischen Wirkung willen. Mom sagte, er könne eben nicht verleugnen, daß er der Arbeiterklasse entstamme; seit er wiedergeboren wäre, hätte sich das zwar gebessert, aber seine Vervollkommnung werde wohl erst im Himmel geschehen. Dad trug Khakihosen und karierte Hemden, außer an Sonntagen bei der Predigt: dann hatte er seinen schwarzen Anzug an.

Mom war fünfundvierzig und wunderschön. Meine älteste Schwester, Janet, neunzehn Jahre, meinte, es sei wirklich erstaunlich, daß Dad Mom überredet hatte, ihn zu heiraten, wo Mom eigentlich jeden hätte haben können. Janet sah Dad ähnlicher als Mom. Ich glaube, sie hat Dad ihre massigen Unterarme und die breite, flache Nase nie verziehen.

Dad und Janet waren beide oben herum zu kräftig gebaut. Ich war fünfzehn und größer als sie, aber Janet konnte mich immer noch rumkommandieren, indem sie drohte, mich zu verhauen oder mir die Handgelenke zu verdrehen.

Auch Rachael war älter als ich. Sie war siebzehn. Allerdings sah sie aus wie eine Miniaturausgabe von Mom. Sie hatte feine Gesichtszüge, eine Wespentaille und schmale, zarte Hand- und Fußgelenke, die aussahen, als könnte man sie mit zwei Fingern brechen. Aber das tat keiner. Nicht einmal Janet wagte es, Rachael etwas zu tun. Sie flennte nämlich bei jeder Gelegenheit los. Mom meinte, um Rachael zur Räson zu bringen, genüge ein strenger Blick. Mich hingegen mußte Dad oft körperlich züchtigen. Auch Janet züchtigte er körperlich. Unsere Herzen waren viel verstockter als das von Rachael. Rachael war so gut; sie schien manchmal die einzige Christin in unserer Familie zu sein. Ihr Herz war so empfänglich für die Dinge des Herrn, daß selbst die langweiligste Missionsgeschichte sie zu Tränen rührte. An Ostern heulte sie jedesmal, wenn wir »Tief im Grabe lag er da« sangen.

Mom war nicht immer glücklich, aber sie war unsere geistige Führerin. Seit jeher. Zum einen war sie in einer gottesfürchtigen, gebildeten Familie aufgewachsen und wußte daher, wie Christen sich zu benehmen haben. Ihr Vater war der Sohn eines wohlhabenden Bankiers aus Rhode Island gewesen. Während Dads Verwandte fluchten, tranken und in Pennsylvania Kohle schippten, machte Moms Dad an der Princeton University seinen Doktor in Griechisch und Neutestamentarischen Studien. Abgesehen davon, daß sie hohe Wangenknochen und eine Wespentaille hatte, war Mom mit perfekten Zähnen gesegnet. Dad hatte schlechte Zähne. Mom meinte, das läge an dem Essen der Arbeiterklasse und daran, daß Dads Mom die elementarsten Grundsätze vernünftiger Ernährung mißachtet hatte.

Dad konnte immer noch nicht richtig mit der Gabel essen. Mom zeigte ihm den Weg zum Herrn, doch mit seiner Seele hatte sie mehr Erfolg als mit seinen Tischmanieren. Deshalb war Mom so versessen darauf, daß ich, ihr einziger Sohn, ihrem kultivierten Vater ähnlicher war als meinem eigenen Dad. Niemals sagte sie etwas, aber ich wußte, was sie meinte, wenn sie den Blick von Dad abwandte, wenn der mit offenem Mund kaute. Mom bemühte sich sehr, mich zu erziehen. »So schneidet ein echter Gentleman Fleisch«, sagte sie etwa, »oh, ich wünschte, du hättest die Hände deines lieben Großvaters sehen können!« Mom behauptete immer, die Art, wie jemand Messer und Gabel hielt, sage alles wirklich Wissenswerte über die Herkunft dieses Menschen aus.

Mom zuliebe bemühte ich mich stets, Messer und Gabel wie ein Gentleman zu halten, wie ein Engländer. Ich fürchte nur, ich enttäuschte sie fortwährend. Ich sah einfach zu sehr aus wie Dad. Ich war zwar größer und mit einem den besseren Kreisen würdigen Gebiß ausgestattet, aber ich hatte auch ein paar schlechte Angewohnheiten, ein paar ungehörige Arbeiterklassen-Gelüste.

Meine Ferien-Freundin, Jennifer, lebte in der Nähe von London. Sie gehörte zur Church of England, deshalb brauchte sie sich wegen der Dinge des Herrn nicht so viele Gedanken zu machen wie meine Familie. Wir waren fundamentalistische presbyterianische Missionare. Jennifer war schöner als irgend jemand in meiner Familie – und viel netter. Ich wußte, was Dad empfunden haben mußte, als er Mom dazu kriegte, ihn zu heiraten. Ich war dankbar, daß Jennifer mich überhaupt eines Blickes würdigte.

Mich am Wort des Herrn zu laben, bereitete mir keine so große Freude wie Mom oder Rachael. Beim Beten schweiften meine Gedanken ab. Ich verbrachte viel mehr Zeit damit, an Jennifer zu denken, als in meiner Bibel zu lesen. Im Frühjahr 1967 war ich mir zwar ziemlich sicher, daß ich zu den Auserwählten gehörte und in den Himmel kommen würde et cetera, aber ich wußte schon, daß mir dort kein

Ehrenplatz gebührte. Wenn ich Glück hatte, würde mein Name ins Buch des Lebens eingetragen. In unserer Familie hatten Rachael und Mom Anrecht auf einen Ehrenplatz. Sie stellten sich nie jemand nackt vor, hatten keine düsteren Stimmungen wie Dad oder schmollten wie Janet.

Ich weiß nicht, ob Janet vom göttlichen Geist beseelt war oder nicht. Der Gedanke, für Jesus zu sterben, gefiel ihr, aber sie war zu niemandem nett. Mindestens einmal pro Woche erinnerte mich Janet daran, daß wir bald der Verfolgung ins Auge sehen müßten. Sie sagte, die Russen hätten Namen und Adresse eines jeden protestantischen, wiedergeborenen Missionars in Europa und würden uns bei ihrem Einmarsch sofort verhaften. Janet liebte die Geschichten über das Martyrium von Missionaren, je grausamer das Massaker, um so besser. Sie sagte, wir müßten unserem vorbestimmten Schicksal ins Antlitz blicken.

An diesem Tag aber, auf unserem Ausflug, starb niemand den Märtyrertod. Wir streiften durch Montreux, den Erholungsort am Genfer See. Im Zürcher Tearoom aßen wir zu Mittag *(Emincé de veau au riz)*, dann gingen wir spazieren, unterhielten uns, fütterten die Enten und Schwäne und sahen pensionierten schweizerischen und englischen Touristen dabei zu, wie sie dasselbe taten. Dad war still. An dem Tag stritt er nicht mit Mom, deshalb hatten wir alle recht viel Spaß.

Dad, Mom, Janet, Rachael und ich, Calvin Becker, hatten das seltene Glück, Missionare zu sein. Wir waren vom Herrn ausersehen worden, ihm in einem Teil der Welt zu dienen, der Mom zufolge für die meisten Leute das Paradies war. Der Herr hätte uns ja auch an irgendeinen anderen Ort berufen können. In Rußland wären wir vielleicht schon totgeschossen worden, oder wir hätten in Afrika dahinsiechen oder in Borneo verfaulen können, wo es keine Tearooms oder höfliche Schweizer gab, die einen ansahen, wenn man vorbeiging, und *»Bonjour Monsieur'dame, bonjour, mes enfants«* sagten.

Wir schlenderten am Ufer entlang und genossen es, nicht von den Russen oder sonst jemand verfolgt zu werden, als die *Helvetia*, einer der Schaufelraddampfer, die das Wasser des Genfer Sees durchpflügten, an der Anlegestelle bei Territet Halt machte. Die Schwäne, die bislang ziellos in dem trüben Wasser umhergepaddelt waren, schwammen erwartungsvoll auf das Schiff zu. Die riesigen weißen Vögel kämpften gegen die Wellen, die die gigantischen orangefarbenen Schaufelräder des dreißig Meter langen Dampfers schlugen. Sie tanzten auf den Wogen, während sie Brotkrumen zu erhaschen versuchten. Rachael deutete auf einen Schwan mit schmutzigbraunem Gefieder. »Sieh mal, Daddy! Da ist ein junger Schwan!«

Dad nickte. »Das stimmt, der wurde letztes Jahr geboren. Er wird erst im Spätsommer weiß werden – wenn er es bis dahin schafft. Die Sterblichkeitsrate von jungen Vögeln ist recht hoch.«

Rachael schlug die Hände zusammen. »Ein häßliches Entchen!«

Eine Entenfamilie kam den Schwänen zu nahe. Drohend reckte einer der Schwäne den Eindringlingen den gewundenen Hals entgegen. Er zischte wütend und schlug mit den Flügeln, daß Gischt aufspritzte. Die erschrockenen Enten quakten heiser und suchten das Weite.

Mom deutete auf den Schwan, der die Enten verscheucht hatte. »Seht ihr, wie die Mutter ihre Jungen verteidigt?«

Rachael rang die Hände. »Ganz wie der Gute Hirte.«

Mom nickte und lächelte. »Was für ein herrliches Bild für Christus und seine Kirche!«

Genau in dem Augenblick schlug das »herrliche Bild« mit den Flügeln und hackte auf ihr Schwanenkind ein. Der junge Schwan hatte gerade eine Brotrinde stibitzt, die einer der Passagiere vom Schiffsdeck ins Wasser geworfen hatte. Die Schwanenmutter schnappte sich das Futter des Kleinen, schluckte es hinunter und scheuchte ihren Nachwuchs wütend fort.

Janet grinste. »Und wofür steht dieses Bild, Mom? Für eine Kirchenspaltung?«

»Janet, über die Dinge des Herrn machen wir uns niemals lustig!«

Dad lachte zum ersten Mal an diesem Nachmittag. »Eine ziemlich kluge Bemerkung, Janet!«

»Also wirklich, Ralph!«

Mom runzelte die Stirn, sagte aber nichts weiter. Dad sollte wegen Janets aufmüpfiger Leichtfertigkeit keine schlechte Laune bekommen.

»Dad, können wir mit dem Schiff fahren?« fragte ich.

»Das ist schrecklich teuer«, meinte Mom. »Außerdem fährt es in die falsche Richtung, nämlich nach Vevey. Wir wollen doch von Villeneuve mit dem Zug nach Hause.«

»Bitte, Mutter!« bettelte Rachael.

»Was meinst du, Ralph?«

»Bitte, Daddy!« sagte Rachael noch einmal.

Dad lächelte noch immer über Janets Bemerkung. Wahrscheinlich sagte er deshalb: »Okay, aber beeilt euch.«

Sobald wir an Bord waren, löste der Mann am Ufer die beiden dicken Taue von den Eisenpflöcken an der Anlegestelle, warf sie einem Matrosen zu und gab dem Kapitän das Zeichen zum Auslaufen. Dieser stand, goldbetreßt und königlich, ganz allein auf der Kommandobrücke hoch über dem Wasser.

Innen, im Passagierraum, roch es nach Schokolade, schalem Bier und Parfüm. Ein glänzendes Geländer aus Mahagoni lief um eine größere Öffnung, durch die man auf das darunterliegende Deck sehen konnte. Wenn man sich über das Geländer beugte, blickte man direkt in den Maschinenraum hinunter.

Zwei riesige Kolben, jeder mindestens vier Meter lang und dreißig Zentimeter dick, setzten sich in Bewegung. Die

Dampfwolken, die zischend aus den beiden blankpolierten Blechventilen am Ende eines jeden Kolbens aufstiegen, rochen nach heißem Motoröl. Die Kolben, Ventile, Ölbehälter, Kurbelwellen und die riesige rotierende Achse, die durch die Seitenwände des Schiffes hindurch die Schaufelräder drehten: all das fing gleichzeitig an zu arbeiten, zunächst langsam, dann immer rascher. Über dem Motor war ein vergoldetes Eisenschild angebracht, auf dem Datum und Ort der Herstellung dieser riesigen Maschinerie stand: Winterthur – 1921.

Dad warf einen Blick auf das Schild. »Gleiches Baujahr wie ich – hat sich offenbar wesentlich besser gehalten.«

Die beiden anderen Male, als wir mit der *Helvetia* gefahren waren, hatte Dad genau dasselbe gesagt. Er hatte die Angewohnheit, seine wenigen witzigen Bemerkungen zu wiederholen.

Ich stand im Heck, hinter dem Nichtraucherabteil der Zweiten Klasse, und fühlte unter meinen Füßen die Kolben kraftvoll arbeiten. Die Schaufelräder erfüllten die Luft mit ohrenbetäubendem, rauschendem Lärm.

Als alle über die Reling blickten, holte ich Jennifers Karte hervor. Jennifer hatte ›in Liebe, J.‹ daruntergeschrieben. Wenigstens das konnte ich lesen. Mit den Fingerspitzen zeichnete ich ihre Schrift vorsichtig nach. »Ich liebe dich auch«, flüsterte ich. »Ich liebe dich, Jennifer.«

Wir ließen eine Kielwelle hinter uns zurück, die bis an den Horizont reichte, ihre weiße Gischt färbte sich grünlich, als sie in der dunstigen Unendlichkeit verschwand. Die vorbeiziehende Landschaft spiegelte sich in der glatten Wasseroberfläche, die sich erst kräuselte und dann zu einem pastellfarbenen abstrakten Gemälde wurde, während wir über den silbrigen See fuhren. Als ich so ins Wasser starrte, mußte ich an das denken, was im Jahr zuvor in den Ferien geschehen war. Jennifer hatte auf einem Felsen über dem türkisblauen Meer gestanden, das sandblonde Haar ordentlich zu einem Pferdeschwanz zusammengebunden. Sie stand auf Zehenspitzen, weil sie gleich ins Wasser springen wollte; ihre schlanke Silhouette zeichnete sich gegen den blaßblauen Himmel über mir ab. Ich trug Taucherbrille und Schnorchel und trat Wasser. Als sie untertauchte, schaute ich unter Wasser und sah eine Kaskade silberner Bläschen aus ihrem sonnengebleichten Haar aufsteigen, das sich in dem klaren Wasser auffächerte.

Jennifer schwamm bis zu dem gekräuselten sandigen Grund hinab, sieben Meter tief. Dann machte sie kehrt, und als sie sich vom Boden abstieß, blieb eine kleine Sandwolke im Wasser. Sie schoß mit solcher Wucht nach oben, daß ihr Bikini-Oberteil verrutschte. Da, direkt vor mir, kaum einen halben Meter von mir entfernt, da waren Jennifers Brüste. Sie waren ganz weiß unterhalb der scharf abgegrenzten Sonnenbräune ihrer Schultern.

Verlegen drehte ich mich weg, aber Jennifer wußte, daß ich es gesehen hatte. Als sie wieder an der Oberfläche war, zog sie ihren Bikini wieder zurecht, schüttelte sich das Wasser aus dem Pferdeschwanz und lachte. Jennifer war nie wegen irgend etwas verlegen.

Rachael stupste mich an. »Schau mal, wie schön die Weinberge zu dieser Jahreszeit sind!«

»M-hm.«

Mom schürzte die Lippen. »Äußerlich sehen sie schön aus, aber ist es nicht eine Schande, wenn man bedenkt, daß etwas äußerlich so Schönes gepflanzt wurde, um daraus Wein zu machen.«

Janet nickte feierlich. »Gleichwie übertünchte Gräber, welche auswendig hübsch scheinen, aber inwendig sind sie voller Totengebeine und Unrat!«

Mom schien den sarkastischen Unterton in Janets Stimme nicht zu bemerken.

»Das stimmt, mein Schatz. Es ist schwer, die äußerliche Schönheit der Weinberge zu genießen, wenn man weiß, daß der Alkohol das Leben unzähliger Menschen ruiniert!«

Janet rollte mit den Augen. »Ist es nicht furchtbar!«

Rachael, ebenso immun gegen Sarkasmus wie Mom, nickte. Sie ließ den Blick über die Küste und die Weinberge oberhalb von dem mittelalterlichen Städtchen St. Saphorin schweifen. Rachael schauderte beim Gedanken an die sündige Lese des verdammungswürdigen Alkohols, den die von ehrwürdigen, steinernen Mäuerchen umgebenen Weinstökke bargen.

Mom und Rachael machten kummervolle Gesichter. Es war eine Bürde, zu den Auserwählten, den wenigen zu gehören, die verstanden, wie trügerisch unsere harmlos scheinende Welt in Wirklichkeit war.

2

Als das Boot in Vevey anlegte, sagte Dad: »Ihr habt doch nichts dagegen, zu Fuß nach Villeneuve zu gehen und dort die Bahn zu nehmen?« Villeneuve lag südlich von Vevey, und zu Fuß brauchte man ungefähr vier Stunden dorthin. Wir schauten Dad an, wußten nicht, ob er das ernst meinte. Schließlich hatten wir uns schon Plattfüße gelaufen.

Mom setzte ein reizendes Lächeln auf. »Ralph, glaubst du wirklich ...«

Dad brach in hämisches Gelächter aus und blickte in die Runde. »Jetzt hab' ich euch aber einen ganz schönen Schrecken eingejagt, was?«

»O *Daddy*!« quietschte Rachael. Sie bearbeitete Dads Arm mit ihren Fäusten, als wäre sie immer noch ein kleines Mädchen. Dad sagte in diesen Tagen so selten etwas Witziges, daß ich auch nicht zurückstehen wollte. Ich drängte mich nach vorn und gab ihm einen gutmütigen Schubs. Das war ein Fehler. Dad machte nämlich einen Schritt auf die

Straße. Ein Auto mußte eine Vollbremsung hinlegen, sonst hätte es ihn überfahren.

Der Fahrer kurbelte die Scheibe herunter. *»Mais il faut faire attention!«*

»Calvin!« brüllte Mom. »Beinahe hättest du deinen Vater umgebracht!«

»Idiot!« kreischte Janet.

»Calvin, paß doch auf!« quiekte Rachael.

Aber Dad war gar nicht böse. »Okay, okay, das reicht jetzt. Calvin hat es ja nicht mit Absicht getan.«

Dad winkte das Auto weiter. Alle waren so erleichtert, daß Dad von dem Beinahe-Unfall keine schlechte Laune bekommen hatte. Sie verziehen mir und verloren kein Wort mehr darüber.

Wir gingen über die Straße und stapften die steilen Gäßchen Alt-Veveys zum Bahnhof hinauf. Allmählich wurde es dunkel. Gelbliches Licht und rauchige, alkoholgeschwängerte Luft drang aus den vielen Restaurants und Cafés, an denen vorbei wir das Kopfsteinpflaster hochtrotteten. Verkäuferinnen trugen Körbe mit getrockneten Blumen hinein, Zinkeimer voll roter und rosafarbener Rosen und Nelken sowie Kartons mit Obst. Ein Metzger, an dessen Laden wir vorbeigingen, benutzte gerade einen langen Stab mit einem gefährlich aussehenden Haken an der Spitze, um ein schweres Lamm aus dem Schaufenster zu holen und in den riesigen Kühlschrank in seinem Geschäft zu verfrachten. Kaninchen baumelten mit zusammengebundenen Hinterbeinen weiter unten im Schaufenster; ihre Köpfe waren enthäutet und sahen ganz gruselig aus.

Ich deutete auf die Reihe rosiger Tierleichen. »Wieso lassen die denn an einem der Füße das Fell dran, Dad?«

»Damit die Leute wissen, daß es ein Kaninchen ist und keine Katze.«

»Dad, die würden doch nicht etwa *Katzen*fleisch verkaufen, oder?«

»Vielleicht nicht in der Schweiz, Rachael. Aber sie lassen trotzdem einen Fuß dran, weil eine Kaninchenpfote anders aussieht als eine Katzenpfote. Auf die Art kann niemand getäuscht werden.«

»Das ist wirklich *widerlich*!« rief Janet. »Europäer sind ja so was von *pervers*!«

»Nun ja, mein Liebes«, murmelte Mom, während wir an dem Metzgergeschäft vorbeigingen und das unzüchtig mit Damenwäsche dekorierte Schaufenster des nächsten Ladens keines Blickes würdigten, »die europäische Mentalität ist ein bißchen primitiver als die unsere. So was wie Deodorant, Supermärkte oder pasteurisierte Milch kennen sie nicht – weil ihre Gründer keine Protestanten waren wie bei uns in Amerika. Bis zur Reformation lebten sie in tiefer Dunkelheit. Jahrhunderte heidnischen katholischen Aberglaubens haben deutliche Spuren hinterlassen.«

»Aber Vevey liegt doch im protestantischen Teil, oder nicht?«

»Ja, Janet, aber vor gar noch nicht so langer Zeit befand sich die gesamte Schweiz im Würgegriff des Vatikans. Übrigens sind die meisten Kirchen jetzt liberal, so daß eigentlich wieder alles wie früher ist. Europa ist ein dunkler Kontinent. Der reformierte Glaube wurde hier praktisch ausgelöscht, nicht wahr, Ralph?«

»Das stimmt.«

Mom nickte. »Wenn dein Leben eine einzige Lüge ist, ist es leicht, ständig dich selbst und andere zu belügen.«

»Du meinst«, jammerte Rachael, »wenn wir in Italien Ferien machen, dann essen wir vielleicht *Katzenfleisch* im Hotel *Nazionale* in Portofino?«

»Nein, das glaube ich nicht, Liebes. Das *Nazionale* ist ein anständiges Hotel. Aber in anderen Hotels kommt das bestimmt vor. Italien ist ein *sehr* dunkles Land. Schlimmer als die meisten.«

»Aber ich mag Italien.«

Janet warf mir einen Blick zu und lachte. »Du meinst, du magst Jennifer!«

»Er hat vollkommen recht, wenn er sich mit ihr anfreundet. Wie sollte er ihr sonst Gottes Wort verkünden?« sagte Rachael.

»Schön wär's! Hoffentlich stellt er sonst nichts mit ihr an!«

Mom runzelte die Stirn. »Kinder, Kinder, bitte! Wir alle mögen Italien, aber darum geht es nicht. *Äußerlich* betrachtet ist es herrlich, aber es kommt doch auf das *Innere* an!«

Der Zug war voll. Wir landeten im Raucherabteil. Nirgendwo sonst in der zweiten Klasse gab es noch Sitzplätze. Jedesmal, wenn jemand eine Zigarette anzündete, wurden Moms Lippen ganz schmal. Ich konnte sehen, daß sie versuchte, nicht zu atmen und gleichzeitig barmherzig und eine Verkünderin des göttlichen Worts zu sein.

Das Gute an Leuten, die rauchten, war, daß sie mit Sicherheit keine Erretteten waren. Man konnte gleich anfangen, ihnen das göttliche Wort zu verkünden, und mußte nicht erst fragen, ob sie den Herrn Jesus als ihren Retter schon in ihr Herz gelassen hatten. Jemand, der den Tempel seines Körpers mit Tabak schändete, hätte ebensogut ein Schild mit der Aufschrift »Ich bin verloren!« tragen können.

Während Mom glückverheißend die mürrisch dreinblikkenden Schweizer anlächelte, sah ich zum Fenster hinaus. Gerade fuhren wir am See entlang und kamen an Clarens und Montreux vorbei. Wir waren auf dem Gleisabschnitt, der hinter Territet dicht am Ufer entlanglief, und zwar dort, wo wir ein paar Stunden zuvor das Boot genommen hatten. Wir fuhren an Schloß Chillon vorbei, dann durch einen Tunnel und schließlich in einer eleganten Kurve um den See herum.

In der Kurve konnte ich noch mal das Schloß und, am gegenüberliegenden Ufer, die französischen Alpen sehen, die steil aus dem Wasser emporragten. Vor uns erhoben sich geisterhaft die Dents du Midi, das höchste Gebirgsmassiv in unserem Teil der Schweiz, aus dem Dunst des Rhonetals. Die Schneefelder unterhalb der sieben zackigen Gipfel, die den Dents du Midi, den Zähnen des Südens, ihren Namen geben, schimmerten in blassem Rosa. Das »Alpenglühen« paßte zu dem getönten Licht des dunkler werdenden Himmels.

Die Fahrt von Vevey nach Aigle dauerte nur etwa fünfundzwanzig Minuten. Von Aigle aus mußten wir die kleine Zahnradbahn zu unserem Dorf, Trois-Torrents (Drei Sturzbäche), nehmen. Als der Zug mit kreischenden Bremsen langsam zum Stehen kam, verteilte Mom gerade ihre religiösen Traktate an die Passagiere. Der Herr hatte ihr keine Türen geöffnet, damit sie sein Wort hätte verkünden können. Keiner hatte geantwortet, als Mom fragte, ob er Jesus schon in sein Herz gelassen hätte. Das mindeste, was Mom also tun konnte, war, Literatur zum Thema zu verteilen.

In dem aus zwei Wagen bestehenden altmodischen roten Zahnradbähnchen von Aigle nach Trois-Torrents kam man sich vor wie im Flugzeug, aber kein Flugzeug flog jemals so langsam. Wir ließen Aigle hinter uns, ratterten gemächlich durch die Ebene des Rhonetals, fuhren an Obstplantagen vorbei, hielten in Monthey, und dann ging es hinauf. Das war der Teil, der am meisten an einen Flug erinnerte: Der Talgrund verschwand ganz plötzlich, weil wir steil bergauf fuhren.

Während das Bähnchen nach oben keuchte, wurde ein weites Panorama sichtbar. Kleine Städte, Obstgärten, Schienen und Straßen, ein funkelndes Spielzeugland, von unglaublich hohen Bergen umgeben, so hoch, daß sie gar nicht mit dem Tal verbunden wirkten, das sich unter uns ausbreitete.

Die Landschaft neben den Gleisen war mit geraniengeschmückten Chalets und mit Scheunen gesprenkelt. Einige sahen beängstigend windschief aus. Unter den vorstehenden Dachgesimsen war das Baujahr eingraviert: 1642, 1733, 1821. Dad hatte einmal eine ganze Predigt darüber gehalten, was für eine Ironie des Schicksals es doch wäre, daß der Same des Christentums so lange in dieser altehrwürdigen Erde geschlummert hatte, und wie traurig es wäre, daß die Schweizer ihr reformatorisches Erbe ganz und gar vergessen hätten und daß nun amerikanische Missionare so wie wir kommen mußten, um der unfruchtbaren, abtrünnigen Schweiz John Calvins reformatorischen Samen wieder einzupflanzen.

Unser Chalet war nicht so alt wie die meisten anderen im Dorf. Das Chalet *Les Tulipes* (die Tulpen) stammte von 1921. Die Jahreszahl war tief in einen der dunklen Balken unter dem steilen Dach geritzt. Zusammen mit dem Chalet nebenan beherbergte das Chalet *Les Tulipes* nicht nur unsere Familie, sondern auch unsere Missionsstation – »Die Arche«.

Als das Bähnchen quietschend vor dem Postamt von Trois-Torrents zum Halten kam, stiegen wir aus. Den Rest des Heimwegs – zu Fuß ungefähr fünf Minuten – legten wir in der Dunkelheit zurück. Wir hätten direkt vor unserem Chalet aussteigen können, aber Dad, der überhaupt keine Eile hatte, zu Großmutter und den jungen Leuten zurückzukommen, die bei uns wohnten, sagte: »Kommt, wir wollen noch ein paar Minuten allein verbringen, bevor wir uns wieder ins Getümmel stürzen.«

Um diese Uhrzeit herrschte kein Verkehr mehr. Wir konnten Hand in Hand auf der Straße laufen, den ganzen Weg bis nach Hause. Während wir die winzige Hauptstraße des Dörfchens entlanggingen, stimmte Mom ein Bibellied an, in das wir einfielen: »Ich will euch zu Fischern des Herrn machen.«

Eine Nachbarin schaute gerade zu ihrem Chalet heraus, als wir vorbeigingen. Sie schüttelte angewidert den Kopf, streckte die Hände nach dem Griff der hölzernen Fensterläden aus und schlug sie mit solcher Wucht zu, daß eine Geranie auf ihrem Fensterbrett enthauptet wurde.

Dad sah hinauf, als die Fensterläden zugeschlagen wurden.

Mom seufzte. »Es ist so traurig. Ich sehne den Tag herbei, an dem sie ihr Herz ein bißchen öffnen.« Betrübt schüttelte Mom den Kopf, dann stimmte sie ein anderes Lied an – »Die Bibel, die Bi-hi-bel, die macht mein Herz ganz hell!« –, und zwar doppelt so laut wie vorher.

Ich schaute zur Seite; Mom sollte nicht sehen, daß ich nicht mitsang. Ich tastete nach Jennifers Postkarte und versuchte mich zu erinnern, wie viele Tage der Juni hatte. Ich wollte nämlich ausrechnen, wie lange es von unserem Ausflugstag, dem 6. April, bis zum 20. August war, dem Tag, an dem wir immer in die Ferien fuhren.

3

Bei ihrer Ankunft in der Arche bekamen die jungen Leute in unserem Haus oder in dem daneben einen Schlafplatz zugewiesen. In unserem Haus schliefen die Mädchen in dem Vier-Bett-Mädchen-Schlafsaal und die Jungen entweder in dem Drei-Bett-Jungen-Schlafsaal oder, im Sommer, auf dem großen geraniengesäumten Balkon, der sich über die ganze Breitseite unseres Chalets erstreckte. Auf dem Balkon schliefen die Jungen in schmuddeligen grünen Schlafsäcken aus Armee-Restbeständen, die ein wiedergeborener Sergeant unserer Missionsstation gespendet hatte, der bei der U.S. Army Base in Frankfurt am Main (Deutschland) stationiert war.

Als wolle er Mom und Dad für die schwere Heimsuchung – in anderen Worten: Großmutter – entschädigen, segnete Gott im Frühjahr 1967 unsere Missionsstation mit einer reichen Ernte. Überall im Haus schliefen junge Leute, in den Schlafsälen ebenso wie auf dem Balkon und im Wohnzimmer, sangen Kirchenlieder, ließen sich beraten, leiten und zu Jüngern machen und verbrauchten unser ganzes warmes Wasser. Die Arche war voll junger Leute, die Gott suchten. Sie wurden von reformierten Protestanten und Pastoren aus ganz Europa zur religiösen Erfrischung zu uns in die Mission geschickt. Die sandten die jungen Leute hierher, in der Hoffnung, daß sie geläutert oder zumindest im rechten Glauben bestärkt wieder nach Hause zurückkehrten.

Tag und Nacht bearbeiteten wir die jungen Leute, damit sie im Herrn wachsen konnten. Alle außer mir.

Der Tag begann mit einer Andacht beim Frühstück. Danach führten Mom, Dad, Dick Keegan, unser Mitstreiter im Weinberg des Herrn, und Jane, Dicks Frau (das waren die »Hauseltern« von dem Chalet neben unserem), ein religiöses Gespräch oder hielten eine Bibelstunde ab. Danach halfen die jungen Leute bis zum Mittagessen bei der Haus- oder Gartenarbeit. Am Nachmittag hielten Mom, Dad, Dick oder Jane religiöse Einzelberatung ab.

An Sonntagen fand der Gottesdienst in unserem Wohnzimmer statt. Die Woche über wurde das Wohnzimmer für Gebets- oder Gesprächskreise benutzt, für Bibelunterricht, den Singkreis, seelsorgerische Beratung und endlosen religiösen Austausch. Bei diesen Gelegenheiten versammelte Mom die jungen Leute um sich und erzählte ihnen stundenlang, was Gott alles für sie tat, und was er auch für die jungen Leute tun könnte, wenn sie sich ihm nur öffnen würden.

Wenn die jungen Leute bereits errettet, aber noch nicht Mitglieder unserer geistigen Familie waren, taten wir unser Bestes, ihre theologischen Ansichten zu korrigieren und sie zum Licht des reformierten Glaubens zu führen. Waren sie noch nicht errettet, taten wir unser Bestes, diese jungen Leute zu wiedergeborenen, reformierten, protestantischen, calvinistischen, fundamentalistischen, bibelgläubigen Christen zu machen und sie dazu zu bringen, daß sie Jesus in ihr Herz ließen. Deshalb beteten wir das Sündenbekenntnis: »Lieber Jesus, ich weiß, daß ich ein Sünder bin und bitte Dich um Vergebung meiner Sünden und danke Dir, daß Du für mich auf dem Kalvarienberg am Kreuz gestorben bist. Bitte komm in mein Herz und lebe dort. Amen.« So oder so ähnlich lautete es.

Da wir nicht an tote Rituale glaubten, an Traditionen oder Liturgie, durften die jungen Leute ihre Gebete abändern; wenn sie das wollten, sogar das Sündenbekenntnis. Wenn sie sich entschieden, lediglich »Ich lasse Dich in mein Herz« zu beten, dann reichte das auch, vorausgesetzt, sie meinten Jesus damit. Wenn die jungen Leute später genauer über die Dinge des Herrn Bescheid wußten, würden sie Gebete wählen, die auf ein etwas tieferes religiöses Verständnis schließen ließen. Vielleicht würden sie dann sogar ein paar Gedanken der reformierten Theologie über die absolute Herrschaft Gottes einbauen: »Lieber Vater im Himmel, wir haben uns vor Dir versammelt, um Dir zu danken, daß Du der Höchste bist und daß Du die Haare auf meinem Kopf abgezählt hast und daß Du mich wie ein Brandscheit aus dem Feuer gerissen hast, als Dein Eigen seit Anbeginn aller Zeiten, Deine Braut, und daß Du versprochen hast, Deine Auserwählten zu Dir zu nehmen, damit sie bei Dir wohnen. Danke, daß Du es für angebracht hieltest, mich in meiner vollkommenen Verderbtheit in die Schar Deiner Auserwählten aufzunehmen, und mich durch Deine unwiderstehliche Gnade aus den Gefäßen des Zorns herausgefischt hast, denen seit Urzeiten ewiges Verderben vorbestimmt ist.«

Nicht alle hatten ein derart weitreichendes Verständnis für die calvinistisch-reformierte Theologie, daß sie ein theologisch fundiertes Sündenbekenntnis beten konnten. Doch mit einiger Übung konnten unsere vom Katholizismus oder liberalen Protestantismus Konvertierten, ja sogar die Abtrünnigen im Herrn, wachsen, und wenn Dad, Mom, Dick, Jane, Janet und Rachael lange genug mit den Neu-Erretteten gepaukt hatten, machten sie gewisse Fortschritte im korrekten Beten. Mit genug Anstrengung wurden sie vielleicht sogar zu Ober-Auserwählten, genauso durch und durch reformiert wie wir.

Am Tag nach unserem Familienausflug zum See stiegen zwei junge Leute aus dem Zahnradbähnchen, ein schüchtern dreinblickender Junge und ein ebensolches Mädchen, beide etwa achtzehn Jahre alt, und klopften an unsere Tür. Sie kamen aus Belgien, sprachen aber wie die meisten unserer jungen Gäste ein wenig Englisch.

»Hoffentlich sind sie nur zusammen auf Reisen und nichts sonst«, flüsterte Mom mir zu, als der Junge und das Mädchen über die Straße auf unser Haus zukamen.

Als sie unser Chalet betraten, warf Mom ihnen einen besorgten Blick zu. Der Junge hielt die Hand des Mädchens. Europäer hatten eine ganz andere Einstellung zu körperlichen Dingen, das stellte Mom immer wieder fest.

»Calvin, zeigst du Robert, wo die *Jungs* schlafen, während ich Elise zeige, wo der *Mädchen*-Schlafsaal ist?« sagte Mom, nachdem die beiden sich vorgestellt hatten.

Mom wollte nicht, daß es wieder zu einem unangenehmen Zwischenfall kam wie im Jahr zuvor, als zwei junge Franzosen behauptet hatten, sie wären Bruder und Schwester. Mom hatte ihnen bedauerlicherweise geglaubt und sie nebeneinander in Schlafsäcken auf dem Balkon übernachten lassen.

Um zwei Uhr nachts hörte Rachael ein verdächtiges Geräusch. Sie schaute zum Fenster hinaus und sah die jungen Franzosen etwas tun, das »noch schlimmer« gewesen wäre, »wenn sie Bruder und Schwester wären!«, wie Janet später bemerkte. Rachael rannte den Flur entlang und hämmerte an Moms und Dads Zimmertür. Aber es war zu spät. Als Mom auf den Balkon rannte, um einzugreifen, lag der Junge bereits auf dem Mädchen.

Ich wachte von dem Radau auf, den Rachael veranstaltete, als sie »Hilfe! Hilfe! Unzucht!!«-schreiend den Flur entlangrannte. Daraufhin schaute ich auf den Balkon und sah den nackten Körper des Jungen, der sich im Mondschein, umrahmt von den Geranien, mit energischen Bewegungen hob und senkte. Ich wußte, was er da tat. Mom hatte mir während unserer Unter-vier-Augen-Gespräche oft von den »Körperlichen Dingen« erzählt. Von diesem Thema konnte sie nie genug bekommen.

Mom verwendete eine Reihe von schamhaften Umschreibungen für alles, was mit Biologie zu tun hatte. Jungs »berührten sich«, gerieten in Versuchung, »unnatürliche Dinge« zu tun. Frauen ging es einmal im Monat »nach der Weiber Weise«, und eine ganze Serie delikater und faszinierender Vorgänge kamen unter der Bezeichnung »Frauengeschichten« daher.

Schon Jahre bevor ich den weißen Hintern des jungen Franzosen im Mondschein sah, hatte mir Mom alles erklärt – wie das Männchen sein »Kleines Ding« benutzt, damit die von Gott gemachte »Wunderbare Saat« den Weg zum »Wunderbaren Ei« findet, wie der wunderbaren Saat und dem wunderbaren Ei vorab bestimmt ist, ob sie gerettet oder verloren sind, wie dem befruchteten Ei vorherbestimmt ist, ob es die frohe Botschaft aufnimmt oder sie zurückweist und sich verhärtet.

Als Mom durch die Wohnzimmertür auf den Balkon stürmte, rutschte der Junge hastig von der Französin herunter. Sie schrie und zerrte an dem Schlafsack, um ihre Blöße zu bedecken, gerade so wie Eva vor vielen Jahren Feigenblätter zusammengenäht hatte, um sich zu bedecken.

Einen kurzen Moment sah ich eine von den »Wunderbaren Milchdrüsen« des Mädchens, und ich glaube, ich sah auch den »Wunderbaren Ort, aus dem die Babys herauskrabbeln«, bin mir aber nicht sicher, ob es nicht doch der Kniestrumpf des jungen Franzosen war. Es war zu dunkel.

Am nächsten Tag war das »unglückselige französische Paar«, wie Mom sie nannte, bereits verschwunden, als ich wach wurde. Dad hatte ihnen befohlen, ihre Sachen zu packen und draußen auf der Straße zu warten, bis um kurz nach halb sieben die Zahnradbahn nach Aigle kam. Dad ließ sie nicht im Haus, weil ihre Anwesenheit ein schlechtes Beispiel für die anderen darstellte. Außerdem schrieb er ihrem Pastor, der Protestant war, allerdings nur Baptist, und berichtete dem französischen Baptistenpastor, was seine Schäfchen unserem Balkon angetan hatten.

Einen Tag nach dem Vorfall erklärte Dad beim Familiengebet nach dem Mittagessen, dieses verheerende Ereignis wäre ein gutes Beispiel für die schrecklichen Konsequenzen falscher Theologie. »Das zeigt einem mal wieder«, sagte er, »was passiert, wenn man mit anabaptistisch-arminianischen Vorstellungen von freiem Willen liebäugelt!«

Ich saß am Mittagstisch und fragte mich, ob die Wunderbare Saat des französischen Baptistenjungen noch herumschwamm, oder ob sie das Wunderbare Ei des französischen Baptistenmädchens gefunden hatte, und ob das Ei die frohe Botschaft aufgenommen oder sich – wie der verlorene Sohn in der Geschichte aus der Bibel – traurig entfernt hatte, den Calvinismus also zurückgewiesen hatte und nun verloren war; ein Ei des Zorns.

Nach der Entweihung unseres Balkons durch die französischen Baptisten achteten wir immer ganz besonders darauf, daß Jungen und Mädchen die Regeln der Schlafplatzverteilung genau begriffen hatten. Deshalb erklärte ich den belgischen Neuankömmlingen, daß die Jungen nachts im Jungenschlafsaal zu bleiben hatten, außer wenn sie auf die Toilette mußten.

Nachdem ich dem belgischen Jungen sein Zimmer gezeigt hatte und während Mom noch mit dem belgischen Mädchen beschäftigt war, ging ich hoch ins Badezimmer, um Chlor zu holen. Ich wollte nämlich Großmutter bestrafen, weil sie mir das Pachisispielbrett auf den Kopf gehauen hatte.

Großmutter war gerade bei Dr. Zwingli zum Röntgen. Sie duldete unseren Dorfarzt, weil er ganz gut Englisch sprach. Aber sie mochte ihn nicht. Vielleicht war er nicht ganz so schwachsinnig wie die meisten Ausländer, sagte sie, aber mit seinem dünnen Kinnbart sähe er aus »wie so 'ne verdammte rote Socke aus New York, die sich für die Nigger starkmacht!«

Ich nahm das Bleichmittel, ging damit in Großmutters Zimmer und schüttete etwas davon in das Goldfischglas, das ich Großmutter vor zwei Jahren zum Einzug geschenkt hatte. Das Wasser wurde trüb. Kräftiger Chlorgeruch füllte das Zimmer.

Dann stellte ich das Fläschchen in den Badezimmerschrank zurück. Als ich wieder in Großmutters Zimmer kam, war der Gestank verflogen und das Wasser wieder klar. Die Fische trieben leblos dahin. Das überraschte mich. Ich hatte geglaubt, es würde länger dauern, bis die Fische starben, weil das Bleichmittel doch in soviel Wasser aufgelöst war.

Ich befürchtete schon, das Chlor hätte sie gebleicht. Aber es stellte sich heraus, daß die Fische deshalb so farblos aussahen, weil sie mit dem Bauch nach oben schwammen, und ihre Bäuche waren weiß. Als ich einen von ihnen mit einem Stift anstieß, drehte er sich um. Zu meiner Erleichterung sah ich, daß sein Rücken und die Seiten noch leuchtend orange waren. Wenn die Fische ihre Farbe verloren hätten, wäre man vielleicht dahintergekommen, daß sie zu Tode gebleicht worden waren. Der Verdacht wäre natürlich auf mich gefallen.

Als Großmutter von ihrem Arztbesuch bei Dr. Zwingli zurück war, wollte sie wissen, wo Louie, Dewy und George waren. Ich erklärte ihr, die seien an Parasiten gestorben, und Dad hätte sie in der Toilette hinuntergespült. Zumindest der letzte Teil entsprach der Wahrheit.

»Und das soll ich dir glauben, du verdammtes kleines Biest? Na los, wie hast du sie abgemurkst?«

Entrüstet tat ich so, als wäre ich ob ihrer falschen Anschuldigungen von heiligem Zorn erfüllt. Dann ging ich den Flur entlang zu Dads Schlafzimmer. Einen Augenblick später marschierte er in Großmutters Wohnzimmer.

»Mutter, ich werde nicht dulden, daß du falsches Zeugnis wider meinen Sohn ablegst!«

»Wenn's meiner wär', wüßte ich, was ich mit ihm anstellen würde!«

»Nun, es ist aber nicht deiner! Ich danke dem Herrn, daß du nur *ein* Leben ruinieren kannst!«

Dad stürzte aus dem Zimmer.

»Hu-ren-sohn.«

Dad drehte sich wie von der Tarantel gestochen um. *»Was hast du gesagt?!«*

Großmutter fing an zu schmollen und tat so, als würde sie wegen ihrer Goldfische weinen, aber das war eine Lüge. Sie hatte sie nie gemocht. Gleich, als ich sie ihr schenkte, meinte sie: »Die riechen ja wie ein halbverfaulter Maiskolben!«

Dad brüllte: »Hör *sofort* damit auf! Ich habe ganz genau gehört, wie du mich genannt hast! Laß dir eins gesagt sein: Du hast vollkommen recht!!!«

Großmutter hörte mit ihrem Pseudo-Gewimmer auf und brach in gackerndes Gelächter aus.

Ich verstand nicht, was Dad meinte und warum Großmutter auf einmal so lachte, bis Rachael mir schließlich erklärte, wie klug Dad war:

»Wenn Dad ein H...ensohn ist, wer ist dann die H...?«

Großmutter ließ sich nicht so leicht hinters Licht führen

wie Dad. Noch Wochen nach dem Bleichmittel-Unfall sagte sie jedesmal, wenn ich zu ihr kam: »Wie hast du sie abgemurkst, du kleines Biest? Sag's mir, wie?«

4

Großmutter war im Frühjahr 1965, zur Weihnachtszeit, über uns hereingebrochen. Dad war der Ansicht, daß die meisten Leute Weihnachten nur deshalb im Dezember feierten, weil da auch die Wintersonnwende stattfindet. Mom sagte, es wären die Katholiken gewesen, die mit dieser Anpassung an heidnische Gebräuche angefangen hätten. Dennoch, meinte Dad, wolle er uns nicht der Freude über die Geburt Christi berauben. Daher feierten wir Weihnachten am 25. März. Indem wir Weihnachten im März feierten, bewiesen wir, daß wir keine Kompromisse mit heidnischen Gebräuchen machten wie der Rest der Welt.

Abgesehen von der Heimsuchung von Großmutter war im Frühjahr 1965 noch etwas Aufsehenerregendes geschehen. In dem Chalet neben unserem war ein Heim für Kinder mit zerebraler Kinderlähmung – die Leute nennen sie normalerweise Spastiker – eingerichtet worden. Das fand ich großartig, denn jetzt wohnte gleich nebenan ein Junge in meinem Alter.

Jean-Pierre war Spastiker, aber kein schwerer Fall. Er konnte ganz gut laufen und – außer, er war zu aufgeregt – auch recht deutlich sprechen. Wir waren beide dreizehn Jahre alt, als er einzog. Jean-Pierre war groß, gut zwanzig Zentimeter größer als ich. Aber er war dünn. Er hatte ein langes, pferdeähnliches Gesicht, eine breite, dicke Nase und dicke Lippen. Janet sagte, er sei *warm*-herzig. Alle fanden ihn sehr freundlich.

Der Grund, weshalb Jean-Pierre und die anderen Spastiker ins Chalet Beau-Rivage einzogen, war, daß drei mittelalte, wiedergeborene, bibelgläubige, amerikanische Physiotherapeutinnen aus Lynchburg, Virginia, namens Mary Lou, Mardie und Margaret – wir nannten sie die Ladies –, sich bemüßigt fühlten, von unseren geistigen Ressourcen zu profitieren. Dad erteilte den Spastikern Religionsunterricht, während Mary Lou, Mardie und Margaret sich um ihre leiblichen Bedürfnisse kümmerten.

Die Ladies waren Reformierte Presbyterianer so wie wir, daher wußten sie von unserer Missionsstation. Sie hatten nämlich alles über die Arche im Rundbrief der PKKKKUSA (Presbyterianische Kirche der Kalvinistischen Konfirmierten Konfession der USA) gelesen, den *Ernte-Nachrichten*. Viele Jahre, bevor der Herr sie in die Schweiz berief, hatten die Ladies einmal zu unseren Wohltäterinnen gehört. Sie schickten uns monatlich Gaben ihrer Liebe, lange bevor sie Seite an Seite mit uns im Weinberg des Herrn arbeiteten.

Als die Ladies und ihre Spastiker neben uns eingezogen waren, meinte Mom, das sei ja nun eine richtige amerikanische Nachbarschaft. Gott hätte uns allen neue Freunde gesandt. »Jetzt könnt ihr mit Jungen und Mädchen spielen«, sagte sie, »die gleich nebenan den Herrn lieben.« Die würden mir keine schmutzigen Gedanken einimpfen, fügte sie hinzu, nicht so wie die französischsprachigen, katholischen Dorfkinder mit ihrem derben papistischen Benehmen und ihrer abscheulichen Sprache. Rachael sagte, jetzt wäre es bei uns an Sonntagen wirklich wie in der frühchristlichen Kirche, weil wir »die Schwachen und Lahmen mitten unter uns« hätten.

Das einzig Dumme an den vielen Spastikern in der Gemeinde war, daß sie das Singen verdarben. Sie nuschelten, wenn sie »Jesu Kreuz, Leiden und Pein«, »So wahr ich lebe«, »Vertraue und gehorche« oder »Nun komm, der Heiden Heiland« sangen. Und sie sangen wahnsinnig laut.

Je mehr die Spastiker ein Lied mochten, um so lauter grölten sie. Mom und Rachael tauschten dann verständnisvolle und mitleidige Blicke, nach dem Motto: Wie süß, daß diese lieben, kostbaren, behinderten Kleinen den Herrn so sehr lieben und so leidenschaftlich singen. Aber ein paar Monate nachdem sie neben uns eingezogen waren, meinte Janet, sie hätte das Grölen, Quietschen und Zucken während des Gottesdienstes satt. Sogar Rachael mußte zugeben, daß es schwierig war, den Herrn zu lobpreisen, wenn neben einem ein Spastiker »Amazing Grace« in einer ganz anderen Tonart gluckste.

Aber abgesehen vom Liedersingen war das mit den Spastikern eine großartige Sache. Dad hatte jetzt mehr Mitglieder in seiner »ständigen Gemeinde«, im Unterschied zu unseren »Gästen«, den jungen Leuten, die nur vorübergehend bei uns waren. Mom konnte ihre religiösen Weisheiten mit mehr Menschen teilen, und Rachael und Janet konnten ihre krankenpflegerischen Fähigkeiten an einer ganzen Schar von Patienten ausprobieren und sie zudem geistig aufbauen, indem sie ihnen die hoffnungsvolle göttliche Botschaft verkündeten, daß sie nur in diesem Leben in ihren behinderten Körpern gefangen waren. Im Himmel, nach ihrem Tod, würden sie nämlich neue Körper bekommen, vielleicht sogar schon vorher, weil Jesus schließlich jederzeit wiederkommen konnte.

Jean-Pierre, mein neuer Freund, stellte keine großen Ansprüche an mich. Er war einfach nur dankbar, daß ich ihn nicht mit einem Stock schlug oder in einem Schrank schlafen ließ, wie es seine Mom mit ihm gemacht hatte, bevor die Schweizer Behörden ihr das Sorgerecht entzogen und ihn ins Heim steckten. Obwohl er schon dreizehn war, als er ins Chalet Beau-Rivage kam, konnte er noch nicht lesen. Janet sagte, im Gegensatz zu mir hätte er eine Entschuldigung dafür; seine Mutter hätte ihm ja den Schädel demoliert. Er war aber gar nicht blöd. Jean-Pierre sprach ziemlich gut Englisch. Daß er nicht lesen konnte, störte mich nicht weiter.

Ein paar Wochen nachdem Jean-Pierre zu uns gekommen war, Ende Mai 1965, saß ich in der Blaufichte in unserem Vorgarten und wollte gerade einen großen Stein auf eine Katze fallen lassen, die am Fuß des Baumes eine Sardine fraß. Die hatte ich dort als Köder ausgelegt. Plötzlich hörte ich ein Geheul, als hätte sich jemand den Finger in der Tür eingeklemmt. Ich hätte nicht weiter auf das Geheul geachtet, wenn dadurch nicht die Katze verscheucht worden wäre. Ich hatte fast den ganzen Morgen damit verbracht, den zehn Kilo schweren Stein auf den Baum zu verfrachten, also ärgerte ich mich.

Das Geheul stammte ohne Zweifel von Jean-Pierre. Als ich sicher war, daß die Katze endgültig das Weite gesucht hatte, brüllte ich: *»Jean-Pierre, qu'est-ce que tu fais?«* Keine Antwort. Ich ließ den Stein falllen, kletterte herunter und lief zu der Stelle in der Hecke, von der der Schrei gekommen war.

Die Zweige der Hecke bildeten einen niedrigen Tunnel entlang der Grenze unseres Gartens – wie geschaffen, um sich darin zu verstecken. Und dort fand ich Jean-Pierre. Er kauerte zwischen den beiden Baumreihen. Gerade wollte ich ihn ausschimpfen, weil er die Katze verjagt hatte, da sah ich, was los war. Und vergaß das mit der Katze.

Halb saß, halb lag Jean-Pierre in dem Dickicht der Fichtenäste. Er versuchte, seine Hose hochzuziehen. Die Hosenbeine hatten sich in den Zweigen verheddert, deshalb konnte er seine Blöße nicht bedecken. Sein Gesicht war feuerrot. Er hatte starke Zuckungen und atmete heftig. Je mehr er an der Hose zerrte, um so stärker krampfte er, schließlich brach er in Tränen aus. *»Je m'excuse! Je m'excuse!«* schluchzte er. Er bedeckte das Gesicht so gut es ging mit seinen zuckenden Händen, als fürchte er, ich würde ihn gleich schlagen. Weinend lag er da, mit heruntergelassenen Hosen, und sein

Kleines Ding war sehr, sehr unanständig, hätte meine Mom gesagt.

Zuerst überlegte ich, ob ich wegrennen sollte. Aber ich wußte, daß Jean-Pierre Schwierigkeiten bekommen würde, wenn ihn jemand so finden sollte, was demnächst passieren würde. Spastiker weinen nicht besonders leise. Ich krabbelte in den Fichtentunnel hinein und half ihm, die Hose hochzuziehen. Jean-Pierre sah mich nicht an.

»Jean-Pierre, was hast du da gerade gemacht?«

»Calvin, bitte sag es niescht weiter!«

»Sag was nicht weiter?«

»Sag nicht weiter, was iesch getan 'abe.«

»Jean-Pierre, hast du dich selbst berührt?«

Er verstand nicht, deshalb machte ich die entsprechenden Handbewegungen. Er zögerte, dann nickte er beschämt.

»Hast du deswegen so gebrüllt?«

Jean-Pierre lief rot an, wollte aber nicht antworten.

»Jean-Pierre, Mom sagt immer, ein christlich erzogener Junge, der tragischerweise versucht ist, sich selbst zu berühren, sollte den Herrn um einen ›feuchten Traum‹ bitten. Das, so sagt Mom, ist Gottes Geschenk, um Jungs von ihren tierischen Gelüsten zu erlösen.«

»Und du machst das so?«

»Ja, einmal habe ich eine ganze Woche lang um einen feuchten Traum gebetet, aber ich bekam keinen, um meine tierischen Gelüste abzureagieren, und da habe ich dann wieder angefangen, mich zu berühren.«

»Und dann?«

»War es okay.«

»Und deine *Maman* …?«

»Wenn sie mich fragt, ob ich mich berührt habe, sage ich, daß ich das nie tue. Ich sage ihr, Gott würde mir feuchte Träume schicken, sobald mein Kleines Ding tierische Bedürfnisse verspürt und sich unanständigerweise aufrichtet.«

»Wie oft machst du …?«

»Drei-, viermal die Woche. Und du?«

»Isch versuche *tous les jours*, aber isch kann nicht zu Ende machen, iesch denke immer, gleisch finden sie misch, wegen *le bruit*, die Lärm.«

»Ich paß auf, daß keiner kommt.«

»*Vraiment?* Das willst du für misch tun?«

»*Oui. Vraiment.*«

»*Merci!*«

Ich weiß nicht, an was Jean-Pierre dabei dachte. Ob er ein Bild oder eine Geschichte vor seinem geistigen Auge sah, wenn er seine tierischen Bedürfnisse abreagierte. Ich habe ihn nie gefragt. Hätte ich ihn danach gefragt, hätte er mich bestimmt gefragt, was ich mir so vorstellte. Aber wenn ich es irgendwie vermeiden konnte, redete ich nicht von Jennifer.

Es gab da eine Geschichte, die ich mir selbst erzählte. In meiner Geschichte rannte ich von zu Hause weg, um Jennifer in Italien zu besuchen. Ich wohnte bei meinem Freund Gino, einem Künstler, der in Portofino lebte. Manchmal berührte ich mich, und manchmal malte ich mir einfach nur aus, wie ich Jennifer in Italien treffe. Diese Geschichte erzählte ich mir nun schon seit Jahren.

Nachdem ich Jean-Pierre aufgeholfen hatte, ging er wieder zurück zum Chalet Beau-Rivage. Ich beschloß, in dem Versteck zu bleiben und mir meine Geschichte zu erzählen.

Ich schloß die Augen.

In der Pensione Biea in Paraggi schloß niemand seine Tür ab. Als ich aus dem sonnendurchfluteten Korridor in das kühle, dunkle Zimmer trat, wußte ich auf der Stelle, daß hier wie jedes Jahr Jennifer wohnte. Ich wußte es, bevor sich meine Augen an das matte Licht gewöhnt hatten, das durch die Ritzen der geschlossenen Fensterläden drang. Ich erkannte es an dem Geruch nach Pears-Seife und Talkumpuder. Es war derselbe Geruch wie damals, als ich Jennifer den ersten Kuß gegeben hatte. Immer wenn ich sie küßte, atmete ich ein und versuchte, meinen Mund und meine Lungen mit ihrem Duft zu füllen.

Ich sah Jennifers wenige Habseligkeiten, die ordentlich aufgereiht auf der Pinienholzkommode vor der weißgetünchten Wand standen. Jennifer benutzte so gut wie keine Toilettensachen und schminkte sich nicht. Ihr blaugrau karierter Faltenrock hing über einer Stuhllehne. Er gehörte zu ihrer Schuluniform. Sie nahm immer nur ein paar Kleider mit, wenn sie in die Ferien fuhr. Die meiste Zeit hatte sie ihren Badeanzug an, ein Paar Shorts und ein T-Shirt oder ein leichtes bedrucktes Baumwollkleid.

Jennifers Bürste und Kamm waren die einzigen Sachen auf der Kommode. Daneben stand eine Flasche Nivea-Sonnenmilch, die sie nie benutzte. (Wahrscheinlich hatte ihre Mutter sie dort hingestellt.) Und dann waren da noch zwei Haarbänder und ein Haargummi: Die brauchte sie für ihren Pferdeschwanz.

Ich schaute auf den Boden. Neben der Tür standen Jennifers Sandalen. Jennifers Füße waren als schwarze, glänzende Abdrücke auf dem Fußbett zu erkennen. Daneben stand ein Paar brauner Halbschuhe. Jennifer putzte sie regelmäßig, das erwartete man vermutlich in ihrer Mädchenschule. Mehr gab es nicht in ihrem Zimmer. Aber das genügte auch. Jeder Gegenstand löste die eine oder andere Erinnerung aus. Die Sandalen ließen mich an Jennifers feingliedrige, schmale Füße denken, die wunderschön und gebräunt waren und in schlanke Fesseln und lange, elegante Beine übergingen.

Die Zeit verging so langsam, daß ich wieder nach draußen gehen und auf dem Flur warten, vielleicht sogar zum Speisesaal schleichen und sehen wollte, ob Jennifer und ihre Eltern schon mit dem Essen fertig waren.

Ich beschloß, es sein zu lassen, da ich befürchtete, Lucrezia könnte mich sehen. Sie würde dann laut *»Calvino!«* rufen und mich umarmen. Schließlich käme auch ihre Mutter aus der Küche der *Pensione*, würde sich die runden Hände an der Schürze abwischen und ein großes Trara veranstalten. Und dieses große Hallo würden Jennifer und ihre Eltern mitkriegen. Meine Überraschung wäre verdorben. Außerdem würden sie fragen, wo meine Familie war.

In der Gasse vor Jennifers Fenster spielte jemand Ball. Vom Strand her hörte ich fröhliches Gekreisch. Der Bus fuhr an den Straßenrand, scherte dann wieder aus. Er fuhr nach Portofino, das wußte ich, weil der Fahrer hupte. (Die erste große Kurve kam gleich nach der Haltestelle.) Ein Motorboot fuhr dröhnend aus der Bucht. Ob es wohl einen Wasserskifahrer hinter sich herzog?

Dann ging die Tür auf, und Jennifer trat aus dem in Sonnenlicht getauchten Flur ins Zimmer. Sie machte die Tür hinter sich zu.

Bevor ihre Augen sich an das Halbdunkel des Zimmers gewöhnen konnten, sagte ich: »Hi, Jennifer.«

Vor Schreck zuckte sie zusammen. *»Du verdammter Mistkerl!«* brüllte sie.

»Oh, entschuldige, hab ich dich erschreckt?«

»Ja, das kann man wohl sagen!«

»Freust du dich, mich zu sehen?«

»Nicht besonders.«

»Wie lang bist du schon hier?«

»Ungefähr zehn Sekunden.«

»Du weißt, was ich meine.«

»Wir sind vorletzte Woche hier angekommen. Und wo hast du gesteckt?«

»Es ist was dazwischengekommen.«

»Ihr seid wohl bei einem nächtlichen Gebetskreis durchgedreht und habt euch mit Messern Wundmale verpaßt.«

»So was Ähnliches.«

»So so, und wie geht's der verrückten Becker-Sippe und all den übrigen Betheinis?«

»Gut.«

»Habt ihr schon alle tobenden Heiden der Schweiz bekehrt?«

»So ziemlich.«

»Und, habt ihr schön brav Kirchenlieder gesungen und seid anderen Leuten auf den Wecker gegangen?«

»Schon möglich.«

»Und dein guter alter Dad, ist er schon hinter Schloß und Riegel?«

»Jennifer, es gibt da ein paar Sachen, die ich dir sagen muß und die du deinen Eltern nicht erzählen darfst.«

»Calvin, hat er etwa jemand umgebracht?«

»Nein.«

»Na ja, selbst für jemand wie dich ist das hier ein ziemlich starkes Stück.«

»Ist 'ne ziemlich lange Geschichte.«

»O wie sön! Klein-Jennifer mag Gutenachtgesichten!«

»Hör mit dieser Babysprache auf!«

»Warum denn? Klein-Jennifer mag ihren gwoßen staaen Fwoind. Bitte, erzähl mir die Gesichte, bitte, bitte!«

Ich hielt es nicht mehr aus, einfach so dazustehen und dumm rumzuquatschen und dabei die ganze Zeit ihr Haar und ihre Haut im Schatten zu riechen. Und so streckte ich die Arme aus, zog Jennifer an mich und küßte sie. Sie hob das Gesicht ein wenig und küßte mich zurück, ganz fest. Dann überraschte sie mich. Sie gab mir einen Schubs, und ich fiel auf die graue Wolldecke auf ihrem schmalen Bett, und Jennifer fiel auf mich drauf und preßte ihren langen schlanken Körper an meinen. Ich atmete ihren Duft ein, und sie küßte mich, und ich legte die Arme um sie, während sie sich an mich drückte.

So lagen wir also da, küßten uns und rieben unsere Körper aneinander, aber Jennifer sprang nicht wie sonst auf und lachte mich aus, sondern küßte mich immer heftiger und heftiger und preßte ihre schmalen, knochigen Hüften gegen meine!

Als meine Hände ihre Brüste gefunden hatten, stieß sie sie nicht beiseite, sondern ging ein bißchen ins Hohlkreuz, damit ich sie besser anfassen konnte. Wenn Jennifer sich noch ein oder zwei Sekunden länger so an mir rieb, würde meine »kostbare Saat« vermutlich gleich ihre »aufregende Reise« antreten.

Ich bemerkte, daß Jennifer genauso heftig atmete wie ich, und daß ihr Mund ganz feucht war. Ich sah, daß sie die Augen geschlossen hatte. Da dämmerte mir, daß ihr das hier *Spaß machte*, daß ihr gleich dasselbe passieren würde wie mir! Das fand ich erstaunlich. Ich hatte keine Ahnung, daß Mädchen auch so was empfanden, hatte immer gedacht, tierische Gelüste wären eine reine Männer- oder Jungensache, weil Mädchen doch nur mit Eierstöcken, Babys und Bibelstunden beschäftigt waren. Sollten sie etwa auch dieses heiße Zwicken zwischen ihren Beinen verspüren, das in den Bauch hochschoß und dann ins Gehirn, bis die Gedanken ganz rot und dunkel wurden und dann explodierten?

Deshalb war ich sehr überrascht, daß Jennifer mich ganz vergessen zu haben schien. Sie konzentrierte sich ganz auf sich selbst und auf das, was sie gerade tat, und ruckelte mit ihrem Becken immer schneller auf meinem, atmete immer tiefer ein, bis sie beinahe japste. Das Bild, das ich mir immer von ihr machte, wenn ich mich berührte, tauchte langsam vor meinen Augen auf. Doch plötzlich fiel mir wieder ein, daß Jennifer ja wirklich *da* war, daß ich das Bild gar nicht brauchte! Ich mußte nur die Augen aufmachen, und siehe da – schon waren ihre Brüste über mir!

Jennifer hatte den Rücken durchgestreckt, ihr Gewicht ruhte auf den Armen, die sie rechts und links neben mir aufgestützt hatte. Die Träger ihres Kleids verrutschten. Nur noch ein Knopf trennte mich von meiner Geschichte. Ich nestelte an dem Knopf; ihr mit weißblauen Blumen bedrucktes Kleid öffnete sich von selbst. Ihre Brüste waren direkt über mir. Mir war, als würde ich ertrinken.

Ich fiel in Ohnmacht, starb, explodierte, und Jennifer auch. Ich hörte, wie sie keuchte.

Sobald es vorbei war, sprang sie von mir herunter, stellte sich neben das Bett und sah mich im Halbdunkel an. Dann lachte sie.

»Du siehst so überrascht aus! Du solltest mal dein Gesicht sehen!«

Ich wußte nicht, was ich darauf erwidern sollte, deshalb starrte ich auf das Sonnenlicht, das vom Wasser reflektiert auf der rissigen Zimmerdecke tanzte. Ich sah, daß meine Badehose ganz naß und klebrig war. Daher setzte ich mich auf und starrte auf den größer werdenden Fleck. Jennifer folgte meinem Blick und lachte wieder.

»Gibt's irgendwelche Probleme?«

Ich schaute sie an. Es hatte keinen Sinn, so zu tun, als wäre alles ganz normal. Da war dieser große, klebrige Fleck, der das Blau meiner Badehose fast schwarz gefärbt hatte. Ich krabbelte aus dem Bett, ging in Jennifers Badezimmer, zog mein T-Shirt aus, behielt aber die Badehose an, stieg in die Dusche und drehte das heiße Wasser auf. Während das Wasser lauwarm auf mich herabtröpfelte, zerrte ich den Bund der Badehose nach vorn, bis diese ganz mit Wasser gefüllt war. Die Kostbare Saat wurde weggewaschen und bahnte sich ihren Weg über die Kanalisation ins Mittelmeer.

Jennifer stand in der Tür und sah mir zu. Als ich zu ihr aufschaute, lächelte sie. Es war wie das Lächeln von damals, als ich sie zum erstenmal geküßt hatte. Da war kein schalkhaftes Blitzen in ihren Augen. Sie sah süß und ernst aus.

Ich trat aus der Dusche. Jennifer reichte mir ihr Handtuch.

»Calvin, du hast mir sehr gefehlt.«

Sie küßte mich wieder, diesmal aber sanft.

»Du mir auch. Ganz, ganz arg.«

»So«, sagte Jennifer, »das hätten wir also hinter uns. Warum erzählst du mir jetzt nicht, was du vorhin gemurmelt hast, deine Geschichte, meine ich. Was machst du hier so ganz allein?«

5

Moms Mom, die gute Großmutter, war gottgefällige Missionarin bei der chinesischen Inneren Mission gewesen, bis China schließlich dem Kommunismus anheimfiel. Aber inzwischen war sie ins Himmlische Reich eingegangen, zusammen mit ihrem wohlerzogenen, gebildeten Gatten.

Bevor sie unser Haus gestürmt hatte, lebte Dads Mutter – die gemeine, unflätige Großmutter – in Philadelphia. Sie war noch nicht einmal gläubig, geschweige denn eine wiedergeborene Christin.

Bevor Großmutter Becker bei uns einzog, redeten Mom und Dad fast nie über sie. Dad eigentlich gar nicht, und Mom sprach nur von ihr, wenn sie uns Kindern erklärte, daß Dad aus unterprivilegierten Verhältnissen stammte und daß das der Grund für sein unchristliches Verhalten war. Wenn Dad nämlich eine seiner Launen hatte oder seine »düsteren Tage« und sich ganz weit vom Herrn entfernte, dann war das eben nicht seine Schuld.

Großmutter war regelmäßig der Grund, weshalb Dad wieder in seine alten, schlechten Gewohnheiten zurückfiel. Schon vor ihrem Einzug war sie eine Art Strafe Gottes. Bekam Dad einen Brief von seiner Mutter, wurde er deprimiert. Nichts löste rascher seine schlechte Laune aus. Dads Vater war auch kein Wiedergeborener, aber, so meinte Mom, er war auf seine eigene, grobschlächtige Arbeiterklassen-Art ein recht anständiger Mensch. Von Großmutter Becker konnte man das beim besten Willen nicht behaupten. Einmal bekam ich mit, wie Mom zu Janet sagte: »Es ist eine Ironie des Schicksals, daß dieses Weib Großpapa Becker überlebt hat, ganz zu schweigen von meinen eigenen lieben Eltern.«

Der Alptraum begann, als Dad im Februar 1965 einen Brief von Großmutter erhielt. Sie hätte immer so Schwindelanfälle, schrieb sie. Dieser Brief war ein schlechtes Omen. Ich kann mich noch genau an den Tag erinnern, an dem er ankam, weil Mom, Rachael, Janet und ich gerade ein Paket mit Büchern und Arbeitsblättern von der Calvert-Schule für Fernunterricht aufmachten, das zusammen mit Großmutters unheilverkündendem Brief eingetroffen war.

Nach meiner Rückkehr vom Internat in England wurde ich nun, 1965, wieder zu Hause unterrichtet. Aufs Internat war ich gekommen, weil ich für die Schule, an die man mich heimtückischerweise gelockt hatte, zu alt geworden war. Dorthin gelockt worden war ich, als Reverend Dr. phil. Bahre, der Vorsitzende unseres Missions-Aufsichtsrats, 1963 unsere Arche besuchte. Damals lag ich gerade krank im Bett. Deshalb konnte ich ihm nicht aus dem Weg gehen und wurde ins Internat geschickt.

In dem Augenblick, als ich sah, wie schmal Reverend Bahres Lippen waren, wie dicht seine Augen unter dem Bürstenhaarschnitt beeinanderstanden, wie hoch und ölig seine Stirn war – in dem Augenblick bekam ich so ein dumpfes Gefühl in der Magengrube.

Reverend Bahre hatte zusammen mit Mom, Dad und den jungen Leuten zu Mittag gegessen, gebetet und in der Bibel gelesen. Dann wurde er in unserem Chalet und dem Rest der Missionsstation herumgeführt. Ungefähr zwei Minuten bevor er in mein Zimmer platzte, rannte Rachael die Treppe hoch, um mich zu warnen. Ich griff hastig nach meiner Bibel und schlug sie auf. Bestimmt eine gute Idee, den Tiefreligiösen zu mimen, dachte ich. Dad sagte, wir sollten uns alle anstrengen, um einen guten Eindruck auf den

Vorsitzenden zu machen. Hätte ich bloß die Finger von der Bibel gelassen.

Reverend Bahre warf einen Blick auf meine Bibel. »Störe ich dich bei deinem stillen Gebet?«

»Nein, ich habe gerade mein tägliches Zwiegespräch mit Gott beendet.«

»Nun, falls ich dich störe, kann ich später vorbeischauen.«

»Nein, schon gut.«

»Ich hatte heute morgen gar keine Gelegenheit, mit dem Herrn Zwiesprache zu halten, und ich kann dir sagen – mein spirituelles Frühstück fehlt mir ungeheuer. Macht's dir was aus, wenn ich mich zu dir setze und wir zusammen beten?« Reverend Bahre grinste mich an und klopfte mir auf die Schulter.

»Das wäre fantastisch.«

Ich versuchte so zu lächeln, daß die Freude des Herrn auch aus mir leuchtete, er sah, wie sehr ich mich freute, sein spirituelles Frühstück oder Mittagessen oder was auch immer mit ihm zu teilen.

Er machte es sich auf meiner Bettkante bequem. »Stört es dich, wenn ich hier sitze?«

»Nein, gar nicht.«

»Gelobt sei der Herr!«

Reverend Bahre senkte den Kopf. »Lieber Gott im Himmel, umgeben von der Herrlichkeit Deiner alpinen Schöpfung haben wir uns an diesem herrlichen Tag Deiner Erlösung vor Deinem Angesicht versammelt, um Dir zu danken für all die wunderbaren Dinge, die Du heute an uns tun wirst! In J-e-e-s-u-ss kostbarem, mächtigem, rechtschaffenem und höchstem Namen und voller Dank für die süße Fessel Deiner unendlichen Gnade neigen wir das Haupt vor Dir. Im Namen J-e-e-s-uh beten wir. Amen.«

Er sah auf, lächelte und sagte: »Das ist wundervoll!«

Ich nickte und versuchte mich erleuchtet zu fühlen.

»Und nun schlage bitte Habakuk, Kapitel drei, Vers zwölf auf und lies von dort bis zum Ende des Abschnitts. Das ist meine Tagesration, mein Bruder.«

Das dumpfe Gefühl in meiner Magengrube wurde schlimmer. Ich schlug das Alte Testament auf und fing an, darin zu blättern. Ich hoffte, Habakuk schnell zu finden, damit es so aussah, als wäre ich mit dem Wort Gottes innig vertraut und würde meine Bibel ebenso gut kennen wie Mom, oder zumindest wie Rachael.

Ich hätte Habakuk bestimmt gefunden, wenn ich Janet besser zugehört hätte, die mir immer die Reihenfolge der Bücher der Bibel einbleuen wollte. Aber weil ich nicht lesen konnte, war auch meine Merkfähigkeit beschränkt. Und daß Janet mich jedesmal boxte, wenn ich die Reihenfolge durcheinanderbrachte, hatte mein Interesse irgendwie gelähmt. Beim Zweiten Buch der Könige hatte ich meistens schon zu viele blaue Flecken, um mich zu konzentrieren.

»Ich *liebe* Gottes Wort«, sagte ich, während ich herumblätterte.

»Großartig! Das Wort Gottes ist der Fels, auf den wir bauen.«

»Ja, wirklich ein großartiger Fels!«

Ich blätterte weiter und hielt dabei nach einem *H* Ausschau. Ich fand ein *P*, was wohl für Psalmen stand, dann ein *E*, und das mußte Exodus sein, wegen dem *X* nämlich, aber ich fand kein *H* wie *Habakuk*.

»Vor kurzem habe ich noch im Buch Habakuk gelesen«, sagte ich. »Einfach wunderbar.«

»Ja, absolut.«

Ich blätterte noch ein bißchen weiter.

Er sah mich scharf an. »Haben wir Probleme, die Stelle zu finden?«

»Nein, ich kann mir nur nie merken, was zuerst kommt, die Psalmen oder Habakuk.« Ich versuchte zu lachen.

»Oh, das ist leicht, die Psalmen kommen zuerst!« Reverend Bahre hatte keine Mühe, herzlich zu lachen. Er schien ausgezeichneter Stimmung zu sein.

Ich blätterte weiter, aber es hatte keinen Zweck. »Ich glaube, in dieser Bibel ist gar kein Habakuk drin.«

Reverend Bahre lachte noch herzlicher. »Na, na, na, das wollen wir doch mal sehen, mein Bruder!« Er nahm mir die Bibel aus der Hand und schlug sie sofort an der richtigen Stelle auf. Er mußte noch nicht einmal blättern, sondern schlug einfach bei Habakuk auf – wie ein Zauberer, der gerade einen Trick vollführt.

»Ach, *da* ist es!«

»Ja, genau. Gelobt sei der Herr!«

»Mm-hm.«

»Okay, und jetzt lies bitte die Stelle.«

»Was war das noch gleich?«

»Kapitel drei, Vers zwölf bis zum Ende des Kapitels.«

»Mm-hm?«

Ich blätterte um. Da stand eine große Drei.

»So, da hätten wir's!« kollerte Reverend Bahre.

Ich starrte auf die Verse unter der Kapitelüberschrift, bis ich eine Zwölf fand. Ich legte meinen Finger neben die Stelle.

»Von hier ab?«

»Ganz recht, mein Bruder!«

»Ähm, wissen Sie …«

»Ja?«

»Na ja, durch die Grippe und so sind meine Augen wohl ein bißchen müde. Würde es Ihnen etwas ausmachen, vorzulesen?«

»Ganz und gar nicht; lies einfach Vers 12, und ich lese dann den Rest.«

Ich wartete eine Sekunde.

»Wissen Sie, wegen der Medikamente verschwimmt mir alles vor den Augen …«

»Wann hast du denn die Tabletten genommen?«

»Vor dem Frühstück.«

»Seltsam, vor ein paar Minuten, als ich hereinkam, warst du doch in die Heilige Schrift vertieft.«

»Ich habe gebetet.«

Reverend Bahre hörte auf zu lächeln.

»Aber deine Bibel war aufgeschlagen. Liest du denn nicht das Wort Gottes, bevor du zum Herrn sprichst?«

»Aber *natürlich*, das mache ich immer! Aber heute, wegen der Grippe und so, da hab ich einfach gebetet.«

»Verstehe.«

Er saß eine kleine Weile da und schaute mich an, dann lächelte er wieder. »Ganz schön hart, wenn man nicht zur Schule gehen kann, weil man krank ist, was?«

»Ja, aber das hole ich schon wieder nach.«

»Erzähl mir ein bißchen von deiner Schule, mein Freund …«

»Mom und Janet unterrichten mich. Mom, wenn Janet im Internat ist, und Janet, wenn sie zu Hause ist.«

»Ach ja?«

Er sagte nichts weiter. Die Stille wurde irgendwie unangenehm. Ich hatte das Gefühl, ich sollte etwas sagen.

»Das funktioniert ganz wunderbar. Gelobt sei der Herr!«

»Mein Bruder, wieso kann ein elfjähriger Junge nicht lesen?«

»Aber ich *kann* lesen!«

»Na, dann lesen wir doch mal die Losung für heute.«

»Aber meine Augen sind –«

Er nahm mir die Bibel aus der Hand und las die Verse mit lauter, langsamer Predigerstimme vor: »Voll Zorn schreitest du über die Erde, in deinem Groll zerstampfst du die Völker. Habakuk 3,12. Einer meiner Lieblingsverse. Gelobt sei J-e-e-s-u-ss!«

Reverend Bahre klappte die Bibel langsam zu, stand auf und lächelte.

»Es war wirklich *wundervoll*, mit dir zusammen den Herrn zu preisen, mein Bruder!«

Ich saß im Bett und wußte nicht, was ich nun tun sollte. Bald hatte ich die Antwort. Keine fünf Minuten nachdem Reverend Bahre weg war, ging die Tür auf. Mom und Dad kamen herein.

»Calvin«, sagte Dad, »warum, *um Himmels willen*, hast du Reverend Bahre gesagt, man würde dir nichts beibringen?«

»O Calvin!« schluchzte Mom. »Du weißt doch, daß du nicht von N... No... Nonnen unterrichtet werden willst!!«

»Wirst du wohl still sein, Elsa!«

»Dad, ich habe nie so was zu Reverend Bahre gesagt!«

»Lüg mich nicht an! Wie hätte er es sonst herausfinden sollen!?«

»Er hat mich reingelegt.«

»Es ist alles deine Schuld, Elsa!«

»Ralph, sei doch vernünftig. Was hätte ich denn tun sollen?«

»Er kann nicht einmal lesen, das weißt du ganz genau!«

Plötzlich hörte Dad auf herumzubrüllen und sah mich an. »Tut mir leid, Calvin. Das war alles ein bißchen viel für mich!« Er setzte sich auf mein Bett und legte den Kopf in die Hände.

Eine Weile saßen wir schweigend da. Ich schaute zu Mom hinüber. Sie starrte aus dem Fenster. Eine Träne lief ihr langsam die Nase herunter.

Dad hörte mit seinen Schaukelbewegungen auf und stand auf. »Er sagt, sie würden das Schulgeld bezahlen.«

»Wer?« fragte Mom.

»Die Missionshilfegesellschaft der PKKKKUSA.« Dad und Mom sahen einander an.

»O Ralph!«

»Es bleibt uns nichts anderes übrig – es sei denn, du läßt ihn auf die Dorfschule!«

Mom fing an zu weinen. Dad legte den Arm um sie und

schaute mich an. »Deine Mutter ist außer sich, weil du ihr fehlen wirst. Und mir auch.«

Mom fing zu schluchzen an.

»Was meinst du damit, Dad?«

»Du kommst aufs Missionsinternat in England.«

Ich hatte das Gefühl, der Fußboden meines Zimmers würde sich auftun.

»Ein herrlicher Ort«, sagte Dad. »Es wird dir dort bestimmt gefallen.«

Ich verbrachte zwei glückliche Jahre in Sussex an der Great Dunstable Preparatory Boarding School für die Söhne von Missionaren. Dann wurde ich zu alt für Great Dunstable und mußte wieder zurück in die Schweiz.

Alles war wieder so wie vorher, und Mom unterrichtete mich zu Hause. Janet und Rachael, die während der Woche auf die presbyterianische, amerikanisch-englische John-Knox-Schule für die Töchter englischsprachiger, presbyterianisch-reformierter Missionare in Lausanne gingen, versuchten Mom am Wochenende beim Unterrichten zu helfen, aber mehr aus Pflichtgefühl. Niemand machte der Unterricht Spaß, am wenigsten mir.

Das Gute am Unterricht zu Hause war, daß Mom und meine Schwestern kaum Zeit dafür hatten, weil sie das Werk des Herrn verrichten mußten. Das Schlechte daran war, daß ich immer noch nicht besonders gut lesen konnte; das Internat hatte die sechs Jahre von Moms »Heimunterricht« nicht wettmachen können.

Ich sah in meiner ausgeprägten Leseschwäche ein Zeichen dafür, daß Gott unserer Missionsstation wohlgesonnen war. Wäre Mom nicht so sehr von ihren geistigen Kindern in Anspruch genommen worden, hätte sie mehr Zeit gehabt, mich zu unterrichten. Obwohl ich »ein bißchen zurückgeblieben« war, was das Lesen anging, meinte Mom, der Herr hätte auf wunderbare Weise dafür gesorgt, daß ich viel lernen konnte: Ich lebte in einem fremden Land, lernte Französisch und verbrachte jedes Jahr meine Ferien in Italien, was doch eigentlich nur wohlhabenden Leuten vergönnt war.

Daß ich nicht lesen konnte, war so eine Art Familiengeheimnis. Nach dem Fiasko mit Reverend Bahre erwähnten wir es den jungen Leuten oder Besuchern gegenüber ebensowenig wie Dads Launen oder daß es Mom und meinen Schwestern gerade »nach der Weiber Weise« ging. Über ein paar Dinge sprach man einfach nicht.

Na ja, an dem Tag, an dem wir die Fernunterrichtsmaterialien auspackten und Großmutters Brief kam, blätterte ich gerade ein wenig die neuen Schulbücher durch. Ich klappte eine Seite auf und erblickte das Foto einer nackten Frau. Es war nur eine Statue. Sie hatte keine Arme und keinen Kopf, und eine ihrer Brüste war abgebrochen, aber der Rest war intakt.

»Mutter!« zischte Janet in einem aufgeregten Flüsterton.

»Ja, mein Liebes?«

Mom blickte auf. Und erstarrte. Dann wurde sie ganz schnell wieder lebendig, riß mir das Buch aus der Hand und sagte: *»Ach du liebes bißchen!«*

Mom klappte das Buch zu und starrte auf den Umschlag. *»Griechische Mythologie! Ha! Von wegen!«*

Janet, Rachael und Mom tauschten betroffene, fromme, frauliche Blicke aus. Mom seufzte.

»Ich werde der Calvert-Schule schreiben. Janet, pack diese sogenannten Schulbücher wieder in den Karton, bis ich die Gelegenheit habe, sie mir *ganz genau* anzusehen.«

»Aber Mom ...«

Janet schürzte wütend die Lippen.

»Calvin!«

»Nein, Janet, laß nur. Wir sollten ihm diese Dinge erklären. Das Foto dieser geschmacklosen Statue wäre für jedes Schulbuch dieser Welt ungeeignet, aber daß es benutzt wird, um etwas zu verherrlichen, mit verwerflichen Reizen und einer falschen Anziehungskraft auszustatten, was im Grunde eine *tragische Sünde* ist, finde ich doppelt tragisch! Noch immer gibt es Millionen von Menschen, die Götter aus Holz und Stein verehren. Die Welt da draußen ist verloren, und wir sind berufen, ihr die Hand zu reichen, ohne uns von ihr verderben zu lassen. Verstehst du, mein Liebling?«

»Ja, Mom.«

»Gut!«

Mom stand auf und strahlte uns an.

»So! Nur weil es *ein paar Dinge* gibt, die uns verboten sind, heißt das nicht, daß Christen jegliches Vergnügen verwehrt bleiben müßte! Gottgefällige Taten machen ohnehin doppelt soviel Spaß wie sündhafte Tätigkeiten! Die Sünde verliert rasch ihre Anziehungskraft und wird langweilig! Was haltet ihr davon, wenn wir nun diese Bücher wegpacken und einen Berg Schokoladenplätzchen mit den Schokoladenflöckchen backen, die letzte Woche in dem Care-Paket vom Missionsverband waren?«

Als die Plätzchen fertig und genügend abgekühlt waren, damit man sie anfassen konnte, füllte Mom etwa ein Dutzend davon in eine Papiertüte und schickte Rachael, Janet und mich nach draußen. Es war einer dieser spektakulären Postkarten-perfekten Wintertage, wie sie für die Schweizer Alpen typisch sind. Der Himmel war tief dunkelblau, die Sonne wärmte schon, und die Luft war frisch und trocken. Das Rhonetal war so von blauem Dunst erfüllt, daß die Berge zwischen Himmel und Erde zu schweben schienen. Auf der anderen Seite des Tals erhoben sich aus dem grauen Flickenteppich der Lärchen, Buchen und Föhren die Zakken, Felsbrocken und Schneefelder der Dents du Midi zu einer zerklüfteten schmalen Kulisse.

Ich warf Janet einen Blick zu. Sie sah heute nicht ganz so bösartig wie sonst aus, daher wagte ich, sie zu fragen.

»Kann ich ein Schokoladenplätzchen haben?«

»Erst, wenn wir bei der Ziegenweide oberhalb der Quelle sind. Dann kannst du eins haben. Wenn du jetzt welche ißt, kannst du nicht mehr so schnell gehen. Calvin, es überrascht mich, daß jemand, der behauptet, einmal Arzt werden zu wollen, nicht weiß, daß das Blut beim Verdauen aus den Gliedmaßen in den Magen abfließt und den Muskeln Sauerstoff abzieht. Außerdem mußt du ein Ziel vor Augen haben und diese kleine Belohnung als Ansporn sehen, damit du nicht jammerst, der Weg wäre zu weit.«

Rachael japste schon. »Wie weit ist es eigentlich *noch*?«

»Wenn du nicht soviel reden würdest, wären wir längst da!«

Rachael blieb stehen, um zu verschnaufen. »Ach komm, Janet, sei nicht so gemein. Das hier soll doch Spaß machen. Hat Mom jedenfalls gesagt.«

»Daß etwas ›Spaß‹ macht, heißt noch lange nicht, daß man sich nicht anstrengen muß.«

»Wir sind doch hier nicht in der Schule!« protestierte ich. »Mom hat uns allen die Plätzchen gegeben. Wenn ich will, kann ich eines haben! Wer hat dir das Kommando übergeben?«

»Ich selbst!« Janet packte meinen Arm und verdrehte ihn mir sachkundig hinter dem Rücken.

»Autsch!«

Rachael stampfte mit dem Fuß auf. *»Laß ihn sofort los oder ich sage es Mom!«*

Janet äffte Rachael nach und stampfte ebenfalls mit dem Fuß auf. *»Dad mag keine kleinen Mädchen, die immer alles petzen!«*

»Ich meine es ernst, Janet!« brüllte Rachael. Dann fing sie an zu weinen.

»Oh, ach soo! *Bitteschön!*« Janet ließ mich los und feuerte die Plätzchen hinter einen Haselnußstrauch.

»Janet!« quiekte Rachael, als die Plätzchen durch die Luft flogen.

Janet lachte und stapfte mühelos den beinahe senkrechten Hang hinauf. Bei ihr wirkte das ganz einfach. Sie war nicht einmal außer Atem. Rachael sah ihr keuchend nach. Betrübt über Janets Boshaftigkeit und beneidenswerte Ausdauer schüttelte sie den Kopf.

Ich kletterte mühsam die steile, gefrorene und mit Moos bewachsene Böschung hoch, hinter der die braune Papiertüte jetzt aufgeplatzt lag. Die Plätzchen waren auf den weichen grauen Föhrennadeln vom letzten Jahr verstreut.

»Alles okay! Die Plätzchen sind noch heil!« rief ich Rachael zu und aß eines.

Ein paar Minuten später erreichte ich Janet.

»Du hattest recht! Meine Beine sind auf einmal ganz schwer! Können wir nicht einfach zu dem Feld rüber und den Kühen zuschauen?«

»Du alter Faulpelz!« sagte Janet, lächelte aber. Ich hatte meine Frage richtig formuliert, ihren wissenschaftlichen Kenntnissen Tribut gezollt.

Janet ging voran zu dem Feld und ließ sich auf einem Büschel aus trockenem braunen Gras nieder, das aus einem Schneeflecken hervorlugte. Unser Dorf lag vierhundert Meter unter uns. Wir betrachteten die Scheunen und Chalets aus der Vogelperspektive. Die meisten Dächer waren aus Wellblech, stumpfen roten Ziegeln oder flechtengeflecktem Schiefer. Überall lagen lange Hölzer quer auf den Dächern, damit die herabfallenden Schneemassen niemand trafen.

Die dunkelbraunen Holzhäuser von Trois-Torrents standen eng beieinander und bildeten ein geometrisches Muster, das nur von der Hauptstraße und den Schienen der Zahnradbahn durchschnitten wurde.

Riesige braun-weiß gefleckte Kühe schaukelten friedlich über die Wiesen. Auf dem steilen sonnenbeschienenen Hang oberhalb des Dorfes war der Schnee schon geschmolzen; hier durften die Kühe schon die letztjährigen Stoppeln abgrasen. Wir saßen da und mampften unsere Plätzchen, während die Musik der Kuhglocken von unten heraufdriftete. Selbst von dort, wo wir saßen, konnten wir jedesmal, wenn eine Kuh ausatmete, ein Dampfwölkchen sehen.

6

Jennifer Bazlinton – 1 Harrow Court – London W1 – England

An Master Calvin Becker
»Die Arche»
Chalet Les Tulipes
Trois-Torrents-sur-Monthey
Wallis
Schweiz

12. März 1967

Lieber Schwachkopf,
merkwürdig, immer merkwürdiger, sagte Alice. Muß ich Dir und Deiner Sippe wirklich jedes Jahr im März ›Fröhliche Weihnachten‹ wünschen?
Lieber alter Dummkopf! Na dann, Fröhliche Weihnachten! Du fehlst mir übrigens –

J.

P.S.: Wann feiert Ihr denn dann Neujahr? Am 1. April?!!! Hihi!

Rachael reichte mir die Postkarte. Sie saß auf meiner Bettkante. Und sah verletzt drein.

»Ich wünschte, sie würde sich nicht die ganze Zeit über unseren Glauben lustig machen.«

Ich sagte nichts. Ich stritt nicht mit meiner Familie über

Jennifer. Schon damals, mit dreizehn, mochte ich es nicht, wenn sie über sie redeten. Schlimm genug, daß ich Mom oder Rachael diktieren mußte, wenn ich ihr schreiben wollte.

Daß Jennifer das mit »unserem Weihnachten« am 25. März herausgefunden hatte, war mir peinlich. Janet hatte es ihr eines Tages am Strand erzählt. Aber ich freute mich trotzdem über Jennifers Karte. Ein Wort von ihr war besser als keins.

Ich wechselte das Thema.

»Rachael, ich wünschte, wir könnten dieses Jahr einen Weihnachtsbaum haben! Viele Christen haben einen. Sogar ein paar in unserer Glaubensgemeinschaft.«

»Calvin! Du weißt ganz genau, daß es sogar in der PKKKKUSA ein paar Leute gibt, die mit der Heiligen Schrift auf Kriegsfuß stehen!«

»Was haben denn Weihnachtsbäume damit zu tun? Ich hab Dick Keegan zu Jane sagen hören, daß er findet, wir seien da ziemlich blöd.«

»Dad sagt, Weihnachtsbäume sind ein heidnischer nordischer Brauch – jedenfalls nicht christlich.« Rachael schüttelte betrübt den Kopf. »Calvin, manchmal habe ich das Gefühl, du machst dir nicht viel aus den Dingen des Herrn. Übrigens: Wenn Dick Keegan das wirklich gesagt hat, hättest du es Dad erzählen sollen. Wann hat er das gesagt?«

»Ach, ist ja nicht so wichtig.«

Rachael machte kehrt und ging raus. Bevor sie die Tür zumachte, sagte sie noch: »Du hast dich überhaupt nicht bedankt, daß ich dir diese geschmacklose Karte vorgelesen habe!«

In diesem Jahr wurde es so richtig Weihnachten, als das Missionspaket ankam, zusammen mit einem Brief, den alle achtzehn Aufsichtsratsmitglieder der PKKKKUSA unterschrieben hatten. In dem Paket waren muffige Ingwerkekse, benutzte und wieder getrocknete Teebeutel, Socken und je ein Bibel-Bilderbuch für uns Kinder. Einmal, da war ich sechs, hatten sie Candyriegel geschickt. Aber 1965 gab's keinen Candyriegel – alles schien in diesem Jahr schiefzugehen.

Obwohl Heiden möglicherweise schlimme Dinge mit Föhrenbüscheln trieben, meinte Dad, wir bräuchten uns nicht so sehr vom Rest der Welt abzusondern wie die Closed Brethren oder die Amish Pepole. Es wäre schon in Ordnung, das Haus mit Tannenzweigen zu schmücken, solange wir nicht vergäßen, was der eigentliche Sinn von Weihnachten war, und nicht so weit gingen, einen Baum aufzustellen.

Abgesehen von dem schlichten Tannnenschmuck war unser Weihnachten nicht sehr weltlich. Lieder wie »Rudolph-Rentier mit der roten Nase« oder »Frosty, der Schneemann« sangen wir nämlich nicht, von »I'm Dreaming of a White Christmas« ganz zu schweigen.

Daß ich diese Lieder überhaupt kannte, lag an Billy Grahams Kompromiß mit dem profanen Geist der Welt. Er hatte George Beverly Shea weltliche Lieder, darunter sogar »I'm Dreaming of a White Christmas«, auf einer Schallplatte singen lassen, die von der Billy-Graham-Evangelisationsgesellschaft vertrieben wurde.

Billy Grahams Schallplatte hatten wir von einer wohlmeinenden, aber etwas verwirrten Methodisten-Missionarin bekommen, die uns im März des Vorjahres besucht hatte. Höflichkeitshalber hatten wir sie einmal gespielt, während die Missionarin bei uns wohnte. Sie war kein Mitglied unserer geistigen Familie und gab zu, Weihnachten im Dezember zu feiern.

Als die theologisch irregeleitete Missionarin wieder fort war, versteckte Mom die anstößige Schallplatte auf dem obersten Regalbrett im Wohnzimmerschrank, wo unser Material für die Sonntagsschule lagerte. Mom warf sie nicht weg, so wie Dad es mit der Flasche Wein getan hatte, dem Geschenk schwedischer Lutheraner. Die Platte war nämlich nur der Beweis für ein verkümmertes spirituelles Urteilsvermögen, keine echte Sünde wie der Wein. Und außerdem hatte die irregeleitete Missionarin eine große Summe für die Kapelle gespendet, die Dad einmal zu errichten hoffte. Deshalb hob Mom die Schallplatte auf, falls die Missionarin wieder einmal vorbeikam und danach fragte.

»Dad«, sagte ich eines Tages, als ich vor dem verhängnisvollen Weihnachtsfest in sein Zimmer kam, »bitte sag Mom, sie soll mir dieses Jahr nicht so viele Sachen zum Anziehen schenken.«

»Warum?« Dad sah von seiner Bibel und seinen Notizen für die Predigt auf. »Möchtest du etwa Spielzeug? Bist du nicht ein bißchen alt für so was? Hättest du nicht *lieber nützliche Dinge* wie Hemden und Socken?«

»Ach bitte, Dad, sag's ihr trotzdem!«

Dad lächelte. »Mal sehen, was ich tun kann, mein Junge.« Er fing wieder an zu arbeiten.

»Dad?«

»Hmm ...?«

»Was wünschst du dir zu Weihnachten?«

Dad sah von seiner Bibel auf.

»Sei einfach ein braver Junge. Das reicht schon.«

»Nein, im Ernst, Dad. Was soll ich dir kaufen?«

Dad legte seinen Füllfederhalter hin und lehnte sich in dem wackeligen Korbstuhl zurück.

»Wie wär's mit einem Rolls-Royce?«

»Okay, Paps, welche Bank soll ich überfallen?«

»Vielleicht die Crédit Suisse? Dort werden die ganzen Goldbarren gelagert. Schenk mir doch einfach einen Goldbarren.«

»Okay, Paps, abgemacht. Was willst du dir davon kaufen?«

»Ein Haus ohne Leute, die einem Löcher in den Bauch

fragen, ohne Gebetskreis und ohne Schweizer Behörden, die uns ständig auf die Pelle rücken, wegen unserer Aufenthaltsgenehmigung, und ohne Kollegen, mit denen ich theologische Differenzen habe!« Dad lachte und nahm seinen Füllfederhalter wieder zur Hand.

»Was würdest du denn statt dessen tun?«

»Na, zum Beispiel in Paraggi am Strand liegen …«

»Gefällt es dir hier nicht?«

»Ich habe nur Spaß gemacht, Calvin. Natürlich möchte ich nirgendwo anders sein als an dem Ort, den der Herr für mich ausersehen hat.«

»Dad?«

»Ja?«

»Dad, was glaubst du, wohin mich der Herr einmal führen wird?«

»Das weiß ich nicht, Calvin. Er führt einen jeden von uns zu seinem eigenen Ziel.«

»Mom sagt, sie betet darum, daß ich in deine Fußstapfen trete und die Missionsstation übernehme.«

»Na, das wäre sehr schön, aber du mußt abwarten, welche Tür der Herr dir öffnet.«

»Mom meint, ihr Dad ist schon mit acht Jahren berufen worden. Da wußte er, daß Gott ihn zu den Millionen verlorener Seelen in China schicken wird. Wie hast du deine Berufung bekommen, Dad?«

»Der Herr sprach zu mir durch deine Mutter.« Dad wandte sich wieder seiner Arbeit zu.

»Glaubst du, er wird auch zu mir durch sie sprechen?«

»Das will ich nicht hoffen!« Dad wippte halsbrecherisch auf den hinteren Stuhlbeinen, bis er wieder aufrecht saß. Er hielt sich an der Schreibtischkante fest, zog sich hoch und lachte. »Hab nur Spaß gemacht. Deine Mom ist eine wunderbare Frau und hat ein besonderes Gespür für die Dinge des Herrn.«

Dad wandte sich erneut seinen Aufzeichnungen und der

Bibelkonkordanz zu. »So, mein Junge, und nun geh wieder. Ich muß an dieser Predigt noch gehörig feilen.«

»Okay, Dad.«

Ich ging über den Flur zu meinem Zimmer und schloß die Tür. Dann setzte ich mich aufs Bett und starrte Jennifers Weihnachtskarte an. Langsam fügte sich meine Geschichte wieder zu einem Bild zusammen. Ich legte mich hin und schloß die Augen.

»Oh, du unglaublich dummer Kerl! Du Trottel!« sagte Jennifer, nachdem ich ihr erzählt hatte, daß ich von zu Hause ausgerissen war. »*Wie kann man nur so blöd sein!* Also ehrlich, ich weiß nicht, was ich mit dir machen soll!«

»Wie wär's, wenn du mir fürs erste jeden Tag ein bißchen was zu essen stibitzen würdest?«

»Hört, hört! Glaub bloß nicht, du könntest mich herumkommandieren, du armseliger Schwachkopf! Und daß ich dir Essen aus der *pensione* stehle, kannst du dir auch abschminken!«

»Du sollst doch gar nichts stehlen, sondern mir einfach etwas mitbringen. Du weißt schon, Brötchen, Grissini – was du halt so findest.«

»Ach so, ich darf also hungern und dir *mein* Abendessen bringen!«

»Jennifer! Gerade hast du mich noch geküßt und, na ja, du weißt schon, und jetzt schreist du mich an, weil ich von zu Hause weggelaufen bin, und willst mir nicht mal was zu essen bringen! Was ist denn das für eine Freundschaft?«

»Ich habe nie behauptet, daß ich dir nichts zu essen besorge. Ich weiß nur nicht, wie du das alles hinkriegen willst, ohne noch größere Schwierigkeiten, als du sie jetzt schon hast! Was hast du vor, du Dämlack?«

Jennifer stand da und schaute mich an, dann brach sie plötzlich in Tränen aus, schlang die Arme um meinen Hals und sagte hastig: »O Calvin, es tut mir so schrecklich leid für dich! Es muß furchtbar sein, so eine bescheuerte Familie zu haben!«

Sie hielt mich immer noch umklammert. Ich spürte ihre Tränen auf meinem Hals, den Druck ihres Busens auf meiner Brust. Ich spürte ihre Hüfte an meiner Hüfte.

Nach ein paar Minuten hörte sie auf zu weinen und wischte sich die Augen. »Ich bin genauso blöd wie du. Keine Ahnung, warum ich heule.«

»Du bist klasse, Jennifer.«

»Du blöder, blöder Kerl!« Jennifer putzte sich die Nase. »*Natürlich* besorge ich dir was zu essen und was du sonst noch so brauchst. Ich hab' ein bißchen Geld. Das kann ich dir auch geben.«

»Nicht nötig. Gino sorgt für mich.«

»Du wirst mehr Geld brauchen, wenn du nach den Ferien wieder heim willst. Dann mußt du dir ja wohl eine Fahrkarte kaufen.«

»Ich kann mich auf der Zugtoilette verstecken.«

Jennifer lachte.

»Calvin, du wirst genau das tun, was ich dir sage. Ich habe von meiner Tante zur bestandenen mittleren Reife zehn Pfund bekommen. Die habe ich gespart, und jetzt kannst du sie haben.«

»Jennifer –«

»Wenn du nur ein Wort sagst, werfe ich dich raus und rede nie mehr ein Wort mit dir!«

»Aber–«

»Kein einziges Wort!«

Jennifer ging zu ihrem Kleiderschrank, öffnete eine Schublade, hob einen Stapel säuberlich zusammengefalteter Unterhosen hoch und nahm einen Briefumschlag mit einer Karte heraus. In der Karte lag eine nagelneue Zehn-Pfund-Note. Die gab sie mir.

»Calvin, ich liebe dich – und das wird immer so bleiben. Ich tue alles, um dir zu helfen, und wenn du willst, sage ich

Mum und Dad, daß du bei uns wohnen sollst, und wenn sie nicht damit einverstanden sind, dann bringe ich mich um!«

Jennifer sah wild entschlossen drein. Ihre Wangen waren gerötet. Ihre blaugrünen Augen funkelten. Ich hatte das Gefühl, mir zerspringt das Herz.

Da klopfte es an Jennifers Zimmertür. Mrs. Bazlinton sagte mit ihrer gurrenden Stimme: »Jennifer, mein Schatz, bist du da, Liebes?«

Ich hechtete über den Marmorfußboden zum Bad und in die Duschkabine. Ich zog den Duschvorhang hinter mir zu und hielt den Atem an, als Jennifer sagte: »Ja, Mum.«

Mrs. Bazlinton öffnete die Tür. »Was tust du denn nur, mein Schatz? Wir sind nach unserer Siesta an den Strand gegangen, und du warst nicht da.«

»Ich hab mich auch ein bißchen hingelegt, Mum.«

»Geht es dir gut, Liebes?«

»O ja, Mum. Ich hab wohl ein bißchen länger geschlafen als sonst.«

»Na, dann ist es ja gut. Wollen wir an den Strand gehen?«

»Wunderbar. Geh du nur schon vor, ich komm gleich nach!«

»Ich muß nur noch mal für kleine Mädchen.«

Mrs. Bazlinton machte die Badezimmertür auf.

Ich atmete so lautlos wie möglich und hoffte, daß Mrs. Bazlinton gemeint hatte, sie müsse pinkeln – und nicht etwa duschen! Bei den Engländern weiß man ja nie.

Ich hörte ihr Kleid rascheln. Der alte hölzerne Toilettensitz knarrte, als sie sich daraufsetzte. Ich versuchte, nicht zu atmen. Als sie loslegte, hörte ich einen silbrigen Klang, nicht das stetige Rauschen wie bei mir mit deutlichem Anfang, Mitte und Ende, sondern ein unregelmäßiges Plitschern und Plätschern. Dann hörte ich, wie sie ein Stück Klopapier abriß, es benutzte und hinunterspülte. Lautes Saugen und Gurgeln aus dem altmodischen oben an der Wand montierten Spülkasten überdeckten Mrs. Bazlintons Rückzugsgeräusche und gestatteten mir ein paar tiefe, längst überfällige Atemzüge.

Ich war mir nicht ganz sicher, ob sie tatsächlich weg war, bis einen Moment später die Tür aufging und Jennifer sagte: »Hast du vor, den ganzen Tag da drin zu bleiben, du frecher Bengel, und den Mums anderer Leute beim Pinkeln zuzusehen?«

»Ich wollte doch gar nicht hier sein, als sie das gemacht hat! Übrigens hab ich gar nicht zugeschaut!«

»Wer's glaubt, wird selig!«

»Jennifer!«

»Je mehr du protestierst, desto weniger glaube ich dir! Am besten machen wir einen Plan. Also: Was soll ich Mum und Dad sagen?«

»Sag ihnen, ich bin mit Freunden meiner Eltern in Portofino, und Mom und Dad kommen nächste Woche, wenn ihr schon wieder weg seid. Das werden sie bestimmt glauben.«

»Hoffe nur, du lügst mich nicht genauso geschickt an, wie du es mit anderen Leuten zu tun scheinst!«

»Jennifer!«

»Daß du einen kriminellen Zug hast, sieht man dir sofort an, mein Lieber. Nur gut, daß heutzutage keiner mehr gehängt wird!«

»*Du* erzählst bestimmt immer die Wahrheit, oder?«

»Das ist was ganz andres, du Knirps. Jedenfalls haben wir keine Zeit, deinen leider so verdorbenen Charakter genauer unter die Lupe zu nehmen. Mum erwartet mich gleich am Strand.«

»Mein Plan wird schon hinhauen. Sag ihnen, was ich dir gesagt habe. Dann kann ich mit dir zusammensein, ohne daß ich heimlich herumschleichen muß.«

»Tja, was anderes bleibt uns wahrscheinlich nicht übrig. Aber du kannst jetzt nicht gleich mitkommen. Warte noch ein bißchen hier. Ich gehe vor und erzähle, ich hätte dich gerade zufällig getroffen. In zehn Minuten oder so kannst du dann nachkommen.«

»Einverstanden!«

7

Am 25. März wachte ich immer auf, bevor es hell wurde, normalerweise gegen vier Uhr früh. Am Weihnachtsmorgen des Jahres 1965 war es genauso.

Zuerst blieb ich ganz still im Dunkeln liegen und versuchte, mich daran zu erinnern, warum ich so aufgeregt war. Dann fiel es mir plötzlich wieder ein. Ich streckte die Füße aus, bis sie ans Fußende stießen. Und siehe da, ich spürte ein magisches Gewicht auf meinen Knöcheln, als ich die Füße zwischen die kühlen Laken gleiten ließ. Der Weihnachtsstrumpf, eine ein Meter lange graue Wollsocke, mit Geschenken vollgestopft, war der Grund dieser köstlichen Last. Ich kostete den Augenblick aus, wippte mit den Füßen auf und ab, befühlte den Strumpf und hörte das Geschenkpapier knistern und rascheln.

Mit dem Weihnachtszeremoniell nahmen wir es sehr genau. Eine Abweichung von dem Ritual war undenkbar. Unser Weihnachtszeremoniell war so unumstößlich, so heilig, daß Mom sogar darauf zurückgriff, um ein theologisches Gesetz bildlich darzustellen: Körperliche Dinge mußten bis zur Eheschließung warten, geradeso wie unsere Weihnachtsgeschenke warten mußten, bis wir sie zu gegebener Zeit auspackten.

Es gab da traditionellerweise erst eine Art Vorspiel mit dem Weihnachtsstrumpf. Mehrere Stunden mußte man über sich ergehen lassen, in denen alles andere als das eigentliche Aufmachen stattfand.

Ich lag im Dunkeln und genoß das Gefühl des Weihnachtsstrumpfs auf meinen Beinen. Nachdem ich das Vergnügen bis zum letzten Tropfen ausgekostet hatte, beugte ich mich zu meiner Nachttischlampe hinüber, schaltete sie ein, drehte mich langsam um, setzte mich auf und schaute richtig hin.

Mein Strumpf war so ausgebeult, so vollgestopft und vollgepfropft, daß die grauen Wollfasern jeden Augenblick zu reißen drohten. Ich befühlte jedes Päckchen, nahm aber keines heraus. Das hätte alles verdorben. Als genügend Zeit verstrichen war, um den nächsten Schritt zu rechtfertigen, stand ich auf, hob den Strumpf vorsichtig hoch und trug ihn behutsam im Arm, während ich auf Zehenspitzen unseren niedrigen Flur entlangtapste.

Ich sah einen Lichtschein unter Janets Tür. Leise klopfte ich an.

»Komm rein«, flüsterte Janet.

»Frohe Weihnachten!« stieß Rachael aufgeregt hervor.

»Pssst!« zischte Janet. »Weck sie bloß nicht auf, sonst kriegt Dad seine Laune.«

Janet und Rachael saßen nebeneinander in Janets Bett unter der riesigen unförmigen Daunendecke. Beide hatten ihren Strumpf vor sich aufs Bett gepackt. Als ich die Tür aufmachte, rutschten sie zur Seite, um mir Platz zu machen.

Während sich die Zeiger von Janets Wecker quälend langsam auf die festgesetzte Stunde – acht Uhr – zubewegten, saßen wir nur da und warteten. Dann marschierten wir geschlossen in Moms und Dads Schlafzimmer, kletterten auf ihr Doppelbett und bereiteten uns aufs Auspacken der Strümpfe vor, während sie uns frohe Weihnachten wünschten, sich den Schlaf aus den Augen rieben und über die Haare strichen.

Nachdem die Strümpfe ausgepackt waren, saßen wir da, umgeben von Bergen zerrissenen bunten Geschenkpapiers, und aßen die Mandarinen, die in der Strumpfzehe gesteckt hatten. Dad wischte sich mit dem Handrücken langsam den Mund ab.

»Janet, würdest du mir wohl mal meine Bibel reichen?«

Janet, die neben Dads Nachttisch saß, einem hölzernen Schränkchen mit einer Schublade und einem verschlossenen Fach, wickelte eine Handvoll Mandarinenschalen in ein Papiertaschentuch, beugte sich hinüber, griff nach Dads schwerer Scofield-Bibel und reichte sie ihm.

Ich kannte die altvertrauten Textpassagen auswendig. Aber geduldig die Weihnachtsgeschichte anzuhören, war der Preis, den man für das Recht zahlen mußte, die im Wohnzimmer aufgehäuften Geschenke auszupacken.

Als Dad zu der Stelle kam, an der Maria sagt »Siehe, ich bin des Herrn Magd; mir geschehe, wie du gesagt hast«, versagte ihm die Stimme. Er hielt inne, um sich zu sammeln. Jedes Jahr war ich peinlich berührt von dieser Gefühlsaufwallung. Aber Mom und Rachael warfen sich einen befriedigten Blick zu.

Als Dad zu Ende gelesen hatte, bat er Mom, ein Gebet zu sprechen.

»Lieber Vater im Himmel, wir haben uns vor Deinem Angesicht eingefunden, um Dir für das größte von allen Geschenken zu danken ...«

Während sich Moms Stimme hob und senkte, schweiften meine Gedanken ab. Sie schweiften immer ab, wenn Mom betete; außerdem hatte ich ihr Weihnachtsgebet schon viele Male gehört. Einstweilen spähte ich erwartungsvoll auf den Haufen Geschenke, die den gelben Bettüberwurf übersäten. Ein Hefter, eine Schachtel mit Heftklammern, eine Rolle Tesa, ein Päckchen mit breiten braunen Gummibändern, eine Schachtel Büroklammern, ein Buch – *Medizin für junge helle Köpfe* – (Rachael sagte, sie würde es mir später vorlesen), zwei Spielzeugautos – ein Ferrari und ein gelber Schweizer Postbus – und ein Paar Socken.

»... und daher bitten wir Dich, o Herr, Du mögest Dich

uns offenbaren, damit Du jedem von uns heute auf besondere Weise ganz besonders nahe bist –« Moms Gebet wurde unterbrochen vom Klingeln des Telefons unten in der Halle.

Rachael rutschte mit noch immer demütig geneigtem Kopf lautlos vom Bett. Ich hörte ein hurtiges Tapsen, als sie barfuß über das Linoleum bis zur Treppe huschte, und dann das Knarren der ausgetretenen Stufen, als sie nach unten sprang und dabei immer zwei ausließ.

Mom beendete ihr Gebet, als Rachael den Hörer abnahm.

Mom sah in die Runde. »O je, hoffentlich ist es nicht ein junger Mensch, der unten am Bahnhof in Aigle steht und ausgerechnet an *Weihnachten* zu uns will!«

»Das würde doch niemand tun. Jeder weiß, daß wir zu dieser Jahreszeit Weihnachten feiern«, sagte Janet.

Dad runzelte die Stirn. »Da wäre ich mir nicht so sicher. Manche Leute kommen auf seltsame Gedanken. Sie können sich nicht vorstellen, daß sogar Pastoren von Zeit zu Zeit mal ein bißchen allein sein wollen.«

»Dad!« brüllte Rachael zu uns herauf. *»Komm schnell, es ist für dich!«*

»Hoffe nur, es ist was Wichtiges«, brummte Dad. »Hoffe nur, Rachael ist so verständig, mich an Weihnachten nicht mit irgendeinem Schwachsinn zu belästigen!«

Dad schwang die Beine aus dem Bett. Einige von seinen Geschenken fielen auf den Boden. Er verließ das Zimmer, ohne Morgenmantel oder Pantoffel anzuziehen. Janet schaute weg. Dads Pyjama stand vorne irgendwie offen. Mom bemerkte Dads Unzüchtigkeit und runzelte die Stirn. »O je«, seufzte sie dann, »ich hoffe wirklich, Dad bekommt jetzt keine schlechte Laune. Heute morgen schien er doch so *entspannt* zu sein.«

Janet machte ein verdrießliches Gesicht. »Manche Leute würden sogar bei einer Beerdigung stören!«

Zwei Minuten später hörten wir Dad die Treppe wieder hochstapfen. Die Tür sprang auf. Dad glotzte uns an. Er war puterrot. An seinem Hals pochte eine Vene.

»O Ralph! Was ist los? Was ist passiert?« schrie Mom.

Entsetzt sprang Janet auf.

»Sind es die Russen? Haben sie uns angegriffen?«

Dad blieb eine lange halbe Minute stumm. »O nein, o nein, o nein«, jammerte Rachael währenddessen, bis Janet ihr einen Schubs gab.

Dann sagte Dad etwas. »Mutter hat einen Schwindelanfall gehabt. Sie ist gestürzt und hat sich die Hüfte gebrochen. Vielleicht hatte sie auch einen Schlaganfall. Die Ärzte wissen es nicht genau. Sie ist operiert worden. Onkel George war am Telefon. Er hat angerufen, um mir auszurichten, daß ich zu Mutter kommen soll ... und zwar *heute!*«

»O nein!« sagte Mom mit einem gedehnten Jammern.

»O doch!« Dad starrte uns an, als wäre es unsere Schuld.

»O, aber *Ralph* ...«

»Es hat keinen Sinn, darüber zu diskutieren! Onkel George meint, daß sie vielleicht sterben wird, und wenn ich sie noch einmal sehen will, dann muß ich *auf der Stelle* zu ihr fliegen! Er meinte auch, es gäbe da ein paar Fragen wegen ihres Testaments ... Vielleicht kriege ich noch einen Zug nach Genf und von dort aus ein Flugzeug.«

»Aber ...« Mom versuchte zu sprechen, dann klappte ihr Mund zu und begann so zu zittern wie ihr Kinn.

Dann ließ Dad sich wieder vernehmen, in seinem feierlichsten Tonfall. »Weihnachten ist vorbei! Es tut mir leid, Kinder, aber manchmal geschehen Dinge im Leben, die ändern eben einfach *alles!*«

8

Nachdem Dad »manchmal geschehen Dinge im Leben, die ändern eben einfach *alles*« verkündet hatte, verwandelte sich der Tag in einen Alptraum. Unsere Familie begann Geld zusammenzukratzen. Mom sagte, zu niemand Bestimmtem, es sei typisch, daß Großmutter sich ausgerechnet den Weihnachtstag ausgesucht habe, um eine »ungeheuer tragische Krise« auszulösen.

In Genf startete eine Maschine nach London. Dort gab es einen Anschlußflug nach Philadelphia. Wenn Dad ein Taxi nahm, die ganze Strecke von unserem Haus zum Genfer Flughafen, eine zweieinhalbstündige Fahrt, die über hundert Franken kostete, dann würde er es vielleicht gerade noch schaffen.

Mom zählte das Geld aus unseren verschiedenen Quellen zusammen und häufte es auf ihrem Schreibtisch im Erdgeschoß auf. Sie öffnete die Urlaubsschublade und nahm die Portofino-Spardose heraus – dreihundertzwanzig Franken. Der Umschlag mit dem Schulgeld für die Mädchen enthielt einhundertachtzig Franken. Dad hatte siebenhundert Franken in seiner Hypotheken-Schatulle. Dann war da noch ein Hundertfrankenschein, den uns ein reicher amerikanischer Geschäftsmann geschenkt hatte. Dad hatte die hundert Franken gespart; er wollte neue Gesangbücher davon kaufen, damit unsere jungen Leute endlich richtige Bücher in Händen hielten und nicht von vervielfältigten Blättern ablesen mußten, die nach Benzin rochen und auf ihre Hände abfärbten.

Alles in allem, inklusive der acht Franken und fünzig Centimes, die ich gespart hatte, um mir eine neue Taucherbrille samt Schnorchel zu kaufen, reichten unsere finanziellen Ressourcen gerade für das Taxi nach Genf und den Hin- und Rückflug nach Philadelphia via London.

Für gewöhnlich sah Mom in der Tatsache, daß irgend etwas ausreichend vorhanden war, ein klares Zeichen göttlicher Fürsorge, vor allem wenn die für den jeweiligen Kauf nötige Summe genau reichte. Aber diesmal sagte keiner, wie wundervoll es doch wäre, daß unsere Ersparnisse gerade ausreichten, um Dads Taxi und Flugticket zu bezahlen.

Um zehn Uhr morgens fuhr das Taxi vor. Dad drückte Mom lange an sich, bevor er in den alten schwarzen Peugeot-Kombi stieg. Mit lauter, tremolierender Stimme rief er uns zu: *»Betet für mich!«*, dann knallte er die Tür zu, und das Taxi rollte die lange steile Straße hinab, bog um die erste Haarnadelkurve und war verschwunden.

Mom legte den Arm um Janets Schulter, nahm mich bei der Hand und nickte Rachael zu. »Kommt, Kinder. Das wollen wir gleich mit dem Herrn besprechen.«

Mom führte uns ins Wohnzimmer. Obwohl heute der 25. März war und die Kerzen und Geschenke da warteten, wirkte alles ziemlich unweihnachtlich. Mom änderte das Zeremoniell und ordnete eine Gebetsrunde an, wo wir doch hätten Geschenke auspacken sollen.

»Lieber Vater im Himmel, Zweifel und Ängste erfüllen unsere Herzen, da wir nun vor Dich treten. Wir bitten Dich, Dein kostbares Versprechen wahr werden zu lassen, daß, ›wo zwei oder drei in Deinem Namen versammelt sind‹, Du unter ihnen sein mögest.«

Mom betete noch länger als sonst. Ich versuchte, von meinem Platz aus die verschiedenen Schilder an den Geschenken zu entziffern, *C* für Calvin, *R* für Rachael, *J* für Janet. Ich entdeckte eine große flache Schachtel, genau die richtige Größe für einen Chemie-Baukasten, mit einem deutlich sichtbaren *C* darauf. Obwohl alles so unweihnachtlich war, machte mein Herz doch einen kleinen Freudensprung, als ich die vielversprechende Schachtel erblickte.

Es gab kein Ginger Ale zu trinken, die Kerzen wurden nicht angezündet, es gab keine Plätzchen, und Dad war irgendwo überm Atlantik, mit extrem schlechter Laune. Trotzdem, fiel mir auf, mußte ja mit den Geschenken irgend etwas passieren. Egal, wie lange sie beteten, irgendwann würde dieser Ausbruch spiritueller Kriegsführung einmal zu Ende gehen, und dann wäre Geschenkeauspacken angesagt. Allmählich wurde ich wieder fröhlicher.

Rachael, Janet und Mom bebten förmlich vor religiöser Inbrunst. Ihre Stimmen zitterten in frommer Erregung. Mom hielt den Kopf so tief gesenkt, daß er ihre Knie berührte. Rachael weinte, während sie zum Wohle Dads und unserer Großmutter offenbar mit ganzen Heerscharen stritt. Moms Fürbitten kommentierte sie mit innigem Gemurmel: »Ja, o Herr!«, »Danke, o Herr!«, »Wir lobpreisen Dich, Herr Jesus!«

Nach etwa zwanzig Minuten leidenschaftlicher Zwiesprache mit Gott war Janets Hand so warm und feucht, daß, als sie mich in den Gebetskreis hineinzerren wollte, meine Finger aus ihrer Umklammerung flutschten, wie ein Stück Seife, das man unter der Dusche festzuhalten versucht.

Es dauerte geraume Zeit, bis ich die Gelegenheit bekam, die Aufmerksamkeit der drei Frauen von ihrer spirituellen Kriegsführung auf die Geschenke zu richten, doch endlich kamen Rachael, Janet und Mom wieder zu sich, blinzelten und lächelten sich unter Tränen an, murmelten ein letztes »Gepriesen seist du, o Herr« und verstummten.

Ich holte tief Luft. »Was ist mit den Geschenken?«

»Oh, wie kannst du nur so was sagen!« rief Janet, mit vor Entrüstung tremolierender Stimme ob meiner profanen Frage.

»In so einer Situation!« protestierte Rachael.

Mom trocknete sich mit dem Taschentuch, das sie umklammert hielt, die Augen.

»Jetzt Geschenke aufzumachen dürfte wohl ein wenig seltsam sein.«

Janet lächelte mich hämisch-triumphierend an. »Wir heben sie einfach für nächstes Jahr auf.«

»WAAAS?«

Ich sprang so schnell auf, daß ich den Couchtisch umwarf. Darauf stand eine lebensgroße Plastik aus Messing, die zwei betende Hände darstellte. Die erbebende Plastik, ein Preis, den Dad bei einem Predigt-Wettbewerb im Seminar gewonnen hatte, fiel mit einem dumpfen ›Klong‹ auf den Holzboden und rollte unter die Couch. Schockiert starrten die Frauen mich an.

»*Calvin!* Um *Himmels willen*, was ist denn nur in dich gefahren?«

»Tschuldige, Mom, es ist nur ... na ja, ich wollte doch wissen, wie dir mein Geschenk gefällt ...«

»Ach so. Nun, das ist etwas anderes. Ich hatte gedacht, du würdest nur –»

»Er will nur sein großes Geschenk. Laß dich von ihm nicht zum Narren halten!«

Rachael bedachte Janet mit einem vorwurfsvollen Blick.

»Das ist nicht sehr nett von dir, Janet.«

»Schlägst du dich jetzt auch auf seine Seite?«

»Kinder, Kinder, *bitte*!« Mom zögerte. »Na ja, schließlich ist heute Weihnachten, und eurem Vater ist auch nicht damit geholfen, wenn wir die Geschenke wieder wegpacken. So unpassend es vielleicht wirken mag, ich glaube nicht, daß es verkehrt ist. Also gut!«

Janet schüttelte düster den Kopf und bedachte mich mit einem zornigen Blick. Mom seufzte, zog ein Päckchen aus dem Geschenkberg hervor und reichte es mir. Egal, ob Mom dabei seufzte oder nicht – die Hauptsache war, daß sie mir das Geschenk gab.

Nachdem jeder von uns ein Päckchen aufgemacht hatte, ließ sich Mom noch mehr erweichen und zündete die Kerzen an. Ein paar Präsente später bat sie Rachael, das Ginger Ale zu holen.

Die Holzverkleidung in unserem Wohnzimmer begann im Kerzenschimmer zu leuchten. Das herrliche Weihnachtszubehör – Ginger Ale, Geschenkpapier und Schokolade – war nun doch zu seinem Recht gekommen. Schließlich taute auch Janet auf und hörte auf, so zu tun, als wäre sie zu erwachsen für den ganzen Budenzauber. Als Mom ihr ein großes weiches Paket überreichte und »Janet, das ist für dich. Hoffentlich paßt es!« sagte, quiekte und kreischte sie vor Freude.

Keiner von uns gab es zu, aber bald hatten wir genauso viel Spaß, wie wenn Dad dagewesen wäre.

9

Es war kein gesundheitliches, sondern ein hygienisches Problem. Mom sagte, sie sei nicht überrascht gewesen, als sie erfahren habe, daß »dieses schmutzige alte Weib sich nicht einmal die Ohren saubermacht!« Das sagte Mom am Ende der ersten Aprilwoche des Jahres 1965, nachdem Dad aus Philadelphia angerufen hatte. Mom sollte um Gottes Beistand beten, wegen Großmutter und der Frage, was man mit ihr anstellen solle. Sie lag nämlich nicht im Sterben. Der Schwindelanfall, der zu ihrem Sturz geführt hatte, war nicht durch einen Schlaganfall verursacht worden, sondern durch einen Ohrenschmalzpfropfen in ihrem rechten Innenohr.

Dad war Einzelkind. Da er weder Brüder noch Schwestern hatte, konnte ihm bei der Sache mit Großmutter auch niemand helfen. Das erklärte uns Mom, als sie den Hörer wieder aufgelegt hatte. Dann nannte sie Großmutter ein schmutziges altes Weib und rief uns zum Gebet zusammen.

»O Du lieber Gott«, betete Mom, während wir zusammen mit zwei jungen Franzosen in unserem Wohnzimmer um sie herum saßen, »Du weißt, welche Prüfung, ja Plage Großmutter Becker nun schon seit vielen Jahren für uns ist.

Du weißt, daß wir vor Deinem Angesicht gebetet, gebettelt und gefleht haben, sie möge errettet werden. Und, o Herr, Du weißt, daß Ralph und ich heftig gerungen haben, was Deinem Willen nach mit ihr geschehen solle, nun, da sie bettlägerig ist und ständiger Pflege bedarf. Du weißt, daß die Kosten für ein Heim unsere Mittel übersteigen, da wir all unsere weltlichen Güter geopfert haben, um Dir zu dienen. Aber, *o Herr!*, nun fallen wir vor Dir auf die Knie und bitten dich inständig: *Laß diesen Kelch an uns vorübergehen!*«

Gottes Antwort lautete: »Nein.« Er ließ Großmutter Bekker nicht an uns vorübergehen. Am nächsten Nachmittag rief Dad an und teilte mit, der Verwaltungsrat der PKKKKUSA hätte die finanzielle Unterstützung für Großmutters Unterbringung in einem Pflegeheim verweigert. Da es keine Alternative gab, beschlossen Mom und Dad, der Herr – dessen Wege zuweilen unerfindlich waren – habe beschlossen, Großmutter zu uns in die Schweiz zu bringen.

Nach dem Telefonat brach Mom in Tränen aus.

»Eine Zeit schwerer Prüfungen steht uns bevor, Kinder! Eure Großmutter war immer ein Stachel im Fleisch eures Vaters. *Womöglich werdet ihr ihn nie wieder bei guter Laune erleben!*«

Mom rannte die Treppe hoch. Wir hörten, wie sie den Flur entlanghastete und die Schlafzimmertür hinter sich zuwarf. Dann hörten wir heftiges ersticktes Schluchzen.

Ungemütliche Stille folgte.

Janet sagte: »Ich geh rauf und schau mal nach ihr. Ihr bleibt hier.«

Rachael sprach ein stummes Gebet. Ich betete nicht, fragte mich aber, wie es wohl sein würde, hier zu leben, wenn Dad ab jetzt ständig schlechte Laune hatte, schmollte, brüllte und Sachen durch die Gegend feuerte, Tag für Tag, Jahr für Jahr.

Janet erschien am Treppenabsatz.

»Rachael! Calvin! Mom will, daß ihr raufkommt!«

Rachael drückte kurz meine Hand, drehte sich um und ging voran. Als wir in Moms und Dads Schlafzimmer kamen, saß Mom auf der Sofakante, zerknüllte und entknäulte ihr Taschentuch. Sie sah zu uns hoch und lächelte lieb. Dann wischte sie vorsichtig letzte Tränenspuren unter ihren roten Augen weg.

»Kinder, der Herr hat zu mir gesprochen. Ich bin nun bereit, Seine Pläne für uns zu akzeptieren.«

Mom lächelte. Sogar mit ihrem geröteten und ein wenig geschwollenen Gesicht sah sie hübsch aus.

Rachael ging hastig zu ihr und fiel ihr um den Hals.

»Das ist *wundervoll*, Mom!«

»Kinder, ihr seid so lieb!«

Mom schneuzte sich.

»Wie dumm ich doch war, Kinder! Wir leben in unserem Glauben, das ist der Beweis für die Existenz Gottes. Auf den Herrn haben wir uns immer verlassen können, er hat Jahr um Jahr für unsere Bedürfnisse gesorgt, und jetzt, in der Sache mit Großmutter Becker, habe ich Ihm *nicht vertraut!*«

Rachael fing an zu weinen und Moms Hals abzuküssen.

»O Mom, das ist ja so herrlich …«

Mom drückte Rachael und schob sie dann beiseite, um Gottes Offenbarung mit uns teilen zu können.

»Der Herr hat mich wieder zur Vernunft gebracht! Er hat mir ein neues Herz geschenkt – für Großmutter! Was für eine großartige Gelegenheit, die Liebe Christi weiterzugeben! Meine Gebete sind auf unvorstellbare Weise erhört worden! Jetzt können wir Großmutter das Wort Gottes verkünden! Ich würde mich nicht wundern, wenn diese Ereignisse einzig und allein dazu bestimmt sind, Großmutter zu *erretten*! Der Ohrenschmalzpfropfen, ihre Schwindelanfälle und der tragische Sturz – all das war Gottes Weg, sie mit dem Evangelium in Berührung zu bringen! Ist das nicht *wunderbar*, Kinder? *Kommt, wir wollen dem Herrn danken!*«

Rachael schluchzte. Sogar Janet schniefte ein oder zweimal. Moms Wangen glühten in grellem Scharlachrot, ihre Stimme war ungefähr eine Oktave höher als sonst, ihr Lächeln wirkte ein wenig zittrig, und ihr Atem roch ganz intensiv. Dennoch betete sie mit fester, klangvoller Stimme, während wir die Köpfe senkten.

»O Herr, verzeih uns, daß wir dir an Dir gezweifelt haben! *Hab Dank* dafür, daß Du unsere Fürbitten für Großmutter erhört hast! *Dank sei Dir*, daß wir ihr nun den Weg zum Licht weisen können! Wir bitten Dich nur, Dein Versprechen wahrzumachen! *Danke*, daß Du das bescheidene Wachs in ihren Ohren und ihre gebrechlichen Knochen als Instrument Deiner Gnade benutzt hast, auf daß Großmutter in Dein Reich eingehen möge. Amen und nochmals Amen!«

Nachdem Mom zu Ende gebetet hatte, schien eine große Blase der Glückseligkeit über uns zu zerplatzen. Jeder von uns versuchte, den anderen in unserer wiedergewonnenen Freude zu übertrumpfen.

Rachael sagte, sie würde in Janets Zimmer umziehen, damit Großmutter ein Schlaf- und ein Wohnzimmer hatte. Mom sagte, sie würde Großmutter neue Gardinen und einen passenden Bettüberwurf nähen. Rachael und Janet planten, am Tag von Großmutters Ankunft ein riesiges »Willkommen zu Hause, Großmutter«-Schild am Balkongeländer aufzuhängen.

Rachael erbot sich, Großmutter aus der Bibel vorzulesen. Janet kam auf den Gedanken, mit ihr zusammen zu beten; Großmutter sollte ihre Betpartnerin bei unserem einmal wöchentlich stattfindenden Tag des Gebets werden.

Mom sagte, Großmutter wäre wahrscheinlich mit fortschreitendem Alter sanfter und viel umgänglicher geworden, als sie früher war. Ich schlug vor, wir könnten Großmutter ein Haustier kaufen, das ihr dann Gesellschaft leistete. Mom hielt das für eine gute Idee.

»Vielleicht wäre ein Hund oder eine Katze ein bißchen zu viel, mein Schatz, aber ein Goldfisch im Glas wäre perfekt!«

10

Ende Mai 1965, eine Woche nachdem Großmutter bei uns eingezogen war, hätte ich sie beinahe fallenlassen, als ich spürte, wie warmer, übelriechender Urin über meine Hose lief. Ich wußte, daß ich fürchterliche Probleme bekommen würde, wenn ich sie fallenließ, deshalb biß ich die Zähne zusammen, obwohl sie mich durch ihr Nachthemd hindurch anpinkelte, und wir stolperten in enger, feuchter Umarmung auf die Toilette zu.

Anstatt sich zu entschuldigen, tat Großmutter einfach so, als wäre nichts Ungewöhnliches passiert. Nachdem ich sie auf den Toilettensitz verfrachtet hatte, sagte sie lediglich: »Nun hau schon ab, du Rotzbengel! Und komm ja nich wieder, bevor ich fertig bin, *kapiert*!?«

Ich rannte in mein Zimmer, zog mich um und ging dann nach unten. Ein paar von den jungen Leuten halfen Mom in der Küche bei der Zubereitung eines Thunfisch-Auflaufs, den es zu Mittag geben sollte. In gebrochenem Englisch sangen sie dabei »In the Sweet Bye and Bye«.

»Mom, könnte ich dich mal eben unter vier Augen sprechen?«

»Sofort, mein Schatz!«

»Es ist ziemlich wichtig, Mom.«

Mom hörte auf, in ihrer Schüssel mit Nudeln, Käse und Thunfisch zu rühren, und trocknete sich die Hände ab. Sie kam auf den Flur.

»Mom, Großmutter hat sich auf mir verewigt.«

»O je, mein Schatz, das tut mir aber leid!«

»Mom, ich bring sie nicht mehr auf die Toilette. Es ist Dads Mutter, soll er sie doch hinbringen!«

Mom schaute sorgenvoll drein.

»Du weißt doch, dein Vater darf seinen Rücken nicht mehr belasten, seit er versucht hat, sie am Flughafen ins Taxi zu heben. Er kann noch nicht wieder richtig laufen. Und wer soll ihr denn helfen, jetzt, wo Rachael und Janet wieder in der Schule sind? Außerdem ist sie doch deine einzige Großmutter!«

»Zum Glück: Noch ein paar von der Sorte, und ich wäre schon ertrunken!«

Mom gefiel meine Einstellung nicht. Sie marschierte mit mir nach oben.

»Das ist nicht der richtige Ton deiner Mutter gegenüber.« Dad sagte das nicht so, als wäre er sehr böse auf mich. Ihm fiel es sogar noch schwerer, sich an Großmutters Invasion zu gewöhnen, als mir.

»Dad, sie hat sich nicht mal entschuldigt.«

Mom und Dad tauschten finstere Blicke.

Dad stieß einen tiefen Seufzer aus. »Es tut mir leid, Calvin. Es tut mir leid, daß du diese Last mit uns teilen mußt.«

»Sie ist wahrlich kein Vorbild, das muß ich schon sagen. Ich wünschte, du hättest *meine* Mutter noch erleben dürfen, Calvin!«

Dad schaute wütend zu Mom hinüber.

»Das wollen wir jetzt nicht weiter vertiefen, in Ordnung, Elsa?«

Großmutter, die die ganze Zeit auf der Toilette gesessen hatte, schrie: *»Soll ich den ganzen Tag auf dem Pott hocken? Was glaubst du wohl, wie lange es dauert, sich den Arsch abzuwischen, hä?«*

»Also *wirklich!*« rief Mom aus. Sie warf Dad einen bösen Blick zu und zitterte am ganzen Körper, als wäre sie plötzlich in einen eisigen Luftzug geraten. Dann stolzierte sie den

Flur entlang zum Badezimmer und schrie: *»Mutter, ich wünschte, du würdest unter meinem Dach nicht diese ungebührliche Ausdrucksweise verwenden!«*

Nachdem wir Großmutter zurück in ihr Wohnzimmer gebracht hatten, ging Mom hinunter in die Küche, Dad wandte sich wieder seiner Predigt zu, und ich verschwand in meinem Zimmer. Dort legte ich mich aufs Bett. Ich hörte, wie die jungen Leute »Du kleines Licht« sangen, und schloß die Augen.

Das Sonnenlicht des Spätnachmittags fiel in schrägen Strahlen über die Hügel um die Bucht von Paraggi. Die Sonnenschirme warfen lange Schatten, dunkle ovale Flecken, die sich bis zum Wasserrand erstreckten. Kleinkinder spielten nackt in den kleinen Wellen am Ufer. Die Älteren, erschöpft vom Nichtstun während eines heißen Sommertags, rekelten sich faul auf ihren Liegestühlen oder Handtüchern.

Ein paar Leute schwammen noch im Wasser, aber jetzt, wo sich der Tag träge seinem Ende zuneigte, war die hektische morgendliche Betriebsamkeit vergessen. Nun wurden auch die Ruderboote, die man mieten konnte, auf den Sand gezogen. Der Bademeister, der Bagnino, schritt systematisch den Strand ab und sammelte Ruder und Sitzkissen ein.

Als ich unter dem blauen Sonnenschirm an der Snackbar hervortrat, sah der Bagnino auf. Gerade hatte er einen Armvoll Kissen eingesammelt. Er winkte mir mit seinem sehnigen, gebräunten Arm zu und grinste breit. Eine schwarze Lücke klaffte zwischen seinen nikotingelben Schneidezähnen.

»*Calvino!* Wie gets dir?«

»Gut.«

»Und deine *mamma*, und deine *papà*, und deine *sorelle*?«

»Auch gut.«

»Wons du in Portofino oder 'ier?«

»Portofino.«

»*Bene! Bene! Domani mattina* komms du 'ier und 'ilfs mir mit die Boote, okay?«

»Klar, wie immer!«

»*Bene, bene.* Ik 'alte nak dir Ausschau!«

Der Bagnino preßte den riesigen Kissenstapel an sein verwaschenes blaues T-Shirt und stapfte davon; seine schiefen gelben Zehennägel schrabbten über den Betonweg.

Ich schaute über die Terrasse hinweg auf die aufgereihten Liegestühle, bis ich Jennifer sah, die mit dem Rücken zu mir lässig dastand, die schlanke Gestalt in dem schwarzen Badeanzug, vom grellen Licht umspielt. Sie stand also da und schaute zu ihren Eltern in den Liegestühlen hinunter. Ich sah deutlich das Profil von Jennifers Mutter, die eine Tasse Tee zum Mund führte, einen Schluck trank und dann etwas sagte. Jennifer warf den Kopf zurück, lachte und verlagerte ihr Gewicht von einem Fuß auf den anderen.

Ich beneidete Jennifer um ihre Eltern. Die waren so normal. Ihr Dad las eine blaßrosa Ausgabe der *Financial Times*, nicht irgendeinen Rundbrief über die neueste theologische Splittergruppe der PKKKKUSA. Ihre Mutter strickte, anstatt die Sonntagsschulstunde vorzubereiten oder Hilfsmittel für die Verkündung des göttlichen Wortes zu basteln – etwa das Rettungs-Herz oder die Evangeliums-Walnuß –, und sie schrieb auch keine Briefe, in denen sie um Geld für unsere Mission bat.

Ich ging von der Terrasse der Snackbar zum Strand hinunter, vorbei an der italienischen Familie, die immer ein bestimmtes Stück Strand belegte. Es gab da so viele Kinder, Tanten, Nichten, Großeltern, Väter und Mütter, daß ich nie ganz genau wußte, wer zu wem gehörte. Sie luden mich immer ein, von ihren mitgebrachten Leckereien zu probieren.

»*Calvino!*« sagte eine der Mütter. »*Benvenuto! Come stai*?«

»*Bene.*«

»*E tua madre?*«

»Bene.«

»E tuo padre?«

»Bene.«

»E le tue sorelle?«

»Bene.«

»Molto bene, bravissimo!« Sie tat so, als wäre es eine großartige Leistung, daß es meiner Familie und mir gut ging.

An der Art, wie sie dastand – die Hände überm Bauch verschränkt –, sah ich, daß sie wieder schwanger war. Obwohl sie noch nicht dick war, wölbte sich ihr Nabel bereits. Diese Mutter war eigentlich jeden Sommer schwanger. Eines nach dem anderen krabbelten die Babys aus ihr heraus, daß es eine wahre Freude war. Jeden Sommer war das Baby vom letzten Jahr bereits ein Kleinkind, das nackig am Ufer spielte, und die einzige weiße Stelle an seinem gebräunten Körper war der Streifen in den Kniekehlen.

Die Mutter klopfte mir auf die Schulter und sagte, daß sie gleich *gelato* kaufen würde, für alle. Ob ich auch eines haben wollte. »*No, grazie*«, sagte ich, »ich muß eben bei jemandem vorbeischauen.«

»Abär dann komms du wiedär un spiels mitä Alfredo!?«

Ich ging weiter am Strand entlang, nickte allen Stammgästen zu oder begrüßte sie, schließlich war ich am Lager der Bazlintons.

Mr. Bazlinton sah von seiner Zeitung auf.

»Gut, dich zu sehen, alter Junge!«

Mrs. Bazlinton setzte ihre Teetasse ab und strahlte mich an. »Wir haben schon befürchtet, du würdest dieses Jahr gar nicht herkommen!«

»Jennifer sagte, du wärst die Vorhut für den Rest der Sippe!« sagte Mr. Bazlinton.

»Ja, stimmt, die kommen nächste Woche!«

»O wie schade, dann verpassen wir sie ja«, sagte Mrs. Bazlinton ohne rechte Überzeugung.

»Du armer Kerl, mutterseelenallein in Portofino, und das

eine ganze Woche lang!« lachte Mr. Bazlinton. »Komm sooft du magst zu uns. Wir würden uns freuen, dich als Gast an unserem Mittagstisch zu sehen.«

»Das ist sehr nett. Dankeschön, Mr. Bazlinton.«

»Na, *das* wäre ja dann geklärt! *Hervorragend!* Eine Tasse Tee vielleicht, oder einen Keks?« Mrs. Bazlinton hielt mir eine Schachtel mit McVitties Digestive Biscuits hin. Die brachte sie immer aus England mit.

»Nicht jetzt, Mum, sonst können wir keine letzte Runde mehr schwimmen, bevor die Sonne untergeht.« Jennifer zerrte an meinem Arm. »Los, Calvin, steh hier nicht so rum!«

»Na, dann mal los, alter Junge. Hat keinen Zweck, die Damen warten zu lassen.« Mr. Bazlinton zwinkerte mir zu.

Wir schwammen am Pier vorbei in die offene Bucht hinaus. Früher am Tag mußte man aufpassen, um nicht von den Motorbooten über den Haufen gefahren zu werden, die über die ruhige Oberfläche peitschten und Wasserskifahrer im Schlepptau hatten. Jetzt, wo der Nachmittag langsam in den Abend überging, waren die Motorboote verschwunden. Schweigende, grünschimmernde Stille senkte sich über die Bucht; die hoch über uns dahinziehenden weißen Wolken und die grauen mit Olivenbäumen bewachsenen Hügel spiegelten sich in der glatten Wasseroberfläche.

Wortlos schwammen wir nebeneinander her, direkt auf die Stelle unter der Burg zu, unseren Lieblingsplatz. Diese Landspitze hatte eine besondere Bedeutung: Einmal war Jennifer dort in eine zerbrochene Weinflasche getreten, und ich hatte die Blutung mit einem Druckverband gestoppt, den ich aus dem Gummiriemen meiner Tauchermaske gebastelt hatte.

Das lauteste Geräusch war ein »Klatsch«, wenn unsere Füße versehentlich die Wasseroberfläche durchbrachen. Als Kinder waren wir immer um die Wette geschwommen oder hatten versucht, auf den Grund hinabzutauchen. Keuchend, mit einem stechenden Schmerz in der heißen Brust waren wir wieder aufgetaucht, und eine Handvoll silberner Sand war uns durch die Finger geronnen, zum Beweis, daß wir den Boden berührt hatten. Aber jetzt waren wir still.

Nachdem wir eine Viertelstunde langsam geschwommen waren, kletterten wir auf die Klippen an dem Felsvorsprung, auf dem die »Burg« thronte. Ich sah hinauf. Die riesige Villa war verrammelt, die gelben Fensterläden waren geschlossen, die Markisen eingezogen. Auf der Terrasse um das Fundament aus Feldstein standen keine Sonnenschirme. Wir waren allein. Wir gingen zu dem einzigen Felsen, auf dem man bequem sitzen konnte. Scharfkantige versteinerte Muschelstücke waren in die weniger verwitterten Felsschichten eingeschlossen.

Wenn wir vor der Landzunge schnorcheln gingen, kletterten wir von der Straße herab, ließen unsere Handtücher auf dem glattgeschliffenen Felsblock und sprangen dann ins Wasser. Jetzt hatten wir zwar keine Handtücher dabei, aber der Fels war trotzdem so vertraut und bequem wie immer. Er war warm von der Sonne.

»*Ich* habe diesen Felsen entdeckt«, sagte Jennifer.

»Ja, stimmt. Als wir zum ersten Mal hierher geschwommen sind, stand dein Dad mit seinem Fernglas am Pier. Er hatte Angst, wir würden ertrinken.«

»Damals kam es uns auch weit vor!«

»Weißt du noch, wie tief das Wasser mitten in der Bucht aussah?«

»Ich hab gedacht, gleich kommen Haie oder sonstwas Schreckliches aus der Tiefe hoch! Alle paar Schwimmzüge hab ich unter Wasser geschaut, ob da was unter uns ist.«

»Als wir Tauchermasken und Schnorchel hatten, gefiel mir das Ganze besser. Da konnte ich endlich was sehen und brauchte keine Angst mehr zu haben.«

Jennifer überlief ein Schauder. »Ich hatte trotzdem ständig das Gefühl, ich hätte aus dem Augenwinkel gesehen, wie sich etwas bewegte. Du weißt schon, so als würde da was in der Tiefe lauern.«

»Ich wußte gar nicht, daß du vor irgendwas Angst hattest. Ich dachte immer, du wärest der tapferste Mensch, dem ich je begegnet bin.«

»Ich wußte auch nicht, daß du Angst hattest. Jedenfalls habe ich meinen Mund gehalten, weil ich nicht wollte, daß du nicht mehr mit mir spielst – nur weil ich ein Mädchen bin!«

Jennifer streckte die Hand nach meiner aus. Wir saßen nebeneinander und schauten zu, wie der Schatten des Hügels über die Bucht kroch und das Wasser von Türkis zu Dunkelgrün wechselte. Ich warf einen Blick auf den Strand schräg hinter uns. Die meisten Leute waren gegangen. Ich sah, wie der Bagnino die letzten Liegestühle und Sonnenschirme zusammenklappte.

Die Luft blieb warm. Händchenhaltend saßen wir da. Ich rückte näher an Jennifer heran, bis wir uns berührten. Sie ließ meine Hand los und legte den Arm um meine Schultern, dann neigte sie den Kopf und lehnte ihn an meine Wange. Wir beobachteten, wie das Licht immer weiter zurückwich, bis das Wasser ein weites kobaltblaues Laken bis hin zum Horizont bildete. Ein Ausflugsboot tuckerte in Richtung Portofino an uns vorbei. Es war das letzte Boot am Tag. Nur wenige Touristen standen an der Reling und sahen zu, wie die Küste vorbeizog. Jennifers Wange lag warm an meiner.

11

Großmutter schummelte. Ihre Trickserei beim Spiel machte uns ganz verrückt und war einer der vielen Gründe, weshalb es keiner länger in ihrem Zimmer aushielt, wenn er nicht dazu gezwungen wurde. Im April 1967, zwei öde Jahre nach ihrer Ankunft, wollte niemand mehr auch nur in ihrer Nähe sein. Dad mußte mich förmlich dazu prügeln, damit ich Pachisi mit ihr spielte. Mom meinte, das wäre so, als würde ich Großmutter einen Becher kaltes Wasser bringen, und außerdem sei es nun mal der Wille Gottes, daß ich lieb sein und Pachisi mit ihr spielen sollte. Ich sagte nicht, was mir durch den Kopf ging, daß Mom Großmutter schon seit Monaten keinen Becher Pachisi mehr gebracht hatte, Gottes Wille hin oder her.

»Hi, Großmutter.«

»Warum kommst du so spät?!«

Ich setzte mich auf einen Stuhl gegenüber von Großmutters Sessel. An den hatte die Krankenpflegerin, die regelmäßig vorbeischaute, ein dickes, häßliches, ausklappbares Sperrholzbrett montiert. Auf diesem Brett also konnte Großmutter lesen, schreiben und Pachisi spielen.

Ich schaute flüchtig zum Fenster hinaus und wünschte mir, ich hätte draußen sein können. Es war ein herrlicher Frühlingsmorgen. Die ersten Krokusse leuchteten auf der Böschung hinterm Haus, grelle gelbe, violette oder weiße Farbtupfer, die aus dem Moos hervorsprossen.

Großmutter würfelte. Ich seufzte und schaute auf das Spielbrett. Gleich beim ersten Zug setzte sie ihren Stein ein Feld zu weit nach vorn, dann grapschte sie blitzschnell nach dem Würfel; ich konnte nicht mehr beweisen, daß sie eine Fünf statt einer Sechs gewürfelt hatte.

»Du bist dran! Mach schon!«

»Großmutter, wenn du wieder bescheißt, spiele ich nicht mit dir!«

Großmutter ließ die Kiefer zusammenschnappen. Jede Falte ihres kleinen gelblichen Gesichts wurde von der strahlenden Aprilsonne beschienen. Sie war so sehr zusammengeschrumpelt, daß ihre Füße nicht mehr den Boden berührten. Aber so winzig sie auch war – sie war eine Giftschlange.

»Du bist ein Lügner und ein Frechdachs! Ein ausgekochter Frechdachs!«

Großmutter ballte ihre blaugeäderte Hand zur Faust und holte aus.

Ich duckte mich und stellte mir zum x-ten Mal die Frage, warum sie so komisch roch, wie ein Sandwich mit Eiersalat.

»Du wirst gefälligst mit mir spielen! Dir bleibt gar nix anderes übrig! Noch nie was vom Barmherzigen Samariter gehört, hä? Du willst doch ein anständiger Christ sein, oder? Schließlich betest du auch für mich, du verdammtes Drecksstück!« Großmutter brach in gackerndes Gelächter aus.

Ich ließ sie weiterschummeln, bis sie einen von meinen Spielsteinen nach hinten versetzte. Auch nach zwei Jahren fand ich es immer noch unmöglich, wenn Großmutters Hinterhältigkeit derart offensichtlich war. Ich sagte ihr, daß das rote Männchen in ihrer Hand meines war. Sie lächelte und setzte den Stein fünf Felder weiter zurück. Als ich ihn wieder auf das richtige Feld setzen wollte, packte sie mich am Handgelenk.

»Halt, der war aber ganz woanders! Setz den wieder zurück, haste gehört?!«

Ein kleiner Ringkampf brach aus. Großmutter war überraschend kräftig. Ihre Klauen bohrten sich in mein Handgelenk.

»Großmutter, du kannst nicht einfach meinen Stein woanders hinsetzen!«

»Herrgott nochmal, ich kann tun und lassen, was ich will!« Sie fegte alle Spielsteine auf den Boden, nahm dann das Spielbrett und drosch es mir auf den Kopf. In diesem Augenblick schwor ich Rache. Ich machte einen Satz rückwärts, damit sie nicht mehr auf mich einprügeln konnte, sah ihre Goldfische und wußte im selben Moment, was ich tun würde.

»Na, wie schmeckt dir das, du verdammter Scheißkerl!«

Ich lächelte.

»Warte nur, du wirst schon sehen.«

Ich marschierte über den Flur bis zu Dads Zimmer. Er war gerade damit beschäftigt, einem mageren, hochgeschossenen katholischen Jungen aus Österreich das Sündenbekenntnis beizubringen, als ich hereinplatzte. Dad hatte ihn neben seinem Bett knien lassen. Der Junge sprach Dad nach: »Lieber Jesus, bitte tritt in mein Herz ein, denn ich weiß, was Du am Kreuz für mich getan hast. Du hast meine Sünden auf Dich ge...«

»Sie bescheißt.«

»Du kennst doch ihre Schwäche, mein Junge. Bitte gedulde dich. Siehst du nicht, daß ich zu tun habe?«

»Sie hat mich einen verdammten Sch...kerl genannt, und sie hat mich *geschlagen*!«

»Bitte warte hier«, sagte Dad grimmig zu dem knieenden Katholiken. Der Junge kam ganz durcheinander und wollte aufstehen.

»Nein, nein, wir sind noch nicht fertig. Du bist noch nicht errettet. Bitte warte hier.«

Dad schubste den verdatterten Jungen zurück auf die Knie, dann rauschte er auf den Flur hinaus.

»Mutter, das werde ich nicht dulden! Wie oft muß ich dir noch sagen, daß du meinem Jungen nicht schlagen darfst! Und ich lasse nicht zu, daß unter meinem Dach Wörter wie Sch...kerl gebraucht werden!!!«

Großmutter sah Dad listig von der Seite an.

»Zum Teufel mit dir, Ralph! Ich sag Scheißkerl, wann immer ich will! *Scheißkerl! Scheißkerl! Scheißkerl!*«

»Mutter, ich warne dich!«

»Warum hast du sie überhaupt hierhergebracht«, zischte ich im Eifer des Gefechts.

Dad fuhr mit einem kurzen Brüllen herum und gab mir eine zünftige Ohrfeige, das Klatschen hallte von der niedrigen Holzdecke wider. Dann raufte er sich die Haare und stöhnte auf. Er ließ die Hände langsam sinken, ging zu Großmutter hinüber und stellte sich vor sie, während sie auf den Boden stierte.

»Siehst du jetzt, wozu du mich getrieben hast?«

»Geschieht ihm recht.«

Dad lief vor Zorn puterrot an, und die Vene an seinem Hals begann zu pulsieren, aber er erwiderte nichts. Statt dessen zog er mich auf den Flur.

»Tut mir leid, mein Junge. Bitte verzeih mir, daß ich die Beherrschung verloren habe. Sie ist einfach zuviel für mich!«

Dann ging Dad wieder zu dem katholischen Jungen in seinem Zimmer, um die Geburt des neuen geistlichen Schäfchens voranzutreiben, wie Mom das nannte, wenn unsere jungen Leute errettet wurden. Ich stand im Flur, rieb meine dicke Wange und grübelte über die tödliche Kraft von Bleichmittel nach, während Großmutter so verrückt lachte, wie sie es immer tat, wenn sie Dad in Rage gebracht hatte.

12

Im Frühjahr 1967 war es zwei Jahre her, daß Jean-Pierre in dem Heim nebenan eingezogen war. Mittlerweile war es ihm egal, wie viele Lügen er den Ladies auftischen mußte, solange er nur nicht mit ihnen im Chalet Beau-Rivage bleiben mußte.

Mom ließ mich sooft ich wollte mit Jean-Pierre zusammen sein. Ich hatte ihr erzählt, wir würden über geistliche Dinge reden. Ich brachte sie sogar dazu, daß er mein Kriegspartner beim Gebetsmarathon sein durfte.

Eines Montags, als wir eigentlich hätten beten sollen, hatte ich gerade Jean-Pierre den Mund zugehalten, damit er nicht losblökte. Ich zog ihm die Hose wieder hoch, und dann saßen wir noch da und unterhielten uns. Ich erzählte ihm, daß Großmutter immer schummelt und daß ich mich an ihren Goldfischen gerächt hatte.

Jean-Pierre sagte, all das sei wieder ein Beweis dafür, daß man Frauen nicht trauen könne. So allgemein könnte man das nicht behaupten, wandte ich ein und erzählte ihm, daß ich ein Mädchen kannte, dem man vertrauen konnte. Eigentlich wollte ich Jennifer gar nicht erwähnen, aber es war mir irgendwie herausgerutscht. Jean-Pierre sagte, ihr sollte ich lieber auch nicht trauen. Da sagte ich, er hätte sie ja noch nicht kennengelernt, und wenn das erst einmal der Fall wäre, würde er keine Gemeinheiten über sie mehr verbreiten. Jean-Pierre wurde wütend.

»Du 'ast miesch angelogen! Du 'ast gesagt, isch bin deine einzige *ami!*«

Ich sollte sagen, er wäre ein besserer *ami* als Jennifer und mein einziger richtiger Freund. Das sagte ich aber nicht, deshalb krabbelte Jean-Pierre unter der Hecke hervor und ging nach Hause, ins Chalet Beau-Rivage, um dort zu schmollen.

Ich blieb noch im Gebüsch, nachdem er gegangen war, schloß die Augen, dachte an Jennifer und gab meinen animalischen Gelüsten nach. Als ich mir die Hose wieder hochzog, kam ich auf einen Gedanken.

Meine Idee gefiel Jean-Pierre ganz außerordentlich, obwohl er aufsprang und losbrüllte, als ich seine Hand mit der Spitze des Masi-Speers ritzte, den mir Missionare aus Kenia geschenkt hatten. Da ich mich selbst als erster geritzt hatte, beschwerte Jean-Pierre sich nicht. Wir preßten die Hände aufeinander, bis unser Blut sich vermischte, am Ellbogen herunterrann und schließlich herabtropfte. Dann wischte ich die Schnittwunden mit in Jod getauchten Kleenex-Tüchern ab und klebte Pflaster darauf. Nach der Blutsbrüder-

Zeremonie nannte mich Jean-Pierre *»mon frère Calvin«* und versprach, Jennifer nie mehr zu erwähnen.

Als wir mit unserem Ritual fertig waren, gingen wir ins Dorf. Jean-Pierre hatte von der Frau auf dem Postamt gehört, daß Bauer Ruchet ein Schwein schlachten wollte.

Ich fragte Mom, ob wir vielleicht meinen Unterricht ausfallen lassen könnten, weil ich Bauer Ruchet helfen wollte. Ich erzählte ihr, er hätte Jean-Pierre und mich gebeten, mit ihm das letztjährige Heu von seiner Scheune oberhalb des Dorfes zu seinem Hof zu bringen.

»Natürlich«, antwortete Mom, »das ist eine gute Gelegenheit, Gottes Wort zu verkünden.«

Jeder im Ort mochte Bauer Ruchet und seine winzige, liebenswürdige Frau, die ständig arbeitete. Die zwei waren wie Winteräpfel, wettergegerbt: dunkelbraun und runzlig, süß – und schweigsam. Ich verbrachte soviel Zeit wie möglich auf ihrem Bauernhof. Die meisten Dorfbewohner hatten etwas gegen *les Américains*, aber die Ruchets waren freundlich.

Mom reichte Jean-Pierre und mir eine Broschüre, *»Jésus, mon ami éternel«*, die wir dem Bauern mitbringen sollten. Ich warf sie über die Hecke am Ende des Gartens, wo sie bei all den anderen landete. Im Lauf der Jahre hatte sich hier ein Komposthaufen verschwendeter Froher Botschaften angesammelt.

Bauer Ruchet war barmherzig. Er lockte seine schwerfälligen Vierbeiner immer mit einer Handvoll warmer, gekochter Kartoffeln aus ihrem Stall, verteilte sie auf dem matschigen, von Spurrillen durchzogenen Weg, der am Schweinestall vorbeiführte. Wenn das Schwein zufrieden die Erdäpfel verspeiste, zog der Bauer einen Vorschlaghammer hervor, den er in der Gesäßtasche seiner riesigen Wollhose versteckt hatte. Er verbarg ihn, um das Schwein zu schonen, damit dessen letzte Gedanken den köstlichen, heißen Kartoffeln galten. Er betäubte es so rasch, daß das Schwein wahrscheinlich dachte, eine verdorbene Kartoffel hätte es hinweggerafft. Wenn die Vorderbeine des Schweins nachgaben und das Tier blinzelte und die Augen verdrehte, bis nur noch das Weiße zu sehen war, stach Bauer Ruchet mit dem Fleischermesser zu. Bauer Ruchet war der Ansicht, das Fleisch eines zufrieden gestorbenen Schweins sei besser als das eines angstvoll verendeten. Außerdem, vertraute er mir an, »mag Gott es gar nicht, wenn sie leiden müssen«.

Als ich zum ersten Mal zusah, wie Bauer Ruchet ein Schwein schlachtete, war ich acht Jahre alt. Ich stand zu dicht: Ein Schwall warmes Blut ergoß sich über mich. Bauer Ruchet lachte darüber, aber Madame Ruchet schimpfte ihn aus, weil er mich so nahe herangelassen hatte, daß mich die Blutfontäne bespritzen konnte. Er entschuldigte sich auf Befehl seiner Frau, die mir ein feuchtes Küchenhandtuch gab, damit ich mir das Gesicht abwischen konnte. Als ich blutverschmiert nach Hause kam, wurde Mom furchtbar wütend, sie sagte, ihr würde schlecht beim Anblick meiner blutbesudelten Kleider, und ich mußte ihr versprechen, niemals mehr beim Schlachten zuzusehen. Danach fing ich an, sie zu belügen, wenn ich ins Dorf wollte, um beim Schlachten dabei zu sein.

Jean-Pierre und ich schöpften mit einer hölzernen Kelle kochendes Wasser über die riesige Sau. Das Wasser holten wir aus einem Kupferkessel, den Madame Ruchet aufs offene Feuer gesetzt hatte, neben die Luke des übelriechenden, dunklen Schweinestalls. Als ich Bauer Ruchet fragte, warum er das Schwein im Frühjahr schlachtete, anstatt bis zum Winter zu warten, erklärte er, das Tier hätte Lungenentzündung. Er hatte ihm eine hohe Dosis *pénicilline vétérinaire* gegeben, allerdings zu spät. Das Fleisch war aber noch gut, solange das Tier geschlachtet wurde, bevor es an der Krankheit starb.

Das kochende Wasser färbte die weiße Schweinehaut rosa und lockerte die Borsten. Ganz in Dampf und den süßen

Geruch von Blut gehüllt, nahmen wir Fleischermesser und schabten wie mit einer Rasierklinge die Borsten ab. Ich hatte Angst, Jean-Pierre könnte sich mit dem Messer verletzen. Aber die faszinierende Arbeit schien seine üblichen Zukkungen zu verhindern.

Ich wollte um fünf Uhr zu Hause sein, weil ich nicht verpassen wollte, wie die Krankenpflegerin Großmutters Verband wechselte, ein großes Gazepflaster, das die nässende Narbe an Großmutters Hüfte bedeckte, die nicht richtig heilte, auch zwei Jahre nach der Operation nicht. Dr. Zwingli sagte zu meiner Mutter, die Wunde würde sich wahrscheinlich nie mehr vollständig schließen, aber in Großmutters Alter sei das ja nicht so schlimm; wir sollten nur darauf achten, daß die Wunde sauber blieb und sich nicht entzündete.

Großmutter mochte mich nicht im Zimmer haben, wenn etwas Medizinisches mit ihr angestellt wurde. Ich fragte die Krankenpflegerin immer einen Haufen Sachen, zum Beispiel was sie da gerade machte, wie Antibiotika wirken, wie man eine Wunde näht und wie das mit dem Nagel in Großmutters Hüfte funktioniert. Außerdem liebte ich es, Großmutter beim Fluchen zuzuhören.

Die Krankenpflegerin verstand nicht, was Großmutter meinte, wenn sie *»Verdammt! Das tut weh, du blöde Schweizer Kuh!«* brüllte. Die Krankenpflegerin schnalzte immer mißbilligend mit der Zunge und sagte: *»Mais non!«*, wenn Großmutter loslegte. Sie verstand die Worte nicht, die Großmutter brüllte, aber den Tonfall, den verstand sie sehr wohl. Großmutters Tonfall war ziemlich heftig, vor allem, wenn man bedenkt, daß sie die Mutter eines Priesters war.

Ich ließ Jean-Pierre allein zum Chalet Beau-Rivage zurücklaufen. Er brauchte für den Weg bergauf wesentlich länger als ich. Ihm machte das aber nichts aus. Er wollte nicht, daß ich seinetwegen irgend etwas Wichtiges verpaßte.

Außerdem mochte er es, wenn ich ihm von den schlimmen Sachen erzählte, die Großmutter machte.

An diesem Tag war der Besuch der Krankenpflegerin besonders lohnend: Großmutter haute ihr eine runter. Ich hörte das laute *Klatsch* bereits im Flur; dort stand ich nämlich und lauschte heimlich.

»C'est impossible de soigner cette dame!« rief die dicke Krankenpflegerin und kam aus Großmutters Zimmer gestürzt. Wie üblich schwappte einem zuerst eine Woge Schweißgeruch entgegen. Ich fragte mich immer, warum Schweizerinnen so proper aussahen und dabei so übel rochen. Die Krankenpflegerin schoß den Flur entlang, dicke Schuhsohlen quietschten ärgerlich auf dem Linoleumboden.

Nachdem Mutter den Abdruck der Ohrfeige begutachtet hatte, marschierte sie in Großmutters Schlafzimmer. Ich hörte Moms Stimme vor Zorn zittern.

»Mutter, du mußt dich entschuldigen! Du weißt genau, daß wir dich, wenn die Krankenpflegerin nicht mehr ins Haus kommt, einmal pro Woche in Dr. Zwinglis Praxis bringen müssen, und wir können uns kein Taxi für den weiten Weg leisten!«

Großmutter lachte gackernd.

»Warum suchste dir denn nich 'ne Arbeit?!«

Mom stürzte hinaus und warf die Tür zu Großmutters Zimmer zu. Großmutter lachte immer noch.

13

Gegen Ende April 1967 wirkte Dad gereizter denn je. Großmutters Anwesenheit war unerträglich dauerhaft. Ihr Lärm trieb ihn zur Weißglut. Eines der Dinge, die seine immer häufigeren Wutausbrüche provozierten, war, daß Großmutter den ganzen Tag Selbstgespräche führte.

Er sagte, er käme sich vor wie in einer Musikbox und sie hätte das Obergeschoß unseres Chalets in ein Irrenhaus verwandelt. Dad sagte, Großmutters ständiger Krach sei so schlimm wie der Lärm von dem Nightclub *La bussola* in Italien, dessentwegen wir im nächsten Urlaub ein anderes Hotel bezogen hatten. »Nachdem *La bussola* aufgemacht hatte, mußte ich nur einen Urlaub in Paraggi durchleiden, bevor wir das Hotel wechselten und nach Portofino, ins *Nazionale* gingen. Aber Mutter ist Tag und Nacht hier, tagaus, tagein. Ich bin ihr ausgeliefert!!«

In diesem Frühling trieben Dad noch andere Dinge zum Wahnsinn, vor allem seine wachsende Enttäuschung über die Niedertracht seines Mitarbeiters Dick Keegan. Dad redete ununterbrochen davon, daß die Leute, die im Lauf der Jahre von der Missionsbehörde hergeschickt wurden – zum Beispiel Dick –, über keine ausreichende theologische Bildung verfügten; daß sie im Grunde nicht zu unserer geistigen Familie gehörten, Dads Visionen vom Werk des Herrn nicht teilten, und daß dies der traurige Beweis dafür war, daß die doktrinale Erosion die Einheit bröckeln ließ.

Hatte Großmutter eine Weile lang Selbstgespräche geführt, flog – und zwar vor allem, wenn Dad eine theologische »Diskussion« mit Dick Keegan hinter sich hatte – plötzlich die Tür zu Dads Zimmer auf, und er stürmte den Gang entlang zu Großmutters Wohnzimmer: *»Mutter! Du machst mich wahnsinnig!!!«*

Großmutter erwiderte nie sehr viel. Sie starrte Dad durch ihre Brillengläser an, die so dick waren, daß sie ihre Augen doppelt so groß, aber keinen Deut freundlicher aussehen ließen, und schrie: *»Waas?«*, so als könnte sie ihn aus Ohrenschmalzgründen nicht verstehen. Dabei hörte sie ganz ausgezeichnet: Die Pflegerin reinigte ihr einmal pro Monat die Ohren.

»Rede nicht mit dir selber, Mutter! *Das* meine ich damit! Wie soll ich denn arbeiten, wenn du die ganze Zeit vor dich hinbrabbelst?«

»Was? Was!« schrie Großmutter nochmal, während Dad sich umdrehte, in sein Zimmer zurückstampfte und die Tür dermaßen heftig zuschlug, daß die Tür des kleinen Öfchens im Flur schepperte.

Wenn Mom versuchte, Dads Probleme zu lösen, wurde sie normalerweise angebrüllt, doch einmal hatte etwas, das Mom tat, Erfolg. Sie kaufte ihm einen Plattenspieler. Der einzige negative Kommentar, den Dad von sich gab, war, daß sie daran ja wirklich schon längst hätte denken können.

Am 29. April, einen Tag nach seinem Geburtstag, fuhr Dad nach Zürich, um den Bibelunterricht für Reformierte Männer abzuhalten. Während seines Aufenthalts in Zürich kaufte er ein Dutzend Opernplatten. Mom sagte, sie sei angenehm überrascht von Dads Musikgeschmack, wo er doch aus so einfachen Verhältnissen stammte. (Später stellten wir fest, daß die Platten ein Sonderangebot gewesen waren.)

Wenn Großmutter ständig vor sich hinquasselte, drehte Dad jetzt einfach den Ton lauter. Mitte Mai konnten wir Dads Musik deuten, so wie afrikanische Medizinmänner Knochen werfen und interpretieren können. Wenn die Musik so laut war, daß die Glocken der Standuhr im Eßzimmer unter Dads Arbeitszimmer schepperten, dann hatte Großmutter lauter als sonst geredet. Wenn gerade niemand sang, wußten wir, daß wir jetzt nicht an Dads Tür klopfen durften, weil gerade ein Beratungsgespräch stattfand. Nur dann stellte Dad nämlich seinen Plattenspieler aus.

Großmutter wußte ganz genau, warum Dad die ganze Zeit seine Opern dudeln ließ, und sie nahm es ihm übel. Jedem, der ihr zuhörte, sagte sie: »Bei dem Itakker-Gesinge kann ich mich selber nicht mehr denken hören!«

Wenn man auf dem Flur zwischen Dads Arbeitszimmer und Großmutters Wohnzimmer stand, hörte man auf der einen Seite *Tosca* oder *Turandot* in ohrenbetäubender Lautstärke, während sich auf der anderen Seite Großmutter heiser brüllte. Es wurde zu einer Art Wettbewerb.

»Ah, Tosca!« sang der Tenor etwa, während Großmutter: *»So, so, Janice, du Klugscheißer, jetzt haste dich wohl ausgeschissen!?«* krakeelte, weil sie wieder mal jemand überlebt hatte, von dessen Tod sie gerade durch die Todesanzeigen in der Zeitung erfahren hatte.

Großmutters Zeitung war ein anderer wunder Punkt. Das einzige, was Großmutter gerne las, waren die Todesanzeigen. Daß praktisch jeder, den sie kannte, tot war oder im Sterben lag, bereitete ihr pausenlos diebische Freude. Die Todesanzeigen las Großmutter immer mit hoher, brüchiger Stimme vor. Sie gab viel Geld – weit mehr als ihr Haushaltszuschuß betrug – dafür aus, daß ihr der *Philadelphia Inquirer* per Luftpost in die Schweiz nachgesandt wurde. Das brachte Dad ganz besonders in Rage, aber er konnte nichts dagegen tun. Als er sich ein einziges Mal beschwerte, brüllte Großmutter gleich: *»Ich kann mein Scheißgeld ausgeben, für was ich will! Und wennde mir deswegen blöd kommst, dann ändere ich mein Testament und vermach mein Geld den Mormonen!«*

Großmutter blökte die Todesanzeigen so heraus, daß Dad so wütend wie möglich wurde. Und sie stellte es recht geschickt an. Sie wartete auf die Pausen zwischen den Akten und brüllte dann schnell so was wie: *»Der alte Curtis Gruber hat ins Gras gebissen! Ha! Ha! Ha!«*

Wenn eine ruhige Passage in Dads Musik Großmutter Gelegenheit gegeben hatte, wieder ein paar Todesanzeigen dazwischenzuplärren, hörte man plötzlich ein furchtbares Kratzen: Wutentbrannt schob Dad die Nadel zum nächsten Akt oder einem lauteren Teil der Oper, um so Großmutters irrwitzigen Redeschwall zu übertönen. Dads zwölf Opernschallplatten waren schnell schrecklich verkratzt. Aber er erweiterte seine Sammlung nie und ersetzte auch keine der alten Platten. Sein Zimmer bebte von donnerndem Geknister und Geknacke, als wütete neben den Opern noch ein Waldbrand. Als ich Dad fragte, ob es ihm nichts ausmache, die Musik so aufdrehen zu müssen, antwortete er: »Nein. Es ist zwar laut, aber wenigstens ist das *mein* Lärm!«

Wenn die Kinder aus dem Dorf zu uns ins Chalet kamen und Milch oder frisches Gemüse brachten, starrten sie ins Dunkel unseres holzgetäfelten Treppenhauses und hörten dem Wettstreit zwischen Operngetöse und schrillem Gekreisch zu, das von unserem problemschwangeren Oberstock drang. Nachdem Mom die Waren bezahlt hatte, rannten sie kichernd davon. Wenn ich sie im Dorf sah oder zu ihnen auf den Bauernhof kam, um ein Zicklein anzuschauen oder bei der Geburt eines Kälbchens zuzusehen, lachten sie über mich und taten so, als würden sie Opernarien singen, dann tippten sie sich an die Stirn.

Jean-Pierre machte sich nie über mich lustig, weil bei uns zu Hause so ein Krach herrschte, aber ich sah ihm an, daß ihm das nicht behagte. Spastiker mögen keine lauten oder plötzlichen Geräusche. Nach der Anschaffung des Plattenspielers wollte Jean-Pierre lieber draußen bleiben oder sogar zu Hause bei sich. Ladies hin oder her.

Um den allgemeinen Lärmpegel – Großmutter und die Musik – zu übertönen, hatte Dad sich angewöhnt, ständig zu schreien. Nach einer Weile schaltete er den Plattenspieler so gut wie nie mehr aus, und selbst wenn er nicht wütend oder »geladen« war, wie er es nannte, brüllte er. Manchmal übertönte die Musik sogar sein Gebrüll.

Einen Tag nachdem Dad mit Dick Keegan über die theologischen Implikationen von Dicks Bibelunterricht am Mittwochabend gestritten hatte, brüllte Dad nach unten, weil er heißes Wasser für seinen Tee wollte, doch niemand antwortete ihm. Mom, Janet und Rachael waren außer Hörweite auf der Terrasse hinter der Küche, trockneten das Geschirr ab und sangen »Seele, mach dich heilig auf« dabei. Niemand wußte, ob im Hintergrund Dad heißes Wasser verlangte oder ein Tenor seiner Geliebten lautstarke Vorwürfe machte. Nachdem Dad ungefähr ein dutzendmal brüllend heißes Wasser verlangt hatte, rastete er aus und feuerte das Tablett mit der leeren Teekanne, Tasse, Untertasse, Milch und Zucker die Treppen hinunter.

Ich war in meinem Zimmer mit medizinischen Experimenten beschäftigt – ich sezierte gerade eine Maus und versuchte, ihr Herz mit Elektroschocks aus einer Zwölf-Volt-Batterie wieder zum Schlagen zu bringen –, als ich das Geschepper hörte. Ich machte die Tür auf und lugte raus. Dad war so aufgebracht, daß er kaum atmen konnte. Er stürzte wieder in sein Zimmer und drehte *Tristan und Isolde* derartig laut auf, daß die Sängerin so verzerrt klang, als würde man auf einem Kamm blasen. Die Standuhr unten im Eßzimmer fing an zu schlagen.

Auch Großmutter hatte das Geschepper gehört. Vom anderen Ende des Flurs her kreischte sie: *»Er zerdeppert das Geschirr! Er zerdeppert alles, wasser in die Finger kriegt! Jetzt isser völlig durchgeknallt! Heut nacht schließ ich meine Tür ab!!! Hier ist man ja nich mehr sicheeer!!!«*

Wegen Großmutter ging alles drunter und drüber. Und so waren wir alle insgeheim erleichtert, als sie, eines Morgens Mitte Mai, als sie den Zeitungsteil mit den Todesanzeigen vom Boden aufheben wollte, aus ihrem Sessel purzelte und sich zum zweiten Mal die Hüfte brach.

Dr. Zwingli meinte, jetzt würde Großmutter für immer bettlägerig bleiben, denn der neue Bruch würde nicht mehr richtig heilen. Großmutter mußte also von nun an in ihrem Schlafzimmer bleiben, zwei Türen von Dads Zimmer entfernt, anstatt wie bisher die Tage in ihrem Wohnzimmer direkt neben dem seinen zu verbringen. Das war eine gute Nachricht. Es bedeutete, daß sie flach auf dem Rücken lag und nicht mehr sitzen und so laut krakeelen konnte wie bisher.

14

Am Tag nachdem Großmutter sich zum zweiten Mal die Hüfte gebrochen hatte, erklärte Jean-Pierre den Ladies, er würde zu mir zur Bibelstunde gehen. Ich sagte Mom, wir wollten den Keegans beim Zusammenheften der Gesangbuchblätter helfen. Hinter der Hecke hatte ich schon ein Huhn in einer Schachtel bereitgestellt.

Wir ließen unsere Kleider unter einer hohen, düsteren Fichte liegen. Ich hatte mir Moms leuchtendsten Lippenstift für die Kriegsbemalung ausgeliehen. Jean-Pierre stand so still da, wie es ihm unter diesen Umständen möglich war, während ich ihm Gesicht, Arme und die konkave Brust mit Streifen bemalte.

Nachdem ich auch mir die Kriegsbemalung verpaßt hatte, gab ich Jean-Pierre Dads schweren, knorrigen Wanderstab. Meine Waffe war der Speer. Früh am Morgen hatte ich sie ins Dorf gebracht, zur Scheune von Bauer Ruchet; dort stand nämlich der riesige Schleifstein. Der Bauer hatte mir geholfen, die über einen halben Meter lange ovale Klinge zu schleifen, bis sie so gut schnitt wie das Messer, mit dem er seine Schweine schlachtete.

»Jean-Pierre, nachdem ich das Huhn freigelassen habe, geben wir ihm eine Minute Zeit. Dann jagen wir es. Wenn ich es aufgespießt habe, haust du mit dem Stock drauf!«

»Très bien!« Jean-Pierre war so aufgeregt, daß er seine Antwort herausbellte.

Das Huhn wollte nicht wegrennen. Es blieb auf dem dicken Teppich aus Fichtennadeln und altem Birkenlaub sitzen, ganz so, wie ich es dort abgesetzt hatte, und gab kehlige, glucksende Geräusche von sich. Ich stupste es mit dem stumpfen Ende des Speers. Nichts geschah.

Jean-Pierre klopfte ihm leicht mit Dads Wanderstab auf den Rücken. Das Huhn richtete sich auf, schüttelte das Gefieder, setzte sich wieder zurecht und schloß die Augen. Ich stupste es ein bißchen kräftiger, diesmal mit dem spitzen Ende. Das Huhn gluckste ärgerlich, schlug mit den Flügeln, dann duckte es sich wieder unterwürfig.

Ich beschloß, das Huhn in die Luft zu werfen, um zu sehen, ob es davonflattern, einen Fluchtversuch machen, wegrennen würde – irgendwas. Es flatterte auch ein bißchen, dann kam es wieder zu uns und fing an, in den Fichtennadeln zu unseren Füßen nach Insekten zu scharren. Wir sahen unserer nervtötend domestizierten Beute zu, wie sie sich von den grau-grünen Nadeln des letzten Jahres zu der älteren Schicht aus nassen dunkelbraunen Blättern und Nadeln durchpickte, wo die Waldläuse lebten. Intensiver Modergeruch drang aus der dicken, sich zersetzenden Blätterschicht, sobald das Huhn anfing zu scharren.

»Jean-Pierre, los, jag es!«

Jean-Pierre tat sein bestes, stieß ein Kriegsgeheul aus und rannte keulenschwingend auf das Huhn zu. Es rührte sich nicht. Zu mehr schien es nicht in der Lage zu sein, deshalb schleuderte ich meinen Speer so fest ich konnte in Richtung Huhn und schrie: *»Stirb!«*

Der Speer flog nicht weit genug. Er landete vor dem Huhn. Ich hob ihn auf und warf nochmal.

Diesmal traf ich das Huhn, doch die glitzernde Klinge rutschte von seinen Federn ab. Das Huhn schien es nicht einmal zu bemerken.

»Das Huhn ist zu leicht. Der Speer rutscht immer ab. Wenn es größer wäre, schwerer –«

»Iesch 'alte es fest.« Jean-Pierre nahm Dads Wanderstab und drückte mit dem Holzknauf das Huhn zu Boden. Es flatterte und gackerte empört.

»Die Todgeweihten grüßen dich!«

Ich stieß meinen Speer auf den Hühnerrücken und begann zu drücken. Die Spitze glitzerte in der Sonne, als sie seitlich abrutschte und ein paar Federn aus der ansonsten unversehrten Haut mitnahm. Das Huhn schüttelte sich, dann saß es wieder ganz still da.

Jean-Pierre stampfte auf. *»Merde!«*

»Schlag zu! Es hat unserer besten Speerspitze widerstanden! Erschlag das Biest!«

Jean-Pierre holte mit dem Stock aus und zielte auf das Huhn, doch vor Aufregung begann er zu krampfen; er stolperte zur Seite. Mit einem dumpfen, harmlosen Plumpser traf der Stock den Nadelteppich.

»Aide-moi! Aide-moi!«

Ich legte meine Hände über seine, um den Stab zu lenken. Das Huhn bewegte sich in letzter Sekunde. Wir versuchten es noch ein paarmal, doch jedesmal, wenn er zu einem Hieb ansetzte, zuckte, zappelte oder brüllte Jean-Pierre. Er konnte nicht gleichzeitig seine Spasmen kontrollieren und auf die Jagd gehen. Es war noch schlimmer, als wenn er seinen tierischen Gelüsten nachgab.

Wir änderten unsere Taktik. Ich hielt das Huhn fest, während Jean-Pierre sich konzentrierte, um zuzustoßen. Er traf mich ziemlich hart an der Schulter. Es tat ordentlich weh. Ich schrie, er sei ein Trottel. Er brüllte zurück, schließlich sei die Jagd meine Idee gewesen, er hätte sich viel lieber hinter der Hecke versteckt und an sich rumgemacht.

»Jean-Pierre, du machst das zu oft! Einmal pro Tag sollte eigentlich jedem genügen!«

Jean-Pierre wurde wütend und schubste mich. Wir rangen auf den Fichtennadeln und schlugen aufeinander ein.

Mit einem Spastiker zu kämpfen, ist gefährlich. Er haut um sich, prügelt wie wild drauf los, und wenn man splitternackt ist, passieren schlimme Dinge. Ich schaffte es, ihn von hinten in eine Art Nelson zu nehmen, das ist ein Griff, den mir Dad beigebracht hatte, als er mal guter Laune war. Jean-Pierre ließ die Fichtennadeln fliegen, konnte mich aber nicht abschütteln. Da hatte er einen seiner unkontrollierbaren Krämpfe, schlug aus und traf mich mit seinem harten, mageren Unterschenkel gewaltig zwischen den Beinen. Mein Kostbarer-Samen-Behälter wurde grauenhaft gequetscht.

Ich schrie auf und revanchierte mich mit einem Tritt in Jean-Pierres Kostbarer-Samen-Behälter. Jean-Pierre heulte auf, rollte zur Seite, packte den Stock und stand auf. Bei dem Huhn hatte er sechs- oder siebenmal danebengeschlagen; deshalb war ich überrascht, als er gleich auf Anhieb meinen Kopf traf. Dann bekam Jean-Pierre Angst. Ihm dämmerte, daß er zur Waffe gegriffen hatte. Und ich hatte den Speer.

Als ich den Speer packte und Jean-Pierre sah, wie ich ihn voller Entschlossenheit umklammert hielt, schrie er erschrocken *»Mon Dieu!«* und wollte wegrennen. Ich ließ meine Waffe fallen, stieß Jean-Pierre zu Boden, schnappte mir den Wanderstab, stellte mich über Jean-Pierre und holte aus, um ihm einen anständigen Hieb auf die Schienbeine zu versetzen.

Als ich den Stock durch die Luft sausen ließ, tat es mir auch schon leid. Jean-Pierre krümmte sich zu einer Kugel zusammen und fing an zu jaulen, ganz hoch, wie ein Kaninchen, das der Fuchs erwischt. Ich schaute ihn an, sein Gesicht, seine klobige Nase, die ihm seine Mutter gebrochen hatte. In dem Augenblick fielen mir wieder die Geschichten über Jean-Pierres Familie ein. Ich warf den Stock weg, hockte mich neben ihn und half ihm, sich auszustrecken.

Als ich Jean-Pierres magere, verkrampfte Gliedmaßen massierte, wünschte ich mir, ich hätte gar nicht erst angefangen, mit ihm zu ringen. Das Huhn gluckste. Wir schauten hoch und lachten: Es hatte endlich getan, was wir wollten – und war auf einen Baum geflattert, entflohen wie ein wilder Vogel.

Ich kletterte auf die Fichte, Harz klebte an meinen Händen und meinem Bauch, verwischte die Kriegsbemalung. Es roch herrlich.

Ich hieb auf das Huhn ein. Mein Friedensangebot fiel Jean-Pierre vor die Füße. Jean-Pierre hob meinen Speer auf und stieß ihn dem Huhn in die Seite, direkt unterhalb des Flügels. Dann, mit einem triumphierenden Jodeln, drückte er, das Huhn war nun mit dem Speer auf den Fichtennadelteppich genagelt. Es flatterte wie wild. Das erschreckte Jean-Pierre. Er ließ den Speer fallen und rannte ein paar Schritte.

Ich kletterte runter und griff nach Dads Stock. Da Jean-Pierre das Huhn mit dem Speer erwischt hatte, fand ich es nur gerecht, wenn ich den Rest erledigte. Also drosch ich auf das Huhn ein und brach ihm das Genick.

Wir schmierten uns mit Hühnerblut ein, ganz so wie echte Wilde, bevor die Missionare in ihr Dorf kommen. Dann fragte Jean-Pierre, ob ich ihm helfen würde.

Ich stand Schmiere und hielt ihm im richtigen Augenblick den Mund zu. Als er fertig war, holte ich seine Kleider, knöpfte ihm das Hemd zu und zog den Reißverschluß seiner Hose hoch.

»Jean-Pierre, ich glaube, du gehst besser allein zurück, damit niemand Verdacht schöpft. Ich bleib noch ein bißchen hier.«

»Très bien, mon frère Calvin.«

15

Ich war nackt von der Jagd.

Ich legte mich auf den weichen Waldboden, hörte, wie Jean-Pierre den Weg zurückstapfte.

Ich machte die Augen zu.

Jennifer saß am Ende des Piers in Paraggi und ließ mürrisch die Beine im Wasser baumeln.

»Was hab ich davon, daß du hier bist, wenn du den ganzen Tag schläfst?«

»Tut mir leid«, sagte ich.

»Ich habe dir eine Taucherbrille und einen Schnorchel besorgt.«

»Danke.«

»Ich dachte, wir würden zur Bucht hinausschwimmen, bevor die verdammten Motorboote die Umgebung terrorisieren. Aber das ist schon *Stunden* her!«

»Ich bin einfach nicht wach geworden.«

»Geschieht dir recht!«

»Warum denn?«

Stumm setzte ich mich neben sie, wartete, daß sie ein bißchen netter würde. Jennifer hatte wirklich schlechte Laune.

Endlich brach sie das Schweigen. »Sollen wir irgendwo ein Picknick machen?« fragte sie verdrießlich.

»Das wäre prima!«

»Ich habe Lucrezia gebeten, uns was einzupacken. Mummy meint, wir dürfen hin, wo wir wollen, aber ich muß zum Tee wieder zurück sein.«

»Wollen wir die alte Straße hochgehen? Dann können wir zum Wasser runterklettern und von den großen Felsen bei San Fruttuoso aus schwimmen.«

»Eine ziemlich gute Idee für so einen Trottel wie dich. Schaffst du das denn? Bist du wach genug, daß du nicht hinfällst und dir das Köpfchen aufschlägst?«

Darauf zu antworten war sinnlos. Gewinnen war unmöglich. Jennifer behielt immer das letzte Wort. Als Fünfjährige stritten wir darum, wer die Krabbe bekam, die wir unterm Pier gefangen hatten. Sie versuchte, sie mir aus der Hand zu reißen. Dummerweise ließ ich nicht los. Jennifer zerrte und hielt auf einmal die Beine in der Hand; sie schaute erst die zuckenden Krabbenbeine an, dann mich und sagte: »Siehst du, jetzt hast du das Ding tot gemacht!« Ihre Augen füllten sich mit Tränen. Den Rest des Tages verbrachte ich damit, mich zu entschuldigen, sie zu trösten und das Krabbenbegräbnis zu organisieren. Die nächste Krabbe, die ich fand, gab ich ihr, bevor sie überhaupt dazu kam, mich zu bitten.

Jennifer trug unsere Taucherbrillen und Schnorchel. Ich schleppte die Handtücher und eine braune Papiertüte mit großen Fettflecken darauf, von dem Mittagessen – *panini con mortadella* –, das Lucrezia für uns eingepackt hatte.

»Was gibt's denn zu trinken?« fragte ich.

»Lucrezia hat eine Flasche *limonata* reingetan.«

»Nur eine?«

»Die können wir ja teilen.«

»Wir kriegen bestimmt ganz schön Durst, wenn wir nur eine Flasche haben …«

»Also ehrlich! Du bist ein richtiger Angsthase, Calvin!«

»Ich mein ja nur …«

»Da gibt's nichts zu meinen!«

Oben auf dem Hügel gabelte sich der Weg. Wenn man nach rechts abbog, konnte man auf dem Kamm der alten Römerstraße folgen, durch die Olivenhaine hinunter zu den Seitengäßchen von Santa Margherita. Wir nahmen den linken Weg. Jennifer trat nie auf die Ritzen zwischen den Pflastersteinen.

Auf den Hügeln lagen Bauernhöfe. Nicht dicht nebeneinander, sondern etwa alle ein, zwei Kilometer einer, immer an der alten Straße. Sie waren ziemlich verfallen. Über die meisten der geweißten Mauern hingen Weinreben oder die Zweige von Feigenbäumen. Auf dem ersten Bauernhof, an dem wir vorbeikamen, war niemand, nur ein Hund bellte und zerrte wie wild an seiner Kette.

Geistesabwesend pflückte ich eine Feige.

»Laß das Klauen sein!«

»Ich klaue doch gar nicht! Die würde ich sogar pflücken, wenn der Bauer zusehen würde. Die hängt doch über die Mauer.«

»Dieb!«

»Jennifer, wenn ich von einem Mädchen herumkommandiert werden wollte, hätte ich zu Hause bei Janet bleiben können!«

Jennifer stürmte voraus. Ihre Taille schien noch schmaler als sonst, weil der Badeanzug sich über den Khaki-Shorts ganz eng an ihren Körper schmiegte. Bei jedem wütenden Schritt schaukelte Jennifers Pferdeschwanz hin und her. Als sie einen Blick über die Schulter warf, war ihr zornrotes Gesicht hübscher denn je.

Wir bogen um eine Kurve, auf einmal war die Aussicht atemberaubend. Der Gebirgskamm hatte sich zu einem schmalen Grat verengt. Die Olivenhaine waren plötzlich verschwunden. Jetzt gab es nur noch Pinien, Zypressen und dichte Brombeersträucher, die an den steilen Hängen zu beiden Seiten des staubigen Pfads wuchsen. Hinter uns und tief unten sahen wir den Hafen von Portofino, eingerahmt von einem Halbkreis pastellfarbener Gebäude, dem Wahrzeichen des Städtchens.

Die riesigen Luxusjachten sahen von dort, wo wir standen, winzig aus. Ein Omnibus verließ gerade den großen Parkplatz. Der Klang seiner Hupe stieg in der heißen Luft zu uns auf.

Als wir um die nächste Ecke bogen und den Hügel hinunterkletterten, verschwand Portofino aus unserem Blick. Das Mittelmeer erstreckte sich als großes, glattes und glitzerndes Laken bis zum wolkenlosen Horizont. Außer unseren Schritten und dem Seufzen des Winds in den Pinien hörte man keinen Laut.

Ungefähr eine halbe Stunde wanderten wir. Jennifer blieb stehen und schaute den beinahe senkrechten Abhang aus rötlichem Lehm hinunter, der aufs Meer zustürzte.

»Und, was meinst du?«

»Na ja …«

Jennifer ging nicht weiter auf meine zögerliche Antwort

ein und schwang sich über den Abhang. Sie hangelte sich von Baum zu Baum, hielt sich an jeder knorrigen Pinie fest, um nicht kopfüber in die Tiefe zu stürzen. Ich folgte ihr. Es duftete ganz intensiv nach Pinienharz; ich mußte an die Hühnerjagd denken. Wäre Jennifer besserer Laune gewesen, hätte ich ihr davon erzählt. So arbeiteten wir uns schweigend vorwärts.

Unten angekommen blieben wir auf einer Böschung, die die Wellen ausgehöhlt hatten, stehen. Sie war eingestürzt und bildete nun eine Art Steilhang, der zu den riesigen Felsen hinunterführte; die Wellen rollten vom Meer herein, brachen sich an den Felsen, wichen wieder zurück.

Wir bahnten uns einen Weg auf einem schmalen Kliff, suchten nach einer Stelle zum Hinunterklettern. Bald kamen wir zu einer Art natürlichen Rinne, die sich das Regenwasser gegraben hatte. Feiner Sand und alte Piniennadeln hatten sich darin gesammelt.

In eine Wolke rötlichen Staub gehüllt rutschte Jennifer hinab, dann stand sie wieder auf und kletterte auf einen riesigen Felsen, während ich hinterherrutschte. Kies geriet mir in die Badehose.

An dieser Stelle der Küste waren keine Leute; hier gab es keine Strände, Straßen oder Orte. Als die kleine Kiesellawine ihre klackernde Kaskade beendet hatte, hörte man nur noch das leise Gurgeln des Wassers, als Nachhall jeder Welle, die über die riesigen Felsblöcke hinwegrauschte und wieder abfloß.

Jennifer zog ihre Shorts aus, schob ihren Badeanzug zurecht und griff nach Tauchermaske und Schnorchel.

»Kommst du?« fragte sie.

»Na klar.«

Sie gab mir die alte Taucherbrille und den Schnorchel, die der Bagnino ihr geliehen hatte, dann drehte sie sich um und hielt Ausschau nach einem günstigen Ort zum Ins-

Wasser-Gehen. Ich fragte mich, wie wir wieder herauskommen würden.

Jennifer fand eine Stelle zwischen zwei Felsen, von der aus man tauchen konnte. Sie stand da, blickte hinunter, wie weit sie springen mußte, um den Felsen auszuweichen.

»Paß auf wegen der Seeigel.«

Jennifer warf mir einen verächtlichen Blick zu, gab mir zu verstehen, daß sie so was schon genauso lange machte wie ich. Sobald sie im Meer war, schwamm sie mit aller Kraft hinaus, damit die nächste Welle sie nicht wieder gegen die Felsen spülen würde. Jennifer trat Wasser, während sie auf mich wartete.

Ich sprang so ins Wasser, daß mich eine zurückweichende Welle aufs Meer hinaustrug, dorthin wo Jennifer wartete. Wir setzten unsere Masken auf, pusteten das Wasser aus dem Schnorchel, rückten das Mundstück zurecht und schauten nach unten.

Die Wanderung, Jennifers schlechte Laune, der Gedanke an Jean-Pierre und die Hühnerjagd, an Großmutter, Mom und Dad – all das verblaßte, als ich das unendliche Blau unter mir sah.

Ich erschrak, weil das Wasser so tief war: Ich konnte nicht auf den Grund sehen. Die Felsen, die das Ufer bildeten, waren in Wirklichkeit die Spitze eines Unterwasserkliffs, das ganz steil abfiel, in eine unergründliche, endlose blaue Stille hinab.

Ich war nervös und schaute zu Jennifer hinüber, wollte sehen, ob sie Angst hatte. Ich hatte das Gefühl, ins Nichts hinausgetreten zu sein, zu schweben. Ich schwamm näher an das Kliff heran, doch die felsige Wand hinabzuschauen war noch schlimmer, als ein wenig davon entfernt zu schwimmen. Ich hatte genau das gleiche Gefühl des Fallens, das ich hatte, wenn ich mich vorbeugte und an dem Wasserrohr entlangsah, das von unserem Chalet zum Wasserwerk tief unten im Tal führte.

Jennifer ignorierte mich und tauchte, einen Silberstreif von Luftblasen hinter sich herziehend. Sie schwamm tiefer hinab, als ich je irgend jemand hatte tauchen sehen, so tief, daß sie durch die dicken Wasserschichten hindurch ganz dunkel, klein und blau aussah. Waberndes Sonnenlicht streckte seine Strahlenfinger aus, so daß ich Jennifer bald kaum noch sah.

Ich bekam es mit der Angst zu tun. Sie schwamm immer weiter, geradewegs an dem Unterwasserkliff entlang. Ich glaube, sie wollte sich so an mir dafür rächen, weil ich sie mit Janet verglichen und gesagt hatte, ich hätte ja gleich zu Hause bleiben können, anstatt wegzulaufen, um bei ihr zu sein.

Endlich machte sie kehrt und schwamm wieder nach oben. An der verzweifelten Art, wie sie mit den Füßen arbeitete, sah ich, daß sie keinen Sauerstoff mehr hatte. Ich wußte, wie ihr zumute war – ein schwerer Druck auf der Brust, ein wachsendes Gefühl der Panik –, als sie hastig nach oben schwamm, um Luft zu holen, bevor Wasser in ihre Lungen drang.

Jennifer schoß an die Oberfläche. Sie spuckte das Mundstück ihres Schnorchels aus und atmete zitternd ganz tief ein. Ich schwamm zu ihr hinüber und hielt sie fest, während sie nach Luft rang und Wasser trat. Sie fühlte sich kalt an. Ich legte meinen Arm um ihre schmale Taille, und sie stieß mich nicht weg.

Es dauerte mehrere Minuten, bevor sie wieder sprechen konnte.

»Ich … habe … bis auf den Grund … gesehen.«

»Wie tief ist es?«

»Zweimal … so tief wie ich getaucht bin. Vom Fuß der Felswand geht es … steil runter. Da unten ist es ganz schwarz.«

»Jennifer, ich mag das nicht. Komm, wir gehen raus.«

»Ja, los!«

Bevor wir an den glitschigen Felsen Halt fanden, trug uns das Wasser wieder weg, kratzte uns Handflächen und Finger auf und zog uns unweigerlich in das tiefe blaue Meer hinaus. Nach jedem Versuch fanden wir uns noch ein Stückchen weiter draußen wieder. Dann versuchten wir es noch einmal, gingen in Position, warteten auf eine Welle, ließen uns von ihr tragen, grapschten nach den Felsen, rutschten ab, fingen wieder von vorne an.

Nachdem wir es dreimal versucht hatten, bemerkte ich, daß Jennifer müde wurde. Langsam schwamm sie am Ufer entlang, suchte nach einer Stelle, an der man leichter ans Ufer kam. Wenig später kam sie zurück, schüttelte finster den Kopf und machte noch einen Versuch. Und wieder wurde sie von dem Felsen weggeschwemmt und trieb unglücklich ins tiefe Wasser hinaus.

»Jennifer! Geh du zuerst. Ich schiebe dich von hinten. Und dann kannst du mir helfen!«

Jennifer nickte und schwamm auf die nächste Welle zu. Ich schwamm dicht hinter sie. Als sie an dem Felsblock war, drückte ich sie nach oben, und zappelnd und strampelnd gelang es ihr, sich von meiner Schulter abzudrücken. Ich spürte, wie sie sich abstieß so fest sie konnte und mich richtiggehend unter Wasser drückte. Die zurückweichende Welle trug mich aufs Meer hinaus.

Als ich wieder nach oben kam, klammerte Jennifer sich an den Felsen. Während ich im Wasser auf und ab trieb, sah ich sie langsam auf den Felsen hinaufklettern, sich Tauchermaske und Schnorchel vom Gesicht reißen und diese wegwerfen. Sie legte sich flach auf den Bauch und reckte sich so weit wie möglich nach unten.

»Ich bin soweit, du auch, Kleiner?«

Ich ritt auf der nächsten Welle, verpaßte Jennifer und prallte an der falschen Stelle gegen den Felsen.

»Verdammt noch mal!«

»Beim nächsten Mal schaff ich's!«

Ich trat Wasser und ließ ein paar kleinere Wellen vorbeischwappen. Dann spürte ich eine große Welle kommen. Ich schwamm darauf und peilte Jennifers ausgestreckte Arme an.

Ich wurde so heftig gegen den Felsen gedrückt, daß mir die Luft wegblieb. Als ich gerade wieder in das schäumende Wasser zurückrutschte, fühlte ich Jennifers kräftige, schmale Hand um mein Handgelenk.

Sie fing an, mich hochzuziehen, während ich mit meinen Füßen Halt suchte.

»Mach schon, Calvin«, flüsterte sie mit zusammengebissenen Zähnen. »Mach schon, streng dich an!«

Als ich endlich an Land kroch, sah ich, daß ich mir das Knie aufgeschlagen hatte. Jennifer hatte eine Schnittwunde am Ellbogen, und unsere Fingernägel sahen ganz jämmerlich aus.

Wir stolperten zurück zu dem flechtenüberwachsenen Felsen mit der Hochwassermarkierung. Seite an Seite lagen wir in der Sonne, starrten in den wolkenlosen Himmel, durch die Pinien hindurch, die sanft im warmen Sommerwind schaukelten. Jeder hatte den Kopf auf dem Arm des anderen, wir lagen da, bis wir fast trocken waren und unser Herzschlag sich wieder beruhigt hatte.

Jennifer drehte sich auf den Bauch.

Ihre grünen Augen blickten direkt in meine. Ihr nasser Pferdeschwanz fiel auf der einen Seite ihres Gesichts herab. Warmes, salziges Meerwasser lief daran herunter, in meinen Mund. Sie senkte den Kopf und küßte mich. Ohne ein Wort legte sie sich auf mich.

Mein Herz klopfte heftiger als vorher, als ich gedacht hatte, wir würden ertrinken. Ich streifte die Träger ihres Badeanzugs von ihren braunen, schlanken Schultern. Die Streifen der Träger hoben sich cremeweiß von ihrer Sonnenbräune ab. Als ich die Träger noch weiter herunterzog, wurden die Streifen zu zwei Dreiecken und ihren weißen Brüsten.

Jennifer bewegte sich auf und ab. Ich folgte ihrer Bewegung.

Vorsichtig schob ich meine Hand von ihrer Schulter mit den zarten Sommersprossen. Dann nahm ich meinen Mut zusammen und schob sie zwischen uns. Ich wartete darauf, daß Jennifer spürte, was ich da tat, und schockiert und wütend aufsprang, meine Hand fortstieß. Doch statt dessen tat sie etwas, das mich mehr erstaunte als alles, was ich bisher erlebt hatte. Sie hob ihren Körper ein wenig an, und so konnte meine Hand ihre Reise zwischen ihren Beinen fortsetzen und, mit der Handfläche nach oben, Jennifer berühren.

Was sie dann tat, schockierte mich sogar noch mehr. Ihre kühlen Finger wanderten meinen Bauch herunter und glitten unter meine Badehose! Ich erstarrte. Jennifer faßte *mich* da unten an! Nicht durch die Badehose hindurch, nein, sie hielt mich in der Hand, und zwar absichtlich!

Ich umschlang den dünnen Streifen Badeanzug zwischen ihren Beinen und schob meine Hand unter den Stoff. Ich spürte ihre warme Haut.

Sie gab nach und atmete immer heftiger, dann lag sie ganz still da. Wir zogen unsere zitternden Hände weg. Jennifer lächelte. »Du hast eine schön feuchte Schweinerei angestellt!« Sie gab mir einen Kuß auf die Wange. Dann stand sie auf, ging bis zur Felskante, legte sich auf den Bauch und wartete auf die nächste durchsichtige Welle, die ihre Hand sauberspülte.

16

»Großmutter kann von Glück sagen, daß wir bibelgläubige Christen sind«, sagte Mom, ein paar Tage nachdem Großmutter sich die Hüfte gebrochen hatte. »Würden wir nicht

Böses mit Gutem vergelten, hätten wir sie einfach abgeschoben. Jetzt werden wir abwechselnd ihr barmherziger Samariter sein.«

Das Abstoßendste am Samariter-Dasein war, daß ich Großmutter ihre Zähne bringen mußte. Wenn ich ihr schleimiges, gräuliches Gebiß aus dem Wasserglas nahm, wurde mir ganz schwummerig. Ich hätte kotzen können, wenn ich ihre »Oberen« und ihre »Unteren« anfaßte, zwischen denen Essensreste steckten; im lauwarmen Wasser blieb immer eine Schleimspur zurück.

Nachdem Großmutter bettlägerig geworden war, las ihr fast jeden Tag jemand vor. Wenn junge Leute bei uns wohnten, die gut genug Englisch sprachen, versuchten die, ihr vorzulesen. Aber sie sprachen die Namen in den Todesanzeigen falsch aus. Das machte Großmutter rasend.

Trudi, eine schüchterne Deutschschweizerin mit schrecklicher Akne, versuchte, mit ihrem starken, gestotterten Akzent die Todesanzeigen vorzulesen. Großmutter verstand kein Wort von dem, was Trudi sagte. *»Wenn ich mir von soner dussligen deutschen Pute was vorlesen lassen will, dann sag ich schon Bescheid!«*

Nach dem dritten falsch ausgesprochenen Namen gab Großmutter Trudi einen derart heftigen Schubs, daß Trudi von der Bettkante rutschte. Sie schlug hart auf dem Boden auf, holte sich einen blauen Fleck am Steißbein und brach in Tränen aus. Dann stürzte sie aus dem Zimmer, während Großmutter lachte und schrie: *»Deshalb habt ihr auch den Krieg verloren, ihr blöden Nazis!«*

Im Badezimmer bogen Jean-Pierre und ich uns vor Lachen. Wir hatten uns dort versteckt, um Trudi beim Vorlesen zu belauschen.

Wir brauchten den ganzen Nachmittag, um Trudi zu finden. (Mom hatte uns diesen mildtätigen Auftrag erteilt.) Mom brauchte den restlichen Abend, um sie zu beruhigen und ihr zu versichern, daß Jesus Deutsche liebte – und wir auch.

Mom fürchtete, Großmutter würde noch mehr schreckliche Sachen tun oder sagen, die die jungen Leute dermaßen beleidigten, daß sie von den Dingen des Herrn abrückten. Deshalb mußte ich nun mehr Zeit mit Großmutter verbringen. Mom sagte, da ich ja schon errettet sei, würde ich nicht von den Dingen des Herrn abrücken, wie etwa die jungen Leute, die das mit Großmutters Geisteszustand nicht so recht verstanden. Von da an mußte ich täglich mehrere Stunden mit ihr verbringen.

Bald nachdem Großmutter bettlägerig geworden war, fand ich zum Glück einen Weg, ihren Einfluß auf mein Leben so gering wie möglich zu halten. In Großmutters Zimmer hing eine Wanduhr. Sobald sie morgens ihre Brille aufgesetzt hatte, schaute sie zwanghaft immer wieder darauf. Sie lebte nach dieser Uhr; Frühstück um acht Uhr morgens, Besuch ab neun, Mittagessen um Punkt zwölf, Mittagsschläfchen um eins, Nachmittagsbesuch um zwei, Waschung (mit Schwamm) um halb neun, Licht aus um neun. Jede Abweichung von diesem Zeitplan löste einen Tobsuchtsanfall aus.

Nachdem ich am ersten Tag geschlagene drei Stunden bei ihr verbracht hatte (ich mußte die ganze Zeit Pachisi mit ihr spielen, sie schob ihre Steine herum, wie es ihr gerade paßte, und tat nicht einmal so, als würde sie sich an die Regeln halten), schlich ich in ihr Schlafzimmer und verstellte ihre Uhr.

Am nächsten Morgen war es bereits neun, als Großmutter dachte, es wäre acht und somit Zeit für ihr Frühstück. Dann, während ihres Mittagsschlafs, schlich ich wieder hinein und stellte die Uhr vor, so daß sie eine Stunde verlor. Auf die Art konnte ich mein Tagespensum um zwei Stunden verkürzen.

Am ersten Abend nach meiner Entdeckung kam Mom abends zu mir, um gute Nacht zu sagen, und beglückwünschte mich zu diesem brillanten Einfall. Sie sagte, ein paar zusätzliche Stunden Ruhe vor »dem schrecklichen Weib« seien ein Geschenk des Himmels. Ich nahm die Gelegenheit wahr und fragte Mom etwas, das mich seit geraumer Zeit beschäftigte.

»Mom, warum hat Gott Jean-Pierre als Spastiker auf die Welt kommen lassen?«

»Manchmal tut der Herr gewisse Dinge, damit wir unsere Liebe zu ihm auf besondere Weise zeigen können.«

»So wie Hiob?«

»Ganz recht. Manchmal ist das die einzige Art, auf die Gott uns erreichen kann.«

»Und so ist das auch bei Jean-Pierre?«

»Wir können das nicht mit Gewißheit sagen, mein Schatz, aber es könnte so sein. Schließlich wäre er nie ins Chalet Beau-Rivage gekommen, wenn er kein Spastiker wäre. Er wäre vielleicht ganz normal gewesen, hätte aber das Evangelium nicht vernommen.«

»Aha.«

Mom hielt kurz inne und musterte mich. Dann seufzte sie. »Du berührst dich doch nicht, oder?«

»Nein, Mom, niemals.«

»Gut. Du weißt, was du tun mußt, wenn du dieses tragische körperliche Verlangen verspürst?«

»Ja, Mom, ich muß es vor den Herrn bringen.«

»Ganz recht, mein Schatz.«

»Mom?«

»Ja, mein Schatz?«

»Ich verstehe immer noch nicht ganz, wieso Gott es nicht einrichten konnte, daß Jean-Pierre das Evangelium vernimmt, ohne gleich Spastiker zu sein?«

»Das ist eine gute Frage, mein Schatz. Sogar einige Erwachsene fragen sich, warum gewisse Dinge geschehen. Aber bist du sicher, daß du nicht gerade das Thema wechselst?«

»Nein, Mom.«

»Wenn du dich nämlich *tatsächlich* berührst, kannst du mir deine Nöte mitteilen. Wir können darum beten, daß Gott dir einen feuchten Traum schickt oder dich von deinen animalischen Gelüsten heilt.«

»Schon okay, Mom. Ich will nur wissen, warum manche Sachen passieren. Ich wechsele nicht das Thema.«

»Nun, mein Schatz, so schwer es für uns auch mit unserem sündigen, uneinsichtigen Verstand zu begreifen ist, so wissen wir doch, daß Gott alles in der Hand hat; wir wissen, daß Dinge, die für uns keinen Sinn ergeben, dies für ihn sehr wohl tun.«

»Aber, Mom, wenn unser Verstand sündig ist, wie können wir uns dann darauf verlassen, daß unser Verstand an Gott glaubt?«

Mom tätschelte mir die Hand. »Das können wir nicht, mein Schatz. Wir können uns nicht auf unseren sündigen Verstand verlassen. Gott kommt durch seine Gnade zu uns und erleuchtet unsere hinterlistigen Herzen.«

»Ja, aber warum sind wir dann überhaupt Missionare, Mom? Wieso erzählen wir Leuten was von Jesus? Warum überlassen wir das alles nicht einfach Gott?«

»Weißt du, mein Lieber, es sind ja nicht wirklich wir selbst, die da etwas tun, nicht einmal, wenn wir Gottes Wort verkünden. Gott tut all dies, durch uns. Zum Beispiel bin nicht ich es, die gerade zu dir redet. *Gott* spricht durch mich. Ich bin nur sein Werkzeug.«

»Wenn er das alles tut und wir nur sein Werkzeug sind, warum macht er sich dann die ganze Mühe und errettet nicht einfach die Erwählten?«

»Weil Gott, mein Lieber, alles auf seine Weise und zu seiner Zeit tut.«

»Das ist aber keine Antwort, Mom.«

»Nun, mein Schatz, wenn du mehr wissen willst, dann frag deinen Vater.«

»Das habe ich ja, aber er hat nur gebrüllt, Dick Keegans

Fragen seien schon schlimm genug und mehr als einen Ungläubigen Thomas könnte er nicht vertragen.«

»Dein Vater ist im Augenblick einer enormen Belastung ausgesetzt, mein Schatz.«

»Kann ich dann dich fragen?«

Mom seufzte und nickte.

»Mom, wenn Gottes Gnade hinter allem steht, wieso hat er dann seinen eigenen Sohn umgebracht?«

»*Liebling!* Wir müssen *aufpassen*, daß wir keine blasphemischen Äußerungen von uns geben!«

»Ich frage ja nur.«

»Aber, mein Schatz, nicht Gott hat Jesus ›umgebracht‹ – das war Satan!«

»Konnte sich Satan frei entscheiden?«

»Nein, mein Schatz, auch sein Wille ist sündig.«

»Dann ist Satan also ein Teil von Gottes Plan?«

»Ja, mein Lieber, in gewisser Weise.«

»Dann braucht Gott also Satan für seinen Plan?«

»In gewisser Weise, obwohl Gott nichts *braucht*; er ist der Allerhöchste und hat keine Bedürfnisse.«

»Aber, Mom, wenn Gott Satan brauchte und Satan Jesus umgebracht hat, warum hat Gott dann Jesus sterben lassen, wo er doch schon beschlossen hatte, wer errettet werden würde?«

»*Liebling!* Was du da sagst, klingt, als wärst du von arminianischer Theologie beeinflußt! *Wer* hat dir diese Gedanken eingepflanzt? Hat dir jemand diese Dinge gesagt?«

»Nein, Mom.«

»Sei vorsichtig! Ralph sagt, der Arminianismus sei die gefährlichste Form der Häresie.«

»Ich weiß gar nicht, wer die Arminianer sind, Mom.«

»Und trotzdem mußt du dich vor ihnen in acht nehmen, mein Schatz.«

»Warum, an was glauben die denn?«

»Schwamm drüber! Auch wenn man übervorsichtig ist,

kann man leicht Fehler begehen. Laß dir Dick Keegan ein Beispiel sein! Hat Dick mit dir geredet? Komm, sag die Wahrheit!«

»Nein, Mom. Ich rede nie mit Reverend Keegan über irgend etwas. Niemals.«

»Das ist gut. Dick meint es nicht böse, aber wie du ja weißt, war er leider auf dem falschen Seminar und hat jetzt eine Schwäche für den freien Willen.«

Mom saß da und kaute auf ihrer Lippe.

»Stellt dir Jean-Pierre diese Art von Fragen?«

»Nein, Mom.«

»Berührt er sich?«

»Nein, Mom.«

»Wenn er sein Leben von Gottes Willen bestimmen läßt, warum tust du es dann nicht auch?«

»Oh, das tue ich ja.«

»Gut.«

»Ja, wirklich.«

»Na ja, sprich nicht mit Dick, wenn es geht.«

»Werde ich nicht, Mom. Gute Nacht.«

»Ich liebe dich, mein Schatz. Berühr dich nicht, mein Schatz, hörst du?«

»Nein, Mom.«

»Wenn dein Kleines Ding unanständig wird, bring's einfach vor den Herrn.«

»Mach ich, Mom.«

»Fein, mein Schatz. Süße Träume!«

»Dir auch, Mom. Gute Nacht, Mom.«

»Nacht.«

»Nacht.«

»Schlaf schön!«

»Du auch.«

»Hab dich sehr lieb, mein Schatz. Und berühr dich nicht, okay?«

»Niemals.«

»Also dann …«

»Nacht, Mom.«

»Nacht.«

»Und sprich nicht mit Dick.«

»Versprochen, Mom.«

Mom schloß sanft meine Schafzimmertür. Ich machte die Augen zu. Ihre grünen Augen blickten direkt in meine. Ihr nasser Pferdeschwanz fiel auf der einen Seite ihres Gesichts herab. Warmes, salziges Meerwasser lief daran herunter in meinen Mund. Sie senkte den Kopf und küßte mich. Ohne ein Wort legte sie sich auf mich.

17

Am nächsten Morgen stand ich zeitig auf und stellte mich an die Hecke zwischen dem Hühnerstall und dem Chalet der Keegans nebenan. Ich wartete darauf, daß Dick Keegan herüberkam und die Post holte. Ich wartete ungefähr zwanzig Minuten. Als Dick endlich durch die Lücke in unserer Hecke kam, trat ich hinter der Blaufichte hervor.

»Dick, kann ich dich mal was fragen?«

Reverend Keegan machte einen solchen Satz, daß seine Brille runterfiel.

»Dick, kann ich dich was zur Allmacht Gottes fragen?«

»O Junge! Was hast du vor, willst du mich ein für allemal erledigen?« Er schaute kurz zu den Fenstern unseres Chalets hinüber und lachte nervös.

»Ich erzähl's keinem.« Ich nahm Reverend Keegan beim Arm und zog ihn hinter den Baum.

»Also, was hast du für eine Frage?«

»Warum hat es überhaupt Sinn, irgendwas zu tun, wenn

doch eh alles vorbestimmt ist. Es geht um den freien Willen.«

»Mannomann! Du kommst ja gleich zur Sache!«

Reverend Keegan nieste. »Das sind schwierige Themen. Heuschnupfen. Ich hasse den Frühling!« Er blickte über die Schulter. »Ich sollte jetzt wirklich meine Post holen. Vielleicht können wir uns später unterhalten.«

»Mom meint, diese Themen sind einfach, wenn man die richtige Theologie vertritt.«

Dick sagte lange gar nichts, stand nur da und starrte vor sich hin. Wir standen zwischen der Blaufichte und der Hekke und starrten auf die Straße, das Feld und den Wald unter uns. Wir schauten uns nicht an, sondern standen nebeneinander, mit dem Rücken zum Chalet, und schauten über das Rhonetal auf die Dents du Midi und die anderen gezackten Gipfel.

Unmusikalisches Gesinge driftete über die Hecke, es kam von den Spastikern nebenan. Ein Segelflugzeug ließ sich von der warmen Thermik emportragen, die unsichtbar von den schachbrettartig angeordneten, sonnengetränkten Feldern im Tal aufstiegen. Ich schaute das Flugzeug an, dann zu Dick hinüber.

Trotz der friedvollen Szenerie, die sich unter und über ihm ausbreitete, zitterte Reverend Keegan. Seine hochgewachsene, schmale Gestalt war angespannt. Wenn er schluckte, hüpfte der Adamsapfel an seinem dürren, sehnigen Hals auf und ab. Und im Augenblick schluckte er recht häufig. Sein Adamsapfel tanzte ein paarmal auf und nieder, papierne Haut und blaues Geäder glitt darüber.

Dick leckte sich die Lippen und räusperte sich.

»Nun, es gibt da ein paar Dinge, die ich noch nicht richtig einordnen kann. Dinge, über die ich noch nachdenke. Ich kann nicht behaupten, daß ich sie alle erklären könnte.«

»Ich sag's keinem.«

»Darum geht es nicht. Es ist nur so, daß einige Gedanken länger brauchen, bis sie reifen. Aber jetzt muß ich wirklich meine Post holen!« Reverend Keegan nieste, schneuzte sich, inspizierte sein Taschentuch und seufzte.

Er machte einen Schritt auf das Chalet zu. Ich griff nach seinem Arm.

»Ich habe doch gesagt, daß ich es niemandem erzähle.«

»Ich mag keine Heimlichtuerei, und außerdem fängt meine Nase wieder an zu bluten.«

»Dad behauptet, du würdest es mit der Prädestination nicht so genau nehmen. Er sagt, du glaubst an den freien Willen.«

Dicks Wangen wurden rot. »Schau mal, es ist ja nicht so, daß ich die Meinung deines hochverehrten Vaters nicht teile, nur bin ich ... ich bin reformiert wie jeder andere, es ist nur, ähm ... Ich bin in ... in ziemlich vielen Dingen nicht so sicher wie er.«

Reverend Keegan preßte die Finger auf den Nasenrükken und legte den Kopf in den Nacken.

»Was denn zum Beispiel?«

»Oh, zum Beispiel warum bei der Re... Ref...«, Reverend Keegan nieste heftig, »... Reformation so vieles, was Christen getan und woran sie geglaubt hatten – ihre Art, den Gottesdienst zu feiern, zum Beispiel –, aufgegeben wurde.« Er nieste, schneuzte sich, inspizierte wieder eingehend den Taschentuchinhalt und schüttelte traurig den Kopf. Reverend Keegan rollte eine Ecke seines fleckigen Taschentuchs zu einer schlanken Spitze zusammen, schob diese vorsichtig in sein eines Nasenloch und fing an darin herumzustochern.

»Gehört die Allmacht Gottes zu dem Zeugs, das aufgegeben wurde?«

»Keine Ahnung. Ich will damit nur sagen, daß uns vielleicht ein paar Dinge selbstverständlich erscheinen, die wir einmal hinterfragen sollten.«

Reverend Keegan wiederholte den Reinigungsprozeß mit dieser Art Pfeifenreiniger im anderen Nasenloch.

»Zum Beispiel die Prädestination?«

»Na ja, zumindest das Verhältnis zwischen Mensch und Gott, dem freien Willen und Gottes Allmacht.« Reverend Keegan stocherte immer tiefer, bis er endlich den Störenfried zutage förderte. Er brummte zufrieden. »Providenz versus Prädestination, das Mysterium, wie Gott uns das Leben schenkt. Sogar der Stellenwert der Liturgie im Gottesdienst.«

»*Liturgie!* Kein Wunder, daß Dad besorgt ist! Das klingt *katholisch!*«

»O Junge!«

»Es interessiert mich eben. Das ist alles. Ich mache mir Gedanken. Ich will es einfach wissen.«

»Dann besuche das richtige Seminar!« Reverend Keegan lachte, aber nicht so, als fände er irgendwas besonders witzig. Blut tröpfelte aus seinem linken Nasenloch. Er klatschte sich das Taschentuch an die Nase.

»Keine Sorge, die blutet dauernd. In einer Minute ist es vorbei.« Reverend Keegan legte den Kopf in den Nacken, drückte sich das Taschentuch aufs Gesicht. »Wenn du glaubf, daf Gott Menfen mit freiem Willen geschaffen hat, der Möglichkeit, sich frei tfu entscheiden, fogar für daf Böfe, daf gegen feinen Willen ift, dann mufft du nicht mehr Gott für allef Böfe verantwortlich machen, waf fo paffiert.«

Reverend Keegan schob das Taschentuch zurecht.

»Ich brauche Eif! Und aufferdem muff ich Antihiftamine nehmen! Wird daf Taffentuch blutig?«

»Nein, es ist noch ziemlich weiß.«

Reverend Keegan unterdrückte ein letztes Niesen, ging durch die Lücke in unserer Hecke und am Hühnerstall vorbei auf sein Chalet zu. Seine Post hatte er vergessen.

Ich stand noch eine Weile da und schaute dem Segelflugzeug nach, das Hunderte von Metern in der warmen Luft spiralförmig nach unten sank, ein stummer Fleck vor dem riesigen, unbeweglichen Alpenpanorama. Jean-Pierre brüllte den Refrain zu »Vertraue und gehorche« besonders laut und falsch. Er sang absichtlich so gräßlich, um die Ladies zu ärgern. Aber was konnten sie schon tun – einem Spastiker kann man schlecht vorwerfen, daß er nicht perfekt ist.

18

Jean-Pierre und ich erfanden ein Spiel. Jean-Pierre ging zu unseren Neuankömmlingen und stellte sich als Calvin vor. Die jungen Leute hatten nicht damit gerechnet, daß Reverend Beckers Sohn behindert war. Sie versuchten, ihre Überraschung durch übermäßige Freundlichkeit zu vertuschen. Ich dagegen gab mich als Calvins Freund Jean-Pierre aus dem Heim nebenan aus. Ich führte mich noch spastischer auf als der echte Jean-Pierre und tat so, als könne ich kaum laufen oder sprechen. Ich nuschelte und stotterte, während die jungen Leute dastanden, geduldig versuchten zu verstehen, was ich sagte, und nervös von einem Bein aufs andere traten. Und die ganze Zeit schwankte ich hin und her, fiel um, stand auf und fiel wieder hin.

Die meisten unserer jungen Leute waren schon wiedergeborene Christen, wenn sie zu uns in die Arche kamen, deshalb mußten sie geduldig und an Leid gewöhnt tun und durften ihr christliches Lächeln – das, was Großmutter immer das »dämliche Grinsen der wiedergeborenen Scheißer« nannte – nicht verlieren, wenn sie mir beim Torkeln und Stottern zusahen.

»Wie ha-ha-ha-ha-ha-heißt du de-de-de-denn?« lallte ich und verzog meinen Mund zu einem schiefen Grinsen, nur Zähne und Sabber.

»Ich heiße Penny«, antwortete ein fröhliches Mädchen aus England, das zu kurze Shorts anhatte und gerade aus dem Bähnchen gestiegen war.

Später, dachte ich, würde Mom ein paar Takte mit dieser Penny reden, von wegen daß man kein Stolperstein und keine Quelle weltlicher Verführung für unsere jungen Männer sein dürfe. Am zweiten Tag in der Arche, da war ich mir sicher, würde Penny keine derart knappen Höschen mehr tragen. Wenn sie keine dabei hatte, die dem Herrn zusagten, würde Mom ihr einfach welche von Janet leihen.

Einstweilen aber mußte ich unentwegt Pennys Körper anstarren, den sie in enge, blaßrosa Shorts gezwängt hatte.

»Ich b-b-b-b-b-b-bin Sch-Sch-Sch-Sch-Sch-Jean, Jean, P-P-P-P-P-Pierre«, grölte ich. Ich vollführte einen kleinen Zucke-Tanz und wackelte mit dem Kopf. »G-g-g-g-g-gegelobt sei d-d-d-d-d–»

»Der Herr!« vollendete Jean-Pierre meinen Satz mit Gebrüll, Peggy fuhr erschrocken zusammen. Ich bemerkte, daß auch er das anstarrte, was Mom Pennys besondere intime Gabe genannt hätte. Pennys Gabe war ganz deutlich zu erkennen, ein tiefes V, das sich in ihren unzüchtigen Shorts abzeichnete.

»Ist deine Mom im Chalet?« fragte Penny Jean-Pierre mit lauter, süßer Singsang-Stimme, als wäre er ein kleines Kind, das ein Hörgerät brauchte.

Jean-Pierre hob kurzzeitig den Blick von Pennys Gabe. »J-j-j-j-ja.«

»Ich glaube, wir suchen ei-ei-ei-einfach mal nach ihr.« Penny errötete. Sprachfehler sind in der Regel ansteckend.

»Ich f-f-freue mich auch sehr darauf, deinen Vater kennenzulernen«, sagte Penny zu Jean-Pierre.

»J-j-j-j-ja-ja«, antwortete Jean-Pierre. »Er st-st-st-steht mi-mi-mi-mit dem Herrn auf d-d-d-d–»

»... und d-d-d-duu!« brüllte ich.

»Da-danke!« sagte Penny.

Sie und ein weiteres Mädchen, das mit derselben Bahn gekommen war, eine traurige, unauffällige Gestalt, die kein Wort gesagt, uns ungläubig angestarrt hatte und ein unscheinbares langes graues Kleid trug – die angemessene spirituelle Kleidung –, diese beiden hasteten weiter, ihre Rucksäcke und Schlafsäcke hinter sich herzerrend. Pennys Shorts waren so knapp geschnitten, daß man einen Streifen von ihrem Hintern sah, während sie die Stufen zur Veranda hochstapfte.

Beim Mittagessen sah Penny verblüfft zu, wie ich hereinkam, mich hinsetzte und das Tischgebet sprach, als Dad mich darum bat. Sie machte ihre Augen nicht zu, sondern betrachtete mich eingehend, während ich betete.

»Lieber Vater im Himmel, wir danken Dir für dieses Mahl und für die Gnade, Dir zu dienen. Segne jeden, den Du zur Arche geführt hast, damit alle an Deiner Weisheit wachsen mögen. Ganz besonders danke ich Dir für unsere beiden Neuzugänge. In Jesus' Namen, A-a-a-amen.«

Als ich das Amen stotterte, schielte ich zu Penny hinüber, die mich mit offenem Mund anstarrte. Ich zwinkerte ihr zu. Alle anderen saßen noch mit gesenkten Köpfen und geschlossenen Augen da, wie man es eigentlich tun soll. Ich machte eine rasche Spastiker-Grimasse, bevor die anderen wieder aufsahen. Dann wurde ich wieder normal und schaute Penny nicht mehr an, während ich meine Gemüsesuppe aß, dann mein Sandwich mit Eiersalat und mein Jell-O mit Limonenaroma und geriebenen Karotten darin.

Etwa eine Stunde nach dem Mittagessen kam Penny zu mir. Sie trug jetzt eins von Janets unauffälligen, knielangen Kleidern mit Paisleymuster, das einen großen Spitzenkragen und lange Ärmel hatte und den Unterrock sehen ließ. »Was du da getan hast, war gar nicht nett. Das war kein Akt der Nächstenliebe«, sagte sie mit sorgenvoller Stimme.

»Wa-wa-wa-warum n-nicht?«

Penny wurde puterrot, und sie machte auf dem Absatz kehrt, um mich zu verpetzen.

Als Mom mich fand, war ich in meinem Zimmer und sezierte gerade einen Sperling, der gegen mein Fenster geflogen war und sich das Genick gebrochen hatte.

»*Calvin!* Du wirst dich nie wieder über die Spastiker lustig machen!«

»Mom, ich habe mich nicht über die Spastiker lustig gemacht. Es war nur ein Spiel.«

»Was für eine Schande, wenn die Leute glauben, wir hätten einen spastischen Sohn!«

»Warum? Was ist denn verkehrt daran, ein Spastiker zu sein?«

»Nichts, aber Gesundheit ist ein Segen. Es ist gemein von dir, dich darüber lustig zu machen!«

»Aber es ist auch Jean-Pierres Spiel, Mom.«

»Ist mir egal, *wessen* Spiel es ist. Es mißfällt dem Herrn. Es ist erbärmlich, und ihr werdet es *nie wieder* spielen! Wie können die jungen Leute näher zum Herrn kommen, wenn ihr solche Sachen macht? Das schafft doch eine völlig falsche Atmosphäre!«

»A-a-a-aber, M-m-m-mom!« stotterte ich, legte Skalpell und Pinzette beiseite, streckte die Arme in einem komischen Winkel aus und stakste auf sie zu, so als wollte ich sie umarmen. Meine Mutter deutete einen kümmerlichen Klaps an und versuchte nicht zu lachen. Aber sie konnte sich nicht beherrschen. »Du bist unmöglich!« Sie gab auf und lachte schallend.

»Glaub bloß nicht, daß ich es deinem Vater nicht erzähle, wenn du das noch mal tust. Daß du mich zum Lachen gebracht hast, bedeutet nicht, daß es auch in Ordnung ist. Ich warne dich!«

»Okay, Mom.«

»Versprichst du mir das?«

»Ja, ich denk schon.«

»Also gut. Dann sag ich es dieses Mal nicht deinem Vater.«

»Mom?«

»Ja, mein Schatz?«

»Mich beschäftigt da was …«

»Ja, mein Schatz?«

»Na ja, ich versteh nicht, wieso es falsch sein soll, wenn wir die Wahl haben, weißt du, einen freien Willen, zumindest ein bißchen.«

Moms Gesichtsausdruck wechselte von guter Laune zu großem Kummer.

»*Calvin!* Warum reitest du nur immer auf diesem Thema herum!«

»Ich denke halt darüber nach. Vielleicht hat Gott ein anderes Zeitgefühl als wir. Vielleicht ist Zeit für ihn eher so wie der Horizont, obwohl die Erde rund ist, so, also gar keine gerade Linie. Vielleicht sieht Gott alles auf einmal, und die Unterscheidung zwischen dem allwissenden Gott der Providenz und der Prädestination ist eigentlich überflüssig.«

»Providenz? O Calvin! Mit wem hast du geredet!«

»Ist nur so eine Idee, weiter nichts. Ich hab mit niemandem geredet.«

»Calvin, das glaube ich dir nicht! Jemand hat dir diese Obsession mit dem freien Willen ins unschuldige Hirn gepflanzt! Wer war es?! Reverend Keegan, nicht wahr?«

»Nein, Mom, ich denke einfach über alles mögliche nach.«

»Calvin, lüg mich nicht an! Du denkst dir doch kein Wort wie Providenz aus! Von wem hast du dieses Wort?«

»Dad hat das mal in einer Predigt gesagt.«

»Das glaub ich dir nicht! Niemand benutzt dieses Wort, außer denen, die Gottes Allmacht unterminieren wollen!«

»Aber Mom, wenn Gott den freien Willen zuläßt, dann ist die Freiheit Teil von Gottes Plan, oder?«

»O Calvin! Das ist ja schrecklich! Wer hat dir das angetan?!«

»Ach, nun hab dich nicht so, Mom!«

»Ich hab mich, wie ich will! Und das werde ich mit deinem Vater besprechen.«

Mom schüttelte den Kopf und schloß die Tür. Ich wartete, bis ich sie den Flur entlanggehen hörte, dann legte ich einen feuchten Lappen über den Vogel, damit er frisch blieb, und ging auf Zehenspitzen die Treppe hinunter und zur Tür hinaus.

Ich legte mich unter die Hecke und machte die Augen zu. Wir lagen da, küßten uns und rieben unsere Körper aneinander, doch Jennifer sprang nicht wie sonst auf und lachte mich aus, sondern küßte mich immer heftiger und heftiger und preßte ihre schmalen, knochigen Hüften gegen meine! Als meine Hände ihre Brüste gefunden hatten, stieß sie sie nicht beiseite, sondern ging ein bißchen ins Hohlkreuz, damit ich besser drankam.

19

Dad zitierte Janet, Rachael, Mom und mich in sein Schlafzimmer. Er ließ uns alle nebeneinander auf dem Sofa am Bettende Platz nehmen, dann blieb er mit gesenktem Kopf vor uns stehen. Als er endlich aufsah, sprach er mit müder, ausdrucksloser Stimme.

»Es ist etwas geschehen. Ein Geist der Apostasie hat sich in unserem Werk breitgemacht, ein heimtückischer Geist der Irrlehre, vielleicht sogar der Häresie. Calvin, sag die Wahrheit. Das Werk des Herrn steht auf dem Spiel. Ich habe Mom und die Mädchen als Zeugen hierhergebeten, denn wir sind alle als Familie berufen, das Werk des Herrn zu verrichten. Es ist nicht mein Werk oder das von Mom, es ist das Werk des *Herrn*, und ihr alle – selbst du, Calvin – seid verpflichtet, ihm als Partner bei seinem Werk beizustehen. Ich spreche heute nicht als Vater zu euch, sondern als Bruder in Christus, als Mitstreiter im Weinberg des Herrn. Calvin Dort Becker, sag uns die Wahrheit: Wer hat gesagt, es gäbe einen Unterschied, wie gering er auch sein möge, zwischen Prädestination und Providenz? *Wer?*«

»Niemand, Dad.«

»Wenn du lügst oder dich weigerst zu antworten, muß ich dir eine Tracht Prügel verabreichen.«

Komisch, dachte ich, daß er mir Prügel androht, wo er doch als Mitstreiter zu mir spricht. Aber ich sagte nur: »Dad, ich schwöre, daß mir niemand irgendwas gesagt hat.«

Mom warf mir einen vorwurfsvollen Blick zu. »Wir sollen nicht schwören: Wenn einer schwört beim Tempel oder wenn einer schwört bei dem Altar, das gilt nicht. ›Es sei aber euer Ja ein Ja und das Nein ein Nein‹.«

Janet hob die Hand.

»Ja, Janet?«

»Es ist Reverend Keegan, Dad. Er hat mit Calvin geredet. Das weiß ich!«

Ich versuchte, Janet ruhig und aufrichtig anzusehen. »Woher willst du wissen, daß er mit mir gesprochen hat? Das ist nicht wahr.«

Rachael rang verzweifelt die Hände. »O Calvin! Wir haben dich gesehen!«

»Wann?«

Janet schaute triumphierend drein. »Wir haben gesehen, wie du mit ihm an der Hecke gestanden hast!«

»Ich habe ihm nur geholfen, weil er mal wieder Nasenbluten hatte. Ich habe nicht mit ihm gesprochen.«

»Und«, fügte Janet bedeutungsschwanger hinzu, »ich habe noch etwas gesehen.«

»O nein! Was denn?« fragte Mom.

»Gestern, als ich in sein Arbeitszimmer ging, um die Ausgabe von *Christentum heute* zu holen, die Dad wiederhaben wollte, da sah ich auf Reverend Keegans Schreibtisch ein Buch von *Karl Barth!*«

»Karl Barth!« schrie Dad.

»Ja! Karl Barth. Und nicht nur das – er hat einige Textstellen rot angestrichen, und bei einem Absatz hat er an den Rand geschrieben: ›Finde ich auch‹!«

Mom und Dad tauschten einen düsteren Blick. Dad hatte drei Predigten Barth und seiner Theologie gewidmet – »Barth, der Häretiker«, »Modernität oder Wahrheit« und »Evangelium ohne Gesetz«.

Nach einer langen Pause sagte Dad: »Jetzt reicht's. Heute noch schreibe ich dem Aufsichtsrat der Mission. Entweder er oder ich. Wir können nicht mit unterschiedlichen Einstellungen den Apostaten gegenübertreten und erwarten, daß Gott weiterhin Wohlgefallen an unserem Dienst hat. Es ist schwer genug, daß Dick nie eine wirklich verwandte Seele war. Doch nun *dies!*«

»O Ralph! Glaubst du nicht, wir sollten mit ihm reden, bevor wir uns an den Aufsichtsrat wenden?«

»Elsa, erwartest du, daß ich die Sünde Elis begehe, der über die Schlechtigkeit seiner Söhne im Tempel hinwegsah?«

»Nein, natürlich nicht.«

»Ich werde an den Aufsichtsrat schreiben und *verlangen*, daß Dick versetzt wird. Und damit basta!«

Janet sah selbstzufrieden in die Welt. »Also, *ich* habe nie mit ihm über die Lehre geredet!«

»Ich auch nicht!« fügte Rachael tränenüberströmt hinzu.

Sie schauten zu mir herüber.

»Ich auch nie!«

»Versprichst du das?«

»Ja, Dad.«

»O Calvin!« Moms Augen füllten sich mit Tränen.

»Bring die Mädchen nach draußen.«

»Aber, *Dad!*«

Die Frauen gingen im Gänsemarsch nach draußen und hielten den Kopf gesenkt, nur Janet warf mir einen letzten triumphierenden Blick zu, als sie die Tür schloß. Ich hörte Rachael schluchzen, während Mom sie über den Flur führte.

Dad wandte sich mir zu. »Du hattest eine Gelegenheit, die Wahrheit zu sagen. Was du nicht weißt, ist, daß ich Dick darauf angesprochen habe. Er hat zugegeben, daß er mit dir über den freien Willen gesprochen hat. Ich wollte dir eine Chance geben, dein Gewissen zu erleichtern. Du hast diese Chance vertan.«

»Dad!«

»Du hast mich angelogen. Beug dich vor und zieh die Hose runter.«

Dad holte den schwarzen geflochtenen Gürtel hervor, während ich mich vornüber beugte und mit zitternden Fingern meine Zehen berührte.

»Damit das klar ist: Ich züchtige dich nicht, weil du traurigerweise irregeleitet worden bist – ich bin sicher, der Herr wird dich aus dem Ödland vergeblicher Spekulation und Apostasie wieder zu sich zurückbringen. Ich züchtige dich vielmehr, weil du uns belogen und gesagt hast, Dick hätte nicht mit dir geredet, wo er es doch getan hat. Verstehst du das?«

»Ja, Dad. Aber, Dad?«

»Ja?«

»Er hatte wirklich Nasenbluten, Dad.«

»Das ist keine Entschuldigung. Du hättest ihm einen Eisbeutel in den Nacken legen können, ohne ihn wegen der Prädestination zu fragen. Beug dich vor.«

20

»Dein Grofvater hat fich feinen Lebenfunterhalt mit Arbeit verdient!«

»Hier, tu deine Zähne rein, du lispelst.«

Großmutter schob die grausigen Dinger hinein, ließ sie oben und unten einrasten und fuhr dann fort. »Nich wie dein Vater, dieser Nichtsnutz. Was macht der schon, hä? Ein fauler Schlappschwanz isser, das sag ich dir. Gut für gar nix!«

Ich ließ mich auf das Thema ein. Allmählich fand ich Gefallen an ihren täglichen Schimpftiraden. »Er verbringt eine Menge Zeit mit den jungen Leuten.«

»Soll das etwa Arbeit sein? Laber, laber, laber – pah! Ein Schlappschwanz isser. Zum Glück hat Ralph senior das nich mehr erlebt. Dein Großvater hat im Kohlenbergwerk gearbeitet, seit er acht war. Pah! Dein Dad ist ein Schlappschwanz, Junge, und du wirst auch mal einer! Wetten?«

Ich reichte Großmutter ihre Tasse Kaffee. Sie schlürfte laut.

»Warum hat Großvater schon so früh angefangen zu arbeiten?«

»Weil er kein so 'n Schlappschwanz war, deshalb! Weil er keine überspannte Missionarin geheiratet hat, die ihm Flausen ins Hirn setzt, deshalb!«

»Großvater hat geheiratet, als er acht war?«

»Willste mich auf 'n Arm nehmen, du kleiner Klugscheißer? Dein Großvater war zu fleißig, um durch die Gegend zu rennen und was von Jesus zu brüllen. Mit zwölf hatter seine Mutter und seine Schwestern unterstützt. In deinem Alter, jawoll! Das war ein *Mann!*«

»Ich bin fünfzehn.«

Großmutter trank den Kaffee aus und gab mir die Tasse zurück.

»Na, siehst aba viel dümmer aus! Herrgott! So ein lausiger Kaffee!«

»Sei nicht so unhöflich. Kein Wunder, daß Großvater früh gestorben ist – wer hätte es lange mit dir ausgehalten?«

Großmutter kicherte. »Schau mal, da draußen. Stürzt das Flugzeug gleich ab oder was?«

Ich hätte es wissen müssen. In dem Sekundenbruchteil, den ich abgelenkt war, streckte Großmutter ihre Klaue Richtung Nachttischchen aus und packte die eiserne Bettpfanne, die Mom geleert und dort abgestellt hatte, holte mit ihren kümmerlichen Armen aus und briet mir eins über.

»Freches Biest! Dir werd ich's zeigen!«

Nachdem ich mich wieder aufgerappelt hatte, rutschte ich mit dem Stuhl ein gutes Stück vom Bett weg. »Wieso glaubst du eigentlich nicht, daß ich mal zurückschlagen könnte?«

Es dauerte ein paar Minuten, bis Großmutter so lange aufhören konnte zu lachen, um mir zu antworten. »Weil du 'n kleiner Trottel und 'n Schlappschwanz bist, wie dein Dad!«

»Er ist *dein* Sohn, Großmutter!«

»Schlechte Saat!«

»Dann ist es also Großvaters Schuld?«

»Reiz mich nicht, sonst hau ich dir nächstes Mal das Ding übern Kopf, wenn's voll Pisse ist!«

Großmutter machte die Augen zu und tat so, als schliefe sie gleich ein. Ich wartete. Nach ungefähr dreißig Sekunden öffnete sie die Augen und blinzelte.

»Wenn ich Gott wäre, würde ich denen überhaupt nix geben! Die könnten singen bis zum Sankt Nimmerleinstag!«

Mühsam rutschte ich auf dem Stuhl hin und her.

»Er hat dich ordentlich verdroschen, was?«

»Hmm.«

»Ich hab ihn auch immer tüchtig verprügelt.«

»Wieso denn?«

»Er war schon damals zu nix gut und isses heute genausowenig!«

»Warum?«

»Seit wann sitzen die Leute rum und warten, daß sie kriegen, was sie brauchen? Wie wär's mit Arbeit? Das möchte ich doch gern mal wissen. Hätte ihn ärger verprügeln sollen. Ihm Vernunft eindreschen. Dem faulen Kerl!«

Ich konnte nicht widerstehen. »Aber Mom und Dad arbeiten doch. Dad arbeitet den ganzen Tag. Und Mom auch. Mom arbeitet jetzt auch: Sie leitet den Montagmorgen-Gebetskreis.«

»Das ist keine Arbeit. Rumsitzen und lesen, singen und faseln. Arbeit? Arbeit is das, was dein Großvater gemacht hat. Der hat geschafft! Jeden Morgen um drei aus den Federn. Mit der ersten Bahn zum Chestnut Hill. Der hat die Kessel, die Generatoren und das ganze Zeugs angeworfen, bevor der erste aufgekreuzt is. Einmal pro Monat isser dann in die Kessel gestiegen und hat den Kalk abgekratzt. *Das nenn ich Arbeit!*«

»Na ja, verschiedene Leute sind eben zu verschiedenen Dingen berufen.«

Ich verlagerte mein Gewicht von einer schmerzenden Pobacke auf die andere. Großmutter lächelte hinterhältig.

»Ach ja? Wieso glauben die denn, sie hören Gott, wie er zu ihnen redet, persönlich, und hauen gleich ab in ein fremdes Land, um dort rumzusitzen? *Fasel, fasel, fasel!* Nicht mal einen Job haben die, aber ihre Gebete leiern sie gegen Geld runter, anstatt was Nützliches zu tun! Wieso, das wüßt ich gern!?«

Großmutter setzte sich auf.

»Gib mir noch 'ne Tasse von dem beschissenen Kaffee!«

Ich schenkte ein und reichte ihr die Tasse.

»Warum bist du immer so wütend auf Dad?«

»Du wohl nich, hä?« sagte Großmutter geräuschvoll

schlürfend. »Er hat dir doch ganz schön den Hintern versohlt!«

Ich imitierte Rachaels frömmsten Tonfall, so gut ich konnte. Das brachte Großmutter jedesmal auf die Palme. »Ja, aber dennoch liebe ich ihn. Ich bin nicht verbittert wie du, weil ich Jesus kenne.«

»Wenn *ich* nicht mal lesen könnte, würde ich das Maul halten! Und mich nich so aufspielen!« fauchte Großmutter. Sie streckte mir die Tasse entgegen.

»Vielleicht nagle ich einfach deine Tür zu und lasse dich verhungern!«

»Is mir scheißegal. Das Essen hier ist eh unter aller Sau. Mir soll's recht sein.«

Großmutter machte eine Pause, leckte sich über die dünnen Lippen und brachte dann ihr zweitliebstes Thema zur Sprache; das erste war Dads Blödheit.

»Warum bist du nich in der Schule, anstatt hier rumzulungern und den Kellner zu spielen? Du mußt ganz schön schlecht gewesen sein, wenn du von der Missionsschule geflogen bist.« Großmutter lachte. »Wieso gehst du nich auf die Dorfschule? Ham die Angst, du würdest mit den anderen Kindern Doktorspiele machen?«

»Nein.«

»Ich hab beim Engländer-Stammtisch gehört, du hast versucht, einen von denen zu beschneiden! Hast versucht, ihm den Schwanz abzuschneiden, so hab ich's gehört!«

»Stimmt nicht!«

»So hab ich's aber gehört. Mehr weiß ich nicht.«

»Aber das ist nicht wahr.«

»Ach ja? Und wieso nimmt dich dann keine andere Schule?«

»Du weißt, weshalb.«

»Wenn sie die Nonnen in der Dorfschule nicht mag, warum ist die Betschwester dann hierhergezogen?«

Ich machte wieder Rachael nach. »Großmutter, wieso sagst du immer so schreckliche Dinge über Mom?«

»Du weißt verdammt gut, wieso! Sie ist die Hexe, die deinen Paps so durcheinandergebracht hat, daß er sein Ingenieurstudium hinschmeißt. Seminar! Pah! Schwachsinn! Deshalb hat dein Großvater nämlich so früh den Löffel abgegeben – weil's ihm das Herz gebrochen hat!«

»Mom sagt, *du* bist diejenige, die Großvater so früh unter die Erde gebracht hat.«

Großmutter streckte die Hand Richtung Nachttisch aus. Ich duckte mich, doch diesmal griff sie nur nach ihrer Brille, setzte sie auf und schob ihr Gesicht ganz dicht an meines. Ihre blaßgrauen Augen, hinter den dicken Gläsern riesig und wütend, blinzelten ein paarmal. Giftig betonte sie jedes Wort.

»Du gehst jetzt runter zu diesem Gebetskreis und sagst dieser verlogenen Schlampe, daß sie ihren tugendreichen, wiedergeborenen Arsch sofort hier raufbewegt, damit ich ihr mal gehörig die Meinung geigen kann!«

»Großmutter, ich kann einen Gebetskreis nicht einfach unterbrechen!«

»Dann tu ich's eben.«

Großmutter lächelte hinterfotzig. Zu meinem Entsetzen begann sie aus Leibeskräften loszubrüllen. Nach jedem durchdringenden – und überraschend lauten – Schrei grinste sie hochzufrieden.

In letzter Zeit hatte ich die Kunst, Großmutter zur Weißglut zu bringen, perfektioniert, um nicht mit ihr Pachisi spielen zu müssen, doch das war selbst mir zuviel des Guten. Ich versuchte sie auszubremsen, indem ich ihr den Mund zuhielt. Sie hatte die oberen und die unteren Beißerchen drin und schnappte erst einmal tüchtig zu. Ich machte einen Satz rückwärts und hielt mir den Daumen. Großmutter schrie immer weiter: *»Hilfe! Hilfe! Hilfe!«* mit ihrer hohen, schnarrenden Stimme.

Wie erstarrt stand ich am Fußende ihres Betts und überlegte, ob ich sie lieber ersticken oder mit der Bettpfanne erschlagen sollte. Doch bevor ich mich zu irgendwas durchringen konnte, hörte ich jemand die Treppe hochkommen und dann den Gang entlangstampfen. Auch Großmutter hörte es. Sie lächelte. »Na, das hat ja gewirkt. Wie 'n Voodoo-Nigger-Zauber!«

Ich machte die Tür auf. Janet stürmte mir entgegen.

»Was ist los?«

»Ich habe versucht, sie zum Schweigen zu bringen!«

»Hol das verlogene Dreckstück rauf!«

Vorwurfsvoll drehte sich Janet zu mir.

»Was hast du getan?«

»Nichts, ehrlich!«

»Hilfe! Vergewaltigung! Mord! Feuer! Ich hab den Teufel gesehen, der will meine Seele!«

Janet schrie entsetzt auf, dann packte sie Großmutter an den Schultern und schüttelte sie. *»Großmutter, da unten findet ein Gebetskreis statt!«*

Großmutter schlug Janets Hände beiseite. *»Ich werd's dem verdammten Dreckstück zeigen, her mit ihr, gleich hat sie was zum Beten!«*

Janet machte kehrt und flüchtete den Flur hinunter. *»Hilfe! Hilf mir, Jesus! Ralph ist der Leibhaftige!«* kreischte Großmutter, dann brach sie in wildes Gelächter aus. Ich stand da und sah zu, wie ihre Brillengläser beschlugen, während sie immer mehr außer sich geriet.

Einen Augenblick später wurde die Tür aufgestoßen. Mom stürmte herein. *»Mutter! Was ist in dich gefahren, daß du dich derart aufführst?«*

Großmutter sprach ganz ruhig. »Hast du gesagt, ich hätte Ralph Senior frühzeitig ins Grab gebracht?«

Mom schaute überrascht drein, wandte sich vorwurfsvoll zu mir um, sah dann wieder Großmutter an. »Sei nicht albern. Unten haben wir gerade unseren Gebetskreis.«

»Von mir aus kann Jesus da unten gerade Tango tanzen, du verlogenes Dreckstück! Du hast ihm das Herz gebrochen, weil du ihm den Sohn geklaut und zum Idioten gemacht hast! Missionar! *Ha!* Nix als 'n lumpiger Vertreter! Das hast du aus ihm gemacht! Ralph Senior hat zwanzig Jahre gearbeitet, um Geld zu sparen, damit sein Sohn auf die Ingenieurschule gehen konnte!«

»Also, *du* hast uns jedenfalls *nie* geholfen, als Ralph auf dem Seminar war! *Ich* habe gearbeitet und ihn durchgebracht!«

»Hast du etwa erwartet, ich würde zulassen, daß Ralph Senior auch nur einen stinkenden Groschen für diese ganze Scheiße ausgibt!!?« Großmutter schrie so heftig, daß ihre untere Zahnreihe herausfiel und auf dem Boden landete. Mom stieß ein undefinierbares wütendes Bellen aus, stampfte auf, packte mich am Handgelenk und zerrte mich zur Tür. *»Hebt gefälligst meine verdammten Zähne auf!«* brüllte Großmutter uns nach. Aber Mom hörte nicht und drehte sich auch nicht um.

Mom zog mich hinter sich die Treppe hinab, zur Eingangstür hinaus, auf die kleine überdachte Veranda neben unserem Chalet. Sie keuchte, ihre Wangen waren hochrot. Eine ganze Minute stand sie zitternd da, bis sie sich endlich zusammenreißen und sprechen konnte.

»Ich *verbiete* dir, ihr jemals wieder zuzuhören! Ich werde nicht dulden, daß du derartige *Bosheiten* anhören mußt!«

Mom brach in Tränen aus und ließ mich draußen stehen. Ich hörte sie *»Ralph! Ralph!«* schreien, während sie nach oben rannte.

Ich schaute über den Hof hinweg zum Hühnerstall. Die Hühner hatten sich zu einem staubigen, aufgeregten Knäuel zusammengeschart und hackten auf eine Henne ein, die auf dem schmutzigen Boden kauerte. Bevor ich hinlaufen und nachsehen konnte, warum die Henne angegriffen wurde, sagte Dad mit leiser, unheilverkündender Stimme: »Komm rauf in mein Zimmer.« Er hatte die Haustür so sachte geöffnet, daß ich ihn gar nicht gehört hatte.

Mom saß auf der Kante ihres Ehebetts und schneuzte sich. Ihre Augen waren rot. Dad schloß die Tür. »Jetzt reicht es. Mit meiner Mutter zurechtzukommen, ist eine Sache. Etwas ganz anderes ist es jedoch, wenn sie ganz bewußt Gott lästert und das Werk des Herrn unterminiert.«

Mom nickte. Ich wußte nicht, was ich sagen sollte.

Die Vene an Dads Hals pulsierte. »Ich habe mit Mutter gesprochen und ihr gesagt, daß ich sie irgendwie nach Amerika zurückschicke, ins Altersheim der PKKKKUSA, wenn sie sich noch ein einziges Mal so aufführt.«

Mom schneuzte sich. »Wir wollen nicht, daß du jemals wieder mit ihr redest.«

»Ja, Mom.«

»Ich lasse nicht zu, daß meine eigenen Kinder ihrem dämonischen Gift ausgesetzt werden. Wir haben im Augenblick genügend Probleme mit den Keegans, da muß Mutter das Ganze nicht noch verschlimmern! Hörst du?«

»Ja, Dad.«

»Wenn du in Zukunft an ihrem Bett sitzt, darf sie nicht mit dir reden. Nicht über solche … solche häßlichen Dinge.«

»Wie kann ich es ihr verbieten, Mom?«

Dad machte eine Faust und schlug damit auf die flache Hand. »Sie weiß, daß sie die Arche verlassen muß, wenn sie so was jemals wieder macht. Du mußt ihr nur sagen, daß du gleich einen von uns holst, wenn sie nicht aufhört! Hast du verstanden?«

»Ja, Dad.«

Dad trat gegen den Schrank. Mom kam auf mich zu und umarmte mich. »Du bist ein guter Junge. Du kannst nichts dafür.«

»Elsa, was sollen wir den jungen Leuten sagen?«

»Ich denke, wir sollten ihnen die Wahrheit sagen. Es tut

ihnen gut, wenn sie sehen, daß auch wir unsere Probleme haben, daß wir nicht perfekt sind. So können wir ihnen zeigen, daß der Herr uns die Gnade erweist, mit Widrigkeiten fertig zu werden. Sie können sich ein Beispiel an uns nehmen.«

Mom nahm mich bei der Hand und führte mich nach unten. Großmutter lachte immer noch. Mom ignorierte sie. Als wir ins Wohnzimmer traten, hörte ich, daß Dad *Tristan und Isolde* spielte, und zwar ganz laut.

Die jungen Leute und Dick und Jane Keegan starrten uns an. Mom erwiderte ihre Blicke mit einem Nicken und ging auf die gegenüberliegende Seite des Zimmers. Ich setzte mich in die hinterste Reihe und versuchte, jeden Blickkontakt mit den jungen Leuten zu meiden, die sich umdrehten und mich anschauten.

Mom setzte ihr frömmstes Lächeln auf. »Ihr werdet euch sicherlich fragen, was der Grund für die tragische Störung unserer kostbaren stillen Zeit mit dem Herrn zu bedeuten hatte. Nun, sie illustriert etwas auf sehr plastische Weise. Wir kämpfen nicht gegen Fleisch und Blut, sondern gegen Prinzipien und Mächte.«

»Amen!« sagten Dick und Jane unisono. Dick nieste.

Ich sah, daß Mom nicht in Dicks und Janes Richtung sah. Es war so, als wären die beiden gar nicht da. »Der Herr erweist uns die Gnade, uns zu prüfen. Heute sah diese Prüfung so aus, daß der Herr gnädigerweise der armen Mutter meines Mannes einen Anfall von Geistesschwäche sandte, wodurch unser Gebet gestört wurde. Mutter ist alt und geistig blind.« Mutter lächelte süß. Die jungen Leute lächelten zurück.

Dick sagte: »Amen!«, aber Mom schaute ihn nicht an.

»Beten wir also für sie und kehren dann zurück zu dem geistigen Feldzug für finanzielle Unterstützung, mit Hilfe derer wir Gottes Ruf folgen und seinem Werk immer größeren Einfluß verschaffen können.«

Die jungen Leute senkten die Köpfe. Mom machte einen Schritt nach vorn, hob das Kinn, schloß die Augen und betete mit ihrer schönsten Stimme. Sie hätte nicht heiliger aussehen können, wenn sie an einen Pfahl gebunden und von Flammen umzüngelt wäre. Ich wußte, daß Mom nun ganz lange beten würde. Ich schloß die Augen.

21

Lucrezia brachte mir heiße Schokolade. Jennifer trank Tee. Wir teilten uns ein Körbchen voll frischer, knuspriger ungesalzener Brötchen, und dazu gab es Portionsdöschen mit jugoslawischer Aprikosenmarmelade und in Folie eingewikkelte Butterstückchen.

»In drei Tagen fahre ich ab«, sagte Jennifer.

Wir saßen allein auf der Terrasse der Pensione Biea. Alle anderen Gästen schliefen noch. Obwohl ich nicht in der Pensione wohnte, servierte Lucrezia mir das Frühstück, so wie sie es immer getan hatte.

Ich riß mein Brötchen auseinander und tunkte es in die heiße Schokolade. Jennifer halbierte ihres mit dem Messer, strich Butter darauf und aß es auf dieselbe manierliche Art, wie sie alles tat. Wir konnten den Bagnino sehen, der gerade gegenüber von der Pensione am Strand die Liegestühle aufklappte.

Die Sonne war warm. Ihre Strahlen fielen unter die Markise und schienen uns ins Gesicht. Auf der silbernen Teekanne spiegelte sich das Licht und blendete. Die Butter begann zu schmelzen.

Als ich sah, wie ruhig Jennifer war, wurde ich wütend. Ich hätte nicht so nonchalant vom Wegfahren reden können. Ich hätte nie so tun können, als wären wieder mal die

Ferien vorbei, als hätte ich nicht diesen Druck auf der Brust, daß ich kaum schlucken konnte.

»Jennifer, bitte bleib hier.«

»Calvin, wie um alles in der Welt soll ich das denn anstellen?«

»Wir können zusammen weglaufen, irgendwohin.«

»Du glaubst doch wohl nicht im Ernst, daß das funktioniert. Du kannst nicht dein ganzes Leben lang weglaufen.«

»Ich will's aber versuchen!«

»Na, *ich* nicht!«

»Aber wie sollen wir dann zusammenbleiben?«

»Tun wir ja gar nicht. Zumindest nicht jetzt. Ich seh dich in den nächsten Ferien wieder.«

»Wieso glaubst du, daß ich da sein werde?«

»Warum nicht?«

»Ich kann mich nicht ewig in Ginos Studio verstecken.«

»Calvin, du weißt doch ganz genau, was passieren wird: Du gehst wieder nach Hause, oder deine Eltern holen dich. Und danach ist wieder alles ganz normal.«

»In meiner Familie ist nichts normal. Das weißt du.«

»Trotzdem, in den nächsten Ferien sind wir wieder zusammen. Dessen bin ich mir sicher.«

»Mom und Dad werden mich nie mehr irgendwohin mitnehmen.«

»Dann treffen wir uns eben woanders, irgendwann.«

»Jennifer, ich gehe nicht mehr zurück nach Hause, basta! Wenn du nicht hierbleibst, sehen wir uns nie wieder!«

»Das ist doch kompletter Blödsinn! In ein paar Jahren machen wir beide, was wir wollen. Wer soll uns das verbieten?«

»In ein paar *Jahren*! Wie soll ich ein paar *Jahre* überleben, ohne dich zu sehen!? Lieber *sterbe* ich!«

»Calvin, du bist ein furchtbar dummer Junge!«

»Jennifer, bitte benimm dich nicht so, als wärst du jemand anders, ein Erwachsener oder meine Mutter oder so. *Bitte!*«

»Calvin, ich werde dich schrecklich vermissen, aber ich kann einfach nicht alles aufgeben und losheulen oder mich auf den Boden schmeißen und um mich schlagen. Wir müssen warten. Wenn du wartest, tue ich es auch, bis deine Eltern ein Einsehen haben oder du erwachsen wirst oder ich, je nachdem, was zuerst passiert.«

Während wir redeten, hatte ich eingehend die Haut betrachtet, die sich auf ein paar Tropfen heißer Schokolade auf meinem Teller gebildet hatte. Ich blickte auf und sah Jennifer an. Tränen glänzten in ihren blaugrünen Augen, die so gut zu dem türkisfarbenen Wasser in der Bucht hinter ihr paßten. Ihre Hände zupften ein Brötchen auf dem Tischtuch in immer kleinere Stückchen. Ihre langen, schlanken Finger waren an den Gelenken weiß. Ihr blaßrosa Mund zitterte. Mir schoß das Wasser in die Augen, die schließlich überquollen. Wir saßen da, schauten einander an, und die Tränen liefen uns über die Wangen. Ich griff nach Jennifers Hand.

Wir sahen einander so intensiv an, so voller Liebe, daß wir gar nicht mitbekamen, wie Lucrezia auf die Terrasse herauskam, um heißes Wasser und Milch nachzugießen. *»Madonna! Che fai? Perché piangi?«* wollte sie wissen.

Jennifer wandte sich zu ihr um. Anstatt meine Hand loszulassen, hielt sie sie fest, obwohl ich versuchte, meine wegzuziehen. Jennifer schaute Lucrezia an. *»Amore, Lucrezia, amore!«*

Wir gingen die Stufen hinab, die von der Terrasse zu dem Pfad hinunter zum Strand führten. Die Badesachen hatten wir bereits unter unseren Kleidern an, so daß wir nicht in die Pensione gehen und uns umziehen mußten.

Der Bagnino klappte noch immer in langen symmetrischen Reihen Liegestühle aus. Jennifer fragte ihn, wieviel es kosten würde, ein Boot zu mieten. *»Quanto costa noleggiare la barca per tutto il giorno?«*

Der Bagnino lächelte und deutete auf sein altes Arbeitsboot. Er würde es uns für umsonst geben, meinte er, wir müßten nur gut darauf aufpassen.

»Bring mich zum Leuchtturm«, befahl Jennifer.

Ich ruderte an der Burg vorbei aufs offene Meer hinaus. Beim Rudern sah ich die Bucht von Paraggi verschwinden und zu unserer Rechten in den Hafen von Portofino übergehen, der von den zypressenbestandenen Hügeln eingerahmt wurde.

Ich ruderte uns über die Bucht von Portofino zum Leuchtturm hinüber. Dann steuerte ich eine kleine Spalte zwischen zwei riesigen Felsen an. Jennifer sprang, das Seil in der Hand, aus dem Boot und zog uns ans Ufer; sie streckte die Hand aus und half mir auf den warmen, feuchten Felsen. Sie band das Seil an dem überhängenden Zweig einer krummen Pinie fest, nahm unsere Handtücher, breitete sie auf dem Felsen aus und setzte sich hin.

Ich legte den Arm um Jennifers Taille, und sie legte ihre Hand auf meine Schulter. Eine Weile lang saßen wir schweigend da, starrten auf die scharfe Trennungslinie des Horizonts, betrachteten die sanften Wellen, genossen die Wärme der Sonne und atmeten das köstliche Parfum der Pinien und des trockenen Tangs ein. Jennifer sprach als erste.

»Calvin, wenn du magst, werde ich dich heiraten.«

Ich hatte beim Rudern die ganze Zeit überlegt, wie ich sie fragen könnte, ob sie mich heiratet. Und jetzt, als sie gesagt hatte, daß sie das tun würde, wußte ich nicht, was ich antworten sollte. Alles, was ich herausbrachte, war ein »Oh?«

Jennifer sah mich ziemlich scharf an, als ich nur »Oh?« antwortete. Ich wußte, daß ich lieber schnellstens sagen sollte, was ich empfand, ehe sie wütend wurde und vielleicht ihr Angebot zurückzog. Und dann wußte ich auf einmal, was ich tun und sagen sollte.

Ich sprang auf. »Jennifer, heirate mich *heute*!«

Jetzt war sie diejenige, die verblüfft dreinschaute.

»Was um Himmels willen soll das denn heißen?«

»Das soll heißen, daß ich dich zur Anlegestelle in Portofino rudere; dann gehen wir zur Kirche hoch und heiraten!«

»Calvin, man kann nicht einfach in eine Kirche spazieren und heiraten!«

»Nicht mit einem Priester, nur du und ich. Wir nehmen Weihwasser, dann ist das Ganze offiziell.«

Jennifer starrte mich an. Verschiedene Gedanken wanderten über ihr Gesicht, einer nach dem anderen. Ihre Augen wechselten die Farbe, von Blaugrün zu dunklerem Blau, dann beinahe zu Türkis.

Schließlich sagte sie: »Du bist der blödeste Kerl, der seltsamste Mensch, der größte Trottel, der mir je untergekommen ist, aber ich werde dich immer lieben, und wenn es dich glücklich macht, in eine Kirche zu schleichen und dort mit Weihwasser rumzuspritzen, dann bin ich dabei!«

Jennifer stand auf und küßte mich so fest, daß sich meine Zähne in die Innenseite meiner Unterlippe gruben.

Ich ruderte uns um die Landspitze herum, in den Hafen von Portofino. Wir legten an dem alten Kahn an, der jetzt eine schwimmende Bar war. Aufeinandergestapelte Stühle standen am einen Ende des Decks, das ein Junge gerade mit dem Schlauch abspritzte. Ein grauer Schmutzfilm triefte über den Rand in das grüne Wasser des Hafenbeckens und ließ es um den bemoosten Schiffskörper herum ganz schlammig werden. Die Überbleibsel der Nacht – Zigarettenkippen, Streichhölzer, Korken und Strohhalme – tanzten auf der Wasseroberfläche. Ich half Jennifer beim Aussteigen, band das Seil an einem Tischbein auf dem Kahn fest, nickte dem Jungen zu und nahm Jennifers Hand.

Wir gingen über die Mole zur Piazza, überquerten diese und steuerten die breiten Stufen zur Kirche an. Sie war leer, bis auf die alte schwarzgekleidete Dame, die immer da war. Sie kniete allein vor der Statue von Maria.

Ich ging voraus und zeigte Jennifer, was sie tun sollte. Obwohl sie doch zur Church of England gehörte, kannte sie sich mit dem Katholisch-Sein nicht so gut aus wie ich. Im Unterschied zu mir hatte Jennifer eben nie während der Ferien römisch-katholisch sein gespielt, hatte nie heimlich stundenlang in der Kirche gesessen und zugeschaut, wie die Leute kamen und gingen, beteten, beichteten und Gott verehrten.

Ich tauchte meine Finger in das steinerne Becken an der Wand neben der Kirchentür, benetzte sie mit Weihwasser und bekreuzigte mich. Jennifer sah zu, dann tat sie dasselbe. Ich drehte mich zum Altar um, machte einen tiefen Knicks und bekreuzigte mich noch einmal. Jennifer machte es genauso.

»Wo sollen wir's tun?« wisperte Jennifer.

»In der Seitenkapelle, da, neben der Christusstatue.«

Ich nahm sie bei der Hand und führte sie hinter den mahagonibraunen Kirchenbänken vorbei, durch große, kräftig rot-blau gefärbte Sonnenflecken, die durch die bunten Glasfenster auf die riesigen Steinplatten fielen, über das wunderschöne Mosaik einer Seeschlange, die sich auf dem Fußboden wand, und endlich zu einem Gitter, das die kleine Kapelle von dem Hauptteil der Kirche trennte.

Ich ließ Jennifers Hand los und ging zu dem Gestell mit Kerzen hinüber, nahm einen langen Wachsstock, steckte fünfzig Lire in den Geldschlitz und zündete meine Kerze an einem Wachslicht in einem roten Becher an, das vor einer Statue vom heiligen Joseph brannte. Dann befestigte ich meine Kerze mit ein bißchen heißem Wachs auf der Altarbrüstung, bekreuzigte mich und kniete nieder.

Jennifer tat das gleiche.

Sie schaute mich an und lächelte. »Und jetzt?«

»Sieh zu Jesus hoch und bete um seinen Segen für unsere Heirat. Und bete auch zu Maria, damit sie uns beschützt.«

Wir falteten die Hände. Jennifer machte die Augen zu, aber ich betrachtete eingehend Jesu Wunden, die Striemen der Geißelung; jeder geschnitzte Blutstropfen war in dem gleichen Rot angemalt wie seine in Todesqual geöffneten Lippen.

Nachdem ich Jennifer ›Amen‹ hatte flüstern hören, nahm ich ihre beiden Hände, stand auf und fragte: »Bist du bereit?«

»Ja.«

»Jennifer, du hast dich heute mit mir zusammen hier eingefunden, um die eheliche Verbindung von Calvin und dir vor Gott zu bezeugen.«

Jennifer nickte.

»Jennifer Bazlinton, ist dir irgendein Grund oder Hindernis bekannt, weshalb du Calvin nicht zu deinem rechtmäßigen Ehemann nehmen solltest?«

»Nein.«

Jennifer straffte die Schultern. »Calvin Becker, ist dir irgendein Grund oder Hindernis bekannt, weshalb du Jennifer Bazlinton nicht zu deiner rechtmäßigen Gattin nehmen solltest?«

»Nein«, antwortete ich.

Ich setzte gerade an mit »Hiermit erkläre ich Jennifer Bazlinton und–«

»Warte, Calvin, da kommt doch erst das mit den guten und den schlechten Tagen, oder?«

»Tschuldige, ich bin durcheinandergekommen. Jennifer, willst du diesen Mann lieben und ehren, in guten und in schlechten Tagen, bis daß der Tod euch scheidet?«

»Ja.«

»Calvin, nimmst du mich, diese Frau, zu deiner Gattin, bis der Tod euch scheidet?«

»Ja.«

Ich drehte Jennifer mir zu, nahm ihre Hände und sagte: »Dann sind wir hiermit Mann und Frau.«

»Ja, das sind wir«, flüsterte Jennifer. »Verdammt, wir brauchen ja Ringe!«

»Die besorge ich später.«

Ich zog Jennifer an mich und küßte sie auf den Mund. Ihre Lippen waren warm. Die alte Frau sah zu uns herüber und zischte mißbilligend. Sie wußte nicht, daß das schon in Ordnung war, weil es ja um eine Heirat ging.

Dann führte ich Jennifer zurück zum Weihwasserbecken und bespritzte sie ein bißchen. Anschließend bespritzte sie mich ein bißchen. Wir küßten uns wieder, diesmal hinter einer riesigen Steinsäule verborgen. Wir küßten uns lange.

Als wir aus der kühlen, dämmrigen Kirche in den warmen, hellen Morgen heraustraten, standen wir blinzelnd und benommen da. Es dauerte ein paar Minuten, bis wir uns an das Sonnenlicht gewöhnt hatten.

22

Dad saß auf den Stufen, die von unserem Chalet zur Straße hinunterführten. Er wartete darauf, daß der Aufsichtsrat der PKKKKUSA auf seinen Brief über Dick Keegans Theologie reagierte. Er war so gespannt auf die Antwort, daß er eine ganze Woche lang jeden Morgen die Postbotin abpaßte. Er sagte, er wolle nicht, daß der Brief in die falschen Hände falle.

Ich lag auf meinem Bett, starrte auf die vertrauten Fratzen in der Maserung der Holzdecke und fragte mich, wie ich es bis zum 20. August aushalten sollte. Heute war der 22. Mai. Blieben also noch drei Monate, bis ich Jennifer wiedersehen würde.

Meine Tagträumerei wurde unterbrochen, als Dad aus Leibeskräften *»Oh, nein!«* brüllte.

Dad rannte in unser Chalet und rief: *»Elsa! Elsa!«*

Der Brief war angekommen. Der Aufsichtsrat der PKKKKUSA hatte entschieden, daß sich Dick Keegan keine falsche Doktrin zu eigen gemacht hatte. Dick, so schrieben sie, hätte überzeugend dargelegt, daß er sich nur über die arminianische Theologie informiert habe, um sie besser verstehen zu können. Dick mußte irgendwie von Dads Vorwürfen erfahren haben und hatte dem Aufsichtsrat geschrieben. Dad beschuldigte Mom, den Brief achtlos auf ihrem Schreibtisch liegenlassen zu haben, bevor sie ihn zur Post gebracht hatte. Er sagte, einer von den jungen Leuten sei wahrscheinlich ein »Keegan-Spion«, habe den Brief an den Aufsichtsrat entdeckt und Dick erzählt, was drinstand. Dad meinte, die Tatsache, daß Dick ihm zuvorgekommen war, erkläre zur Genüge, weshalb der Aufsichtsrat Dicks Brief geglaubt hatte.

Dad rief unsere Familie in seinem Schlafzimmer zu einer dringenden Konferenz zusammen. Der Aufsichtsrat verlangte Versöhnung, was, laut Dad, eine Umschreibung für Kompromiß war. Er sagte, wir dürften nicht länger zulassen, daß alles so locker gehandhabt wurde, dürften uns nicht länger mit der Unwahrheit abfinden. Dies bedeutete, daß wir nicht mehr in der PKKKKUSA bleiben konnten.

Der Aufsichtsrat verlange zwar Versöhnung, doch Dad sagte, er erkenne Apostasie auf den ersten Blick. Die Reinheit der sichtbaren Kirche stände auf dem Spiel. Dad würde nicht zulassen, daß man sie verschandelte; er würde sich nicht zwingen lassen, mit Dick zusammenzuarbeiten. Selbst wenn Dad irgendwann der letzte Christ auf Erden sein sollte, der letzte Aufrechte, so war er doch gewillt, standhaft zu bleiben.

Nach der Notstandskonferenz ließ Dad sofort die fünf jungen Leuten, die bei den Keegans wohnten, in unser Chalet umziehen. Als Gründer der Arche, sagte Dad, könne er nicht länger guten Gewissens die Verantwortung für die Seelen der jungen Leute unter Dicks Dach übernehmen.

Dad sagte seine Vortragsreise zur Bibel-Studiengruppe der Zürcher Reformierten Männer und zur Konvention Reformierter Pastoren in Paris ab. Die größere Not, so sagte er, herrsche zu Hause, er wage daher nicht, zu verreisen, »damit die Leute nicht auch noch um ein goldenes Kalb tanzen«.

Dad ging zu Dick und teilte ihm mit, daß er und Jane in unserem Chalet nicht mehr willkommen seien und daß dieser Bann auch für unseren Gottesdienst gelte.

Am ersten Sonntag nach unserer »gottgefälligen Trennung« von dem Abtrünnigen predigte Dad über Apostasie, darüber, wie der Teufel von Zeit zu Zeit klammheimlich die Kirche unterwandert, um Menschen in die Irre zu führen. Die Schliche des Teufels waren, sagte Dad, zwecklos, denn Gott nutzt diese Zeiten der Prüfung, um seine echte Kirche zu reinigen, um »die Spreu vom Weizen zu trennen und die wahrhaft Erwählten von den Pseudo-Erwählten abzusondern«.

Als Dad das sagte, murmelte Großmutter, die unter Protest zum Gottesdienst nach unten getragen worden war und nun auf der Couch saß und jeden zornig anfunkelte, der zufällig in ihre Richtung schaute: »Jetzt glaub ich's langsam auch, du Hornochse!« Dad warf ihr einen bitterbösen Blick zu, predigte aber weiter.

»Es verursacht mir großen Kummer, euch mitteilen zu müssen, daß wir uns in der Situation befinden, die Paulus im Brief an die Römer, Kapitel sechzehn, Vers siebzehn schildert. Unser ehemaliger Mitarbeiter, Dick Keegan, hat sich Ansichten zu eigen gemacht, die ihn aus unserer Glaubensgemeinschaft ausschließen. Seine Überzeugungen sind die eines Ungläubigen, eines Häretikers und, was am schlimmsten ist, die eines Gegenreformators. All dies zwingt mich dazu, euch jeden Kontakt mit Dick oder Jane zu *verbieten*, da sonst auch ihr Schaden an eurer Seele nähmet.«

»Von dir laß ich mir nicht sagen, was ich tun soll!« sagte Großmutter. Keiner schaute sie an.

Beim Sonntagsessen, als Mom gerade Biskuitkuchen und Jell-O mit Kirschgeschmack serviert hatte, verkündete Dad: »Ich werde ›Durchgang verboten‹-Schilder an dem Weg von unserem Chalet zu dem der Keegans aufhängen. Wenn einer von euch mitbekommt, daß Dick oder Jane versuchen, unser Grundstück zu betreten, müßt ihr mich sofort rufen. Ich spreche dann eine einmalige Warnung aus. Wenn sie trotzdem versuchen, sich mit Gewalt Einlaß zu verschaffen, ist es meine Pflicht, die Polizei zu rufen und sie wegen Hausfriedensbruchs anzuzeigen.«

Mom, Rachael, Janet und ich tauschten besorgte Blicke. Sogar Mom, die durchaus von der Schwere von Dicks Apostasie überzeugt war, wirkte schockiert. Dad mußte unsere zweifelnden Gesichter gesehen haben. Er haute mit der Faust auf den Tisch. *»Ich sage euch, wir haben keine andere Wahl!* Seht ihr denn nicht, wohin all dies führt? Wir können keine unterschiedlichen Maßstäbe anlegen! Wir müssen dem Diktat der Heiligen Schrift folgen und dürfen deshalb keinen Umgang mit jenen pflegen, die sich weigern, das Werk des Herrn auf die Art des Herrn zu verrichten!«

Eine von den jungen Leuten, ein Mädchen aus Holland, begann zu weinen und stürzte davon. Mom hastete ihr nach. Wir wollten nicht, daß Dad noch mehr herumbrüllte, deshalb schauten wir alle einfach geradeaus, aßen unser Jell-O und sagten gar nichts.

Nach dem Mittagessen bastelte Dad ein paar riesige Schilder aus Pappkarton und schrieb mit einem von meinen extradicken Filzstiften *Kein Durchgang – Privatgrundstück* darauf. Dann nagelte er die Schilder an unsere Bäume, und zwar so, daß sie auf das Chalet der Keegans und auf den Hühnerhof zeigten.

Dad holte eine Rolle Schnur und spannte sie über das Loch in der Hecke, die unseren Hof von dem der Keegans trennte. An die Schnur hängte er ein Schild; von unserer Seite aus gesehen stand drauf: »Kein Bewohner der Arche soll diese Linie übertreten – Römer 13,1«. Auf der anderen Seite, zum Hühnerstall hin, stand »Kein Durchgang – Römer 13,4-5«.

Von dem Balkon vor Großmutters Zimmer, meinem Aussichtsturm aus, schaute ich Dad beim Dichtmachen der Grenze zu. Als Dad die Schnur über den Durchgang in der Hecke spannte, kam Dick Keegan aus seinem Chalet, stutzte und ging dann langsam auf Dad zu.

»Ralph, was machst du da?« Dicks Stimme klang laut und quiekend.

Dad gab keine Antwort. Er konzentrierte sich darauf, die Schnur an einem der Heckensträucher festzuzurren. Großmutter lag hinter mir im Bett. Sie versuchte sich aufzusetzen und reckte den Hals, um durch die offene Balkontür hinauszuschauen. »Was is los? Was stellt der alte Depp denn jetzt wieder an?!«

»Er hängt ›Durchgang verboten‹-Schilder auf«, flüsterte ich.

»Ralph!« schrie Großmutter. *»Ralph! Du hast sie nicht mehr alle! Bist du jetzt endgültig übergeschnappt, Mann!?«*

Ich drehte mich rasch um. »Schscht! *Bitte, Großmutter!*«

Dad tat so, als hätte er sie nicht gehört. Er bastelte weiter an seiner Schnurbarrikade. Dick trat darauf zu.

»Ralph, können wir nicht einfach reden? Findest du das hier nicht etwas albern?«

Dad drehte ihm den Rücken zu und fing an, ein weiteres Stück Schnur an dem Baum gegenüber festzubinden, auf der anderen Seite des kleinen Pfads. Während ich Dad zuschaute, bemerkte ich, daß eines der Hühner in dem Stall hinter Dad von den anderen gehackt wurde. Ich nahm mir vor, später nach dem Rechten zu sehen.

Dad hatte die Schnur endlich verknotet, drehte sich um und kam wieder auf unser Chalet zu. Dick ging an der Schnur entlang, blieb stehen, schaute kurz auf eines der Schilder, schüttelte den Kopf, zupfte sich nervös an der Nase. Dann huschte er unter der Barriere durch, rannte hinter Dad her und packte ihn am Arm.

»Was tut er jetzt?« zischte Großmutter.

»Psssst ... Sie reden miteinander.«

»Komm schon, Ralph! Wir sind doch Brüder im Herrn! Das ist doch keine Art!«

Großmutter lachte. *»Brüder im Herrn, da schrumpelt mir ja der Arsch zusammen!«*

Dad machte sich aus Dicks Griff los und schaute nach oben. Ich konnte sehen, daß die Vene an seinem Hals pulsierte.

»Calvin! Sag deiner Mutter, daß hier ein Mann versucht, ohne Erlaubnis unser Grundstück zu betreten. Sag, sie soll die Polizei rufen! Und sag deiner Großmutter, diesem unwissenden Weib, sie soll den Mund halten!«

Großmutter lächelte und nickte zufrieden. *»Halt selber den Mund, du hirnloser Scheißkerl!«* brüllte sie.

»Komm schon, Ralph!« Dick zupfte Dad am Ärmel.

Ich wußte nicht, was ich tun sollte. Wie erstarrt stand ich da, klammerte mich am Balkongeländer fest und schaute zu, wie das Huhn versuchte wegzulaufen.

Großmutter hörte nicht auf zu lachen. *»Das is ja besser als im Zirkus!«* johlte sie.

»Calvin! Hast du gehört! Geh und ruf deine Mutter!«

Ich drehte mich um und rannte ins Haus. Als ich mich umdrehte, sah ich, wie Dad Dicks Hand wegstieß.

Ich rannte zur Treppe und hörte, wie die Eingangstür zuschlug. Dad mußte schnurstracks ins Haus geflitzt sein. Er war schon bei Mom, bevor ich nur die Treppe hinunter war.

»Elsa, hast du die Polizei gerufen?«

»Weshalb, Liebling?«

»Hat dir Calvin nicht gesagt, daß du sie anrufen sollst? Dick betritt gerade unerlaubterweise unser Grundstück!«

»O Ralph, findest du nicht, daß …«

»Elsa! Tu, was ich dir sage!«

Dad marschierte nach oben. Ich sauste über den Flur in mein Zimmer, als Dad an mir vorbeikam. Er schaute mich nicht einmal an. Einen Augenblick später spielte er eine Opernschallplatte, bei voll aufgedrehter Lautstärke. Ich konnte Großmutter lachen hören, bis sie dem Tenor schließlich unterlag.

Auf Zehenspitzen schlich ich zur Treppe. Mom telefonierte unten in der Diele.

Gleich darauf kam sie nach oben, um Dad Bericht zu erstatten. Beide schrien, um sich über die Oper hinweg verständlich zu machen.

»Und?«

»Sie kommen nicht, Ralph!«

»Warum nicht?«

»Weil sie wissen, daß du ein Spinner bist!« schrie Großmutter aus ihrem Zimmer.

»Halt den Mund, Mutter!«

»Sie sagen, den ganzen Weg von Monthey bis Trois-Torrents hochzufahren, nur weil ein Nachbar in unserem Garten ist, lohnt sich nicht.«

»Woher wußten sie, daß es ein Nachbar ist?«

»Das mußte ich ihnen doch sagen!«

Die Oper endete mit einem lauten, abrupten Krächzer. Dem Geräusch nach zu urteilen, hatte Dad die Platte vom Plattenteller gerissen.

»Warum hast du nicht gesagt, daß es ein *Fremder* ist! Dann wären sie gekommen!«

»Hätte ich sie etwa anlügen sollen, Ralph?«

»Halt mir bloß keine Moralpredigt!«

»Laß dir das nich bieten, Elsa! Tritt ihm in seine mickrigen Eier, bis ihm die Tränen kommen!«

Ich hörte ein lautes Krachen, gefolgt von Großmutters gackerndem Gelächter. Mom stieß einen Schrei aus. Die Schlafzimmertür wurde aufgerissen. Mom rannte heraus. Sie sauste die Treppe hinunter, während Dad ihr aus Leibeskräften nachbrüllte: *»Das ist Verrat!«* Dann noch ein Krachen. Dad mußte Mom etwas hinterhergeworfen haben.

Großmutter johlte: *»Hätte ich gewußt, wie klasse das hier ist, ich wär schon viel früher hier eingezogen! Das is ja noch besser als* Das ist ihr Leben*!«*

Ich saß auf meinem Bett, bis ich Dad zurück in sein Zimmer gehen hörte. Die Oper ging wieder los. Ich schloß meine Tür ab, legte mich hin und machte die Augen zu. Ich zog Jennifer an mich und küßte sie auf den Mund. Ihre Lippen waren warm. Die alte Frau sah zu uns herüber und zischte mißbilligend.

23

Ich mußte unter dem ›Durchgang verboten‹-Schild durchkriechen, um zu meinem Patienten zu kommen. Das malträtierte Huhn kauerte im Dreck. Als ich die Maschendrahttür des Auslaufs öffnete, torkelte es ein wenig hin und her, war aber zu schwach zum Stehen. Es war hilflos. Ich nahm es hoch, setzte es in einen Karton und trug es vom Hof der Keegans zurück zu unserer Insel des rechten Glaubens.

Unser Heizungskeller war immer warm, denn darin war der kohlebeheizte Heißwasserboiler untergebracht. Ich setzte das Huhn auf die Ecke des riesigen, altmodischen Waschbeckens aus Stein, das in die Kellerwand eingelassen war. Wir stellten Gartengeräte in dem Heizungskeller unter.

Ich holte die Schachtel mit dem Allzweck-Antibiotikum, *pénicilline vétérinaire*, vom Regal über dem Becken. Dann ging ich nach oben in die Küche.

Im Küchenschrank über der Spüle bewahrte Mom ein paar gläserne Spritzen und die Nadeln dafür auf. Die benutzte die Pflegerin, wenn sie Großmutter eine Injektion verabreichte. Ich legte eine Spritze und eine Nadel in einen Topf, um sie auszukochen. Janet platzte herein.

»Was tust du denn da?«

»Ich behandle ein krankes Huhn.«

Janet spähte mißtrauisch in den Topf. »Mit der Spritze von der Pflegerin?«

»Ich glaube, ich muß ihm das Penicillin in die Blutbahn spritzen. Ihm geht's zusehends schlechter.«

Janet steckte den Kopf aus der Küchentür.

»*Mom!* Er macht wieder seine schrecklichen medizinischen Experimente! Jetzt benutzt er unsere Spritze für eine dreckige alte Henne!«

Mom kam aus dem Eßzimmer herüber. Sie schnitt gerade Figuren für die Sonntagsschule aus und klebte den Papierfiguren von Joseph und seinen Brüdern ein Rückenteil aus Filz auf, damit diese an der Tafel haften blieben, wenn sie die Spastiker unterrichtete. Mom hielt einen neuen, frisch ausgeschnittenen Joseph in der einen Hand, eine Tube Klebstoff und Josephs buntes Gewand in der anderen.

»Calvin, ich finde, du solltest das nicht tun. Wir können uns was holen. Wir haben im Moment genügend Probleme, glaube ich.«

»Ach, Mom, bitte. Ich koche sie gleich danach wieder aus.«

»Na ja, wird schon in Ordnung gehen, aber du mußt sie danach mindestens zwanzig Minuten lang auskochen.«

»Mutter!« kreischte Janet. »Das kann doch nicht dein Ernst sein! Wie kannst du ihm das erlauben, in unserer jetzigen Situation!?«

»Das Leben geht weiter, Janet. Calvin macht nur seine Arbeit. Er soll sich um die Hühner kümmern. Wir können unsere Pflichten nicht einfach vernachlässigen, nur weil es gerade eine Kirchenspaltung gegeben hat.«

Es ist schwierig, auf einem Hühnerbein eine Vene zu finden. Zuerst muß man ein paar Federn ausrupfen, womit das Huhn nicht einverstanden ist. Auch wenn es krank ist, hackt es nach den Händen und schlägt jedesmal mit den Flügeln, wenn man ihm eine Handvoll Federn ausreißt.

Ich band das Hühnerbein mit einem Gummi ab, damit die Venen hervortraten, rieb es mit Alkohol ein, stach dann mit der Nadel hinein und zog den Kolben der Spritze zurück. Kein Blut. Also versuchte ich es noch mal, ungefähr drei- oder viermal. Das Huhn wurde ganz schön unruhig. Als ich beim vierten Versuch den Kolben zurückzog, breitete sich ein purpurfarbener Fleck in der milchigen Penicillinlösung aus.

Vorsichtig injizierte ich das *pénicilline vétérinaire*. Bevor ich das Huhn wieder in den Karton setzte, holte ich eine Pipette und zwang es, Zuckerwasser zu schlucken, damit es Nährstoffe und Flüssigkeit bekam. Bauer Ruchet hatte mir gezeigt, wie man das mit kränkelnden Ferkeln machte.

Ich ließ den Karton mit meinem Patienten neben dem Boiler stehen und ging wieder hinauf. Als ich die Kellertreppe hochstieg, hörte ich oben einen heftigen Tumult. Mom kam vom ersten Stock heruntergerannt. Sie machte auf den hölzernen Treppenstufen einen Heidenlärm.

Vorsichtig lugte ich hinter der Kellertür hervor, gerade in dem Moment, als Dad brüllte: »Wie kannst du es wagen!? Du wirst dich um sie kümmern, ob du willst oder nicht!!! Was glaubst du denn, was *ich* dabei empfinde!?«

Dads Tür fiel krachend zu. Einen Augenblick später ließ er seine Musik erdröhnen. Mom nahm die letzte Stufe und sah mich, bevor ich wieder verschwinden konnte. Sie lächelte nervös und strich ihren Rock glatt.

»Er ist ein bißchen aufgebracht wegen der Sache mit den Keegans.«

»Ich glaube, das Huhn wird wieder.«

»Mein Vater hat meiner lieben Mutter gegenüber kein einziges Mal die Stimme erhoben. Ich war wie vom Donner gerührt, als Dad mich in unserer Hochzeitsnacht anbrüllte!«

»Da unten ist es schön warm.«

»Mutter hatte mir beigebracht, was ich über die ›physischen Dinge‹ wissen mußte, aber sie hatte mich nicht darauf vorbereitet, daß er mich für … für *alles* verantwortlich machen würde!« seufzte Mom. »Er hatte überhaupt keine Ahnung. Von … von gar nichts. Du bist da anders. Du hast das Privileg, eine Mutter zu haben, die offen und direkt ist. Nicht wie der arme Ralph – seine Mutter hat ihm nie irgendwas gesagt!«

»Bestimmt geht es ihm morgen schon wieder bess…«

Mom fixierte mich mit einem durchdringenden Blick.

»Weißt du, was diese schreckliche Frau an unserem Hochzeitstag gesagt hat? Sie sagte: ›Bring mir bloß keine Bälger, damit ich für sie sorge, weil ihr sie mit eurem kümmerlichen Pastorengehalt nicht durchfüttern könnt!‹ *Das* hat sie zu mir gesagt!! Diese fürchterlichen Worte hallten in meinen Ohren wider, in *meiner Hochzeitsnacht*! Da spart man sich zwanzig Jahre auf – für nichts und wieder nichts!«

»Bitte, Mom, ich kenn die Geschichte schon.«

»Na ja, du kannst jedenfalls froh und dankbar sein, daß dir eine so vollkommen andere Kindheit beschieden war als deinem armen Vater!«

Ich war von Dads Gebrüll wach geworden. Ein paar Minuten lag ich im Dunkeln und lauschte dem An- und Abschwellen seiner wütenden Stimme. Hoffentlich war es nur ein kurzer Streit, sonst würde mein Körper noch stundenlang vor Aufregung vibrieren, lange nachdem Dads Stimme erschöpft schlappgemacht hatte.

Auf das Gebrüll folgte ein plötzliches Krachen.

Ich setzte mich auf und knipste die Nachttischlampe an. Es war drei Uhr morgens. Auf Zehenspitzen schlich ich über den Flur. Rachael sagte nichts, als ich hereinkam. Sie rutschte zur Seite, damit ich mich auf ihre Bettkante setzen und warten konnte, bis Dad sich wieder beruhigte.

»Versuchst du, mich umzubringen, so wie Dick es tut? ... Oh, ja! Du und deine hochanständige Familie! Du hast *mich* geheiratet ... Das ist mir egal ... *Ich sagte nein!«*

Was Mom erwiderte, war nicht zu verstehen. Sie sprach leise. Dafür hörten wir Dad um so deutlicher. *»Du versuchst, sie gegen mich aufzuwiegeln! Leugne es nicht! Ich weiß Bescheid!«*

Nach ungefähr einer halben Stunde verebbte der Streit in ärgerlichem Gebrumm und Gemurmel. Neben mir hörte ich Rachael tief atmen. Sie war eingeschlafen.

Als ich wieder in mein Zimmer ging, warf ich einen Blick in Großmutters Zimmer. Den Kopf weit zurückgelehnt lag sie da; ihr Mund stand offen. Dads Gebrüll hatte sie überhaupt nicht gestört.

Wenn Großmutter das Gebiß herausgenommen hatte, bebten ihre eingefallenen Wangen bei jedem Atemzug. Tagsüber steckte sie ihr Haar zu einem Knoten zusammen und zog ein Netz darüber. Jetzt lag es ausgebreitet auf dem Kissen, ein matter Fächer um ihr eingetrocknetes blasses Gesicht.

Großmutters Nachttischlampe warf ein mattblaues Licht auf ihren Gaumen. Sie schnarchte. Ich sah ihr noch einen Moment beim Schlafen zu, dann stellte ich ihre Uhr eine Stunde zurück und schlich wieder hinaus.

Bevor ich ins Bett ging, sah ich bei meinem Patienten vorbei. Der Ofenrost stand offen, damit das Feuer von der Luft angefacht wurde. Das orangefarbene Flackern gab etwas Licht. Ich trat zu dem Karton mit dem Huhn und machte ihn auf. Mein Patient reckte sich, schlug ein bißchen mit den Flügeln und flatterte dann auf die breite Kante des

Waschbeckens. Dort drehte es sich ein paarmal um sich selbst, plusterte das Gefieder auf und gluckte leise.

Ich war sehr zufrieden. Jetzt würde Janet zugeben müssen, daß ich recht hatte, daß ich wußte, was mit dem Huhn zu geschehen hätte.

Ich ließ das Huhn auf dem Beckenrand sitzen. Von mir aus konnte es dort die Nacht über schlafen. Ich sah zu, wie es eine bequeme Stellung einnahm, sich putzte und dann eindöste. Ich hielt meine Füße nacheinander vor den Rost, bis sie wieder warm waren. Dann schlich ich wieder in mein Zimmer.

Es war still. Ob Mom und Dad wohl schliefen oder nur zu müde waren, um sich weiter zu streiten? Ich schaute zur Balkontür hinaus. Der Himmel über den Dents du Midi wurde allmählich blaßgrau. Eine Krähe flog langsam über die leere Fläche, setzte sich kurz auf die Blaufichte, ließ sich dann schwerfällig in unseren Hof hinabgleiten und saß schließlich, gefährlich hin und her schaukelnd, auf der Schnur, an der das ›Durchgang verboten‹-Schild hing.

Mir wurde kalt, und ich kletterte wieder ins Bett. Die Krähe gab ein heiseres Krächzen von sich. Ich schloß die Augen. Die dicke Frau mit dem grauen Pullover um die Schultern schob die verrostete Metallabdeckung beiseite, die die Leute daran hinderte, ihr Eis zu stehlen.

Jennifer und ich schlenderten Hand in Hand über die Piazza.

»Sollen wir das Ganze mit einem Eis feiern?« fragte ich.

»Das wäre schön!«

Wir gingen an der palmenumsäumten Terrasse des Hotels *Nazionale* vorbei zu dem *gelateria*-Stand. Die Eisverkäuferin lächelte uns über ihre üppigen Doppelkinne hinweg an, nahm den Glasdeckel ab, holte aus einem Eimer mit warmem Wasser ihren Eisportionierer und formte zwei Kugeln hellgrünes Pistazieneis und dunkles, fast schwarzes Schokoladeneis. Sie gab die sahnigen Kugeln in dünne, honigfarbene Waffelhörnchen, umwickelte sie geschickt mit einer kleinen Papierserviette und reichte Jennifer das eine, mir das andere.

Wir schlenderten über die Piazza, zu der niedrigen Mauer, wo die Boote aus dem Wasser gezogen wurden. Dort setzten wir uns hin und schauten zu, wie Postkartenverkäufer und Souvenirhändler zweirädrige Karren aus dunklen Gassen in die diesige Morgensonne auf der Piazza rollten. Sie hängten Gestelle mit Postkarten und Bündel falscher Seidenschals auf, reihten Plastikkopien von Michelangelos David aneinander und aus Muschelschalen gefertigte Gondeln mit glänzenden ›Portofino‹-Schildchen.

»Jennifer, warum kaufen die Leute wohl diesen Schrott?«

Nachdenklich leckte Jennifer an ihrem Hörnchen. »Wahrscheinlich, um ihn den Verwandten mitzubringen, als Beweis, daß sie im Urlaub waren.«

»Aber warum ausgerechnet dieses Zeugs? Warum nicht etwas Besseres?«

»Wahrscheinlich ist ein Plastiksouvenir billiger als eines von Ginos Gemälden oder ein Abendkleid von Givenchy!«

Jennifer schleckte ihr Eis.

»Jennifer, wenn du wieder zu Hause bist, wie bleiben wir dann in Verbindung? Wie erfahre ich, was du gerade machst?«

»Wir schreiben uns, du Dummbatz.«

»Wohin willst du mir denn schreiben?«

»Wo du eben bist. Wenn du magst, an Gino. Wenn du zurück in die Schweiz gehst, dann habe ich ja deine Adresse.«

»Wenn die mich zurück in die Schweiz bringen, haue ich gleich wieder ab!«

»Dann sorg dafür, daß ich weiß, wo du bist!«

»Vielleicht reiße ich nächstes Mal ja nach England aus, komme zu dir ins Internat!«

»Das wäre klasse. Ich könnte versuchen, dich zu verstekken, obwohl du irgendwann bestimmt entdeckt wirst.«

»Du hättest aber nichts dagegen, oder?«

»Calvin, ich hoffe, du verbringst nicht den Rest deines Lebens damit, von einem Ort zum andern zu flüchten. Es gibt eine Bezeichnung dafür: Landstreicherei!«

»Wenn ich alt genug bin, um kein Missionar zu werden, dann höre ich auf wegzurennen.«

Jennifer lachte. »Und dann machst du dich auf die Suche nach deiner Frau, und wir werden seßhaft?«

»Ganz genau!«

»Hoffentlich lernst du was Anständiges, damit du mir den Lebensstandard bieten kannst, an den ich gewöhnt bin!«

Jennifers rosa Zunge schleckte einen Klecks Pistazieneis auf, der an ihrem Hörnchen heruntergetropft war. Ihr Mund war so hübsch, ihre rosa Zunge so zauberhaft, und ihre Augen waren so strahlend, daß ich ganz vergaß, an meinem Hörnchen zu lecken. Ich spürte, wie ein lauwarmes Rinnsal aus geschmolzenem Schokoladeneis über meinen Handrücken tröpfelte. Jennifer beugte sich zu mir hinüber und küßte die Eiscreme von meiner Hand. Ich zog meine Hand weg und küßte Jennifer. Ihr warmer, sahniger Mund schmeckte nach Schokolade.

24

Ein alter Freund aus Dads Seminar, der im Aufsichtsrat der PKKKKUSA war, sandte Dad ein Telegramm, in dem er ihm mitteilte, was genau im Gange war und daß ein Komplott gegen ihn geschmiedet wurde.

Dick behauptet reformierte Tradition mehr zu respektieren als du Stop Sagt den Spastiker-Damen daß du nur wütend auf ihn weil mehr junge Leute besseres Verhältnis zu ihm wg. See-

lenverwandtschaft Stop Wirft dir Eifersucht vor Stop Spastiker-Damen sollten seiner Meinung nach mehr Einfluß haben Stop Damen sagen Gott spricht zu Dick offenbar auf neue tiefere Art Stop Damen schicken Telegramm an Aufsichtsrat erbitten deine Absetzung und Übertragung der Führerschaft auf Dick.

Bevor Dick die Ladies auf seine Seite gebracht hatte, wäre eine Versöhnung noch möglich gewesen. Als Dad jedoch den Beweis für diesen Hochverrat bekam, rastete er völlig aus.

Dad zerriß das Telegramm in winzige Fetzchen und warf sie Mom ins Gesicht. Später mußten Janet und Rachael das Puzzle wieder zusammensetzen. Dad sagte, er hätte »übereilt« gehandelt, »in der Hitze berechtigter Entrüstung«, allerdings brauche er das Telegramm als »Beweisstück«.

Dad stürmte auf den Hof hinaus und hängte weitere ›Durchgang verboten‹-Schilder auf, diesmal auf das Chalet der Ladies gerichtet. Er verbot uns strikt jeden weiteren Kontakt mit den Ladies oder den Spastikern.

Nachdem unser Garten nun in alle Richtungen von ›Durchgang verboten‹-Schildern gesichert war, befahl Dad uns, alle Fensterläden zu schließen. Danach kam das einzige Tageslicht in unserem Chalet von Großmutters Balkontür. Als Dad versuchte, ihre Fensterläden zu schließen, nahm sie die Schere, hielt sie fachmännisch an der Spitze, wie ein Wurfmesser, und sagte: »Ralph, Pfoten weg von den Fensterläden, sonst nagle ich deinen Arsch eigenhändig an die Wand. *Ich mein's ernst!*« Und so ließ Dad ihre Fensterläden offen.

Vor dem Bruch hatten wir die jungen Leute so gut wie nie an der Bahnhaltestelle abgeholt. Wir verließen uns darauf, daß sie die Treppe zu unserem Chalet herauf fanden, sich bei Mom oder Janet in die Liste eintrugen, ihre Zimmer zeigen ließen und das Programm aus Bibelstudium, Gebet, praktischer Arbeit und Gottesdienst erläutert bekamen.

Jetzt ging Dad immer selbst zur Bahnhaltestelle, oder er beauftragte einen von uns. Er sagte, wir könnten nicht riskieren, daß ein unschuldiger junger Mensch die falsche Treppe hinaufstieg und zu spät feststellte, daß er nicht in die authentische Arche gelangt, sondern unwissentlich in die Klauen der Abtrünnigen geraten war.

Am Morgen des 5. Juni 1967 saßen Dad und ich, in herrliches Sonnenlicht getaucht und umspielt von Feldblumenduft, am Fuß der Treppe zu unserem Garten. Wir warteten auf das Neun-Uhr-achtunddreißiger-Bähnchen. Zwei junge Leute, mit Ruck- und Schlafsäcken bepackt, stiegen aus. Dad stand auf und eilte über die Straße.

Dad lächelte und streckte die Hand aus. »Willkommen in der Arche!«

Einer von den jungen Leuten, ein kleiner dicker Junge mit englischem Akzent und einem schütteren Schnurrbart, schüttelte Dads Hand. »Sind Sie Reverend Keegan?«

»Nein, Reverend Keegan arbeitet nicht mehr bei uns. Ich bin Reverend Becker.«

»Reverend Becker, ob Sie wohl so freundlich wären, uns zur ›Neuen Arche‹ zu bringen?«

Dad stand da, als hätte ihn der Schlag getroffen. Die Vene an seinem Hals begann zu pulsieren.

»Ich fürchte, ich verstehe dich nicht …«

»Ich wollte wissen, ob Sie wohl …«

»Ich weiß, was du gesagt hast! Das heißt, ich weiß nicht, wovon du redest! Was soll das heißen, die ›Neue Arche‹?«

Der Junge zwirbelte nervös an seinem schütteren Schnurrbart.

»Nun, Reverend Keegans Gemeinde, Sir, die, von der er meinem Vikar in Oxford geschrieben hat.« Er zog einen Brief hervor. Dad schnappte ihn, drehte sich um und ging zum Chalet hinauf.

Der Junge schaute mich verwirrt an.

»Entschuldige, ich verstehe nicht ganz ...«

»KEIN EINZIGES WORT!« Dad drehte sich nicht einmal um, als er mir das zubrüllte. *»NICHT EINE SILBE WIRST DU IHM ANTWORTEN!«*

Nach dem Vorfall an der Haltestelle stürmte Dad durch das Chalet und verrammelte alle Türen. Dann berief er eine Sondersitzung ein, mit Mom, Janet, Rachael und mir. Er bestellte uns in sein verdunkeltes Schlafzimmer, wir mußten nebeneinander auf dem Bett Platz nehmen. Großmutter hatte er nicht eingeladen, und die vier jungen Leute, die bei uns wohnten, auch nicht. Dad hatte den jungen Leuten aufgetragen, auf ihren Zimmern zu warten und zu beten, daß Gott ihm sage, was er als nächstes unternehmen sollte.

Dad hielt den Brief so fest umklammert, daß seine Knöchel weiß wurden. »Wir sehen uns einer ernsten Krise gegenüber. Jetzt können wir *niemandem* mehr trauen!«

Dad hielt uns den Brief hin und schüttelte ihn vor unseren Köpfen. »Es ist meine Pflicht, dies mit euch zu teilen«, sagte er. Dad faltete das zerknitterte Blatt auseinander und las vor:

»Die Arche«
Trois-Torrents-sur Monthey
Wallis
Schweiz

26. Mai 1967

Lieber Freund in Christus,
ich schreibe Dir, damit wir uns gemeinsam an einem herrlichen neuen Gotteshaus erfreuen können, das der Herr uns ans Herz gelegt hat: Die Neue Arche! (Sie wird die alte Arche ersetzen, die nun, nach vierzehn Jahren getreuer Seelsorge, ihre Pforten schließt.) Der Herr hat uns den Weg gewiesen: Wir werden dieses einzigartige Werk des Glaubens fortführen, dabei allerdings neue, aufregende Pfade einschlagen!

Komm auch du und nimm teil an geistiger Betrachtung und Labung und vor allem am gemeinsamen Gottesdienst!
Eines der aufregenden Dinge in unserer neuen Gemeinde ist das Sonderangebot, das wir den jungen Leuten machen, die innerhalb der nächsten sechs Monate zu uns kommen! Früher war die empfohlene Liebesgabe dreißig Schweizer Franken für eine Woche Gottesdienst, Mahlzeiten und Unterbringung. Nun, in der Neuen Arche, fühlen wir uns angehalten, die empfohlene Liebesgabe auf fünfzehn Franken pro Woche zu senken!
Willst du nicht auch zusammen mit uns das Sommer-Herbst-Programm erleben? Unser Thema lautet: »Wie man dem Liebenden Gott näherkommt«. Dick und Jane freuen sich darauf, dich in den wunderschönen Schweizer Alpen empfangen zu können!

Grüße im Namen des Lamms,
Die Keegans

Als Dad zu Ende gelesen hatte, rang Mom nach Luft und wurde ganz bleich.

»O Ralph! Ich kann nicht glauben, daß sie uns *das* antun!«

»Siehst du endlich, daß ich die ganze Zeit recht hatte? Siehst du jetzt endlich, womit wir es hier zu tun haben? Siehst du jetzt endlich, wie Satan nicht nur unsere Gemeinde unterhöhlt, sondern überdies eine Fälschung inszeniert, die Gemeinde des Antichrist, um die jungen Leute in die Irre zu leiten?«

»Er hat unsere Adressenliste benutzt, stimmt's?« flüsterte Mom.

»Er muß sich eingeschlichen haben, bevor ich die Türen verriegelt habe. Und da hat er die Kopie aus unserem Aktenschrank im Keller mitgehen lassen«, sagte Dad.

Von da an schrieb Dad Tag und Nacht Briefe. Er sagte, es sei seine göttliche Pflicht als Verkündiger des Evangeliums, unsere Geldgeber in der Heimat davon zu unterrichten, daß der Aufsichtsrat den Keegans erlaubt hatte zu bleiben, Dicks Hinterlist und Apostasie zum Trotz. Dad nahm es so ernst mit seiner göttlichen Pflicht, »Alarm zu schlagen«, daß er nie mehr zum Essen herunterkam. Wir brachten ihm Tabletts mit Sandwiches und Tee hinauf. Dads Zimmer fing an zu riechen wie die Herrentoilette auf dem Mailänder Hauptbahnhof, denn er hatte aufgehört, sich zu waschen.

Dad kam nur aus seinem Zimmer, wenn ihm keine Leute mehr einfielen, denen er schreiben konnte. Dann rief er die »getreuen Pastoren« der PKKKKUSA an, Männer, die auch bei vier früheren Kirchenspaltungen zusammengehalten hatten und wie Dad meinten, unsere Glaubensgemeinschaft sei wieder einmal zu liberal geworden. Dad berichtete, sie seien bereit, eine neue Glaubensgemeinschaft zu gründen, die die lebendige Tradition, nämlich die der ehemaligen PKUSA, PKKUSA, PKKKUSA und PKKKKUSA, getreulich fortführen würde, unbefleckt von modernistischen, liberalen oder anabaptistischen Ideen.

Gegen Ende der zweiten Juniwoche, normalerweise die betriebsamste Zeit bei uns, kamen immer weniger Leute zur Arche. Obwohl Dad unsere wöchentliche Liebesgabe auf fünf Franken reduzierte, steuerten die meisten jungen Leute, die aus dem Bähnchen ausstiegen, das Chalet der Keegans an, die Neue Arche.

Sogar unsere Gottesdienste waren leer. Am ersten Sonntag, nachdem wir ihren Verrat entdeckt hatten, sahen wir die Ladies Rollstühle schiebend vorbeimarschieren, unterwegs zum Chalet der Keegans. Sie nahmen die Straße. Natürlich durften sie nicht mehr die Abkürzung durch unseren Garten benutzen.

Zur Kirche der Keegans gehörten jetzt alle Spastiker, die meisten jungen Leute – und der einzige Mensch, der Klavier spielen konnte, Jane Keegan. Zu unserer Kirche gehörten unsere Familie und vier junge Leute, die bei uns geblieben waren. Die andere Seite sang viel lauter als wir. Obwohl wir Fenster und Läden geschlossen hatten, konnten wir den Gottesdienst nebenan hören. Sie sangen uns geradezu in Grund und Boden, aber Dad sagte: »Ein *einziger* Daniel, der dem einen wahren Gott die Treue hält, reicht aus, selbst wenn da tausend Heiden rasen und toben!«

Mom meinte: »Wir können genauso gut ohne Klavier singen! In der Frühkirche war es auch so! Und Gott schaut ohnehin nur aufs Herz!«

An diesem Sonntag predigte Dad mehr als drei Stunden. In seiner Predigt sagte er, keines dieser traurigen Ereignisse überrasche ihn, denn in den Letzten Tagen ließen sich viele irreleiten und folgten falschen Lehrmeistern. Unsere Aufgabe sei es, im Glauben fest zu bleiben, egal was geschehen mochte.

Am Ende dieses Gottesdienstes verkündete Dad, daß wir dieses Jahr nicht nach Portofino in die Ferien fahren würden. Ich hatte das Gefühl, der Raum würde auf einmal ganz dunkel. Bis zu diesem Augenblick war diese spezifische Kirchenspaltung eigentlich genauso verlaufen wie die anderen vorher. Zwei oder drei hatte ich ja bereits mitgemacht. Aber als Dad sagte, die Ferien seien gestrichen, war mir, als bliebe die Welt stehen.

Janet und Rachael war es egal, daß unsere Sommerferien ausfielen. Sie hatten sich nie mit jemandem in Italien angefreundet; außerdem genossen sie es, die »letzten aufrichtigen Gläubigen« zu sein. Das hieß nämlich, daß sie nicht wieder ins Internat mußten. Meine Schwestern verbrachten die meiste Zeit unten im Keller, wo sie fieberhaft Briefe auf Matrizen kopierten, Umschläge adressierten, die eingegangene Post öffneten, ein Verzeichnis unserer Anhänger erstellten, Moms Weltkarte auf den neuesten Stand brachten (rote Nadeln markierten die Städte, in denen wir die Unterstützung eines rechtgläubigen Pastors oder Missionars hatten; schwarze Nadeln kennzeichneten die PKKKKUSA-Hochburgen der Falschheit).

Beim Arbeiten sangen Janet und Rachael den Choral »Vertraue und gehorche« x-mal hintereinander. Als ich zu Janet sagte, ich wollte lieber nach Portofino fahren als ein aufrichtiger Gläubiger sein, reckte sie sich, deutete auf mich und sagte: »Weiche von mir, Satan!«

An einem wunderschönen klaren Morgen, einem jener Tage, an denen die Luft die Berge zu vergrößern schien und auf unserem Hang alles so üppig blühte, daß man sich vorkam wie in einem Blumengeschäft, bekam Dad einen eingeschriebenen und bei einem Notar hinterlegten Eilbrief vom Aufsichtsrat der PKKKKUSA. In dem Brief wurde er angewiesen, die Räume der Arche innerhalb eines Monats zu verlassen!

Der Aufsichtsrat der PKKKKUSA hatte erfahren, daß Dad den Pastoren und Missionaren der PKKKKUSA geschrieben und sie angerufen hatte, daß Dad sie aufgefordert hatte, mit ihm zusammen eine neue Glaubensgemeinschaft zu gründen und daß Dad sich für eine gottgefällige Abspaltung von den Ungläubigen stark machte.

Der Aufsichtsrat bezichtigte Dad der Subversion. Dad rief einen Schweizer Rechtsanwalt in Montreux an. Der Rechtsanwalt sagte, da Dad selbst zu Beginn unserer Missionstätigkeit das Chalet Les Tulipes gekauft hatte – und zwar nach Schweizer Recht –, könnte die PKKKKUSA uns nicht hinauswerfen. Schließlich war sie eine amerikanische Gesellschaft und in der Schweiz nicht registriert.

Dad berief einen Sonder-Dankgebets-Tag ein, um den glorreichen Sieg zu feiern, den Gott uns geschenkt hatte, um Gott zu preisen für diesen Beweis seiner unverbrüchlichen Treue, um ihm zu danken dafür, daß »das Land nun in unseren Händen lag«.

Mom erhob ihre Stimme: »Lieber Vater im Himmel, wir

haben uns vor Dir eingefunden, um Dir zu danken, daß Du die Schweizer Behörden dazu gebracht hast, Deinem Willen gemäß zu handeln und anzuerkennen, daß dies hier *unser* Werk ist, das deiner *wahrhaftigen* Diener. Und so preisen wir Dich, der Du gesprochen und die tobenden weltlichen Herrscher zermalmt hast, um statt dessen uns, die wir Dir bescheiden dienen, zu erhöhen …«

Als das Gebet endlich vorüber war, sangen wir »Nur voran, Soldaten Christi«. Mom und Dad hatten beide Tränen auf den Wangen. Nach dem letzten Refrain wischte sich Dad die Augen, reckte die geballte Faust in die Luft und rief: *»Die Schlacht geht weiter! Gelobt sei Jesus Christus!«*

»Gelobt sei Jesus Christus!« rief Janet.

»Gelobt sei mein weißer Wabbelarsch!« schrie Großmutter aus ihrem Zimmer am anderen Ende des Flurs. Dann fing sie an zu lachen. Mom stand auf und machte die Tür zu.

Rachael und Janet machten sich wieder daran, Rundbriefe zu kopieren und Briefumschläge zu adressieren. Ich ging hinunter zur Hecke, kroch darunter und schaute durch die Zweige die Gipfel der Dents du Midi an.

»Jennifer, Jennifer, Jennifer«, flüsterte ich, »wann werden wir uns je wiedersehen?«

Ich kroch noch tiefer in den Fichtentunnel, legte mich auf einen Flecken Moos und schloß die Augen.

Als wir unser Eis aufgegessen hatten, gingen wir ganz vorsichtig die glitschige Schräge bis zum Wasser hinab, um unsere klebrigen Hände im Meerwasser zu waschen.

»Jennifer?«

»Ja, mein Liebling?«

»Ich habe eine Idee. Wenn du was dagegen hast, dann sag's ruhig.«

»Ja?«

»Ich kenne einen Hintereingang vom *Nazionale*. Es gibt

da ein Zimmer, das nie belegt ist; dort hab ich ab und zu gespielt und …«

Jennifer stand eine Minute lang da und dachte nach. Sie starrte auf die im Hafen von Portofino vor Anker liegenden Yachten, dann schaute sie wieder mich an. »Ist es dir ernst mit dem, was du gesagt hast?«

»Was meinst du jetzt?«

»*Mann*! Stell dich nicht so an, Calvin! Du weißt schon, von wegen ›in guten wie in schlechten Tagen‹. Das mein ich, Kleiner. Oder hast du schon unsere Hochzeitsschwüre vergessen, du verdammter Schuft?«

»Natürlich nicht! Natürlich ist es mir ernst!«

»Für immer?«

»Für immer.«

»Also gut.«

Jennifer drehte sich um und ging auf das Hotel zu. Mein Herz fing so heftig zu schlagen an, daß ich kaum laufen konnte. Während wir den Platz überquerten, schaute mich Jennifer kein einziges Mal an.

Als wir fast beim *Nazionale* angekommen waren, lief ich schneller, weil ich ihr zeigen wollte, wo der Seiteneingang war: In der Gasse, die nach Abwasser und Seifenlauge roch, gab es eine Tür, die die Hotelgäste nie benutzten, weil sie zur Wäscherei führte.

Ich griff nach Jennifers Hand, als wir durch die Tür in einen süß duftenden Wald feuchter Laken traten. Durch trocknende Wäsche bahnten wir uns den Weg zu einem dunklen Flur. Nach ein paar Schritten durch diesem Flur stiegen wir eine steile, wackelige Treppe hinauf.

Am oberen Ende der Treppe lag ein schmaler Durchgang. Auf der einen Seite führte er zum Flur der ersten Etage, von dem die Hotelzimmer abgingen. Auf der anderen Seite waren Schränke voller Hotelbettwäsche, ein Besenschrank und die Luke für den Speisenaufzug.

Ich brachte Jennifer zu einer schmalen Tür, die zu einem

kleinen Zimmer neben der Besenkammer führte. Das Zimmer hatte nur ein Fenster, dessen Laden geschlossen war. Hier schliefen nie Hotelgäste. Das Zimmer hatte keine Aussicht; es ging auf den Innenhof des Hotels hinaus. An der Tür stand keine Nummer.

In dem Zimmer waren zwei Betten. Das eine befand sich auf der gegenüberliegenden Wand unter dem einzigen Fenster; das andere stand hochkant neben drei oder vier verschlissenen Sesseln an den rissigen getünchten Wänden. Auf dem Bett unterm Fenster lag ein Berg reparaturbedürftiger Nachttischlampen und ausgefranster Elektrokabel.

Ich nahm den Schlüssel, der außen im Schloß steckte, und sperrte von innen zu. Jennifer ging auf Zehenspitzen zu dem Fenster hinüber, öffnete es und drehte die Lamellen in eine waagerechte Position. »Ich kann's nicht haben, wenn es so stickig ist«, flüsterte sie.

Jennifer nahm einen Armvoll Lampen und Kabel vom Bett und legte sie vorsichtig auf den Boden. Als die Matratze von dem Nachttischlampengewühl befreit war, schlug sie ein oder zweimal mit der flachen Hand darauf. Dann drehte sie sich um, setzte sich auf die Bettkante und schaute mich an. Ich stand immer noch an der Tür.

Sonnenlicht fiel in Streifen durch den Fensterladen. Die Risse in dem alten rotbraunen Linoleumfußboden warfen Schatten. Ich hörte nichts als das Rauschen des Blutes in meinen Ohren.

Jennifer lächelte und klopfte auf die ausgeblichene graue Matratze.

»Komm schon, Kleiner.« Sie sprach so leise, daß ich sie kaum hören konnte.

Ich ging durchs Zimmer, hatte das Gefühl, ich würde gleich hinfallen, und setzte mich.

Sie küßte mich, dann legte sie sich hin und zog mich neben sich. Einen Augenblick später setzte sich Jennifer wieder auf. Dann stellte sie sich hin, sah mich unverwandt an und zog ihre Shorts aus, knöpfte die Bluse auf und streifte die Träger ihres Badeanzugs über die Schultern – nicht langsam oder schnell, sondern ganz normal, als wäre sie allein. Sie streifte den Badeanzug von der Linie zwischen Bräune und weißer Haut über ihre weichen weißen Brüste und dann über ihren flachen Bauch, die schmale Taille und schlanken Hüften, bis der Badeanzug auf den Boden fiel.

Beim Ausziehen schaute sie mich die ganze Zeit an. Sie wollte, daß ich ihr in die Augen sah, das merkte ich; ich sollte nicht mit dem Blick dem Badeanzug folgen, nicht ihren nackten Körper betrachten, ihn nicht anstarren. Ihr zuliebe verzichtete ich darauf. Jennifer kam zu mir und legte sich hin. Als sie näherrückte, löste ich meinen Blick von ihrem. Ihr Körper war schöner, als ich ihn mir je erträumt hatte. Sie legte nicht die Hände auf die Brüste oder versuchte, sie sonstwie zu bedecken, sondern lag einfach nackt neben mir und schaute auf den grauen rissigen Deckenverputz. Jennifer wirkte abwesend. Sie atmete etwas schneller als gewöhnlich.

Dann drehte sie sich zu mir um und lächelte.

»Jetzt bist du dran.«

Ich stellte mich neben das Bett, zog mein T-Shirt aus und streifte die Badeshorts herunter. Ich schaffte es nicht, sie dabei anzuschauen. Ich sah beim Ausziehen zur Seite.

Dann stand ich nackt vor ihr. Jennifer tat so, als würde sie nicht herüberstarren. Ich dagegen schaute ihren nackten Körper an, der da ausgestreckt vor mir lag, ihre Schamhaare, kaum mehr als ein Schatten zwischen ihren Beinen, ihre weißen Brüste, das filigrane Muster der lavendelblauen Äderchen um ihre rosa Nippel.

Jennifer rutschte ein Stück zur Seite.

Anfangs wagte ich nicht mehr zu tun, als sie zu küssen, doch Jennifer wußte, was sie wollte. Energisch zog sie mich an sich und schob dann ihren Körper unter meinen.

Sie machte die Beine breit, und ich streichelte sie. Es war

ganz anders als damals auf den Felsen, als ich meine Hand unter ihren Badeanzug geschoben hatte. Heute waren da mehr Schichten, mehr Falten. Es fühlte sich weicher an.

Jennifer reckte den Arm nach unten. Ich spürte, wie ihre kühle Hand meinen Penis umschloß und ihn führte. Ich wußte: Jetzt war es soweit.

Jennifer atmete tief ein. Ich sah in ihre weit aufgerissenen blauen Augen. Sie flüsterte: »Hör nicht auf …«

Jennifer zuckte kurz zusammen, als ich mich auf- und abbewegte, nur ein- oder zweimal; es ging so schnell, daß sie gar nicht mitbekam, daß ich schon fertig war. Sie preßte ihr Becken noch ein oder zwei Minuten gegen meines. Dann lagen wir schweigend da, keuchend; erschöpft. Ich küßte sie und wußte nicht, was ich tun oder sagen sollte, bis Jennifer schließlich herausplatzte: »Bleibst du jetzt den ganzen Tag auf mir liegen wie ein alter Ochse?«

Ich rappelte mich auf. Und sah, wie sie an mir herabschaute. Ich schaute hinab. Es war Blut dran.

Sie lachte. »Ach du armer Kerl, du siehst so verdutzt aus! Hat dir denn keiner gesagt, daß Mädchen bluten?«

»Du meinst, wenn sie ›unpäßlich‹ sind?«

»Wenn sie *was* sind?«

»Du weißt schon, einmal im Monat.«

»Nein, du Depp, das mein ich ganz und gar nicht!«

»Ich verstehe nicht, was du meinst.«

»Oh, du armer Tropf! Wenn ein Mädchen seine Unschuld verliert, blutet es, weil nämlich so ein Riesenrindvieh ihm den großen Prügel in den Ofen geschoben hat! Und dabei platzt was und blutet! Aber beim nächsten Mal nicht mehr, das hat mir jedenfalls eine Freundin gesagt.«

»Hat es dir deshalb weh getan?«

»Na, endlich hat's geklingelt!«

Mir fiel nicht ein, was ich hätte sagen können, außer: »Danke.«

Jennifer hörte auf, mich zu verarschen, setzte sich auf,

nahm mein Gesicht vorsichtig in beide Hände, küßte mich und flüsterte: »Ich liebe dich, Calvin.«

»Ich dich auch, Jennifer.«

»Hm, ich glaube, wir sollten uns wieder anziehen.«

Jennifer stand auf und streifte ihren Badeanzug über.

»Jennifer, vielleicht sollten wir auf dem Weg nach draußen in der Wäscherei das Blut abwaschen.«

Jennifer lachte und knuffte mich in die Seite. »Ach nee, und ich dachte, ich könnte mit blutverschmierten Beinen draußen rumlaufen und die Passanten irritieren!«

25

Als ich wieder unter der Hecke hervorkrabbelte, stellte ich fest, daß unsere vier letzten jungen Leute fort waren. Mom erzählte mir, sie hätten gepackt, wären die Straße hinterm Haus hochgegangen und dann hastig in Dicks und Janes Chalet verschwunden.

Mom sagte, Dad hätte ihre Flucht vom Balkon aus gesehen. Er hätte nicht versucht, sie aufzuhalten, nur geflüstert: »So weit ist es also gekommen«, immer und immer wieder. Mom meinte, ich solle den Verrat der jungen Leute Dad gegenüber nicht erwähnen, denn das würde womöglich »das Faß zum Überlaufen bringen«.

Dad hatte gewartet, bis sie im Chalet der Keegans verschwunden waren. Dann war er in sein Zimmer gegangen, hatte die Fensterläden zugemacht und die Tür abgeschlossen. Als Rachael ihm mittags seine Sandwiches bringen wollte, antwortete er nicht. An diesem Nachmittag war keine Oper zu hören. Auch als Mom gegen vier Uhr an seine Tür klopfte, um ihn zu fragen, ob er Tee wollte, reagierte er nicht. Deshalb waren wir überrascht, als Dad zum Abend essen nach unten kam. Seit Tagen hatten wir ihn nicht mehr so fröhlich erlebt. Er hatte sich sogar rasiert, gebadet und umgezogen.

Nach dem Essen und der anschließenden Andacht – bestehend aus der täglichen Lesung aus *Leite mich Tag für Tag* – wischte sich Dad langsam mit der Serviette den Mund ab und sagte dann mit bedächtiger, freundlicher Stimme: »Morgen werden wir zur Offensive für Christus übergehen.«

Keiner von uns sagte etwas dazu. Niemand wollte etwas anzweifeln, was Dad sagte. Mom setzte so sanft wie möglich ihre Teetasse auf den Unterteller. Wir warteten auf eine Erklärung von Dad. Er nickte mehrmals, dann stand er langsam auf.

»Morgen bei Tagesanbruch werden wir auf Babylon losmarschieren und die Gefäße des Tempels für den Herrn zurückerobern.«

Keiner von uns reagierte. Wir saßen da und starrten auf unsere Teller, auf die Reste von Hackbraten, Reis und Soße, die vom Essen übriggeblieben waren.

»Das Maß ist voll!« ließ Dad seine Stimme anschwellen. »Die Zeit ist gekommen, um das, was des Herrn ist, zurückzuholen! Wir können nicht länger dasitzen und untätig zusehen, während das Evangelium ungehört verhallt! *Morgen durchqueren wir das Rote Meer!*«

Mom räusperte sich vorsichtig. »Ralph, was meinst du damit, Liebling?«

»Damit *meine* ich, daß wir rübergehen in dieses Schlangennest und ihnen den Garaus machen! Das ist es, was ich *meine*, Elsa! Ich *meine*, daß ich diesen falschen Lehrer eigenhändig hinauswerfen werde! *Das* meine ich! Ich *meine*, daß ich zu den jungen Leuten da drüben sagen werde: ›Wählt heute, wem ihr dienen wollt!‹ *Das* meine ich! Ich *meine*, daß ich morgen abend bei Einbruch der Dunkelheit mit Gottes Gnade das Chalet der Keegans für den Herrn zurückerobert haben werde!«

Mom biß auf ihrer Unterlippe herum. Sie sah blaß aus.

»Ich habe einen Plan!«

»Ja, Ralph?«

Dad drehte sich zur Anrichte um und griff nach einer braunen Papierrolle, entrollte diese vorsichtig, nahm vier Reißzwecken und heftete diesen ›Plan‹ auf die holzverkleidete Wand hinter sich, zwischen Anrichte und Standuhr.

Mit offenem Mund starrten wir darauf.

»Und jetzt bitte volle Konzentration!«

Dad deutete mit der Dessertgabel auf verschiedene Punkte. »Das ist unser Haus. Das hier die Straße vorm Haus, und das die Straße hinterm Haus. Soweit alles klar?« Jedesmal, wenn er irgendwo draufdeutete, hinterließ Dad eine Serie von kleinen Löchern.

»Das ist die Vordertür der Keegans. Hintertür. Seitentür. Hier ist der Eingang zum Keller durch den kleinen Kohlenschuppen an der Seiten. Soweit alles klar?«

Wir nickten.

»Gut! Also, Elsa, um vier Uhr – morgens, hast du verstanden? – wirst du zur Vordertür gehen und klingeln! Du wartest, bis die Keegans an die Tür kommen. Du sagst, der Herr habe dir aufgetragen, dich wieder mit ihnen zu versöhnen, und du möchtest mit ihnen beten. Sorg dafür, daß wirklich *beide* an die Tür kommen, Dick *und* Jane! Das ist Phase eins.«

Mom gab ein kleines ersticktes Geräusch von sich.

»Ja?«

»Nichts, Liebling.«

»Also, paßt auf! Ich werde euch alle bitten, den Plan zu wiederholen, und wehe, ihr macht einen Fehler, und sei er noch so winzig!«

Wir nickten. Ich spürte, wie sich mir die Stuhlkante ins Bein schnitt. Ich wollte mich bequemer hinsetzen, hatte aber das Gefühl, ich sollte besser stillhalten.

»Calvin.«

»Ja, Dad?«

»Mit deinem Auftrag steht und fällt das Ganze.«

»Okay, Dad.«

»Sobald die Vordertür aufgeht, hier« – Dad bohrte noch mehr Löcher in die Karte – »rennst du über den Hof in den Kohlenschuppen der Keegans und von dort aus in ihren Keller. Es gibt kein Schloß an dieser Tür, und wenn sie sie nicht verbarrikadiert haben, müßtest du eigentlich reinkommen. Soweit alles klar?«

»Ja, Dad.«

»Gut. Sobald du Stimmen hörst – nämlich Mom, die am Vordereingang mit ihnen spricht –, schleichst du die Kellertreppe hinauf, gehst in den Evangelisations-Materialien-Raum und schließt die Tür auf. Klar?«

»Klar, Dad.«

»Gut! Ich werde mich mit Rachael und Janet hinter den Johannisbeersträuchern verstecken. Wenn du im Evangelisations-Materialien-Raum bist, schwenkst du die Bibel-Sommercamp-Fahne vor dem Fenster. Das ist das Signal für uns. Wir kommen dann durch die Tür, die du aufgeschlossen hast. Und so geht es weiter …« – vorsichtig nahm Dad die Karte von der Wand, drehte sie um und heftete sie wieder fest – »auf diesem Schaubild hier ist, wie ihr seht, das *Innere* der Keeganschen Festung dargestellt. Wenn wir alle drin sind, werden die Keegans, so Gott will, noch immer mit Elsa über die göttliche Führung reden. Dabei, Elsa, ist es von entscheidender Bedeutung, daß du *vor* der Tür bleibst! Dann stehen Dick und Jane nämlich im *Eingang*! Denn nur so können wir auf Zehenspitzen den Flur entlangschleichen und die Keegans mit Gottes Hilfe und einem *ordentlichen Schubs* nach draußen befördern. Und dann mußt du ganz schnell hereinspringen, damit wir die Tür von innen verriegeln können!

Damit wäre Phase zwei beendet. Kommen wir nun zu Phase drei.

Calvin, du rennst zur Seitentür und vergewisserst dich,

daß sie verschlossen ist. Dann gehst du in den Keller und blockierst die Kellertür mit dem Holzpflock, den du bei dir hast. Den Pflock bekommst du von mir. Ich habe ihn bereits oben liegen.

Währenddessen gehen die Mädchen, Mom und ich nach oben in die zweite Etage, zu der Tür, die die Keeganschen Räumlichkeiten vom Quartier der jungen Leute trennt. Wir werden diese Tür abschließen, damit die jungen Leute nicht fliehen oder den Keegans helfen können, ihren Unterschlupf zurückzuerobern.

Das sollte nicht schwer sein: Vermutlich sind die jungen Leute zu diesem Zeitpunkt noch nicht wach. Und die Keegans werden wahrscheinlich ziemlich verwirrt sein, vor allem, weil wir sie, Dank der Gnade Gottes, aus dem Schlaf gerissen haben. Außerdem werden sie barfuß sein und nicht über die spitzen Kieselsteine ums Haus herum zu den Fenstern vom Quartier der jungen Leute laufen können. Soweit alles klar?«

Niemand sagte etwas. Mom biß so heftig auf ihrer Unterlippe herum, daß es aussah, als kaute sie Kaugummi. Rachael und Janet stierten auf ihre Teller, schoben Reisklümpchen und graue, geronnene Bratensoße mit den Fingern hin und her.

»Nun zu Phase vier: Nun ist Handeln unsere Strategie! Ich werde ins Zimmer der Keegans gehen und mir ihre ganze persönliche Habe, Kleider etc. schnappen. Wenn die Keeganschen Spuren beseitigt sind, gehe ich zu den Schlafräumen der jungen Leute hinauf und spreche durch die verschlossene Tür zu ihnen. Zu diesem Zeitpunkt müßt ihr darum beten, daß der Herr mir die richtigen Worte eingibt. Ich habe eine Predigt vorbereitet über den Bibelvers ›Baut Häuser und wohnt darin‹, das scheint mir angemessen. Ich denke, die jungen Leute werden sich, wenn sie die Schwere und das Ausmaß von Dicks Apostasie erst begriffen haben, auf unsere Seite schlagen; dann können wir geschlossen zu den Ladies hinübermarschieren und die Spastiker befreien. Noch Fragen?«

Dad drehte sich um, nahm die Karte von der Wand, rollte sie auf, klemmte sie sich unter den Arm, setzte sich und lächelte.

In diesem Augenblick brachen Rachael und Janet in Tränen aus. Mom weinte nicht. Sie fiel in Ohnmacht und rutschte mit einem leisen Seufzer unter den Tisch.

26

Ich sah nur Reis und Soße. Ein Donnerschlag ließ mich aufblicken. Dad hieb so heftig auf den Tisch, daß alle Teller auf seiner Seite zu Boden fielen und zerbrachen. Rachael und Janet sprangen auf und kreischten. Mom war noch unter dem Tisch.

»Ich bin umgeben von Schwächlingen!« schrie Dad.

Janet und Rachael fingen an zu schluchzen.

»Werdet ihr wohl aufhören!?«

Sie versuchten es. Rachael wischte sich die Augen.

»Aber, D-Dad … Ich glaube, es ist nicht mal l-l-legal, so was … so was zu tun … Was wird … dann … geschehen?«

»Wirst du wohl aufhören!? Hör mir zu!«

Rachael bekam einen fürchterlichen Schluckauf.

»Wir haben nicht dem römischen Recht zu gehorchen, sondern nur dem göttlichen! Das Gesetz des Menschen spielt hier keine Rolle! Es geht hier darum, das Werk des *Herrn* zu tun!«

»Ralph! Ich werde nicht dulden, daß du die Kinder in diese Intrige verwickelst!«

Während Dads Gebrüll war Mom wieder zu sich gekommen und unter dem Tisch hervorgekrochen. Nun stand sie da und hielt sich krampfhaft am Tischtuch fest. Sie war blaß, wütend und mit Soße bekleckert, wirkte aber sehr entschlossen, trotz des Teebeutels in ihren Haaren.

»Elsa, wenn ihr, du und die Kinder, euch gegen mich wendet, dann ist das das Ende. Und zwar *für immer*!«

»Ralph. Deine Mutter hat recht. Du bist tatsächlich verrückt geworden! Wie kannst du glauben, daß wir mit deinem lächerlichen Plan Erfolg haben?! Glaubst du, die lassen uns dableiben? Die rufen doch die Polizei. Und dann werden wir *festgenommen*!«

Einen Augenblick stand Dad schweigend da, mit gesenktem Kopf. Die einzigen Geräusche waren Rachaels lauter Schluckauf und das Ticken der Standuhr. Ich dachte, vielleicht drangen Moms Worte langsam in Dads Bewußtsein. Ich dachte, Dad beruhigt sich und überdenkt seinen Plan nochmals.

Dad schaute auf, lächelte, packte den Tisch und riß ihn hoch. Teller, Soßenschüssel, Wasserkrug, Brotkorb, Teekanne, Sahneschüssel, Zuckerdose, Blumen, *Leite mich Tag für Tag* – alles rutschte mit einem langen scheppernden, splitternden Getöse zu Boden. Langsam wandte Dad dem Trümmerfeld den Rücken und stieß wie zufällig gegen die Standuhr.

Als die Uhr schwankte und schließlich umkippte, flüsterte Dad: »Das mit meiner Mutter hättest du dir sparen können.«

Kurz nachdem die Uhr am Boden lag, die Glocken hallten noch nach, brüllte Großmutter von oben: *»Herrgott noch mal!!! Was ist los? Verflucht noch mal, sagt mir gefälligst, was zum Teufel bei euch los ist!!!«*

Die Uhr war unser wertvollster Besitz, ein antikes Stück. Mom hatte einmal gesagt, Leute mit unserem »armseligen Einkommen« dürften nie darauf hoffen, ein so unschätzbares Gut zu erwerben. Sie gehörte zum Haus. Ein unerwarteter »besonderer Segen«.

Unser besonderer Segen lag auf der Seite, die Glasscheibe

vor dem Pendel war zerbrochen, das Zifferblatt aus Emaille hoffnungslos zersplittert. Holzspäne, Glas- und Emaillesplitter, Hackbraten und Soße lagen am Boden verstreut. Die Trümmer waren großzügig auf dem gelben Linoleum unseres Eßzimmers verteilt.

Dad sprach mit ruhiger Stimme: »Nun gut, dann gehe ich eben allein.«

»*Nein*, das wirst du nicht tun, Ralph! Das kommt nicht in Frage! Du wirst jetzt schnurstracks auf dein Zimmer gehen, vier Aspirin nehmen und in deiner Bibel lesen! Und morgen früh packen wir und gehen. Und zwar zurück nach Hause! Das Maß ist *voll*!«

Rachael, Janet und ich starrten Mom an. Noch nie hatte ich gesehen oder gehört, daß sie Dad derart die Stirn bot. Obwohl sie bis zu den Knöcheln in zerbrochenem Geschirr stand, war kein Zittern oder Beben in ihrer Stimme. Rachaels Schluckauf nahm an Lautstärke zu. Es klang wie Tischtennis.

»Elsa, das ist das Ende. Du brichst deinen ehelichen Schwur, mir zu gehorchen. Du bringst meine eigenen Kinder gegen ihren Vater auf. Mehr noch, du tust dies im Angesicht *offenbarer göttlicher Weisung*. Ich habe dir dein ständiges Herumnörgeln verziehen, deine spirituelle Überheblichkeit. Ich habe dir deinen Hochmut ob meiner bescheidenen Herkunft verziehen, aber *das hier*, das werde ich dir nicht verzeihen! Du hast dich mit Mutter und Dick gegen mich verbündet! Für mich bist du nun eine Ungläubige. Geh! Schließe dich den Abtrünnigen an! Geh zu Dick und Jane!«

Dad wandte sich zu Janet, Rachael und mir.

»Kinder, überlegt ganz genau. Die Entscheidung, die ihr jetzt trefft, ist die wichtigste eures Lebens. Sie ist endgültig. Ich frage euch: Wollt ihr dem Herrn folgen oder eurer Mutter? Wollt ihr mit Elsa aus diesem Haus verbannt werden oder hier bei mir bleiben, dem Ruf des Herrn Folge leisten, eurem Vater gehorchen und das Werk Gottes verrichten?«

»O Ralph, wie kannst du es wagen!«

»Laß sie antworten!«

Rachael und Janet schauten von Mom zu Dad und dann wieder zurück. Rachael hatte einen so heftigen Schluckauf, daß sie blau anlief. Janet war sprachlos.

»Und du«, sagte Dad und schaute mich an. »Wie wirst du dich entscheiden, mein Sohn, mein einziger, eingeborener Sohn?«

Ich hatte keine Zeit zum Nachdenken. Vielleicht hatte mich Rachaels Schluckauf-Gewitter durcheinandergebracht. Jedenfalls sagte ich das erste, was mir einfiel:

»Ich bleib' bei dir, Dad!«

»Calvin!« kreischte Mom.

Dad nickte voll finsterer Entschlossenheit. »Das werde ich dir nie vergessen, mein Junge!« Eine Träne rollte seine Wange hinab. Er knirschte durch das zerbrochene Glas um den Tisch herum und schüttelte mir die Hand. Dann drehte er sich zu den Mädchen um.

»Das ist eure letzte Chance, Mädels.«

Rachael und Janet sagten einen Moment lang nichts. Dann schluchzten sie *»Mutter!«* und stürzten zu ihr hinüber. Die Frauen klammerten sich aneinander, umarmten und küßten sich und heulten.

»Zwischen uns hat sich eine tiefe Kluft aufgetan. Verlaßt das Haus und geht, wohin ihr wollt, von mir aus auch zu Dick, dem Feind des Herrn!«

»Daddy!« jaulte Janet.

»In Zukunft – sollten wir uns je wiedersehen – bin ich Reverend Becker für euch. Nicht mehr euer Vater. Hinaus!«

»Nein!« schrie Mom.

»Was zum Teufel ist los? Kommt vielleicht mal bald einer von euch gottverdammten Irren hier hoch? Herrgottnochmal!«

Niemand achtete auf Großmutter. Wir waren alle wie erstarrt und schauten Dad an. Er bückte sich und wühlte in dem Scherbenhaufen auf dem Boden. Er griff nach dem Fleischmesser, das Mom benutzt hatte, um den Braten zu zerteilen. Er machte einen drohenden Schritt auf Mom und die Mädchen zu. Eine schreckliche Sekunde lang zögerten sie, dann drehte sich Mom um und flitzte raus. Die Mädchen folgten ihr. Dad ging schweren Schrittes hinterher. Bevor er jedoch den Flur erreichte, wurde die Eingangstür aufgerissen und gleich wieder zugeknallt.

Das letzte, was ich hörte, war ein verzweifelter Klagelaut, gefolgt von einem wahren Feuerwerk von Schluckaufgeräuschen. Dann war alles still.

Ich spähte in den Flur. Die Frauen waren weg. Dad war allein in der Dunkelheit.

»Schließ die Türen ab.« Dads Stimme klang matt. Er ließ das Messer auf den Linoleumboden plumpsen und ging zur Treppe. Das Messer war mit der Spitze im Boden steckengeblieben und schaukelte sanft hin und her.

»Schließ *alle* Türen ab.« Langsam nahm Dad die erste Stufe.

Ich stand allein im Flur und hörte Dad nach oben gehen, die Tür zu seinem Zimmer auf- und dann wieder zumachen.

»Was ist los?! Sagt mir endlich mal jemand, was los ist? Wo seid ihr? Was macht der Depp? Verdammt noch mal, redet mit mir!!!«

Ich fragte mich, auf wessen Seite Großmutter wohl stand. Dann fragte ich mich, auf wessen Seite ich eigentlich stand. Wieso hatte ich mich entschieden, bei meinem Vater zu bleiben!? Was sollte ich jetzt tun? Ich wagte nicht, nach oben zu Dad zu gehen. Und ich wollte nicht versuchen, Großmutter alles zu erklären.

Dann fiel es mir wie Schuppen von den Augen: Jean-Pierre. Wenn ich mich ins Chalet Beau-Rivage schlich und ihn ausfindig machte, konnten wir so etwas wie einen Plan schmieden.

Ich ging in den Keller, zur Seitentür und schloß auf. Sobald ich draußen auf dem Hof war, schoß ich förmlich durch den Garten, kroch unter dem ›Durchgang verboten‹-Schild hindurch und kroch vorsichtig zum Chalet Beau-Rivage, um in die Fenster hineinzuspähen.

Die Spastiker saßen um ihren großen ovalen blaßblauen Resopal-Eßtisch, nicht ahnend, was für ein Sturm sich da über ihnen zusammenbraute. Die Ladies fütterten ein paar von ihnen mit dem Löffel. Ich sah Jean-Pierre etwas von seinem grünen Plastikteller essen. Er saß mit dem Rücken zu mir. Intensiver Karotten- und Schmorbratengeruch lag in der Luft.

Es lief eine Schallplatte mit Kirchenliedern, gesungen von George Beverly Shea. Durch das warme Baritongesäusel schaffte ich es problemlos und ohne gehört zu werden ins Chalet hinein. Ich ging durch die Eingangstür und dann hinauf in den ersten Stock. Dort schlüpfte ich unter Jean-Pierres Bett.

Die Ladies nahmen es mit dem Saubermachen nicht so genau. Da unten war viel Staub. Hätte sich Dick mit mir versteckt, hätte er geniest, bis er verblutet wäre. Ich schob eine schmutzige Socke weg und legte den Kopf auf die Arme.

George Beverly Sheas tiefe Stimme schwebte, begleitet von Hunderten von Violinen, vom Speisesaal herauf. Ganz in Gedanken summte ich mit. Dann drehte ich mich um und starrte auf die Bettfedern ein paar Zentimeter über meinem Gesicht. Ich schloß die Augen.

Jennifer und ich wuschen uns an dem steinernen Becken in der Wäscherei des Hotel *Nazionale*. Dann traten wir wieder auf die Gasse hinaus und rannten zu der Stelle zurück, wo unser Ruderboot an dem Kahn festgezurrt war.

Die erste Bootsladung Touristen war gerade aus Santa Margherita gekommen. Das Gedränge auf der Piazza nahm langsam zu. Touristen strömten über den Kai und fotografierten sich gegenseitig vor den Yachten im Hintergrund, kommentierten lautstark die teuren Preise in den Schaufenstern der Boutiquen und blieben vor der erschwinglicheren Auslage der Souvenirstände stehen.

Ich stand mit einem Fuß in unserem Ruderboot, das Jennifer losband, sprang dann hinein und stieß uns ab. Ich ruderte auf die Bucht hinaus, blickte mich immer vorsichtig um, damit wir nicht mit den Motorbooten und Yachten zusammenstießen, die zum Hafen hinein- und herausfuhren. Jennifer lag auf dem farbbekleckten Deck, ihre langen Beine auf den Sitz gegenüber gestützt. Sie sonnte sich, während ich ruderte. Schweigend fuhren wir dahin, nur das Wasser, das an den hölzernen Schiffsrumpf schwappte, gluckste leise.

Beim Rudern ließ ich den Blick über die Hügelkette schweifen, die Villen und den Hafen. Aber am häufigsten schaute ich Jennifer an. Ihr Haar umgab ihr Gesicht wie ein goldener Heiligenschein. Ihre schlanke Gestalt kontrastierte mit den alten Brettern. Sie hatte die Augen geschlossen; der eine Arm ruhte lässig über ihrem Kopf, der andere lag auf ihrem Bauch: Sie wirkte vollkommen entspannt. Ich ruderte so lautlos wie möglich.

Ich betrachtete Jennifer und dachte an all die Jahre, die wir uns schon kannten, an all die Dinge, die wir erlebt hatten, daran, daß sie der einzige Mensch war, den ich nicht nur liebte, sondern richtig gern hatte. Ich sah die Narbe auf ihrer linken Fußsohle, ein kalter, weißer Striemen. Ganz lebhaft hatte ich den Tag vor Augen, an dem sie in die zerbrochene Weinflasche getreten war; wie tapfer sie gewesen war.

Jennifer schien nun fest zu schlafen. Sie lächelte im Schlaf. Ihre weichen Lippen waren ein wenig geöffnet. Dann trieben wir in die Bucht von Paraggi; Jennifer träumte, und ich ruderte so leise ich konnte.

Ungefähr hundert Meter vom Ufer entfernt hörte ich auf zu rudern. Ich wollte Jennifer nicht wecken. Sanft schaukelten wir dahin, das Lachen von Kindern, Gläser, die aneinanderstießen, die Rufe von Eltern trieben übers Wasser zu uns herüber – freundliche, vertraute Sommergeräusche hüllten uns ein.

Jennifer mußte den Wechsel in der Bootsbewegung gespürt haben. Sie bewegte sich, öffnete die Augen und blickte zum hellblauen, wolkenlosen Himmel hinauf. Ich ging zu ihr, kniete mich hin und küßte sie. Sie streckte die Arme aus und zog mich an sich, erwiderte meinen Kuß. Ihr Gesicht und ihre Lippen waren ganz heiß von der Sonne. Sie schmeckte süß.

Nach einem langen, zärtlichen Kuß schob sie mich weg, lächelte und spähte über den Bootsrand. Sie sah den Bagnino am Strand, winkte, stand auf und hechtete über den Bug. Einen Augenblick später hörte ich sie hinter mir wieder auftauchen und prustend ausatmen. Sie war unter dem Boot hindurchgeschwommen, jetzt hielt sie sich daran fest und strampelte mit den Füßen, während ich ans Ufer ruderte. Als das Wasser seicht genug war, schob uns Jennifer über den gewellten Sandboden bis ans Ufer.

Sie rannte aus dem Wasser auf ihre Eltern zu. Auf halbem Weg blieb sie stehen, drehte sich um, kam zu mir zurück, nahm mich bei der Hand und ging mit mir am Strand entlang. Sie ließ meine Hand nicht los, auch dann nicht, als wir ihren Eltern immer näher kamen.

Ich warf Jennifer einen hastigen Blick zu, wußte nicht, ob sie wirklich vor ihrer Mutter und ihrem Vater mit mir Händchen halten wollte. Sie erwiderte meinen Blick nicht, sondern ging einfach weiter, mit vorgerecktem Kinn.

Als wir Mr. und Mrs. Bazlinton beinahe gegenüberstanden, erwartete ich, daß Jennifer meine Hand loslassen würde, doch sie hielt sie so fest, daß ich, wenn ich mich aus ihrem Griff hätte befreien wollen, meine Hand hätte wegreißen müssen.

»Hallo, Mum.«

Mrs. Bazlinton starrte auf unsere ineinander verschlungenen Hände.

»Hallo, mein Schatz.«

»Morgen, Liebes«, sagte Mr. Bazlinton.

»War schön beim Rudern.«

»Großartig«, sagte Mrs. Bazlinton.

»Wohin seid ihr denn gerudert?« fragte Mr. Bazlinton.

»Zum Leuchtturm, dann nach Portofino, da haben wir geheiratet und uns ein Eis gekauft. Ich hatte Pistazie, und Calvin hatte ...«

Mrs. Bazlinton runzelte die Stirn.

»Was war das mit Portofino, Schatz?«

»Wir haben dort in der Kirche geheiratet.«

»Ich kann dir nicht recht folgen, Kleines«, sagte Mr. Bazlinton.

»Ist doch ganz einfach. Wir sind in die Kirche gegangen und haben uns vor dem Altar ewige Treue geschworen, dann haben wir uns gegenseitig mit Weihwasser bespritzt. Jetzt brauchen wir natürlich noch Ringe und einen richtigen Priester, damit das Ganze legal wird, aber das hat Zeit. Ich wünschte, ihr wärt dabeigewesen!«

Mr. und Mrs. Bazlinton machten den Mund auf, als wollten sie etwas sagen, dann machten sie ihn wieder zu.

»Es war eine ziemlich spontane Idee, obwohl wir, Calvin und ich, uns schon seit Urzeiten lieben, und irgendwie wußte ich, daß ich ihn eines Tages heiraten würde; allerdings hatte ich keine Ahnung, daß es so schnell passieren würde! Aber, wie du immer sagst, Mum, das Leben ist voller Überraschungen!«

Jennifer hatte viele Dinge getan, die mir den Atem verschlagen hatten, aber noch nie etwas in dieser Größenordnung. Sie stand da und lächelte ihren Eltern zu, dann drehte sie sich zu mir um und küßte mich sanft auf die Wange.

Mr. Bazlinton räusperte sich und schaute Mrs. Bazlinton an, deren Gesichtsfarbe nun sogar ihren riesigen pinkfarbenen Sonnen-Schlapphut ausstach. Mr. Bazlinton hustete noch einmal, wollte was sagen, brach ab und ließ die Worte verebben. Ich schaute Jennifer an, doch die reagierte immer noch nicht auf meine Blicke, also starrte ich auf meine Füße und begann, mit meinem großen Zeh ein Loch in den Sand zu graben.

Mit einer Stimme, die sehr viel höher war als gewöhnlich, sagte Mrs. Bazlinton: »Wie *reizend*, Liebling!«

»Dann ist ja alles gut! Ich *wußte*, ihr hättet nichts dagegen, vor allem, weil Calvin *kein* so ein verrückter Religionsfanatiker ist wie der Rest seiner bescheuerten Sippe! Oder bist du doch einer, Calvin?!«

Jennifer sah mich erwartungsvoll an.

»Nein, bin ich nicht.«

»Na bitte! Eine wahre Intelligenzbestie und dabei auch noch hübsch!«

Ich betete, der Strand möge mich verschlucken, bevor Mrs. Bazlinton noch röter wurde und explodierte.

Mrs. Bazlinton schaute zum hellblauen Himmel empor.

»Ein herrlicher Tag. So mild und doch nicht zu warm!«

»Natürlich machen wir erst die Schule zu Ende, bevor wir zusammenziehen«, sagte Jennifer.

Mr. Bazlinton schien zu ersticken.

»Nun, ihr Lieben, was haltet ihr davon, wenn wir zusammen essen gehen?« fragte Mrs. Bazlinton.

Jennifer gab mir einen Klaps auf die Schulter.

»Klasse! Das wäre super, was, Calvin?«

Beim Mittagessen war Jennifer die einzige, die ziemlich viel redete. Sie plapperte munter über unsere Pläne, vielmehr ihre Pläne, daß wir vermutlich in England leben würden, daß wir aber andererseits, da ich Amerikaner war, obwohl ich in der Schweiz lebte, schließlich auch in die Vereinigten Staaten ziehen könnten. Sie sagte, sie hätte gehört, daß Teile davon – Boston, zum Beispiel – ganz zivilisiert waren und nicht so schrecklich wie jedermann behauptete.

Ich konzentrierte mich hauptsächlich auf mein Essen. Es gab Gnocchi mit Ricottasoße, danach Schweinekoteletts mit Steinpilzen und Rucola-Radicchio-Salat.

Während Jennifer redete und Mr. und Mrs. Bazlinton heimliche Blicke tauschten, wurde mir klar, wie clever Jennifer war. Hätten wir unsere Heirat geheimgehalten, hätten wir jahrelang so tun müssen, als wären wir nur Freunde – und nicht Mann und Frau.

So aber – obwohl es furchtbar peinlich war – brachte Jennifer alles auf einmal über die Bühne. Wie konnten ihre Eltern uns am Zusammenleben hindern, wenn sie wußten, daß wir verheiratet waren?

Und das war typisch für Jennifer: Sie machte keine halben Sachen! Als Lucrezia an den Tisch kam, um die Bestellung aufzunehmen, strahlte Jennifer sie an. *»Lucrezia, per favore una bottiglia di champagne francese.«*

Als Lucrezia die Flasche Champagner brachte, sagte Jennifer zu ihrem Vater: »Du mußt jetzt einen Toast ausbringen!« Lucrezia entkorkte die Flasche, und alle anderen Gäste reckten den Hals, um zu sehen, was da gefeiert wurde. Nur Jennifer lächelte ihnen zu.

Mr. Bazlinton sah nicht so aus wie jemand, der gern einen Toast ausbringen wollte, egal worauf. Aber wahrscheinlich hatte er sich schon vor langer Zeit damit abgefunden, daß sein einziges Kind ziemlich stur war. Er goß jedem von uns ein Glas Champagner ein.

Jennifer fand seinen Toast wunderschön, obwohl er eigentlich nur dagesessen, in sein Glas gestarrt und »Zum Wohl, ihr zwei« gemurmelt hatte.

Mr. Bazlinton trank seinen Champagner in einem Schluck aus, lehnte ab, als Jennifer ihm ein zweites Glas einschenken wollte, und schaute mit feuerrotem Gesicht auf das glitzernde Meer; um den Mundwinkel hatte er so ein nervöses Zucken.

27

Später erzählte mir Rachael, was passiert war. Nachdem Dad sie hinausgeworfen hatte, geriet Mom in Panik und überredete Dick und alle jungen Leute, mit ihr zurück zum Chalet zu gehen. Mom stand im Mondlicht auf dem Weg im Garten und rief laut zum Schlafzimmerfenster im zweiten Stock hinauf; etwa eine halbe Stunde später reagierte Dad endlich.

Mom forderte Dad auf, mich gehen zu lassen. Dad schrie, er wisse nicht, wo ich sei, dann warf er einen Topf mit Geranien nach Mom. Der Topf traf Trudi am Kopf. Er hätte sie umbringen können, meinte Rachael, aber zum Glück fiel Trudi nur in Ohnmacht. Und da rannte Mom zurück zum Chalet der Keegans und rief die Polizei.

Mom beschuldigte Dad, er hätte mich gekidnappt, den Verstand verloren und mich vielleicht sogar mit dem Tranchiermesser getötet. Die Polizei durchsuchte unser Haus. Sie fanden niemand, nur Großmutter, die jeden, der sich in ihre Nähe wagte, mit der Schere bedrohte, und mit dem nächsten Flugzeug nach Hause gebracht werden wollte.

Ich wachte erst auf, als eine der Ladies, Mary Lou, mich am nächsten Morgen fand. Sie sah meinen Fuß unter Jean-Pierres Bett hervorragen. Mary Lou schrie los. Da wachte ich dann auf. Sobald ich unter dem Bett hervorlugte und Mary Lou mich erkannte, hörte sie auf zu schreien, packte mich am Fußgelenk und schleifte mich in die Mitte des Zimmers.

»Weißt du, was du angestellt hast?«

»Tut mir leid, ich habe nur … ähm, ein Spiel gespielt. Ich wollte Jean-Pierre besuchen.«

»Ein Spiel! Deinetwegen haben sie deinen Vater verhaftet! Er ist unten in der *Polizeistation* von Monthey und wird *verhört*! Deine liebe Mutter ist ganz außer sich!«

»Ich begreife gar nichts«, sagte ich, als Mary Lou mich wieder auf die Füße stellte, und zwar, indem sie mich am Ohr zog, so heftig, daß es krachte. Dann zerrte sie mich nach unten und zur Tür hinaus. Den ganzen Weg hielt sie mein Ohr fest. Ich mußte praktisch zusammengeklappt neben ihr herlaufen. Mary Lou war nur etwa einen Meter fünfunddreißig groß.

»Ich hab ihn gefunden! Hier ist er!« schrie Mary Lou immer wieder, während sie mich über den Hof von Chalet Beau-Rivage schleifte, mit mir unter der Schnur hindurchkroch und dann zu unserem Chalet marschierte.

Rachael stand, den Arm um Trudis Schultern gelegt, im Hof. Trudis Kopf war ganz in Verbände gewickelt. Außer Rachael und Trudi stand auch eine kleine Gruppe junger Leute im Kreis und betete. Rachael blickte auf, stieß einen Schrei aus, dann rannte sie auf mich zu und umarmte mich. Das war der Moment, in dem Mary Lou endlich mein Ohr losließ.

»Wo hat er dich versteckt? Hat er dich gefesselt? Geht es dir gut?« Rachael küßte und umarmte mich, und die jungen Leute – einige mit Tränenspuren auf den Wangen – kamen auf uns zu und sagten Sachen wie »Danke, Herr« oder »Gelobt sei Jesus Christus!«

Mary Lou unterbrach sie. »Er ist nicht gekidnappt worden oder so! Das war einfach wieder einer seiner üblichen Tricks! Er hat sich *unter Jean-Pierres Bett versteckt*, um uns allen einen gehörigen Schrecken einzujagen und seinen lieben Vater in Schwierigkeiten zu bringen!«

Alle sahen mich an, sprachlos und entsetzt.

»Schweinehund!« schrie Trudi.

»O du niederträchtiger Bengel!« kreischte Rachael.

»Oh, Calvin! Wie konntest du nur!« sagte Mom, nachdem mich Mary Lou, Trudi und Rachael in unser Chalet gezerrt hatten.

»Jean-Pierre war eingeweiht. Wir werden ihn aufs strengste bestrafen«, sagte Mary Lou.

»Nein, er hatte keine Ahnung. Er wußte nicht einmal, daß ich unter seinem Bett lag! Ich habe mich dort versteckt, als er zum Abendessen unten war. Und da bin ich wohl eingeschlafen.«

»Ich glaube dir kein Wort. Ich werde die Wahrheit schon aus ihm rauskriegen! Ich weiß, was ihr wirklich getrieben habt! Zufällig weiß ich nämlich etwas von euch beiden, aber darüber reden wir ein andermal!« Grimmig entschlossen stapfte Mary Lou aus dem Zimmer und warf die Tür hinter sich zu.

Mom packte mich an den Schultern und schüttelte mich heftig.

»Calvin, ist dir klar, was du angestellt hast? *Ist dir klar, was du mit deinem gräßlichen Streich bewirkt hast?*«

»*Ist dir das klar?*« schrie Janet und kam die Treppe heruntergerannt. »*Ist dir das klar?*« schrie sie wieder, als sie mir einen Hieb auf den Hinterkopf versetzte, während Mom mich immer noch schüttelte.

Trudi zupfte wütend an ihren Verbänden. »*Ich habe mir schwere Kopfverletzungen zugezogen!*«

Rachael kreischte: »*Du bist sowas von gemein!*« Dann bekam sie einen Schluckauf, und fing gleichzeitig an zu heulen. Trudi brach in Tränen aus, hielt sich den Kopf und rannte, auf Schwyzerdütsch fluchend, nach draußen.

Großmutters Tür stand offen. Sie mußte den ganzen Tumult mitbekommen haben. »*Laßt den Jungen in Ruhe, verdammt und zugenäht!*« brüllte sie von oben herunter. Keiner reagierte.

Janet zog mich an den Haaren, und Mom schüttelte mich, bis sie endlich sagte: »Jetzt reicht's Kinder.« Widerwillig ließ Janet los.

»*Ich weiß gar nicht, warum ihr alle so wütend auf mich seid!*« brüllte ich, als ich endlich mal zu Wort kam.

»Vielleicht bringt dich das zur Besinnung.« Janet gab mir noch eine Ohrfeige. Sie klang wie ein Schuß.

»Verflucht noch mal!« schrie Großmutter. *»Laßt ihn in Ruhe, hab ich gesagt!«*

Mom zog Janet von mir weg.

»Janet, es *reicht*! O Calvin, wegen deines dummen Streichs – warum du ausgerechnet diesen Moment familiärer Wirrnisse gewählt hast, um uns zu hintergehen, ist mir schleierhaft – ist dein *lieber, lieber* Vater von den Schweizer Behörden *verhaftet* und fälschlicherweise beschuldigt worden, dich entführt zu haben, wenn nicht Schlimmeres. Er ist in Monthey im *Gefängnis*!«

»Was kann ich dafür?«

Janet gab mir einen Schubs.

»An deiner Stelle würde ich meinen Mund halten!«

»Sorgt dafür, daß er hierbleibt«, sagte Mom und rannte zum Telefon.

Mom schickte mich auf mein Zimmer, wo ich auf Dad warten sollte. Ungefähr zwei Stunden später wurde Dad per Taxi zurückgebracht. Nach zehn Minuten öffnete er meine Tür. Er sah übel aus. Dad hatte ein blaues Auge und eine geschwollene Lippe.

»Dad, das wollte ich nicht!« platzte ich heraus, so schnell ich konnte.

Als er antwortete, klang er eher so wie sonst, fast schon normal. »Schon gut, mein Sohn, die ganze Sache ist meine Schuld. Wir wissen, daß du es nicht böse gemeint hast. Ich bin derjenige, der irregeleitet wurde. Ich weiß nicht, wieso alle dich dafür verantwortlich machen.«

»O Dad!« Eine Welle der Erleichterung schwappte über mich hinweg. Ich umarmte Dad, und er umarmte mich, während Mom in der Tür stand und sich die Tränen aus den Augen wischte.

An diesem Nachmittag berief Dad einen außerfahrplanmäßigen Gebetskreis ein. Alle Gemeindeglieder fanden sich im

Wohnzimmer ein. Sogar die protestierende Großmutter wurde heruntergetragen.

»Wir sind hier zusammengekommen«, sagte Dad, »damit wir einander wiedergegeben werden. Ich bin einem tragischen Irrtum erlegen.«

Dick unterdrückte einen Schluchzer. »Ich auch.«

»So ein Haufen nichtsnutziger Schwachköpfe«, brummelte Großmutter. Keiner sah zu ihr hinüber.

Dann ergriff Mom das Wort. »Der Herr hat Calvin – ohne daß es diesem bewußt war – benutzt, um als Antwort auf meine Gebete den Riß in unserer Gemeinde zu heilen! Wir wissen jetzt, daß die unglückseligen Ereignisse von gestern abend das Resultat einer teuflischen Attacke auf Ralph waren! Die Wunde ist verheilt! Die Zeit der Prüfung vorbei! Ganz offenkundig stehen wir an der Schwelle zu einem herrlichen neuen Kapitel im Dienst am Herrn!«

Dad und Dick umarmten sich, und alle jungen Leute applaudierten und brachen in Tränen aus. Mit Ausnahme von Großmutter, die auf der Couch lag, verdrießlich an die Decke starrte und ihre »Unteren« mit der Zunge hin und herschob, sangen danach alle »Ein feste Burg ist unser Gott«.

Als das mit dem Singen erledigt war, drehte sich Dad um und blickte uns an. »Dick und ich hatten Gelegenheit, das zu diskutieren, was wir für unterschiedliche Meinungen hielten. Es stellte sich heraus, daß der Satan uns getäuscht hat. Zu keinem Zeitpunkt hat Dick den Glauben an absolute Schlechtigkeit und an die Allmacht Gottes aufgegeben. Der Satan hat Zwietracht unter uns gesät, doch der Herr hat uns wieder vereint!«

»Gelobt sei der Herr!« rief Dick. Er nieste, und seine Nase begann zu bluten.

Großmutter gackerte vor Lachen, aber niemand beachtete sie; alles drängte nach vorn, sogar Jean-Pierre und ich. Wir umarmten uns. Die Spastiker bellten und schlugen um sich vor lauter Freude. Mom drückte mich an sich und flüsterte: »Laß dir dies eine Lehre sein! Siehst du, Gott hat unser Leben eben doch in der Hand!«

Janet umarmte mich. »Tut mir leid, daß ich an deinem Wort gezweifelt und so fest zugeschlagen habe. Ich wußte zu dem Zeitpunkt nicht, daß das, was du getan hast, Teil von Gottes Plan war. Geht's dir gut?«

»Ja, ja.«

Nur Trudi blickte böse drein. Sie stand abseits und murmelte etwas auf Schwyzerdütsch vor sich hin; dabei betastete sie mit dicken, zitternden Fingern ihre Verbände.

Dick stopfte sich zwei Wattebäusche in die Nase. Dann gingen wir alle nach draußen, mit Ausnahme von Großmutter, die sich partout nicht auf eine Gartenliege verfrachten lassen wollte, und Trudi, die vom Hof stolzierte, die Straße zu ihrem Dorf hinab.

Dad und Dick gingen durch den Garten und montierten die ›Durchgang verboten‹-Schilder ab. Jedesmal, wenn Dad oder Dick ein Stück Schnur durchschnitten oder ein Schild herunterrissen, klatschten die jungen Leute begeistert Beifall. Dann verbrannte Dad die Schilder, eines nach dem anderen, in unserem Hot-dog-Kessel. Wir sangen »Bei dir Jesu will ich bleiben«, begleitet von Jane Keegan auf ihrem alten Akkordeon.

Die ›Durchgang verboten‹-Schilder rauchten, flackerten und zerfielen schließlich zu weißen Aschekringeln. Eine sanfte Brise wirbelte die Asche in die Ferne, wo sie über dem Rhonetal dahintrieb. Während ich zusah, wie sich die Asche auflöste, überlegte ich zum hundertsten Mal, wann ich fragen sollte, ob wir nach Italien fahren würden, weil die Krise ja jetzt vorbei war. Ich beschloß, auf den richtigen Moment zu warten.

28

Der richtige Moment für die Frage nach unseren Ferien kam nie. Eine Woche nach dem »Tag der Erlösung«, wie Mom den Tag bezeichnete, an dem sich Dad und Dick wieder miteinander versöhnten, kam ein Einschreiben von den Schweizer Behörden. Alle unsere Aufenthaltsgenehmigungen waren für ungültig erklärt worden. Wir hatten einen Monat Zeit, um unsere Mission zu räumen und die Schweiz zu verlassen!

Bauer Ruchet erzählte mir, daß sich die Dorfbewohner bei der Gemeindeverwaltung von Monthey beschwert hätten. Es hieß, wir seien eine Sekte. Das Gerücht ging um, daß der Anführer unserer Sekte, Dad, verrückt geworden und ein gefährlicher Irrer sei. Bauer Ruchet sagte, er und seine Frau seien die einzigen im Dorf, die den Antrag auf Ausweisung nicht unterzeichnet hätten, den die Postbotin herumgereicht hätte. Der Anblick der mit verbundenem Kopf durchs Dorf stolzierenden Trudi (Mom nannte das ein schamloses Beispiel für alemannischen Exhibitionismus) war unserer Sache auch nicht gerade förderlich.

Dad meldete ein SOS-Ferngespräch zum Hauptsitz der PKKKKUSA in St. Louis, Missouri, an. Als das Gespräch durchgestellt wurde, standen Mom, Janet, Rachael und ich unten im Flur um Dad herum, der dem Vorsitzenden erklärte, daß man uns hinausgeworfen hatte. Er bat ihn, sich beim amerikanischen Außenministerium für uns einzusetzen, damit die amerikanische Botschaft in Bern bei den lokalen Schweizer Behörden vermittelte. Dad erklärte dem Vorsitzenden, daß Gott den Riß in unserer Gemeinde geheilt habe, daß er und Dick jetzt ein neues, brüderliches Verständnis füreinander hätten und Gott ganz offensichtlich bei alldem die Hand im Spiel habe.

Der Vorsitzende antwortete, Gottes Hand sei in diesem Fall unerheblich. Es sei zu spät. Dad habe die PKKKKUSA verlassen, er habe Briefe geschrieben, in denen die PKKKKUSA denunziert werde, er habe versucht, in seiner offenen Rebellion gegen die Kirche andere Pastoren und Missionare auf seine Seite zu ziehen.

Nachdem Dad eingehängt hatte, stand er lange schweigend da, mit gesenktem Kopf. Janet, Rachael, Mom und ich machten vorsichtshalber ein paar Schritte rückwärts, erwarteten einen Ausbruch. Doch als Dad sprach, tat er es mit eisigem, überlegenem Ton.

»Wir leiden Verfolgung um des Herrn willen. Die, von denen wir geglaubt hatten, daß sie uns in der Stunde der Not beistehen, haben uns, wie Judas, den Rücken gekehrt.«

»O Ralph, was sollen wir tun?«

»Der Aufsichtsrat handelt sehr klug und betrügerisch. Da wir von den Katholiken wegen unseres reformatorischen Widerstands hinausgeworfen wurden, kann die PKKKKUSA unseren Besitz beschlagnahmen und behaupten, er gehöre ihnen. Und dann verkaufen sie ihn womöglich oder richten eine neue Mission darauf ein, über die *sie* dann vollkommene Kontrolle haben.«

»O Liebling, hat er das gesagt?«

»Natürlich nicht, aber ich kann zwischen den Zeilen lesen!«

In den nächsten Tagen waren wir unheimlich emsig. Wir arbeiteten rund um die Uhr, unter Dads Kommando, und schickten eine ganze Lawine von Briefen ab. Mom und Dad verfaßten sie gemeinsam. Dad schritt im Schlafzimmer auf und ab und diktierte mit lauter Stimme. Mom machte Vorschläge und tippte dann. Endlich einmal arbeiteten sie in schönster Harmonie zusammen. Rachael sagte, Dad sei an dieser Situation gewachsen und habe das Kommando übernommen »wie ein großer General«. Sie sagte, es sei äußerst beeindruckend; dies sei seine größte Stunde. Janet meinte, hinter dem Angriff auf unsere Gemeinde stecke das

Schreckgespenst des Kommunismus, und wir sollten uns nicht wundern, wenn Dad ermordet würde.

Jeden Morgen mußten Dick, Jane, Rachael, Janet oder ich die Bahn hinunter nach Monthey nehmen und körbeweise Briefe zur Post bringen. Dad sagte, sie von unserem Postamt in Trois-Torrents zu senden, sei nicht sicher genug, schließlich seien alle Dorfbewohner, einschließlich der Postbotin, in das römisch-katholische Komplott verwickelt.

Janets Aufgabe war es, die Briefe auf spezielles Matrizenpapier zu kopieren. Rachael und ich füllten lila Tinte, die wie eine Mischung aus Nagellack und Holzschutzmittel roch, in den Tank, richteten das Matrizenpapier aus und kurbelten unsere Kopien durch. Janet sagte, sie wisse jetzt, was die französischen Résistance-Kämpfer empfunden haben mußten, als sie sich gegen die Tyrannei erhoben. Dad meinte, wir sollten lieber keinen Absender angeben, damit die römisch-katholischen Postbeamten nicht unsere Korrespondenz abfangen und an den Vatikan weiterleiten konnten.

Großmutter sagte, uns hätte man ins Hirn geschissen, und wenn wir sie nicht ins nächste Flugzeug nach Philadelphia setzten, würde sie vor Gericht gehen. Niemand hatte Zeit, ihr zuzuhören.

29

Ralph und Elsa Becker
»Die Arche«
Chalet Les Tulipes
Trois-Torrents-sur-Monthey
Wallis
Schweiz

24. Juni 1967

Liebe Brüder und Schwestern im Herrn!
Die römisch-katholische Kirche hat den Samthandschuh der Apostasie abgelegt und die stählerne Faust des Papismus enthüllt, die darunter verborgen war! Wir befinden uns im geistlichen Kriegszustand! Die Schweizer Behörden wurden von der weltumspannenden Macht der Römischen Kirche beeinflußt. Wie die Horden der Midianiter gegen Israel haben sie sich gegen uns verbündet. Doch wer kann gegen uns sein, wo doch der Herr mit uns ist? Wir spüren, daß der Herr im Begriff steht, ein großes Werk zu tun!

Helft dem Herrn bei diesem großen Werk, indem Ihr, teure Brüder und Schwestern:

1.) dem Außenministerium schreibt, damit dieses sich bei den Schweizer Behörden für uns einsetzt und unsere Aufenthaltserlaubnisse so rasch wie möglich erneuert werden,

2.) uns in dieser Notlage Spenden zukommen laßt, damit die Arche – falls notwendig – neu errichtet werden kann und dem Herrn wenigstens ein aufrichtiger Anhänger in Europa bleibt,

3.) an den Aufsichtsrat der PKKKKUSA (z. H. Herrn Reverend Dr. phil. Bahre) schreibt und ihn in gottgefälliger Weise dafür tadelt, daß der Aufsichtsrat der Arche in diesen Zeiten religiöser Kriegsführung seine finanzielle Unterstützung versagt! Setzt Euch dafür ein, daß der Aufsichtsrat umgehend seine falschen Anschuldigungen, Ralph sei schuld an unserer derzeitigen Misere, zurücknimmt. Zwingt diese Leute, die Wahrheit zu sagen! Im Namen des Evangeliums werden wir von sichtbaren und unsichtbaren Mächten verfolgt! Im Namen der Reformation!!!

4.) betet, betet, betet! Setzt Euch Tag und Nacht vor Gottes Thron für uns ein, blickt ihm ins Angesicht, damit wir rasch von diesem Stachel in unserem Fleisch befreit werden!

Wir gründen unsere Gemeinde im Bundesstaat Maryland von neuem. Elsas Bruder, der hochgeschätzte Reverend Dr. theol. George

Coswell, ist unser neuer Schatzmeister. Steuerlich absetzbare Spendenquittungen können bei uns angefordert werden. Diejenigen, die der Herr dazu bewegt, uns mit Spenden zu unterstützen, mögen diese bitte richten an den

Ralph und Elsa Becker-Verteidigungsfonds
c/o Reverend George Coswell
103 Parker Lane
Silver Springs, Maryland

P.S.: Unsere hochgeschätzten Mitstreiter im Weinberg des Herrn, Dick und Jane, senden allerherzlichste christliche Grüße. Was für eine Freude ist es doch für uns, daß sie Schulter an Schulter mit uns kämpfen, während wir, wie Nehemia, die Mauern Jerusalems verteidigen und neu errichten!

Im Namen des Herrn, dessen Gnade allein uns retten kann.
Gez. Reverend Ralph Becker und Gattin Elsa

Onkel George rief extra aus den Vereinigten Staaten an, um uns mitzuteilen, daß die Reaktion auf Dads Brief »überwältigend« sei. Mom verkündete, Gott habe die Fenster des Himmels weit geöffnet, um uns zu segnen, weil wir wir uns so kompromißlos für die Wahrheit einsetzten. Und nun hagele es Unterstützung.

Onkel George sagte, er werde durch eine telegrafische Überweisung dafür sorgen, daß unsere nötigsten Ausgaben gedeckt würden, und den Rest der Spenden bei der First National Bank of Maryland gewinnbringend anlegen. Onkel George sagte außerdem, ihm sei hinterbracht worden, daß der Aufsichtsrat der PKKKKUSA wegen Dads Brief ganz schön eins auf den Deckel gekriegt habe. Wir könnten damit rechnen, daß der Aufsichtsrat wegen der zahllosen erbosten Anrufe bald einlenken werde.

Und tatsächlich bekamen wir nur zehn Tage nach Dads

Appell an die Brüder und Schwestern im Herrn ein offizielles Schreiben vom Aufsichtsrat, per Expreß. Dad berief auf der Stelle einen außerordentlichen Gebets- und Dankgottesdienst ein. Mit lauter, triumphierend bebender Stimme las er den Brief vor.

PKKKKUSA
- Hauptsitz -
1 Lafayette Road
St. Louis, Missouri
U.S.A.

An
Reverend Ralph Becker und Gattin Elsa
»Die Arche«
Chalet Les Tulipes
Trois-Torrents-sur-Monthey
Wallis
Schweiz

1. Juli 1967

Lieber Bruder Becker, lieber Bruder Keegan, liebe Schwestern im Herrn, Elsa und Jane, und liebe Damen des Chalet Beau-Rivage,

seid herzlich gegrüßt im Namen unseres Herrn Jesus Christus! Wir haben mit dem Herrn im Gebet gerungen wegen des traurigen Risses, der sich durch die Macht des Bösen zwischen uns aufgetan hat. In der Tat hat Satan keine Ruhe gegeben und die treuen Diener Gottes unablässig bedrängt! In zahlreichen Gebeten kamen wir zu dem Schluß, daß wir vielleicht doch ein wenig voreilig gehandelt haben, was unsere Entscheidung, den Kontakt zu Euch, liebe Brüder und Schwestern im Herrn, abzubrechen, betrifft.

Daher möchten wir Euch vorschlagen, so wie Joseph einst am Hals seiner Brüder weinte, als diese ihm wiedergegeben wurden, daß auch wir den Herrn darum bitten, er möge unsere Wunden ver-

binden, uns die Jahre wiedergeben, die die Heuschrecken aufgefressen haben, und süßen Frieden, Freude und Liebe wieder in unsere Mitte bringen, auf daß der Friede, der über Verstehen hinausgeht, in jedem von uns wohne, damit wir, endlich wieder vereint, in Seinem allgewaltigen Namen voranschreiten, um gemeinsam für das Königreich zu streiten!

Wir erwarten Eure Antwort, liebe Brüder und Schwestern, und brennen darauf, alles in unserer Macht Stehende tun zu können, damit unsere Regierung die Oberhand gewinnt über den »König, der sich erhob und Joseph nicht kannte«, auf daß Jesu süßer Name allen Nationen verkündet und Euch die Aufenthaltsgenehmigung rasch wiedererteilt werde.

Mit inniger Liebe zu unserem Herrn – wärmste christliche Grüße von den Erwählten an die Auserkorenen!

Gez. Dr. phil. Reverend Bahre

(Für die PKKKKUSA-Missionsaufsichtsratsgeneralsynode und den Reformierten Calvinistischen Missionsbund in Verbindung mit dem Presbyterianischen Missionsweltverband des Reformierten Glaubens)

Dad arbeitete fast die ganze Nacht hindurch. Ich lag wach und hörte, wie er seine Antwort diktierte, korrigierte, im Gebet überdachte, feilte und vervollkommnete.

Ralph und Elsa Becker
»Die Arche«
Chalet Les Tulipes
Trois-Torrents-sur-Monthey
Wallis
Schweiz

Herrn
Reverend Dr. phil. Dr. theol. Bahre,

Vorsitzender des Aufsichtsrats
PKKKKUSA-Missions-Hauptsitz
1 Lafayette Road
St. Louis, Missouri
U.S.A.

4. Juli 1967

Lieber Reverend Bahre!
Nachdem wir Ihren Brief in zahllosen Gebeten überdacht haben, teilen wir – Elsa und ich sowie unsere lieben Mitstreiter im Weinberg, Dick und Jane und die Damen vom Chalet Beau-Rivage – Ihnen voll christlicher Freude mit, daß der Herr uns geführt hat, auf daß wir uns wieder in christlicher Liebe mit Ihnen vereinigen.

Desungeachtet muß ich jedoch darauf hinweisen, daß der Herr während der traurigen Spaltung, die in den letzten Tagen herrschte (Folge eines tragischen Mißverständnisses, das Satan unter uns gesät hat), uns bewogen hat, einen separaten Fonds einzurichten, damit die für die Arbeit im Weinberg des Herrn erforderlichen Mittel auf anständige Weise im Sinne des Neuen Testaments eingesetzt werden können. Gott hat diesen Fonds gesegnet, und in dem überreichlichen Spendenfluß sehen wir sein Wohlwollen und seine Verheißung. Ganz unzweifelhaft leitet uns seine sanfte Hand. Daher sind wir überzeugt, daß Sie verstehen werden, wenn wir nun Seinem Ruf Folge leisten und diesen vertraglich vereinbarten Fonds nicht mit den anderen Geldmitteln vermengen wollen, die zur Unterstützung unserer Arche normalerweise vom Hauptsitz der PKKKKUSA gelangen, wo bislang ja auch die steuerlich absetzbaren Spendenquittungen ausgestellt wurden.

Daher schließen wir uns dem Missionsverband gerne wieder an, unter dem Vorbehalt, daß es uns gestattet ist, dem deutlichen Ruf des Herrn Folge zu leisten, denn Er hat zu unseren Herzen gesprochen und uns aufgetragen, diese Spendengelder auf ein spezielles Konto zu überweisen, über welches wir die alleinige Verfügungsgewalt besitzen und das von Elsas liebem Bruder, Reverend George in Maryland, verwaltet wird.

Im Namen des Einen, der tatsächlich alles vermag!
Grüße im Namen des Lamms!
Reverend Becker, Elsa, Dick und Jane sowie die Damen vom Chalet Beau-Rivage

Die Antwort auf Dads Brief traf per Sonderzustellung, Einschreiben und Expreß am 11. Juli ein. Dad las das Schreiben bei einem außerordentlichen Gebetsgottesdienst vor, den er einberufen hatte, um Gottes Weisung für den Umgang mit der leider so weltlichen Antwort des PKKKKUSA-Aufsichtsrats zu erfahren.

PKKKKUSA Missionshauptsitz
1 Lafayette Road
St. Louis, Missouri
U.S.A.

An
Reverend Ralph Becker und Gattin Elsa
»Die Arche«
Chalet Les Tulipes
Trois-Torrents-sur-Monthey
Wallis
Schweiz

7. Juli 1967

Lieber Reverend Becker und liebe Mitstreiter im Weinberg des Herrn!
Schmerzlicherweise hat sich zwischen uns eine Kluft aufgetan. Offenbar wünschen Sie, die Früchte brüderlich-gottgefälliger Gemeinschaft zu genießen, ohne die Last des apostolischen Glaubens zu schultern!

Die Weisung des Herrn im vorliegenden Fall ist eindeutig. Er hat uns aufgetragen, Ihnen mitzuteilen, daß wir Ihnen im Hin-

blick auf unsere Charta der Verantwortlichkeit gegenüber der PKKKKUSA nicht guten Gewissens gestatten können, außerhalb des allgemeinen Budgets einen separaten »vertraglich vereinbarten Fonds« einzurichten.

Daher bitten wir Sie, voll gottgefälliger Sorge um Ihre geistige Wohlfahrt, sich wieder unter Gottes Autorität begeben und unter Gottes Führung den »Ralph und Elsa Becker-Verteidigungsfonds« in die Finanzstrukturen des PKKKKUSA-Missionsfonds eingliedern zu wollen, da der Herr uns ja zu erkennen gegeben hat, daß Sie dies tun sollten.

Bitte teilen Sie uns zum frühestmöglichen Zeitpunkt mit, zu welchem Entschluß Sie nach reiflicher Überlegung und Gebet gekommen sind.

Mit christlichen Grüßen und in der Hoffnung, daß Gott Sie in seinem vollkommenen Willen leiten wird,

Dr. phil. Reverend Bahre

(Für die PKKKKUSA-Missionsaufsichtsratsgeneralsynode und den Reformierten Calvinistischen Missionsbund in Verbindung mit dem Presbyterianischen Missionsweltverband des Reformierten Glaubens)

30

Nach dem außerordentlichen Gebetsgottesdienst, in dessen Verlauf er den Aufsichtsrat der PKKKKUSA eine Horde dreckiger Diebe und Dr. phil. Reverend Bahre einen Judas Ischariot genannt hatte, sagte Dad, Gott habe ihn überzeugt, den letzten Brief nicht zu beantworten. Er sagte, es sei an der Zeit, unsere Sache vor die versammelten Mitglieder der PKKKKUSA zu bringen.

Auch Mom fand, daß dies Gottes Wille sei. Sie hatte in

dieser Angelegenheit gebetet, und der Herr hatte ihr einen bestimmten Vers ans Herz gelegt, »Die Menge der Gläubigen aber war ein Herz« (Apostelgeschichte 4,32). Sie sagte, dieser Vers drücke ganz genau unser unmittelbares Bedürfnis aus. Er bedeute, so sagte sie, daß wir nur kühn im Glauben hervortreten und zu einer Menge heranwachsen sollten, und zwar ohne die PKKKKUSA. Auch Dick und Jane waren davon überzeugt, daß der Herr zu Mom gesprochen habe, und die Ladies ebenfalls.

Onkel George hatte eine Cousine, eine pensionierte Missionarin aus Indien, die am Hauptsitz der PKKKKUSA in St. Louis arbeitete. Mom sagte, diese Cousine sei eine zutiefst gläubige Person. Als diese zutiefst gläubige Person von unseren Schwierigkeiten hörte, bekam sie von Gott den Auftrag, in einem unbeobachteten Moment eine Kopie von der Adressenliste der Sponsoren zu machen und diese per Expreß an Onkel George zu schicken. Onkel George sandte alle 2321 Namen per Sonderzustellung, Luftpost und Einschreiben an uns.

Obwohl Onkel George und seine Cousine, die zutiefst gläubige Person, die »menschlichen Handlanger« bei der Beschaffung der Sponsorenliste waren, konnten wir doch ganz deutlich sehen, daß hier Gott am Werke war, fand Dad. Mom, Dick, Jane und die Ladies fanden das auch.

Ralph und Elsa Becker
»Die Arche«
Chalet Les Tulipes
Trois-Torrents-sur-Monthey
Wallis
Schweiz

12. Juli 1967

Ihr lieben Gebetspartner und Freunde der Arche!
Tiefbetrübt müssen wir Euch heute etwas mitteilen. Wie Ihr wißt,

hat der Herr Elsa und mich vor vielen Jahren in seinen Dienst berufen. Stets verhielten wir uns der PKKKKUSA gegenüber loyal, wir gehören ja auch zu den Gründungsmitgliedern der PKKKKUSA. Als diese sich von der PKKKUSA abspaltete (nämlich, als jene vom Ungeist liberaler Apostasie durchseucht wurde und einigen Pastoren gestattete, ihre Version von bedingter Schlechtigkeit darzulegen, anstelle der wahren reformatorischen Überzeugung der unbedingten Schlechtigkeit), da waren wir diejenigen, die der Sache des Herrn treu blieben!

Seit jenen Tagen, in denen wir für sein Königreich stritten, hat der Herr die PKKKKUSA und unsere Arbeit hier in der Arche gesegnet. Doch leider ist das nicht das glückliche Ende, auf das wir gehofft haben.

Wie Ihr wißt, hat sich zwischen unserer Missionsstelle und dem Mutterhaus ein Riß aufgetan, als die römisch-katholischen Behörden unsere sämtlichen Aufenthaltsgenehmigungen in diesem Feld des Weinbergs aufhoben. Dies taten sie aufgrund des Drucks, den die Römische Kirche ausübt, die aufs neue versucht, das Licht des Calvinismus auszulöschen – in Calvins eigenem Land, der Schweiz! (Was für ein schreckliches Unrecht den Schweizern gegenüber, die Gott den Herrn nicht kannten! Sie wenden sich nicht nur gegen Calvin, sondern auch gegen uns und Jesus!!!)

Nun hat der Aufsichtsrat der PKKKKUSA erfahren, daß der Herr zu vielen der treuen PKKKKUSA-Anhänger gesprochen hat. Diese haben nämlich dem Aufsichtsrat mitgeteilt, daß sie mit dessen Mangel an Solidarität und mit den falschen Anschuldigungen, die dieser über die Gründe für die Verfolgung der Arche während unserer Zeit der ernsten Prüfung verbreitet hat, durchaus nicht einverstanden sind.

Unter der sogenannten »geistlichen Führung« von Reverend Bahre hat der Aufsichtsrat der PKKKKUSA uns daraufhin in trügerisch bekundeter Freundschaft die Hand zu reichen versucht, eine Folge des gerechtfertigten Protestes gottesfürchtiger Männer und Frauen, wie Ihr es seid!

Wir alle sehnen den Frieden herbei, und ich fürchte, die mensch-

liche Seite in uns wollte auf das Angebot des PKKKKUSA-Aufsichtsrats eingehen, um der Liebe zu Jesus willen. Aber Gott der Herr hat zu unseren Herzen gesprochen und uns gesagt, es sei besser, die ganze Welt zu verlieren, einschließlich der Gunst des PKKKKUSA-Aufsichtsrats, und das Wohlgefallen des Herrn zu erringen, selbst wenn wir dabei, nach den armseligen Maßstäben ebendieser Welt, alles verlieren!!!

Werdet Ihr zu uns halten, o Ihr treuen Brüder und Schwestern? Die Felder sind erntereif! Wir mühen uns ab in der Hitze des Tages! Wir bitten Euch, unterstützt uns mit Euren Gebeten! Und (so es Gottes Wille ist) wir bitten Euch, Eure steuerlich absetzbaren Liebesgaben zu senden an den:

Ralph und Elsa Becker-Verteidigungsfonds
c/o Reverend George Coswell
103 Parker Lane, Silver Springs, Maryland.
(bitte beigefügten Umschlag zu verwenden)

Mit schönsten Grüßen von unseren Mitstreitern Dick und Jane und den Damen vom Chalet Beau-Rivage sowie all den lieben kleinen Minderbemittelten, die auf Euer Wohlwollen angewiesen sind; im herrlichen Namen des Einzigen, im Namen des reformierten Lammes,

Reverend Ralph Becker und Gattin Elsa
Dick und Jane Keegan

31

Es dauerte nur sieben Tage, bis »die Mauern von Jericho fielen«. Als es soweit war, erhob sich großer Jubel.

»Gelobt sei der Herr und seine herrlichen Werke!« sagte

Mom.

»Dies ist der Tag des Herrn!« rief Dad aus.

»O Herr Jesus! Wir danken dir so sehr!« quiekte Rachael.

»Er ist vor uns hingetreten wie eine Feuerwolke«, sagte Janet.

»Danke, liebster Jesus, o du mein Herr!« flüsterte Jane.

»O Jesus Christus, wir sinken vor dir auf die Knie und beten dich an!« schluchzte Dick.

»Ich habe Gänsehaut – mir ist, als stünde ich am Ostermorgen vor dem offenen Grab!« sagte Mary Lou.

»Jetzt leiten die Verrückten das Irrenhaus!« raunzte Großmutter. Keiner schaute zu ihr hinüber. Alle starrten nämlich erwartungsvoll *mich* an, deshalb sagte ich: »Lieber himmlischer Vater, wir danken dir, daß du unsere Feinde geschlagen hast, ganz so wie bei … ähm … bei Gideon.«

Alle außer Großmutter sagten: »Amen.«

Das war der größte Tag, den unsere Gemeinde je erlebt hatte. An jenem Morgen, einem strahlenden Morgen Mitte Juli – die Luft war so klar, daß man jeden einzelnen Felsbrocken der Dents du Midi sehen konnte, und eine sanfte Brise trieb den Geruch von frischgemähtem Heu in die Zimmer unseres Chalets –, hatten wir drei Briefe bekommen. Jeder für sich genommen hätte schon als Wunder gegolten, aber alle drei zusammen ergaben sie eines von diesen »absolut einmaligen Erlebnissen, durch die wir ganz deutlich sehen können, daß Gott unser Leben regiert, so deutlich, wie Moses den Dornbusch gesehen hat«, meinte Mom.

Dad sagte, Gott habe unverkennbar »die Hand ausgestreckt und die Geschichte mit Seiner erhabenen Hand vor unseren eigenen Augen modelliert«. Die Tatsache, daß alle drei Briefe am selben Tag angekommen waren, konnte kein Zufall sein. »Sogar ein jüdischer Atheist aus New York müßte das zugeben«, meinte Mom.

Der erste Brief war von Onkel George. Er schrieb uns,

daß als Folge des Briefes, den Dad an die Sponsoren der PKKKKUSA geschickt hatte, fast einunddreißigtausend Dollar eingegangen waren.

Der zweite Brief kam vom Vorsitzenden des Missions-Aufsichtsrats, Reverend Dr. Bahre. Der Aufsichtsrat bat Dad, Mitglied des Aufsichtsrats zu werden. Von irgendwelchen Bedingungen war keine Rede mehr. Die Spenden, die uns der Herr für unseren ganz besonderen Kampf gesandt hatte, durften wir behalten. Sie verlangten nur, daß wir noch mal einen Brief an die Sponsoren der PKKKKUSA schrieben, und sie baten, den PKKKKUSA-Missions-Fonds wieder zu unterstützen, wo wir einander nun erneut in liebendem Gemeinschaftsgeist zugetan wären.

Das dritte Schriftstück war das erstaunlichste, überraschendste und wunderbarste von allen. Es kam von der Gemeindeverwaltung in Monthey, Abteilung Ausländerpolizei. Ihre Anweisungen waren widerrufen worden! Bald sollten wir neue Aufenthalts- und Arbeitsgenehmigungen für die Schweiz bekommen.

Dad erklärte, daß die Hand Gottes die verstockten Herzen der Behörden angerührt hätte und daß die Briefe, die das Außenministerium von Reformierten Presbyterianern – und zwar aus der ganzen Welt – bekommen hatte, vermutlich niemandem Schaden zugefügt hatten, da das Außenministerium selbst diese Tatsache den Schweizer Behörden mitgeteilt zu haben schienen.

»Und ich hab gedacht, das Riesenarschloch da oben hätte endlich mal *mein* Gebet erhört und euch allen das Maul gestopft, damit ich doch noch nach Hause komm!« brummte Großmutter mißbilligend. Keiner schaute sie an.

Am Ende dieses »Tags der Wunder«, wie Mom es nannte, kam sie in mein Zimmer, um mir gute Nacht zu sagen. Mom setzte sich auf die Bettkante.

»Calvin, weißt du, manchmal fangen wir alle an, an der Existenz Gottes zu zweifeln. Heute aber haben wir eine echte Demonstration seiner Stärke erlebt.«

»Ja, Mom.«

»Weißt du, Gott hat tatsächlich einen Plan für das Leben eines jeden einzelnen. Er behütet uns nämlich *tatsächlich*!«

»Ich weiß, Mom.«

»Nun, es ist gut, sich das zuweilen ins Gedächtnis zu rufen. Das hilft uns, das Richtige zu tun.«

»Ich weiß, Mom.«

Mom streckte den Arm aus und fing an, mir durchs Haar zu streichen und die Haare nach hinten zu kämmen, so wie sie es immer getan hatte, wenn ich als kleiner Junge nicht schlafen konnte.

»Calvin, bist du immer aufrichtig zu mir?«

»Natürlich, Mom.«

»Nun, Liebling, ich möchte dich nicht in Verlegenheit bringen, aber du weißt ja: Eine Mutter weiß immer Bescheid.«

»In bezug auf was, Mom?«

»Calvin, wenn die Kostbare Saat trocknet, bleibt sie als Verfärbung auf dem Laken zurück. Ich bin auf eindeutige Hinweise gestoßen, fürchte ich.«

»Mom, ich hab aber gar nicht …«

»Lüg nicht, Calvin, vor allem nicht am Tag der Wunder, wenn wir die Hand Gottes gesehen haben.«

»Aber Mom, Gott hat meine Gebete erhört und mir Feuchte Träume geschickt.«

»Dreimal pro Woche?«

»Ich zähl nicht nach.«

»Du berührst dich also nicht?«

»Nein.«

»Oh, wie sehr wünschte ich, Ralph wäre ein etwas umgänglicherer Mensch. Mit zwei Schwestern und ohne Brüder …« Mom seufzte. »Wenn Ralph mir nur beistehen würde, aber er weigert sich strikt, mit mir über diese Angelegenheiten zu sprechen. Ich weiß nur einfach nicht, was ich von diesen Flecken halten soll.«

»Gute Nacht, Mom.«

»Calvin, denk daran: Gott existiert wirklich. Er sieht alles. Denk an die Demonstration seiner überwältigenden Macht, deren Zeugen wir heute werden durften.«

»Das werd ich, Mom. Gute Nacht.«

»Es ist nur, daß ich bislang keine Erfahrung in diesen … diesen Jungenangelegenheiten sammeln konnte.«

»Mach dir keine Sorgen, Mom. Ich mach so was niemals.«

»Gott gebe, daß es so ist. Gute Nacht, Calvin.«

»Gute Nacht, Mom.«

Mom beugte sich vor und gab mir einen Kuß. Sie umarmte mich, so daß ihr ganzes Gewicht auf mir lastete. Sie preßte mir lange ihren Busen auf den Brustkorb. Bevor Mom sich aufrichtete, um hinauszugehen, drückte sie mich noch einmal extra-fest und flüsterte mir ins Ohr: »Bitte, bitte, berühre dein Kleines Ding nicht! Bitte, bitte, bitte!«

Als Mom draußen war, lag ich eine Weile reglos da, mit offenen Augen, bis der Geruch ihres Parfüms verflogen war. Dann machte ich die Augen zu. Jennifer stand da. Die ganze Zeit hielt sie den Blick auf mich gerichtet, während sie ihre Shorts auszog, die Bluse aufknöpfte und die Träger ihres Badeanzugs über die Schultern streifte, nicht langsam oder schnell, sondern ganz normal, als zöge sie sich allein aus. Sie streifte den Badeanzug über die Linie zwischen Bräune und weißer Haut, über ihre weichen, weißen Brüste und dann über ihren flachen Bauch, die schmale Taille und schlanken Hüften, bis der Badeanzug auf den Linoleumboden fiel.

32

Jedes Jahr am 19. Juli führte die Strecke eines berühmten Radrennens, Le Tour de Suisse, an unserem Chalet vorbei. Auf diesem Streckenabschnitt rasten die Fahrer im Freilauf den Hügel hinunter bis ins Rhonetal. Wir standen dann immer auf den Eingangsstufen und feuerten die vorbeisausenden Radfahrer an, die einen solchen Wind verursachten, daß Moms Sommerkleid um ihre wohlgeformten Beine hochwirbelte.

Erst kamen Polizisten auf Motorrädern. Dann folgten ein paar Autos mit Sportfunktionären. Und dann die Teilnehmer, zuerst die Spitze, dann das Feld – viele hundert Radfahrer, die den Hügel hinabsausten, ein geducktes Kollektiv, Rad an Rad, Knie an Knie.

Von der steilen Straße vor unserem Chalet aus konnte man das Ganze wunderbar beobachten. Die Radfahrer beschleunigten wahnsinnig, bis sie dann kurz vor der Haarnadelkurve oberhalb unseres Dorfs abbremsen mußten. Das war immer äußerst dramatisch.

Die Tour de Suisse ausgerechnet nach dem ›Tag der Wunder‹ zu sehen, schien besonders schön. Jeder war festlich gestimmt. Wir stellten uns alle zum Zuschauen auf, sogar Dad.

Nach dem Rennen wandten sich Mom, Dad, Dick, Jane, Janet, Rachael und die jungen Leute wieder ihren verschiedenen Aufgaben zu. Die Ladies gingen mit den schlimmsten Fällen zurück ins Chalet Beau-Rivage, nämlich den beiden Spastikern, die nicht einmal den Kopf heben konnten und den ganzen Tag schief dalagen. Der Rest der Spastiker durfte draußen auf dem Rasen bleiben, oberhalb der Straße; Jean-Pierre und ich sollten auf sie aufpassen.

Es war ein herrlicher Tag. Die Hitze wurde von einer kühlen Brise gelindert, die nach Feldblumen roch. Die in der Sonne flimmernden Berge schienen über dem Tal zu schweben, leicht wie Luft.

Das Spiel, mit dem wir uns beschäftigen sollten, bestand darin, einen großen rot-weiß-blauen Ball aufspringen zu lassen. Wenn der Ball liegenblieb, hoben Jean-Pierre oder ich ihn auf und ließen ihn wieder aufspringen.

Keiner von uns mochte dieses Ball-Aufspring-Spiel, obwohl es dazu dienen sollte, die Koordination der Spastiker zu verbessern. Sowie ich sicher war, daß die Ladies im Haus waren und nicht nach uns schauen würden, spielten wir das Lieblingsspiel der Spastiker: Nazi-Killer.

Jean-Pierre war der mit meinem Gürtel gefesselte Jude. Die Spastiker umkreisten ihn mit ihren Rollstühlen und brüllten Beleidigungen. Diejenigen, die kein Deutsch konnten, schrien einfach immer wieder »Heil Hitler!«

Nachdem wir Jean-Pierre um Gnade hatten flehen lassen, war es an der Zeit, ihn zum Exekutionskommando zu bringen. Einige der Spastiker konnten die Arme nicht heben und so tun, als würden sie ein Gewehr halten, deshalb spielten sie lutherische Kaplane, die ihre Gebete sprachen, oder SS-Kommandeure, die »Feuer!« schrien.

Jean-Pierre krümmte sich. Er starb großartig. Nachdem Jean-Pierre tot war, half er mir, Auschwitz zu befreien. Wir trieben die spastischen Nazis zusammen, die das Lager geleitet hatten, und dann spielten wir Nürnberg.

Und dann, als wir mit den Gerichtsverhandlungen und Exekutionen fertig waren, hatte ich meine Erleuchtung, meinen Einfall für ein neues Spiel. Die Spastiker waren ganz begeistert von meinem Vorschlag, der *Tour de Spastiks*.

Bevor ich die Spastiker vom Rasen auf die Straße schob, erklärte ich ihnen ganz genau, wie sie abbremsen sollten und daß sie vorsichtig sein mußten, weil sie es nie um die Haarnadelkurve schaffen würden, wenn sie zu schnell fuhren.

In einem geborgten Rollstuhl probierte ich die Strecke

selbst aus. Obwohl die Räder ziemlich eierten, hatte ich keine Probleme, das Gefährt mit einem besonnenen Einsatz der Handbremsen zu steuern. Aber die Spastiker kriegten es nicht so gut hin.

Sie erstarrten, bis auf eines der Mädchen. Das erstarrte nur beinahe, und konnte noch rechtzeitig während des Rennens die Bremse anziehen. Deshalb verletzte sie sich nicht so sehr wie der Rest. Sie scherte aus und purzelte über den Straßenrand, bevor sie richtig Tempo draufhatte. Das Feld hingegen wurde immer schneller. Und da gerieten alle in Panik, quiekten laut und fingen an zu brüllen.

Ich stand an der Ziellinie, die ich mit Kreide auf dem Asphalt gezogen hatte. Ich sah lauter zuckende Arme und Beine und Rollstühle die Straße herab auf mich zurasen. *»Laaangsam!«* schrie ich, aber niemand bremste. Je mehr ich brüllte, um so panischer wurden sie alle.

Und genau in dem Moment beging ich einen großen Fehler. Ich ließ mich ablenken. Der Grund für diese Ablenkung war, daß ich, ein paar Wochen bevor unsere Schwierigkeiten mit Dick Keegan und der PKKKKUSA anfingen, in Moms und Dads Schlafzimmer gesessen und ohne großes Interesse in Dads *Illustrierter Bibelatlas des Heiligen Lands* geblättert hatte. Aus irgendeinem Grund versuchte ich, nachdem ich das Buch beiseite gelegt hatte, die kleine Tür von Dads Nachttisch zu öffnen.

Dad saß gegenüber von mir und arbeitete an einer Predigt. Er hörte, wie ich mich an der Tür zu schaffen machte, sah auf und schrie: *»Was fällt dir ein?!«*

»Ich wollte nur sehen, was du da drin hast. Warum ist da abgeschlossen, Dad?«

Dad holte tief Luft, als würde er gleich losbrüllen. Dann stieß er sie mit einem langen, sanften Seufzer wieder aus. Er lächelte. »Da drin habe ich wichtige Papiere, Sachen, die wir nicht verlieren dürfen, zum Beispiel Geburtsurkunden.«

Die Art, wie er mir antwortete, war zu höflich. Mir war

sofort klar, daß ich unbedingt in dieses Schränkchen schauen mußte.

Die Gelegenheit dazu ergab sich am nächsten Tag, als Mom und Dad mit dem Zug nach Zürich fuhren, um an der *Reformierten Bibelschule für Männer und Frauen* zu unterrichten. Als ich ihr Schlafzimmer betrat, war es sehr still. Sonnenlicht fiel in schrägen Strahlen durch die kleinen Fensterscheiben und ließ die Staubflocken tanzen. Ich stand da, schaute Dads Nachtkästchen an und überlegte, wie ich die Tür aufkriegen könnte. Zuerst versuchte ich, das Schloß aufzubrechen, verbog dabei aber nur ein paar von Moms Haarnadeln. Zum Glück hatte ich die Haarnadeln in den Papierkorb geworfen, *bevor* plötzlich die Zimmertür aufging und eine junge Frau hereinplatzte. Es war die hübsche Tochter von irgendwelchen französischen Missionaren, die in Gabun, Afrika, stationiert waren. Sie hatte dunkelrote Haare und helle Haut. Sie trug ein weißes Kleid.

»O entschuldiguuung, iesch 'atte gedacht, 'ier iest leer. Iesch komme *pour laver les fenêtres, pour Madame*, deine *maman.*«

»Ich suche nur gerade Dads Gesangbuch. Ich möchte die Lieder auswählen, die wir am Sonntag beim Gottesdienst singen. Dad hat gesagt, ich soll mir welche aussuchen, damit Rachael sie dann kopieren kann.«

»Iesch lieebö Gösang!«

Das Mädchen fing an, die Fenster zu putzen. Ich saß auf der Bettkante und studierte das Nachtkästchen-Problem, während sie arbeitete. Als sie auf einem Stuhl stand, um an die kleinen Scheiben oben in der Balkontür zu kommen, beleuchtete das Sonnenlicht sie so, daß ich ihre Figur unter dem dünnen Baumwollkleid sehen konnte – als wäre sie nackt. Ich mußte an Jennifer denken.

Als das französische Mädchen mit den Fenstern fertig war, wartete ich, bis sich ihre Schritte entfernt hatten, dann wandte ich mich hastig dem Nachttisch zu. Während ich die Kurven des schlanken Mädchenkörpers angestarrt hatte, war mir eine Idee gekommen, wie ich das Schränkchen öffnen konnte.

Ich zog die Schublade heraus. Darin lagen Dads Wecker, ein paar Büroklammern, zwei Manschettenknöpfe sowie Bibel-Memory-Kärtchen vom Moody Bible Institute, in einer wie ein Brotlaib geformten Plastikschale mit den Worten *Das Brot des Lebens* in goldenen Buchstaben auf dem Deckel.

Ich stellte die Schublade auf das Bett und griff durch den Raum, wo die Schublade gesteckt hatte, in das Fach darunter. Ich berührte etwas. Langsam zog ich meinen Arm wieder heraus. In der Hand hielt ich ein Magazin in einer Sprache, die ich nicht kannte. Ich wußte, daß es weder Englisch noch Französisch war; über den Buchstaben waren an merkwürdigen Stellen lauter Punkte.

Auf dem Titelblatt war ein Foto, offenbar eine Familie am Strand. Ein Mann, eine Frau, ein Sohn und eine kleine Tochter. Das war keine normale Familie: *Die waren splitternackt!*

Mein Herz pochte aufgeregt, als ich langsam umblätterte. Ich spürte ein Kribbeln in meinem Kleinen Ding. Da waren ein Haufen Bilder von nackten Leuten an Stränden und in Feldern. Einige standen um einen riesigen Pool herum; andere lagen nackt da, während Leute, die wie Krankenschwestern aussahen, sie massierten oder mit Schlamm einrieben.

Ein paar Monate bevor ich das Magazin fand, hatte eine junge Deutsche bei einer Gebetskreissitzung am Mittwochabend Zeugnis von ihrer Wiedergeburt abgelegt. Sie beschrieb ihr weltliches Leben, vor ihrer Rettung. Sie sagte, daß sie in einer »offiziell lutherischen Familie« aufgewachsen sei, die so weit entfernt vom Herrn war, daß bei ihnen nicht nur geraucht und Alkohol getrunken, sondern im Sommer sogar an einen bestimmten Strand gefahren wurde, wo man alle Hüllen fallen ließ.

An dem Abend, als das Mädchen Zeugnis abgelegt hatte (es war das beste, was ich je gehört hatte), kam Mom in mein Zimmer, um mir gute Nacht zu sagen. Sie redete über die Nudistenkolonien in Deutschland und meinte, es sei verderbt, sich in so schamloser Weise auszuziehen. Sie glaube nicht, daß sich die Leute aus gesundheitlichen Gründen auszogen, sondern eher »aus anderen Gründen«.

Die Fotos in dem Magazin schienen aus einer dieser deutschen Nudistenkolonien zu stammen. Und nach dem, was einige der Leute da miteinander anstellten, hatten sie einen Haufen andere Gründe, ihre Kleider abzulegen, als nur Sonnenbaden.

In der Bibel heißt es, die Sünden der Väter werden an die Kinder weitervererbt. In meinem Fall stimmte das ohne Zweifel. Am Tag der *Tour de Spastiks* war dieses Magazin die Quelle meiner fatalen Ablenkung und daher meiner Zerstörung.

Ich sah ein großes sechzehnjähriges Spastiker-Mädchen mit kurzen schwarzen Haaren auf mich zurasen. Der Fahrtwind blies ihr Kleid in die Höhe. Ihre Unterhose guckte hervor. Und da ließ ich mich ablenken. Ich fragte mich nämlich, ob ihr Schamhaar genauso aussah wie das eines Mädchens mit kurzen schwarzen Haaren, das ich in Dads Magazin gesehen hatte. Ich starrte viel zu lange auf die Unterhose von dem hübschen Spastiker-Mädchen. Wegen meiner Schamhaar-Spekulation bemerkte ich Gustave nicht, den fettesten Spastiker vom Chalet Beau-Rivage, der mit fünfzig Sachen auf mich zuraste.

33

Ich schaute meinem Freund Gino zu, wie er nach einem Glas suchte. Wir saßen in seinem Freilicht-Atelier. Die Luft war mild. Es roch nach Farbe, Whiskey und Pastasoße. Es dämmerte.

»Ah, *l'amore*!«

Gino schenkte uns ein, erhob sich schwankend und brachte einen Toast auf unsere Hochzeit aus. Er tat dies mit viel mehr Schwung als Mr. Bazlinton.

»Auf deinä Frau und deine Glick! *Salute!*«

Wir tranken unseren Whiskey.

»Gino, glaubst du, wir kriegen alles so hin, daß Jennifer und ich zusammenleben können?«

»*No*, ers mußdu leidän. Ers mußdu leidän *profondamente.* Das is deinä Schicksal!«

»Woher weißt du das?«

»Weil immer so is. Eine von die Sachä, was sich nie ändert!«

»Ich kann doch nach England ziehen.«

»Und wer in *Inghilterra* is deine *amico*? Wer läß dich schlafän auf seinä Sofa und gib dir *soldi*?«

»Na ja, vielleicht nächstes Jahr. Dann bin ich alt genug, um einen Job zu kriegen.«

»Du muß *la scuola* beendän.«

»Ich kann arbeiten und lernen zugleich.«

»Ja, wenn du zu 'ause wärs, abär nicht, wenn du allein bis. Kostät zuviel – Urlaub, Lernen, Essen, Liebe, Arbeit. *Non possibile.*«

»Andere Leute heiraten auch ganz jung.«

»*Certo*, aber die 'aben Eltern, die 'elfen, oder sie leidän. Ich sage dir: Niemand 'ilft jungä Liebendä. *Nessuno!*«

»Du hilfst mir doch. Du läßt mich hier wohnen.«

»Ja, aber wie langä? Jennifer, bald is sie weg.«

»Ich fahre ihr hinterher. Vielleicht nehme ich sogar denselben Zug und verstecke mich auf der Toilette.«

»Nach Dover? Auf die Schiff nach *Inghilterra*? Von Dover nach *Londra*? In die Taxi zu ihnen nach 'ause? In die *toilette* von Jennifer?«

»Gino, du nimmst mich nicht ernst.«

»Doch, abär nich so, wie du wills.«

»*Bitte*, Gino, hilf mir, damit ich mit ihr zusammenbleiben kann.«

»Ich kann da nix machän, *nientissimo*. 'eute is nicht mehr wie frieher, wenn *bambini* heiratän. War bessär in die zwelfte Jahr'undert. Leute wissen damals, jungä Liebendä missen Liebä machen, so sie 'elfen ihnen. *Ragazza*, 'eiratet wenn fimfzehn, sexehn, wie Jennifer. *Ragazzo*, wenn sexehn, siebzehn. Dann leben bei *mamma*, und Leute 'elfen. Jetzt alles anders. Eltern sagen, keine *sesso* also auch keine 'eirat! Niemand denkt, wie war mit fimfzehn oder sexehn, sagt nur: *No, no e NO!*«

»Ich will bei ihr sein; mir ist egal, was andere Leute sagen.«

Gino lehnte sich in seinem Liegestuhl zurück und starrte sein Glas an. Eine Träne tropfte in seinen Whiskey.

»Calvino, ich muß etwas sagän.«

»Was denn?«

Gino sog zitternd die Luft ein. »Calvino, du muß mir verzei'en, ich 'abe dich betrogen.«

»Was meinst du damit?«

»Die Manager von die *Nazionale*, er 'at mir 'eute angerufen. Er sagt, deine *papà* 'ätte ihm angerufen und gefragt, ob er dir gese'en 'at. Er 'at gesagt nein. Dann 'at deine *papà* meine *numero di telefono* wollen, für zu fragen, ob ich vielleicht weiß. Die Manager 'at gesagt, er fragt mir. Er ruft mir an, und ich sagä ihm *la verità*.«

Ich sprang auf. »*Gino!*«

»Was ich kann sagenä? Wie soll ich lügenä? Dann man

macht mir verantwortlich, und wenn ich sagä: ›*No*, er ist nicht 'ier‹, und sie finden 'eraus, werde ich schuld, weil ich 'abe eine Kind versteckt, und weil, wie ich dir 'abe erklärt, die Leute sage: ›Ah, er 'at eine Jungä versteckt, wieso?‹ Ich kann nicht in Gefängnis ge'en fier dich, Calvino. Nicht einmal fier dich, *amico mio*.«

»Gino, warum hast du nicht gesagt, daß ich abhauen soll! Dann hättest du denen erzählen können, daß ich nicht da bin!«

»Ich sagä dir ja geradä!«

Gino stand auf, versuchte, so gut wie möglich die Balance zu halten. Er legte die Hand auf meine Schulter. »Es tut mir leidä, Calvino, es tut mir sehr leidä. Wenn du wills, ich rede mit deine *papà*. Ich sage ihn, vielleich' kanns du bei mir bleibenä bis beginnt *la scuola*. Vielleich' läßt dich. Soll ich versuchenä?«

»Gino, wenn die mich nach Hause bringen, laufe ich wieder weg, aber nicht zu dir. Ich kann dir nicht vertrauen! Du hast mich angelogen!«

»*No, das 'abe ich nicht!* Ich habe zu *niemand* gelügt! Ich 'abe dir nie gesagt, ich lüge zu deine Vater. *Du* hast zu mir gelügt!«

»Ich habe dich doch nie angelogen!«

»Du lügst *in diese Moment*! Du lügst, weil du sagst, ich lüge! So lügst du!«

Gino versuchte umherzugehen, aber er war eher betrunken als wütend. Er stolperte über eine seiner Staffeleien und fegte dabei ein halbfertiges Ölgemälde herunter. Es fiel mit der bemalten Seite auf den schmutzigen Boden. Gino kniete sich hin, nahm die Leinwand und musterte sie. Eine Zigarettenkippe steckte in der gerade erst aufgetragenen, verschmierten Farbe.

»Nun zerstörs du meine Lebenswerk! Du nenns mich eine Lüger und zerstörs *il mio lavoro*!«

»Ich habe dein Gemälde doch nicht runtergeworfen! Das

warst du, weil du den ganzen Tag Johnnie Walker Red Label trinkst!«

»Töte mir! Los, töte mir! Du 'aßt mir, also töte mir 'ier!« brüllte Gino und hob ein Palettenmesser auf. Er hielt mir das Palettenmesser hin. »Du 'ast meinä 'erz gebrochenä, also erstech mir mit diese Messär! Los! Tu es!«

»Sei doch nicht albern! Ich hasse dich nicht und will dich auch nicht umbringen!«

»Doch, das tust du! Du 'aßt mich! Du 'aßt mich wie alle andere auch!«

»Alle lieben dich, Gino! Alle!«

»Die tun nur so. In ihre 'erzen sie 'assen mich, so wie du!«

»Gino, leg das Messer weg! Komm, setz dich!«

»Morte!« Gino stach auf seine Brust ein.

Die stumpfe Klinge war voll verkrusteter, trockener Ölfarbe. Sie hätte Gino nicht einmal dann verletzen können, wenn seine Brust nackt gewesen wäre. Gino trug aber einen ausgeleierten Baumwollpullover voller Farbspritzer. Das Palettenmesser richtete nicht den geringsten Schaden an. Trotzdem bekam ich es mit der Angst zu tun.

»Gino! Vorsicht!«

»Morte!«

»Gino, *hör auf*!« Ich machte einen Satz und versuchte, das Messer zu packen. Gino ging auf mich los. Ich wich ihm nicht schnell genug aus. Sein wilder, besoffener Hieb erwischte mich am Schienbein.

Ich schaute hin. Über mein nacktes Bein zog sich ein langer feiner Kratzer.

»Gino, du hast mir weh getan!«

Entsetzt ließ Gino das Palettenmesser fallen und rappelte sich auf.

»Calvino! Es tut mir leidä! Ich wollte dir nicht verletzen! Ah *misericordia*! Wie ist das möglich? Das ist eine altä Messär, ich verwendä nur fier Farbe zu mischen!«

»Wahrscheinlich hat sich die Spitze durch die trockene Farbe gebohrt.«

»Calvino, ich ’abe dir betrogen, und nun ’abe ich auch noch versuch, dir zu töten – vergib mir!«

Gino torkelte auf seinen Liegestuhl zu, ließ sich erschöpft hineinfallen und fing an zu schluchzen. Zwischen den Schluchzern sagte er: »Geh ins *ospedale*!«

»Gino, es ist doch nur ein Kratzer. Schau!« Ich streckte mein Bein aus.

Gino betrachtete eingehend mein Schienbein. »Es tut mir so leidä«, sagte er immer wieder.

»Wein doch nicht, Gino. Mir geht’s gut. Die hätten sowieso rausgefunden, wo ich bin. Lucrezia, der Bagnino, die Bazlintons – alle haben mich gesehen. Früher oder später hätten sie mich gefunden. Hier, trink erst mal was.«

Gino wischte sich die Augen.

»Calvino, du bist eine wunderscheene Jungä, *bello, bellissimo*! Du ’ast eine große ’erz!«

Ich schenkte Gino ein halbes Glas Whiskey ein. Dann goß ich mir selber auch ein Schlückchen ein.

»Gino, soll ich einen Film einlegen?«

»Nimm Numma 12. Das ist die mit Jennifer, die aus die Bus steigt, als kleine *bambina*.«

Ich legte die Filmspule in Ginos alten 8-mm-Projektor. Wir setzten uns vor eine von Ginos weißen, unbemalten Leinwänden, die auf einer Staffelei stand, und betrachteten das vertraute Schwarzweiß-Geflimmer von Ginos Amateurfilmchen.

Als der Film vorbei war, schlief Gino tief und fest. Ich zog den Stecker von dem Projektor heraus, legte die Filmspule wieder in ihre zerbeulte Dose und ging spazieren.

In der Bar unterhalb von Ginos Atelier saßen sonnengebräunte Frauen in weit ausgeschnittenen, enganliegenden schwarzen Kleidern gegenüber von Männern in lässig-eleganten weißen Pullovern, grauen Flanellhosen und teuer aussehenden Halbschuhen ohne Socken.

Die Leute schlenderten Arm in Arm über die Piazza, lachten und unterhielten sich, und ihr Geplauder ergab zusammen mit der Musik von einem halben Dutzend Restaurantterrassen ein fröhliches Durcheinander. Ich schaute zu den späten Essensgästen auf der Terrasse des Hotel *Nazionale* hinüber, wo unsere Familie immer gesessen hatte. Dann ging ich zur Kirche.

Abends war ich noch nie in der Kirche gewesen. Die Luft war mild. Der Geruch nach feuchten Wänden, Kerzenwachs und Weihrauch war angenehm vertraut. Eine einsame rote Öllampe, die schwach vor dem Altar brannte, war die einzige Lichtquelle.

Ich ging langsam den Gang hinunter, trat in eine Bank und kniete mich hin. Hoch oben hörte ich ein sanftes Rascheln: Eine Taube, die irgendwo in der Kuppel nistete, hatte sich im Schlaf bewegt.

Daß mein Vater wußte, wo ich war, ließ sich nun nicht mehr ändern. Ich mußte mich nur noch entscheiden, ob ich auf ihn warten oder lieber wieder weglaufen wollte. Ich spürte einen Stich am Bein, dort, wo Gino es mit dem Messer gestreift hatte.

Mein Bein schmerzte stärker als zuvor. Eine Nonne tauchte in meinem Blickfeld auf. Sie lächelte. *»On a bien dormi?«* Ich machte mir keine Gedanken, ob ich gut geschlafen hatte, sondern darüber, daß ich nicht mehr wußte, wie *Ich muß mich gleich übergeben* auf französisch hieß.

Und das tat ich dann auch. Die Nonne schien damit gerechnet zu haben. Sie hielt mir rasch eine Schale unters Kinn. Beim Vornüberbeugen fragte ich mich, was Dad passieren, wie seine Strafe wohl aussehen würde. Ich hatte nur ein einziges Mal in sein Heftchen geguckt und war von einem fetten Spastiker überfahren worden.

Mein Bein war wie aus Stein, Stein mit Nerven. Der schwere Gips war warm und feucht. Sie sagten, ich hätte mir den Knöchel gebrochen. Am Hinterkopf hatte ich eine große Beule, und mein Handrücken war aufgeschürft.

Das Krankenhauszimmer war in ekligem Hellgrün gestrichen. An der Decke über mir gab es einen mysteriösen Fleck, einen seltsamen braunen Spritzer. Ob das wohl Blut war? Neben meinem Bett standen noch drei andere. Sie waren leer. Ich konnte die Berge nicht sehen, nur die Wand eines grauen Gebäudes.

An der Zimmerwand hing ein mittelgroßes Kruzifix, viel größer als das in Bauer Ruchets Küche, aber wesentlich kleiner als das Kreuz in der Kirche in Portofino. Das Kruzifix war aus Holz. Jesus war aus Elfenbein geschnitzt. Seine Blutstropfen hatte man modelliert, nicht nur aufgemalt. Seine Wunden waren genau zu sehen, wenn am späten Nachmittag Jesus' Blut im schräg einfallenden Sonnenlicht deutliche Schatten warf.

In meinem Zimmer gab es eine Nische mit einer Marienstatue darin. In einem Messingring zu Marias Füßen steckte ein Strauß gelber und rosafarbener Plastikblumen. Die Muttergottes ließ einen staubigen Rosenkranz durch die feingliedrigen Gipsfinger gleiten. Ihr Blick war gen Himmel gerichtet. Die Nische war blau angemalt, mit goldenen Sternen.

Ich schlief gerade, als die Besuchszeit begann und Mom, Janet und Rachael in mein Krankenzimmer marschiert kamen. Mom weckte mich mit einem langen, warmen Kuß. Sie hatte ihre Bibel dabei, um mir vorzulesen. Janet überreichte mir eine Schachtel *Frigor*-Schokolade, meine Lieblingssorte: eine dünne Schicht Bitterschokolade außenherum, weiche, cremige Milchschokolade mit dezentem Mandelaroma innendrin. Rachael hatte mir einen großen Skizzenblock und eine neue Schachtel *Caran-d'Ache*-Buntstifte mitgebracht. Sie steckten genau in der richtigen Reihenfolge drin; Schwarz auf der einen Seite und dann durch das ganze Spektrum des Regenbogens bis zum Weiß auf der anderen Seite. Auf dem Deckel der Schachtel war eine Zeichnung von Schloß Chillon. Als ich sie aufmachte, füllte Zederndufft den Raum und verdrängte kurz den klinischen Geruch.

»Wie fühlst du dich?«

»Mein Bein tut ganz schön weh, Mom.«

Janet schüttelte mißbilligend den Kopf.

»Warum um alles in der Welt warst du nur so blöd!?«

»Janet!« rief Mom. »Darüber haben wir doch schon gesprochen. Er hätte vielleicht klüger handeln können, aber schließlich trägt er auch die Konsequenzen.«

»Also wirklich, Mutter! Die hätten alle sterben können!«

»Janet!«

Moms eisiger Tonfall brachte Janet zum Verstummen.

»Mom«, fragte ich, »sind sie …«

»Es geht ihnen gut, mein Liebling. Nur Schürfwunden und blaue Flecken.«

Mom streckte die Hand aus und fuhr mir mit ihren kühlen Fingern durchs Haar. Ihre Fingernägel waren angenehm auf meiner Kopfhaut.

»Sie haben gesagt, wenn du still liegst und brav bist, darfst du in zwei oder drei Tagen wieder nach Hause.«

»Wahrscheinlich kannst du nie wieder laufen.«

Mom warf Janet einen wütenden Blick zu. »Janet, so etwas sagt man nicht! Und außerdem stimmt es überhaupt nicht. Der Arzt meinte, es sei nur ein leichter Bruch, eine unbedeutende Fraktur!«

»Janet, manchmal bist du genauso schlimm wie Großmutter – so böse und verdrossen«, sagte Rachael.

»Ich fürchte, ich teile Rachaels Meinung, Janet. Du scheinst wirklich Großmutters irrige Ansichten geerbt zu haben. Ich hätte gedacht, der Tag der Wunder hätte gereicht, um deine Einstellung zu ändern!«

Janet stand auf.

»Mom, wenn ich unerwünscht bin, dann gehe ich! Ich warte in der Eingangshalle.«

Mom runzelte die Stirn, als sie Janet nach draußen stolzieren sah. Dann drehte sie sich um und entdeckte das Kruzifix an meiner Wand. Sie schauderte.

»Kein Wunder, daß Janet an diesem schrecklichen Ort so angespannt ist. Dr. Zwingli hätte uns warnen sollen! Er ist wirklich …«

Eine Nonne kam mit einem Rollstuhl herein. Ich sollte zum Röntgen nach unten gebracht werden. Mom und Rachael halfen der Nonne, mich in den Rollstuhl zu verfrachten, dann gingen sie hinter ihr her, während sie mich auf den Flur schob.

Am Vortag, als ich eingeliefert worden war, hatte man mich auf der Stelle in die Notaufnahme gebracht. Ich hatte nicht viel von meiner Umgebung wahrgenommen. Jetzt hatte ich Gelegenheit, mich umzusehen. Überall waren Nonnen, die lange schwarze Gewänder und große silberne Kreuze mit sehr realistisch sterbenden Jesusfiguren trugen. Sie hatten riesige, weißflügelige Hauben auf. Die Köpfe der Nonnen sahen aus, als hätten sich enorme Möwen darauf niedergelassen, die mit den Flügeln schlugen, wenn die Nonnen umherliefen.

Mom warf einen unglücklichen Blick auf ein mächtiges Kruzifix über der Eingangstür. Rachael starrte Jesus finster an, dann schüttelte sie voller Verzweiflung den Kopf.

Auch im Röntgenraum hing ein Kruzifix über der Tür.

»Es ist *so was* von katholisch!« jammerte Mom in lautem Flüsterton. »Wenn ich das geahnt hätte! Was hat sich Dr. Zwingli nur *dabei* gedacht! Er kennt doch unsere Ansichten. Wie um alles in der Welt konnte er dich nur *ausgerechnet hierher* schicken?«

Mom nannte die Nonnen nicht *Sœur*, sondern *Mademoi-*

selle. Mom und Dad nannten Nonnen nie Schwester und Priester nie Vater. Mom sagte, sie würde eher sterben, als sich derartigen papistischen Forderungen zu unterwerfen.

Als wir wieder in meinem Zimmer waren, schauten Mom und Rachael ständig mißbilligend zu der Marienstatue hinüber. Als die Besuchszeit ihrem Ende entgegenging, warf Mom einen letzten Blick auf die Statue, schauderte und sagte: »Laßt uns beten, bevor ich gehe. Lieber himmlischer Vater, wir treten vor Dich hin und bitten Dich: Möge die Macht der Dunkelheit an diesem traurigen Ort gebrochen werden. Wir berufen uns auf Dein Versprechen und bitten, Du mögest Calvin beschützen, wie Du uns ja auch am Tag der Wunder so wunderbar beigestanden hast. Wir bitten Dich, bewahre Calvin vor dem Geist der Götzenverehrung, der hier herrscht, und vor den falschen, dämonischen Einflüssen dieser schrecklichen von Menschenhand gemachten Götter, dieser Statuen aus Holz und Ton, die du, wie Dagon, mit dem Schwert vernichtet hast. In Dankbarkeit für die Reformation und in Jesus kostbarem, wundersamem Namen. Amen.«

Nachdem Mom gegangen war, ließ ich den Kopf aufs Kissen sinken und schaute Maria an, die ihren Rosenkranz hielt. Dann betrachtete ich die Wunde an Jesus' Seite, sein Blut, das zu kleinen Bächlein geschnitzt war. Langsam bekreuzigte ich mich und sagte: *»Ave Maria«*, wie ein echter Katholik. Es war fast wie in Italien. Ich konnte die kühlen, feuchten Wände, den Weihrauch und die Kerzen geradezu riechen.

Ich war froh, daß Doktor Zwingli so »gefühllos« gewesen war, dem Fahrer des Krankenwagens zu sagen, daß er mich ins Krankenhaus in Monthey fahren soll, im römisch-katholischen Kanton Wallis, anstatt ins Spital in Aigle, auf der anderen Rhoneseite, im protestantischen Kanton Waadt.

Ich schloß die Augen. Jennifers Bild nahm Gestalt an. Doch bevor ich mir die Geschichte erzählen konnte, machte ich die Augen noch mal auf und schaute die Statue von Maria an. Sie schien mich zu beobachten.

Ein Glück, daß Maria eingegriffen hatte. Eine Sekunde später öffnete eine Nonne vorsichtig die Tür. Wäre ich mit geschlossenen Augen liegengeblieben, hätte sie mich erwischt.

Mein Bild von Jennifer, die aus ihrem Badeanzug steigt, verschwand beim Anblick der Nonne mit ihrer wehenden Haube, der runzligen, pergamentbleichen Haut und den dicken Brillengläsern. Sie erinnerte mich ein bißchen an Großmutter.

Blitzschnell zog ich die Hände unter der Bettdecke hervor und fragte: »Schwester, gibt es hier eine Kapelle?«

»Mais oui, on a la messe à six heures.«

»Kann ich zur Messe gehen?«

Sie lächelte lieb, bekreuzigte sich und antwortete: *»Mais certainement, mon petit.«*

Die Kapelle des Spitals von Monthey war nicht so schön wie meine Kirche in Portofino, aber wenigstens gab es eine große Maria und ein überlebensgroßes Kruzifix mit haufenweise Geißelungswunden. Und was am besten war: Der Weihrauch roch genauso. Außerdem stand ein schöner, lebensgroßer Sankt Sebastian in der Ecke. Lauter lange, blutige Pfeile steckten in ihm, er hatte den ruhigen, abwesenden Blick zum Himmel gerichtet, als wäre ihm gar noch nicht aufgefallen, daß ihn die Widerhaken von zwanzig Pfeilschäften getroffen hatten.

Im Flüsterton fragte mich die Nonne, ob ich schon gebeichtet hätte. Ich nickte. Sie schob mich im Rollstuhl nach vorn, damit ich den Leib Christi empfangen konnte, das verstehen die Katholiken nämlich unter Abendmahl.

Während ich zum Altar geschoben wurde, bekreuzigte ich mich und murmelte dabei immer wieder: *»Ave Maria, Ave Maria …«*, damit es so aussah, als würde ich inbrünstig ein katholisches Gebet aufsagen, das mir meine Mutter beigebracht hatte, was Mom natürlich nicht getan hatte.

Ich wurde wieder zurück an meinen Platz gerollt, während die Oblate langsam in meinem Mund zerging. Der Geschmack erinnerte mich an die Waffelhörnchen, in denen die Signora von der *gelateria* ihr Eis verkaufte, war aber nicht so süß. Ich schnüffelte den Weihrauch, machte die Augen zu und versuchte, mich heilig zu fühlen. Plötzlich mußte ich laut lachen, als vor meinem inneren Auge ungewollt das Bild der Spastiker auftauchte, die durch die Fichtenhecke rasten.

Jean-Pierre kam nie dazu, das blauweiß-karierte Küchenhandtuch zu schwenken, das ich ihm gegeben hatte. Die Spastiker waren von der Straße gesegelt, noch bevor sie die Zielgerade passierten. Nachdem er mich über den Haufen gefahren hatte, brauste Gustave einfach weiter, über die Böschung und ein holperiges Feld auf den Wald zu. Die Böschung war fast senkrecht. Gustaves Räder kamen nur ein paarmal auf, dann flog er in hohem Bogen in die Bäume.

Hatten die Spastiker einmal mit ihrem Geschrei angefangen, dann hörten sie nicht so bald auf. Selbst wenn man sie inständig darum bat und so tat, als wäre alles in Ordnung, brachte das nichts, das wußte ich aus Erfahrung. Sie waren außer Rand und Band. Außerdem konnte ich mich sowieso nicht bewegen. Mein Bein tat weh. Ich lag auf dem Rücken und sah, wie der Himmel schwarz wurde.

Bevor ich das Bewußtsein verlor, sah ich die Ladies die Straße herunterrennen, so schnell wie nicht mehr ganz junge Presbyterianerinnen aus Lynchburg, Virginia, die für ihr Leben gern essen, eben rennen können. Sie brüllten lauter als ihre Spastiker.

Die Ladies ignorierten mich, hopsten über die steile Böschung und schlitterten und stolperten zu ihren lädierten, stöhnenden Schützlingen hinunter. Mary Lou kullerte, den Rock überm Kopf, mindestens zehn Meter weit in einem Hagelschauer aus Kieseln und Staub. Das letzte, was ich sah, waren ihre fetten weißen Schenkel, die in der strahlenden Spätnachmittagssonne glänzten.

34

»Ich hab's ja immer gesagt: Du bist bescheuert, wenn du mit den Idioten spielst.«

»Das sind keine Idioten, Großmutter.«

»Als Ralph klein war, hab ich ihn nie mit irgendwelchen Krüppeln spielen lassen. Das bringt Unglück, sag ich immer!«

Ich rollte mit dem Rollstuhl ein paar Zentimeter von Großmutters Bett weg. »Dad hat mir erzählt, wie du ihm das Leben zur Hölle gemacht hast. Du mußt die schlimmste Mutter der Welt gewesen sein!«

Großmutter holte aus, verfehlte aber ihr Ziel.

»Wenn ich aufstehen könnte, würde ich dir das Bein noch mal brechen, wegen dem, was du gerade gesagt hast!«

»Wenn *mein* Leben zu Ende ginge, wäre ich etwas freundlicher zu meinen Mitmenschen!«

»Selber schuld!«

»Mom sagt, du bist so schrecklich, weil du den Herrn nicht kennst!«

»Ich kenn alle, die ich kennen will, und viele, die ich nicht ausstehen kann!«

»Na ja, ich wäre trotzdem freundlicher.«

Großmutter fing an zu husten. Sie griff nach ihrem Taschentuch und spuckte hinein.

»An deinem Kinn ist noch Spucke.«

»Wenn's dir nich paßt, dann geh doch wieder ins Krankenhaus oder in dein Zimmer oder dahin, wo der Pfeffer wächst, sonst spuck ich *dich* an!«

»Und deine Manieren sind beklagenswert.«

»›Beklagenswert‹. *Pah!* Deine aufgeblasene Pute von Mutter hat dich ja perfekt dressiert.«

»Was meinst du mit dressiert?«

»Was ich damit meine? Genau das, was ich gesagt hab, oder hast du dir auch die Ohren gebrochen?«

»Ich bin nicht dressiert.«

»Glaub ich erst, wenn du in der Kirche die Hosen runterläßt!«

Ich bemühte mich, nicht zu lachen. »Wie kannst du nur so was *Entsetzliches* sagen!«

»Mir kannst du nix vormachen. Mir machst du nich weis, daß du anders bist als die frommen Vollidioten in diesem Irrenhaus, die von ihrem ›Tag der Wunder‹ faseln. *Pah!* Sing mir ein Lied, das dir diese Heulboje von Mutter nicht beigebracht hätte!«

»*Großmutter!* Wie kannst du nur so etwas sagen!?«

»›Wie kannst du nur so etwas sagen!?‹«, äffte Großmutter mich mit hoher, überschnappender Stimme nach. »Wer hat dir bloß beigebracht, so zu reden!? ›Wie kannst du nur so etwas sagen!?‹ Was haben die mit dir angestellt, in dem Drecks-Krankenhaus? Du klingst immer mehr wie Rachael! Du bist keinen Deut besser als die mit deinem blöden Grinsen!«

»Wenn du nicht so alt wärst, würde ich ...«

Großmutter leckte sich die Lippen und grinste. » ...würdest du herkommen, damit ich ausholen und dir das andere Bein brechen kann!«

»Du weißt ja: Wenn Dad wüßte, daß du so mit mir sprichst, würde er dich in ein ...«

»Daß ich nicht lache! Gerede, nix als Gerede – mehr ist bei denen nich drin. So Heime kosten 'ne Menge, und außerdem: deine Mutter mag das.«

»Mag es, wenn du so unflätig daherredest?«

»Jawohl! Sonst könnte Fräulein Sonntagsschule ja nicht

damit angeben, daß sie deinen Dad ›gerettet‹ hat, wie sie immer behauptet! Sonst könnte Fräulein Tugendlamm ja nicht mit stolzgeschwellter Brust rumlaufen! Wenn's mich nich gäb, wie könnte sie dann ›das Kreuz auf sich nehmen‹ und ›Jesus folgen‹? Bin ich nich das beste Kreuz, das dir je untergekommen is?«

Großmutter lachte so heftig, daß es klang, als würde sie bellen. Ich fing auch an zu lachen.

»Woher weißt du, daß Mom es mag, wenn du so gemein bist?«

Großmutter warf mir einen listigen Seitenblick zu. »Ich weiß einen Haufen Sachen, von denen du keinen blassen Dunst hast!«

»Was zum Beispiel?«

»Na ja, einen Haufen Sachen eben, basta. Ich weiß, daß du, bevor du dir das Bein gebrochen hast, immer hier reingeschlichen bist und meine Uhr verstellt hast, du Satansbraten!«

»Großmutter!«

»Ach, hör auf mit deinem *Großmutter*-Getue! Mir machst du nix vor, du dämlicher Grünschnabel! Ich bin nämlich nich blöd, du gottverdammter, ›Der Herr ist groß‹-quakender wiedergeborener Trottel, dem man ins Hirn geschissen hat! Also versuch's gar nicht erst?! *Kapiert!!?* Ich weiß, was ich weiß. Und was glaubst du, warum ich mir das gefallen lass'?«

Ich schüttelte den Kopf.

»Weil ich lieber länger schlafe in diesem Affenstall, als euch ständig sehen zu müssen! Und soll ich dir noch was verraten?«

Ich nickte.

»Ich weiß, daß du meine Goldfische abgemurkst hast! Leugnen zwecklos, du Biest!«

Nach einem Augenblick unbequemer Stille sah ich auf und schaute Großmutter an. Sie zwinkerte.

»Wie bist du darauf gekommen, daß ich es war?«

Großmutter gackerte vor Lachen. »Aha! Du gibst es also zu! Wie hast du's angestellt? Mit Strom? Hä?«

»Ich habe Bleichmittel ins Wasser geschüttet.«

»Sieht dir ähnlich. Vergiftet, ha! Du kleiner Bastard! Wenn dein Großvater jemand umbringen wollte, dann hätt er den gepackt und ihm den Schädel eingehauen, statt irgendwo reinzuschleichen und Gift ins Wasser zu schütten. *Feigling!* Hast du Schiß vor 'nem bißchen Blut?«

»Ich hacke den Hühnern immer die Köpfe ab.«

»Das heißt gar nix, das mußte ja machen. Du bist einfach ein kleiner Hosenscheißer. Aus dir wird bestimmt 'n guter Missionar!«

»Was soll das heißen?«

»Hab ich dir doch schon gesagt, Missionar is kein Beruf. Dieses ganze Missionarsgetue, das is doch bloß so 'n Rumgeschleime und Gelüge, wie bei deiner Mom, die tut, als würde sie mich besuchen, und dabei hat sie ihre verdammte Bibel mitgebracht. Die besucht nich *mich*. Sie *mag* mich nich mal! Die schleimt einfach nur herum und will, daß ich ›Jesus in mein Herz einlasse‹; dann fühlt sie sich wohl, weil sie 'ner einsamen Frau Gesellschaft geleistet hat.«

Großmutter fing wieder an zu husten. Eine ganze Weile lang plagte sie sich mit ihrem Reizhusten rum. Als sie fertig war, spuckte sie in ihr Taschentuch und winkte mich nach draußen.

»Ich schlaf erst mal.«

Sie sah so alt und müde aus. Plötzlich bekam ich irgendwie ein schlechtes Gewissen, und daher sagte ich: »Tut mir leid wegen der Fische.«

»Ach, halt den Rand!«

35

Am ersten Sonntagmorgen nach dem Spital kam Mom in mein Zimmer, um mich zum Gottesdienst zu wecken.

»Mom?«

»Ja, Schatz?«

»Jetzt, wo die Sache mit Gottes Weinberg wieder besser läuft, fahren wir da eigentlich nach Italien?«

»Ich fürchte nein, mein Schatz. Wir müssen hierbleiben und die Arche wiederaufbauen. Außerdem hast du dir doch das Bein gebrochen, mein Schatz.«

»Aber Mom, bis wir fahren, geht's mir bestimmt besser. Der Arzt meinte, in zwei Wochen kommt der Gips runter!«

»Das stimmt, Schatz, aber dein Vater findet, wir sollten trotzdem vor Ort sein. Ich weiß, wie schwer das ist, aber du mußt Geduld haben und bis nächstes Jahr warten. Ich habe schon in der *pensione* abgesagt, das wäre also erledigt.«

»Aber, Mom ...?«

»Ja, Schatz?«

»Gibt es nicht irgendeine Möglichkeit, daß ich allein fahre, oder mit Rachael oder so?«

»Ich fürchte nein, mein Schatz. Wir können allenfalls mal einen schönen langen Tag unten am See verbringen.«

Nach dem Gottesdienst saß ich auf dem Balkon vor meinem Zimmer. Ich dachte an Italien, an die Absage in der *pensione*. Ich war deprimiert. Über den schiefergrauen Himmel zogen riesige bauchige Wolken voll Sommerregen, die zu meiner Stimmung paßten. Die Berggipfel waren im Nebel, in den hoch aufragenden Wolkenbänken verschwunden.

Gerade hatte ich etwa zum hundertsten Mal »Jennifer« geflüstert, da fuhr Dr. Zwingli mit seinem Wagen vor. Dr. Zwingli kam normalerweise montags, um nach Großmutters Hüfte zu sehen, und so dachte ich, er käme meinetwegen. Ich bugsierte den Rollstuhl zur Treppe.

Dr. Zwingli kam mit Mom die Treppe hoch. Als sie mich sah, sagte sie: »Der Doktor ist wegen Großmutter hier. Es geht ihr nicht gut.«

Im Rollstuhl folgte ich Mom und dem Arzt den Flur hinunter. Dr. Zwingli horchte Großmutters Brust ab, dann begann er, mit seinen Fingern überall darauf herumzuklopfen. Als er fertig war, zog er ihr die Decke bis ans Kinn und ließ seine Tasche zuklappen. Dann nickte er Mom zu, und beide traten wieder auf den Flur.

Dr. Zwingli stand da und strich sich gedankenverloren über seinen Spitzbart. »Kann ich Sie mal sprechen, Mrs. Becker?«

Mom warf mir einen Blick zu. »Bist du so lieb und fährst in dein Zimmer, Schatz?«

Mom führte den Arzt über den Flur in Großmutters leeres Wohnzimmer und schloß die Tür. Als ich mein Ohr an die Holzwand preßte, hatten die beiden schon angefangen zu reden.

Als Dr. Zwingli Großmutter untersuchte, hatte es angefangen zu regnen. Der sintflutartige Guß trommelte heftig auf dem Dach. Ich mußte mein Ohr ganz fest an die Wand pressen, damit ich die Unterhaltung mitbekam.

»Sind beide Lungenflügel von der Lungenentzündung betroffen?«

»Ja, und zwar ziemlich heftig. Nachdem sie sich zum zweiten Mal die Hüfte gebrochen hat, war das nur eine Frage der Zeit. Zu wenig Bewegung, verstehen Sie.«

Über uns krachte der Donner. Als das Echo verhallt war, sagte Mom: »Dr. Zwingli, würde es Ihnen etwas ausmachen, wenn wir diese Angelegenheit vor unseren Himmlischen Vater bringen?«

Mom sagte oft, das wirksamste Werkzeug zur Evangelisierung sei das Gebet. Inbrünstiges, aufrichtiges Beten wecke in den Menschen ein Verlangen nach den Dingen des Herrn. Vermutlich hielt Mom das hier für die perfekte Gelegenheit.

»Lieber Himmlischer Vater, wir möchten die Sache mit Großmutter mit Dir besprechen und Dich bitten: Schenk uns die Erleuchtung, sag uns, was das beste für sie ist. Sprich auch zu Dr. Zwingli und gib Du, größter aller Ärzte, ihm große Weisheit und großes Können ein, denn beides kann nur von Dir allein kommen. Wir danken Dir, daß Du Deinen eingeborenen Sohn gesandt hast, damit er für unsere Sünden sterbe, auf daß alle, die an ihn glauben, nicht untergehen. Ich danke Dir für Dr. Zwingli und bitte Dich, ihn an Dein Herz zu nehmen. In Jesus' herrlichem Namen, Amen.«

»Danke, Mrs. Becker.«

Ein weiterer ohrenbetäubender Donner krachte. Irgendwo im Haus mußte ein Fenster offenstehen, denn ich roch Erde, Feldblumen und feuchtes Heu.

»Dr. Zwingli, was werden Sie tun?«

»Sie ist einundachtzig, hat sich die Hüfte zum zweiten Mal gebrochen und wird jetzt wohl ein Problem nach dem anderen bekommen. Dieser Lungenentzündung werden andere Schwierigkeiten mit der Atmung folgen. Mit aggressiver Therapie kann man das Ganze vielleicht noch etwas hinauszögern, aber irgendwann kommt der Augenblick …«

»Sie hat doch hoffentlich keine Schmerzen?«

»O nein, nicht bei ausreichender Flüssigkeitszufuhr und korrekter Pflege.«

»Was meinen Sie mit ›aggressiv‹ …?«

»Antibiotika, künstliche Ernährung.«

»Aha … und weniger aggressiv?«

»Flüssigkeitszufuhr, nötigenfalls intravenöse Ernährung, Beruhigungsmittel und vor allem ganz viel von der Liebe, die Sie in Ihrem Herzen haben, Mrs. Becker.«

»Danke, Dr. Zwingli, aber die Liebe, die wir haben, stammt nicht von uns, sondern von unserem Himmlischen Vater.«

»Sie sind ein großartiger Mensch. Ich wäre gern wie Sie, Mrs. Becker.«

»Dr. Zwingli, kommen Sie zu der kostbaren Quelle und Sie werden im Blut des Herrn reingewaschen, wenn Sie diese Freude empfinden wollen.«

»Mrs. Becker, ich brauche etwas Zeit, um … äh … über diese Dinge nachzudenken. Vielleicht können Sie mir ja ein paar Bibelstellen empfehlen …«

»Wollen Sie nicht lieber hier und jetzt mit mir beten und den Erlöser in ihr Herz lassen?«

»Vielleicht ein andermal, wenn ich … ähm … mich … äh … kundiger gemacht habe.«

Mom klang enttäuscht. »Am besten lesen Sie das Evangelium nach Johannes und kommen dann wieder zu mir, damit wir darüber sprechen können. Aber wir sollten derartige Gelegenheiten, Momente, in denen der Herr zu uns spricht, nicht einfach verstreichen lassen.«

»Ich werde das Buch von Johannes mit größtem Interesse lesen.«

Ich wußte, Mom fürchtete, daß Dr. Zwingli ihr entwischen könnte, aber was hätte sie tun sollen? Sie konnte ja schlecht sagen, er sollte lieber nicht in der Bibel lesen.

»Mrs. Becker, darf ich Sie in körperlichen Dingen so beraten, wie Sie mich in spirituellen Dingen beraten haben?«

Mom gab keine Antwort.

»Lassen Sie mich dafür sorgen, daß sie sich wohlfühlt. Sie beten darum, daß Gott das tut, was er für richtig hält. Ich werde dafür sorgen, daß sie sich wohlfühlt.«

In der Ferne donnerte es. Das Gewitter zog über die Berge hinweg davon.

Nach einer Pause sagte Mom: »Ich bin sicher, daß dies Gottes Wille ist.«

36

Nach dem Gewitter wurde das Wetter richtig heiß. Großmutter lag unter einem dünnen Laken, das ihr Schweiß auf ihrer schmalen, knochigen Brust festklebte. Fenster und Balkontür standen offen, doch die Luft war ungewöhnlich feucht, kein Wind regte sich.

Da Großmutter im Sterben lag, berief Mom eine spezielle Gebetsversammlung ein, um sich bei Gott für sie einzusetzen, damit ihr der Herr vorm Tod noch das Herz anrührte. Mom, Rachael, Janet, Dick, Jane Keegan und die Ladies saßen abwechselnd an Großmutters Bett und lasen ihr aus der Bibel vor. Sowie Großmutter auch nur ein klitzekleines bißchen wach wurde, versuchten sie sie davon zu überzeugen, daß sie unbedingt Jesus in ihr Herz einlassen mußte. Es war ein endloser Verkündigungs-Marathon. Die Zeit wurde knapp. Sogar Jean-Pierre mußte herüberkommen, um zu helfen. Allerdings schickten sie ihn wieder nach Hause, nachdem Großmutter aufgewacht war und gebrüllt hatte: »Schmeißt den verdammten Mongo raus!«

Eigentlich sollte ich Großmutter ebenfalls bearbeiten. Wenn Mom oder Janet müde vom Vorlesen waren, kamen sie zu mir ins Zimmer, nickten feierlich und schoben mich im Rollstuhl hinüber, damit ich die nächste Schicht übernahm.

Da ich nicht gut genug lesen konnte, um Gottes Wort direkt zu verkünden, sagte Mom, ich sollte Großmutter einfach vom Herrn erzählen oder ein schlichtes Lied singen, um ihr Herz zu rühren. Aber ich kam mir blöd vor, wenn ich in meinem Rollstuhl neben ihr saß und ganz allein »Die Bibel, die Bi-hi-bel, die macht mein Herz ganz hell!« sang, während Großmutter döste oder »Halt die Klappe, du Rotzlöffel. Die Hitze is schon schlimm genug, da brauch ich dein Gejodel nich auch noch!« brummte, oder »Du bist genauso bescheuert wie der Rest. Außerdem kannst du keine Melodie halten. Ruhe jetzt!« Anstatt Gottes Wort zu verkünden, stellte ich ihr Fragen. Manchmal war sie ansprechbar und antwortete.

»Großmutter, als du klein warst, wo hast du da gelebt?«

»Was soll der Blödsinn?«

»Du mußt doch wissen, woher du kommst.«

»Wer sagt das?«

»Denk doch mal an die Stammbäume in der Bibel.«

»Fang du nich auch noch mit dem Scheiß an!« Großmutter keuchte und rutschte unruhig hin und her. »Germantown, damals gab's noch *Deutsche* in Germantown, und keinen einzigen Nigger.«

»Ich dachte, du kommst aus England.«

»Meine arme englische Mutter hat einen gottverdammten Deutschen geheiratet!«

»Hast du deinen Vater nicht gemocht?«

»Wie hätte ich den denn mögen sollen? Hab den Scheißkerl ja nie gesehen, der hat den ganzen Tag geschuftet und is gestorben, als ich vierzehn war; vom Zug übergemangelt, den ein besoffener Spaghetti gefahren hat.«

»Hat dich das mitgenommen?«

Großmutter funkelte mich wütend an.

»Du bist noch blöder als du aussiehst, was?«

»Ich meine ja nur.«

»Was glaubst du denn? Ich mußte von der High School runter und arbeiten gehn. Ich wollte Lehrerin werden und in keiner stinkigen Schuhfabrik im Akkord schuften!«

Großmutter trat matt gegen das Laken.

»Nimm endlich diesen gottverdammten Lappen da weg!«

Ich schlug ihr das schlaffe, feuchte und vergilbte Laken in Hüfthöhe zurück. Großmutter hatte ein blaues Baumwollnachthemd an. Es klebte förmlich an ihrem hageren Körper.

»Fächel mir gefälligst mit der Zeitung Luft zu! Und hör auf, meine Titten anzuglotzen!«

Hastig wandte ich den Blick von Großmutters Brust ab, nahm einen ungelesenen *Philadelphia Inquirer* und fing an, ihr ins Gesicht zu fächeln.

»Du wärst bestimmt eine klasse Lehrerin geworden!«

»Willste mich verscheißern?«

»Also, erstens fluchen Lehrerinnen nicht ...«

»Woher willst *du* das denn wissen, du warst doch noch nie inner Schule! Außerdem tun die das sehr wohl, wenn sie von so Idioten und Schmarotzern vollgequatscht werden! Und *verscheißern* ist kein Schimpfwort!«

»Wie kann ich ein Schmarotzer sein, wo ich doch erst fünfzehn bin!«

»Schmarotzer-Lehrling!« lachte Großmutter und mußte dann husten. Sie hustete so heftig, daß sie kaum atmen konnte. Danach döste sie ein bißchen. Ich fächelte ihr weiter Luft zu, bis sie richtig einschlief.

Zwei Tage später standen Janet, Rachael und Mom vor meinem Zimmer im Flur.

»Lange wird es nicht mehr dauern«, flüsterte Mom.

Rachael schniefte. »Ich glaube, ihr Herz hat sich noch kein bißchen geöffnet.«

»Na ja«, sagte Janet, »man weiß nie, was sie hört oder denkt. Vielleicht trifft sie eine Entscheidung, ohne daß wir es mitbekommen.«

»Das stimmt«, sagte Mom. »Wir machen einfach so weiter, bis es vorbei ist.«

Eine Stunde später kam Dr. Zwingli. Er legte Großmutter einen Tropf an. Die Flüssigkeit, so sagte er, würde dafür sorgen, daß Großmutter, die ja nicht schlucken konnte, nicht austrocknete.

Fast den ganzen Nachmittag saß ich neben Großmutters Bett. Endlich war es kühler geworden. Großmutter lag jetzt unter einer bis zum verschrumpelten Kinn hochgezogenen einfachen braunen Wolldecke.

Zusammengesunken im Rollstuhl saß ich schweigend an Großmutters Bett. Ich dachte daran, daß wir nicht nach Italien fuhren, daß ich Jennifer nicht sehen würde. Ich versuchte, unter der Mullbinde an meinem Gips zu bohren, um mich zu kratzen. Von der Hitze war meine Haut gereizt. Lustlos sah ich den Vögeln zu, die aus den jungen Lärchenzapfen die Samen herauspickten. Ich starrte auf die Kochsalzlösung, die durch eine Plastikröhre in Großmutters Arm tröpfelte. Ihre durchscheinenden Augenlider flatterten. Sie schien zu träumen.

Großmutter tat jetzt nie mehr ihr Gebiß rein. Sie wirkte eingefallen. Durch die Entzündung, erklärte Dr. Zwingli, füllten sich Großmutters Lungen mit Flüssigkeit. Sie japste und pfiff bei jedem Atemzug. Ich hörte die Flüssigkeit blubbern.

Mir fehlte Großmutters Geschimpfe.

Als ich ihr so beim Atmen zusah, dachte ich immer wieder, sie wäre gestorben. Manchmal verging ganz viel Zeit zwischen zwei Atemzügen. Dann holte sie wieder kurz Luft, flach und lautlos.

Ich verfolgte jeden Tropfen, der durch die Röhre in ihren Arm tröpfelte. Ich stellte mir vor, wie er in ihren Kreislauf trat und durch ihre harten, blauen Adern die entzündeten Lungen erreichte, noch ein Tropfen Flüssigkeit, der sie langsam erstickte. Warum wehrte sie sich nicht, oder warf mir ein Schimpfwort an den Kopf, anstatt dazuliegen und immer kleiner zu werden? Es sah aus, als würde gar niemand im Bett liegen. Nur ein kleines, verrunzeltes Gesicht über dem Laken schien von Großmutter übrig zu sein.

Es war zu spät für sie, ganz wie bei Bauer Ruchets Schwein. Großmutter ertrank allmählich. Dr. Zwingli gab ihr nur noch mehr Wasser, sonst nichts.

Beim Gedanken an das Schwein funkte es.

Ich rollte zum Treppenabsatz und rief nach Rachael. Als sie endlich hoch kam und fragte, was ich wollte, mußte ich mich unheimlich anstrengen, das Zittern in meiner Stimme zu unterdrücken. »Ich möchte ins Wohnzimmer, die Sonntagsschulgeschichten, die wir immer mit Filzfiguren nachspielen, durchsehen und eine für Großmutter heraussuchen.«

Rachael lächelte. »Das ist ein wunderbarer Einfall!«

Als Janet und Rachael mich nach unten trugen, sah mich Janet mit einem mißtrauischen Blick an.

»Großmutter ist so gut wie bewußtlos. Selbst wenn sie uns noch hören *sollte*, wozu sollen die Filzfiguren gut sein?«

»Das ist aber nicht nett«, sagte Rachael. »Du hast doch selber gesagt, wir wissen nicht, was sie noch mitbekommt.«

Sowie Rachael und Janet wieder nach oben gegangen waren, schob ich die Schachtel mit den Filzfiguren beiseite und humpelte aus dem Wohnzimmer und über den Flur in den Heizungsraum. Ich versuchte, auf das große steinerne Becken zu klettern.

Ich rutschte ein paarmal ab, und dabei wäre fast der Gips entzweigegangen. Schließlich mußte ich mit einem Rechen die Schachtel mit *pénicilline vétérinaire* vom Regal stoßen.

Die Schachtel fiel in das tiefe Becken. Als ich mich vornüberbeugte, fiel ich selbst hinein. Mein Bein tat so weh, daß mir die Tränen in die Augen schossen. Ich schmeckte Blut: Ich hatte mir fest auf die Unterlippe gebissen, um nicht aufzuschreien.

Nachdem ich aufgehört hatte zu weinen, fischte ich die Schachtel aus dem Becken, holte alle Penicillinpackungen heraus, steckte sie in meine Unterhose und humpelte wieder zurück ins Wohnzimmer. Als ich es endlich dorthin geschafft hatte, suchte ich ein paar Bibelfiguren aus Filz zusammen. Mein Bein fing an zu pochen. Es war nicht leicht, sich auf David zu konzentrieren. Meine Hände zitterten.

Rachael und Janet halfen mir wieder die Treppe hinauf. Unwillkürlich schrie ich auf vor Schmerz, als mein Gips gegen die Wohnzimmertür stieß.

»Was ist denn jetzt wieder los?« fragte Janet.

»Mein Bein tut weh.«

»Wie denn das? Das hat es doch seit Tagen nicht mehr getan.«

»Na ja, aber jetzt schon.«

»Ach, du willst nur bemitleidet werden!«

Rachael sah Janet vorwurfsvoll an. »Das ist nicht sehr nett!«

»Er ist so was von verzogen!«

Janet und Rachael stellten die Filztafel auf ein Gestell, am Fußende von Großmutters Bett, und rollten meinen Rollstuhl davor, damit ich die Figuren auf die Tafel kleben konnte. Dann gingen sie raus, aber vorher schaute Janet noch einmal von Großmutter zu mir und wieder zurück, tippte sich an die Stirn und rollte mit den Augen. Großmutter schlief tief und fest.

37

Der Tropf war eine Art Marmeladenglas, das verkehrt herum an einer Drahtöse hing.

In dem Marmeladenglasdeckel war ein Loch, durch das ein Röhrchen bis zu Großmutters Arm lief. Wenn man das Marmeladenglas richtig herum drehte, konnte man den Deckel abschrauben. Das tat ich, als ich es zwischen die Knie geklemmt hielt. Zwar wußte ich, daß die Flasche nach dem Öffnen nicht mehr steril war, aber das ließ sich nicht ändern.

Ich beschloß, eine zehnmal so hohe Dosis *pénicilline vétérinaire* zu nehmen wie damals bei dem Huhn, also ungefähr das, was Bauer Ruchet seiner Sau verabreicht hatte, eine Woche bevor er die Behandlung aufgab und ihr die Kehle durchschnitt.

Ich hätte das Penicillin erst auflösen und dann zu der Kochsalzlösung geben sollen. Das Antibiotikum trieb nun als Klumpen oben auf der Flüssigkeit. Ich zerrieb den Klumpen mit Daumen und Zeigefinger, bis er zerbröselte. Dann schraubte ich den Deckel wieder drauf, drehte das Marmeladenglas um, schüttelte es, nahm den Drahtaufhänger, hakte ihn am Gestell ein und schob die Stange wieder hoch. Dann drehte ich die Zufuhr auf. Entsetzt sah ich, daß das Röhrchen voller Luft war.

Ich zog das Röhrchen aus der Nadel, die in Großmutters Handrücken steckte, und saugte daran, bis die Flüssigkeit zu laufen begann. Meinen Rollstuhl um das Bett herum zu bugsieren, war nicht einfach. Als ich das Röhrchen aus der Nadel zog, spritzte ein bißchen Blut heraus. Damit hatte ich schon gerechnet. Ich legte einen Finger auf die Öffnung der Nadel, hielt das Röhrchen mit der anderen Hand fest und saugte.

Zuerst passierte gar nichts. Dann, auf einmal, schoß bitter-salzige Flüssigkeit in meinen Mund. Ich spuckte aus, ließ ein bißchen auf den Boden laufen, dann setzte ich das Röhrchen wieder auf die Nadel.

Ich drehte die Zufuhr weit auf und schaute zu, wie das *pénicilline vétérinaire* in Großmutter hineintröpfelte. Ich keuchte und schwitzte. Es dauerte eine Minute, bis ich mich wieder gefangen hatte. Meine Hände zitterten. Ich hatte Schmerzen, war aber zufrieden. Rasch leerte sich das Marmeladenglas.

Als ich wieder runterblickte, sah ich Blut auf Großmutters Handrücken. Ich nahm den feuchten Waschlappen, den Mom immer in einer Schale an Großmutters Bett aufbewahrte, um ihr das Gesicht abzutupfen, und wischte das Blut weg. Der Waschlappen war dunkelrot. Zu meiner Erleichterung konnte ich kein Blut darauf sehen.

An Großmutters Bett stand ein großer Pappkarton mit fünf weiteren Gläsern voll Infusionslösung. Dr. Zwingli hatte gesagt, die Krankenpflegerin würde jeden Morgen vorbeikommen, um die Infusion zu erneuern. Wenn ich wirklich sicher sein wollte, daß Großmutter die Antibiotika bekam, mußte ich jedes Glas öffnen und etwas von dem Pulver hineinschütten. Damit die Flüssigkeit nicht milchig wurde, mußte die Dosis geringer sein als beim ersten Glas. Vier Päckchen pro Tag würden die Lösung wohl nur ein wenig trüben. Jetzt hieß es schnell sein. Ich schraubte die Deckel auf, schüttete in jeden Glasbehälter ein bißchen von dem Antibiotikum, rührte die Flüssigkeit mit Großmutters Schere um und schraubte die Deckel wieder darauf. Da hörte ich Schritte auf dem Treppenabsatz.

Zum Glück dachte ich noch daran, die leeren Penicillinpäckchen in meine Unterhose zu stopfen. Als die Tür dann aufging, hatte ich den Karton mit der Infusionslösung wieder unters Bett geschoben und die Hände unter die Schenkel geklemmt, damit sie nicht zitterten. Janet kam herein, schaute erst mich an und dann die Tafel mit den Filzfiguren. »Du hast ja noch nicht einmal angefangen!« rief sie aus.

Hastig sah ich zur Tafel hinüber. Ich hatte vergessen, die Bilder vom Anfang der Geschichte – David kommt ins Feldlager König Sauls – mit denen der letzten Szene – David hält triumphierend Goliaths Haupt – zu vertauschen.

»Es hat ihr so gut gefallen, und da dachte ich, ich fange noch mal von vorn an!«

Janet starrte mich an, deutete mit einem bedeutungsschwangeren Nicken auf Großmutter, die tief und fest schlief.

»Bei dir ist eine Schraube locker. Komm, ich schieb dich wieder in dein Zimmer. Du verplemperst nur meine Zeit.«

Ich legte mich aufs Bett. Der pochende Schmerz in meinem Bein war so stark, daß ich es fast nicht mehr aushielt. Mir war schwindelig. Der Raum schien sich zu drehen. Ich schloß die Augen.

Eine magere graue Katze blickte mich verstohlen an, während sie ihren bleistiftdünnen Schwanz hin und her bewegte. Die Katze lief ein Stück die Gasse hinauf, blieb dann stehen, drehte sich um und beobachtete mich mißtrauisch, wie ich lautlos die Tür zur Wäscherei öffnete und in das süß duftende, feuchte Innere trat.

Es war stockdunkel in Jennifers und meinem Zimmer. Aber es war nicht mehr so stickig wie beim ersten Mal. Ich spürte eine kühle Nachtbrise um meine nackten Beine, während ich im Dunkeln stand und mich zu orientieren versuchte. Durch das Fenster, das Jennifer geöffnet hatte, drang jetzt frische Luft herein.

Ich legte mich wieder auf unser Bett. Ich versuchte, mich an jeden Augenblick unseres Hochzeitstags zu erinnern. Aber alles, was ich vor meinem geistigen Auge sah, war Jennifer, die wartend am Bahnsteig in Santa Margherita stand, ein Zug, der einfuhr, Jennifer, die in den Zug stieg, während ich am Bahnsteig zurückblieb. Ich winkte zum Abschied.

Ich stellte mir vor, daß ich weinte, fühlte, wie traurig ich sein würde. Tränen liefen mir über die Wange und in die Ohren, während ich dalag. Ich rührte mich nicht und wischte sie nicht ab. Meine Nase war so verstopft, daß ich die Gardenien in den Terracottatöpfen unten im Hof nicht mehr riechen konnte.

»Jennifer, o Jennifer, wie kann das sein? Wie kannst du mich verlassen? Wie soll ich ohne dich leben?« Meine Worte gingen unter im Rattern der Räder des Zuges, der Jennifer fortbrachte.

Ich sank allmählich in den Schlaf, während sich das Bild der aus dem Zugfenster winkenden Jennifer in meinem Kopf endlos wiederholte.

»Wie geht es dir?« fragte ich.

»Bescheiden. Ich hab nachgedacht.«

»Worüber?«

»Über Träume.«

»Hast du geträumt, als du krank warst?«

»Ja, ich hab 'ne Art Traum gehabt. Du bist auch drin vorgekommen.«

»Ich?«

»Jawoll! Du bist reingekommen und hast immerzu was mit so Fläschchen angestellt, die ganze Zeit biste rein und raus.«

»Das ist aber ein seltsamer Traum.«

»Bin mir gar nich so sicher, dasses 'n Traum war, du kleines Biest!«

»Ich habe oft an deinem Bett gesessen.«

»Na, wenigstens haste mich nich mit Chlor gebleicht, wie du's mit meinen Fischen getan hast!« Großmutter lachte. »Vielleicht biste ja doch ganz in Ordnung und es wird noch mal was aus dir.«

»Danke. Ich möchte Arzt werden.«

»Calvino! Che fai qui?« Das Zimmermädchen, das immer unsere Zimmer im *Nazionale* saubergemacht hatte, stand über mich gebeugt. Sonnenlicht drang in schmalen staubigen Strahlen durch die Fensterläden des Abstellraums. Das Zimmermädchen, fast sechzig Jahre alt, winzig, wütend und dunkel, mit einem straffen, grauen Haarknoten, schaute mich streng an. In der Hand hielt sie ein Kehrblech und einen Handfeger; damit stieß sie mich.

»Buon giorno«, sagte ich.

»Calvino, perché sei in questa camera?«

Ich wußte nicht, was ich antworten sollte. Noch immer war ich verwirrt von meinem Traum mit Großmutter, ich setzte mich auf und zuckte mit den Schultern.

Als ich das Zimmer verließ, rief das Zimmermädchen hinter mir her: *»Calvino! Vieni qua!«* Ich beachtete sie nicht, bog um die Ecke und rannte die Hintertreppe hinab.

Der Betriebsamkeit auf der Piazza nach zu urteilen, war es Vormittag. Ich hielt nicht bei Ginos Atelier an, sondern steuerte in einer Art behäbigem Dauerlauf am Hafen vorbei auf die Stufen zu, die zum Pfad nach Paraggi führten.

Jennifer saß in der Snackbar am Strand vor einer Tasse Cappuccino. Ein schaumiger Milchstreifen bedeckte ihre Oberlippe. Sie schmeckte süß, als ich sie küßte.

»Calvin, du siehst entsetzlich aus.«

»Ich hab dich schrecklich vermißt letzte Nacht.«

»Wie lange ist es her, seit du gebadet oder in einem anständigen Bett geschlafen hast?«

»Letzte Nacht hab ich in einem Bett geschlafen, beziehungsweise oben drauf.«

»Mum und Dad sind zu ihrem letzten Einkaufsbummel nach Santa Margherita gefahren. Komm mit auf mein Zimmer, dort kannst du ein Bad nehmen. Ich bestelle noch ein Frühstück. Lucrezia wird es hochbringen.«

Beinahe hätte ich in Jennifers Gegenwart meine Badehose und mein T-Shirt ausgezogen. Aber im letzten Moment überlegte ich es mir anders, ging ins Badezimmer und machte die Tür zu. Jennifer sagte durch die Tür hindurch: »Leg deine Sachen ins Waschbecken. Sie sehen ein bißchen verdreckt aus. Ich wasch sie, wenn du fertig bist.«

»Danke.«

»Du kannst mein Shampoo und Rasierzeug benutzen, wenn du magst.«

»Danke.«

Ich drehte den Heißwasserhahn ganz auf, aber es tröpfelte nur schwach und lauwarm. Dann wusch ich mir die Haare, seifte mich ein und rasierte mir die Oberlippe, so gut das ohne Spiegel ging. Als sich mein Gesicht glatt anfühlte, drehte ich das Rinnsal ab.

»Jennifer, hast du das Handtuch?«

Ich wartete darauf, daß Jennifer die Tür einen Spalt aufmachte und mir das Handtuch hereinreichte. Statt dessen riß sie die Tür weit auf. Ich erstarrte. Jennifer lachte.

»Das ist aber nicht sehr nett!«

»Dummer Kerl, wir sind doch verheiratet!«

»Ach komm, Jennifer!«

»Laß mich noch ein einziges Mal gucken!«

Das empfand ich als eine Art Herausforderung. Splitternackt sprang ich aus der Dusche ins Zimmer. Und genau in dem Augenblick kam Lucrezia mit einem Frühstückstablett herein, auf dem eine silberne Kanne mit heißem Kakao, zwei Brötchen, zwei Portionen Butter, ein Minidöschen jugoslawische Aprikosenmarmelade und zwei in ein Papier mit einem Papstbild eingewickelte Stück Würfelzucker waren.

»Dio mio!« kreischte Lucrezia. Jennifer warf mir hastig ein Handtuch zu. Ich fing es auf, raste wieder ins Badezimmer und zog den Duschvorhang hinter mir zu. Jennifer schloß rasch die Badezimmertür. Ich hörte, wie sie lachte und zu Lucrezia sagte, sie könne wieder gehen.

Mit pochendem Herzen stand ich da. Kurz danach öffnete Jennifer die Tür. »Mann, du hast so dumm geguckt! Unbezahlbar!« sagte sie und warf sich kichernd aufs Bett.

Wäre es nicht unser letzter gemeinsamer Tag gewesen, ich hätte sie angebrüllt, weil ich das überhaupt nicht komisch fand. Aber an diesem Tag wollte ich keine Sekunde meiner kostbaren Zeit mit Streit verschwenden.

Während ich, in Jennifers Handtuch gewickelt, dasaß und meine Brötchen aß, sah ich zu, wie sie mein T-Shirt und meine Badehose auswusch. Die weißen Spitzengardinen flatterten in der Morgenbrise. Ein paar von Jennifers Haarsträhnen umtanzten ihr Gesicht in dem warmen Luftzug. Sie öffnete das Fenster, um meine Sachen an den Fensterläden aufzuhängen. Die ganze Zeit sah ich ihr bei der Arbeit zu. Ich wollte mir Jennifer einprägen, die geschmeidigen Bewegungen ihrer langen Beine und schmalen Hüften, ihre halbmondförmigen Grübchen in den Mundwinkeln; ich wollte mich daran erinnern, wie ihr goldener Pferdeschwanz zur Seite flog, wenn sie den Kopf drehte.

Sie drehte sich zu mir um und ertappte mich dabei, wie ich sie ansah. Jennifer kam auf das Bett zu, setzte sich neben mich und legte mir den Arm um die Schultern.

»Calvin, weißt du, was heute für ein Tag ist?«

»Dein letzter Tag mit mir!«

»Das meine ich nicht. Ich meine das Datum.«

»Ich weiß nicht.«

»Heute ist dein Geburtstag, du Dummerjan! *Happy Birthday!* Hätte ich dir meine zehn Pfund nicht schon gegeben, ich hätte dir ein Geschenk gekauft!«

»Du könntest hier bei mir bleiben. *Das* wünsche ich mir.«

»Lieber Calvin, du wirst mir auch fehlen, glaub mir.«

»Jennifer, ich weiß wirklich nicht, wie ich ohne dich weiterleben soll. Ehrlich!«

»Das brauchst du ja gar nicht. Wir sind nur eine kleine Weile getrennt ... dann können wir wieder zusammensein. Aber zuerst müssen wir älter werden. Bald können wir machen, was wir wollen. Sechzehn, siebzehn, achtzehn – es dauert wird nicht lange, und schon sind wir einundzwanzig!«

»Gino meint, wir müssen leiden, weil niemand jungen Liebenden beisteht!«

»Gino hat wahrscheinlich zu viele Opern gesehen.«

»Er sagt, ich hätte ihm das Herz gebrochen. Außerdem hat er versucht, sich mit einem Palettenmesser das Leben zu nehmen.«

»Da hast du's! Dann weißt du ja, was du von seinen düsteren Prophezeiungen zu halten hast!«

»Aber ich leide *wirklich*! Und zwar jetzt schon!«

»Mach mal halblang, Mann, wir können uns nicht auf den Boden werfen, heulen und mit den Zähnen klappern – das ist doch Unsinn. Männer ziehen in den Krieg und kommen heim. Frauen warten, und irgendwann sind sie in tränenreicher Umarmung vereint, und alles ist in Butter!«

»Jennifer, ich mein's ernst!«

»Ich auch! Soll ich lieber losheulen und mir die Haare ausreißen?«

»Nein, aber ich weiß nicht, wie es weitergeht!«

»Du fängst dich wieder, Calvin! Du wirst aufhören, dich selbst zu bemitleiden und statt dessen verdammt froh sein, daß du ein Mädchen wie mich hast, das dich liebt und auf dich wartet, bis du erwachsen bist! So wird es weitergehen!«

Jennifer rüttelte mich. »So wird es weitergehen!« rief sie noch einmal. Bestimmt hatten die Leute am Strand sie gehört.

Jennifers Augen waren von einem dunklen Blaugrün. Ihr Kinn zitterte. Wahrscheinlich sah sie, daß ich ihr Kinn anschaute. »Hör mal zu, du Trottel! Wenn du mich zum Weinen bringst, dann kratz ich dir die Augen aus!«

Da ging die Tür auf und Dad kam herein. Ich sprang auf. Jennifers Handtuch fiel herunter. Mein Frühstückstablett schepperte auf den Boden und das Geschirr zerbrach. Ein Rinnsal sahnigen, braunen Kakaos schlängelte sich um die Füße meines Vaters.

Dad starrte mich an, sagte aber nichts.

Jennifer, die auch aufgesprungen war, stand wie angewurzelt da. Dann sagte sie ruhig: »Guten Morgen, Reverend Becker, wie schön, Sie zu sehen.«

38

Ich konnte nicht begreifen, daß Jennifer bei alldem so gelassen blieb. Gerade wollte ich sie fragen, da wachte ich auf. Mom sagte, es wäre drei Uhr nachts. Sie hatte Dr. Zwingli angerufen, nachdem sie dort, wo vorher meine Zehen aus dem Gips ragten, Würste gesehen hatte. Mein Bein war schrecklich angeschwollen.

Eine Stunde später war ich in Dr. Zwinglis Wagen wieder auf dem Weg ins Spital in Monthey. Auf der Fahrt ins Tal hinunter lag mein Kopf in Moms Schoß gebettet.

Während Dr. Zwingli langsam die steile, dunkle Straße hinab manövrierte, fragte Mom, was ich denn angestellt hätte.

Ich holte tief Luft.

»Mom, ich hab was Dummes getan«, flüsterte ich.

»Was denn?«

»Ich hab mit dem gebrochenen Bein ein paar Schritte gemacht.«

»O Calvin, wie konntest du nur so etwas tun!?«

»Na ja, weißt du, ich habe Großmutter mit den Filzfiguren eine Geschichte aus der Bibel erzählt, und Davids Schleuder ist von der Tafel gefallen, unters Bett. Und da habe ich ein paar Schritte gemacht und mich gebückt, um das Bild von der Schleuder aufzuheben, und da ist es dann passiert.«

»Was? Was ist passiert?«

»Da bin ich dann ausgerutscht und mit dem Gips gegen ihr Bett gestoßen.«

»O Calvin!«

In der Dunkelheit streichelte Mom sanft meine Haare. Der Wagen legte sich in die Kurve. Der Luftzug von Dr. Zwinglis offenem Autofenster tat meinem heißen Gesicht gut. Undeutlich nahm ich die Bäume wahr, die im Mondlicht an uns vorbeiflitzten.

»Calvin, was du da getan hast, war gedankenlos, aber dennoch bin ich stolz auf dich. Du hast es für eine gute Sache getan. Was für ein Elend, daß wir wieder in das römisch-katholische Spital müssen, aber Dr. Zwingli hat sicher recht. Wir gehen am besten wieder zu demselben Orthopäden.«

»Calvin, du hast dir wieder irgendwas gebrochen, und jetzt muß das gerichtet werden.«

»Respirez, un, deux, trois…« Eine Nonne beugte sich über mich. Sie legte mir eine harte, schwarze Gummimaske aufs Gesicht. Von dem Äthergeruch wurde mir schlecht. Die Flügel ihrer Haube wedelten hin und her.

»Respirez, un, deux …«

Ich versuchte, die Luft anzuhalten, und schloß die Augen. Jennifer drehte sich zu mir und hob das Handtuch auf.

»Calvin, vielleicht willst du rasch ins Badezimmer gehen und dich anziehen.«

Ein Gast der *pensione* ging auf dem Flur vorbei und warf einen Blick zur offenen Tür herein. Da riß ich Jennifer das Tuch aus der Hand, wickelte es mir um die Hüften, ging zum Fenster, holte mein T-Shirt und meine Badehose herein, ging ins Badezimmer und schloß die Tür hinter mir. Meine Hände zitterten so sehr, daß ich kaum den Riegel vorschieben konnte.

Die ganze Zeit schaute mir Dad schweigend zu. Als ich die Tür zumachte, sah ich, wie er aus der immer größer werdenden Kakaopfütze stieg. Seine Khakihosen waren vollgespritzt.

Ich brauchte nur ein paar Sekunden, um T-Shirt und Badehose anzuziehen. Aufgelöst wie ich war, fand ich es angenehm, die warmen, feuchten Kleider auf der Haut zu spüren und die Pears-Seife zu riechen, mit der Jennifer sie gewaschen hatte, und daran zu denken, daß *sie* sie für mich gewaschen hatte, daß *sie* ein zweites Frühstück bestellt und an meinen Geburtstag gedacht hatte, wie eine richtige Ehefrau.

Ich wollte schon die Tür aufmachen, aber dann zögerte ich. Ich wußte nicht, was ich Dad sagen sollte, oder viel schlimmer: was er sagen würde. Dann fiel mir ein, daß Jennifer genau wußte, wie lange man braucht, um ein T-Shirt und Shorts anzuziehen. Sie konnte sich denken, daß ich Zeit zu schinden versuchte, und wenn es eine Sache gab, die

Jennifer haßte, dann war das Feigheit. Ich öffnete die Tür und ging so tapfer wie möglich ins Zimmer.

Meine Tapferkeit war verschwendet. Jennifer und Dad waren nirgendwo zu sehen. Nur das zerbrochene Frühstücksgeschirr bewies, daß Dad dagewesen war.

Ich blieb stehen. Was nun? Es wäre seltsam gewesen, wenn ich meinen Vater gesucht hätte, vor dem ich weggelaufen war. Andererseits mußte Dad noch irgendwo mit Jennifer sein. Und Dads plötzliches Erscheinen war mein Problem, nichts ihres. Ich wußte, daß Jennifer fuchsteufelswild werden würde, wenn ich über den Flur hechtete, zur Hintertür hinausrannte, die Straße überquerte und mich in den Hügeln oberhalb des Strandes, in dem Olivenhain an der alten Römerstraße oben auf dem Hügelkamm versteckte. Ich hätte genau das gern getan, aber ich konnte mir vorstellen, was Jennifer sagen würde: daß ich ein schwächlicher, erbärmlicher, schlappschwänziger Feigling war, ein armer Irrer, ein zurückgebliebener Schwachkopf, der eigentlich in ein Heim gehörte.

Ich versuchte, ein verwegenes Gesicht aufzusetzen, reckte die Schultern, hob das Kinn, stieg über die Pfütze und folgte Dads Milchschokolade-Fußstapfen über den grauen Marmorboden, bis sie sich oben an der Treppe verloren.

Ich hörte eine Stimme von unten aus der Hotellobby. Vorsichtig schlich ich bis zum Treppenabsatz; nun konnte ich hören, was da geredet wurde.

»... Sie haben ihn sehr unglücklich gemacht. Calvin ist ein sensibler Junge.«

»Jennifer« – Dads Stimme klang angespannt und heiser – »ich wüßte nicht, was dich das angeht!«

»Reverend Becker, es geht mich etwas an, weil ich ihn liebe, und ich werde nicht tatenlos danebenstehen, während man ihn quält.«

»Was erlaubst du dir, so mit mir zu reden?!«

»Ich finde, die Frage sollten Sie sich lieber selbst stellen!

Wissen Sie eigentlich, daß Sie sein Vertrauen verloren haben? *Ihretwegen* ist er doch weggelaufen! *Sie* sind derjenige, der hier etwas zu erklären hat!«

Nach einer langen Pause erwiderte Dad leise: »Du hast recht, Jennifer. Wie kann ich ihm zeigen, daß ich ihn liebe?«

Jennifer klang wütend. »Erstens können Sie sich bei ihm entschuldigen, ihn wie einen jungen Mann behandeln, der seinen eigenen Kopf hat, sich zusammenreißen und Verantwortung für ihn übernehmen! Vielleicht fragen Sie ihn sogar, ob es ihm Spaß macht, in einem Irrenhaus mit lauter religiösen Fanatikern zu leben!?«

»Also, er muß ja nicht unbedingt im Weinberg des Herrn arbeiten!«

»Na also!«

»Jennifer, redest du für mich mit ihm?«

»Erst, wenn Sie feierlich versprechen, nett zu ihm zu sein. Erst, wenn ich *ganz genau* weiß, was Sie mit ihm machen, weil er von Zuhause weggelaufen ist. Erst, wenn Sie versprechen, ihm ein besserer Vater zu sein, als Sie es bislang waren!«

Dad brauste wieder auf: »Jennifer, ich weiß nicht, was dir das Recht gibt, so mit mir zu reden!«

»Ich bin seine Frau!«

Es entstand eine lange Stille. Endlich murmelte Dad kleinlaut: »Das verstehe ich nicht.«

Als Jennifer antwortete, klang sie ganz nüchtern. »Wir sind in Portofino in die Kirche gegangen und haben uns das Jawort gegeben.«

»Jennifer, wovon redest du denn da? Niemand traut zwei Fünfzehnjährige!«

»Heute hat Calvin Geburtstag. Er ist jetzt sechzehn.«

»O Jennifer …« Es klang, als wäre Dad den Tränen nahe.

»Abgesehen davon«, sagte Jennifer, »sind wir nicht von jemand getraut worden. Wir haben uns selbst getraut.«

»So zum Spaß?«

»Nein! Wir lieben uns. Wir haben es vor Christus getan, das Ganze ist also ziemlich offiziell, wissen Sie. Etwas zu versprechen und es dann nicht zu halten, nenne ich miserables Benehmen.«

Es blieb lange still. Dann antwortete Dad so leise, daß ich ihn kaum verstand: »Ich weiß. Genau das ist mir passiert, aber ich habe dafür bezahlen müssen. Elsa und die Mädchen haben mich verlassen. Sie sind meiner Sünde auf die Spur gekommen.«

»Reverend Becker, ich weiß nicht, wovon Sie reden, und es geht mich auch nichts an, aber ich bin sicher, Calvin wird Ihnen verzeihen, egal, was passiert ist.«

»Hoffentlich. Ich weiß, daß ich es nicht verdiene.«

Die Art, wie Dad das sagte, so ruhig, so traurig, so am Boden zerstört, ließ mich aufschreiben: *»Ja, Dad, ich verzeihe dir!!!«*

Ich rannte die Marmortreppe hinab, in die Eingangshalle.

Dad war bleich. Ich lief auf ihn zu und schlang meine Arme um seinen Hals. »Es tut mir leid, Calvin, verzeihst du mir?« platzte Dad heraus.

»Ja!«

»O Calvin! Alles Gute zum Geburtstag, mein Junge!«

Dad brach in Tränen aus, und Jennifer auch, aber ich konnte nicht weinen. Ich kam mir vor wie jemand, der anderen Leuten zusieht, nicht diese Dinge selbst erlebt: So, als wäre ich zu zwei Personen geworden. Die eine erlebte etwas, während die andere nur beobachtet und kaum mehr als milde Neugier empfindet für das, was sich um sie herum ereignet. Ein Teil von mir umarmte den weinenden Dad, während der andere Teil die Eingangshalle durchquerte und mit verschränkten Armen und schiefgelegtem Kopf dastand und zusah.

Dad weinte lauter und lauter und klammerte sich immer fester an den Jungen. Ich sah, wie Jennifer zu weinen aufhörte und einen Schritt zurücktrat, um zuzuschauen. Sie wirkte immer besorgter, wegen dem Jungen, der in der heulenden Umarmung seines Vaters feststeckte. Ich sah, wie der Junge versuchte, sich herauszuwinden. Aber Dad ließ nicht locker und sagte immer wieder: »Es tut mir leid«. Der Junge hörte auf zu sagen: »Ist schon gut, Dad«, und begann, sich mit Gewalt loszumachen.

Da setzte sich der teilnahmslose Teil von mir in den grauen Ledersessel in der Eingangshalle und sah dem Gezerre von Vater und Sohn zu, die sich im Fesselgriff zu halten schienen. Das würde wohl noch eine Weile so weitergehen, daher legte ich meine Füße auf den Couchtisch aus Glas und Chrom. Meine Gedanken schweiften ab. Ich überlegte, wo meine Mutter und meine Schwestern waren, was sie mit Großmutter gemacht hatten; ob mein Plan, sie zu retten, funktioniert hatte. Jemand nahm meine Hand und hielt sie fest. Die Hand war trocken und kühl. Ich atmete tief ein. Irgendwie roch es schwach nach Gardenien. Der Griff wurde fester. Ich öffnete die Augen.

Ich blickte in ein wunderschönes Gesicht. Zuerst dachte ich, es wäre Jennifer, die sich verkleidet hatte. Dann lächelte das Gesicht. Es gehörte zu einer Nonne.

Diesmal war es viel weniger schlimm als beim ersten Mal. Diesmal mußte ich mich nach dem Aufwachen nicht übergeben.

Die Nonne lächelte. Ich drückte ihre Hand. Sie drückte zurück. Schweigend saßen wir einen Augenblick lang da.

Ich sprach den ersten Gedanken aus, der mir durch den Kopf schwirrte.

»Ich hab's verdient, daß ich mir das Bein noch mal gebrochen habe.«

Sie streichelte mir übers Haar.

»Was meinst du damit, *mon enfant*?«

»Wegen meiner Sünde.«

»Oui?«

»Ich habe an eine nackte Frau gedacht.«

»Ja?«

»Und genau in dem Moment habe ich mir das Bein zum ersten Mal gebrochen. Wegen der Nacktheit war's. Wahrscheinlich mußte es noch einmal geschehen, weil ich noch mehr Strafe verdient habe, oder so was.«

Die Nonne hörte nicht auf, mir übers Haar zu streicheln.

»*Mon enfant*, Gott bestraft uns nicht. Wir selbst bestrafen uns. Gott liebt uns.«

»Wie in dem Vers, ›daß denen, die Gott lieben, alle Dinge zum Besten dienen‹?«

»Aha, du kennst *la Bible. Très bien*!«

»Gott hat einen Rollstuhl zum Werkzeug seines Zorns gemacht.«

Die Nonne lächelte und schüttelte bedächtig den Kopf.

»Wer 'at dir solche Verrückt'eiten beigebracht?«

Ich versuchte mich zu erinnern, wer es war. Es dauerte eine Weile.

»Dad. Er ist Geistlicher.«

»Er ist nur ein Mensch. Niemand kann Gott verstehen. Wir sind zu klein.«

»Aber er ist der Höchste.«

Sie lächelte. »Wer? *Ton papa?*«

»Nein, Gott.«

»*Mais oui, mon petit*, er ist der 'öchste, aber er ist auch die Liebe.« Die Nonne hielt inne, sie schien nachzudenken. Dann stellte sie mir eine Frage. »Wie kann er beides zugleich sein?«

»Beides zugleich?«

»Zugleich der 'öchste und *l'amour* ... die Liebe.«

»Ich weiß nicht.«

»Aha, und ich auch nicht, und deine *papa* nicht, und sonst irgendeine Priester genausowenig. Nicht einmal die Papst weiß das.«

Die Nonne beugte sich vor, küßte mich auf die Stirn,

stand auf und ging auf die Tür zu. Sie drehte sich um. »Wenn dein Bein dir Schmerzen bereitet, drück auf *le bouton.* Jesch werde kommen ... obwohl du sagst, du verdienst, daß du es gebrochen 'ast!«

Als sie die Tür zugemacht hatte, hörte ich sie im Flur lachen.

39

Vier Tage nachdem mein Bein geschient worden war, weckten mich die Nonnen, indem sie zwei neue Patienten hereinschoben. Der eine war ein alter Bauer mit rotem Gesicht und einem freundlichen, zahnlosen Lächeln, der beide Arme bandagiert hatte. Er erinnerte mich an Bauer Ruchet. Der andere war ein Junge, glaube ich. Er lag vollkommen unbeweglich da. Ein Röhrchen kam an der Stelle, wo seine Nase war, aus dem Verband hervor. Andere Röhrchen führten von unter der Bettdecke zu Gefäßen, die unter dem abgesplitterten Bettgestell aus Emaille standen. Ich nannte ihn den »Mystery Boy«.

Kurz vor Beginn der Besuchszeit war der Mystery Boy aufgewacht. Ich hörte dumpfes Stöhnen, als er die Füße anders hinlegte. Ich glaube nicht, daß er verstand, was die Nonne sagte, die jede halbe Stunde hereinkam, um nach ihm zu sehen. Ich nannte sie die »Schweizer Nonne«, im Unterschied zur »Netten Nonne«, die ich nicht mehr gesehen hatte, seit sie an meinem Bett gesessen und meine Hand gehalten hatte, als ich aus der Narkose erwachte.

Die Schweizer Nonne sagte zum Mystery Boy, wenn man ihm die Verbände abgenommen hätte, würde ihn sein eigener Vater nicht mehr erkennen. Das sollte ihm eine Lehre sein, geschähe ihm recht, schließlich hatte er einen Liter

Wein zum Essen getrunken und war anschließend ins Auto gestiegen.

Auch den Bauern kommandierte die Schweizer Nonne herum. Sie sagte, er sei faul. Was für eine Erklärung gab es sonst dafür, daß er unter die Dreschmaschine gefallen war, als er sie gerade reparierte? Wie konnte man nur so blöd sein?! Geschah ihm recht, daß er sich verletzt hatte! Hoffentlich hatte er seine Lektion gelernt! Wenn er das nächste Mal ins Hospital kam, weil er etwas Dummes, irgendeine *bêtise*, angestellt hatte, konnte er keine Hilfe mehr von ihr erwarten.

Als seine fette, stinkende Ehefrau zu Besuch kam, schalt sie ihn zusammen mit der Schweizer Nonne aus. Die Bauersfrau nickte zu allem, was die Schweizer Nonne sagte. »Hör auf die Schwester«, ermahnte sie den Bauern, »die meint es gut mit dir.« Die Schwester hatte ganz recht, weshalb trank er auch zum Morgenkaffee den hausgemachten Apfel-Wodka? Wie oft hatte sie ihm schon gesagt, das solle er bleiben lassen?!

»Wie oft?«

»Sehr oft«, murmelte der Bauer verlegen.

»Na also!« Die Bauersfrau nickte. Ihre Doppelkinne wakkelten voller Genugtuung, weil sie recht hatte, weil sie respektabel, schweizerisch und in jeder Hinsicht rechtschaffen war.

»Pomme?!« rief die Schweizer Nonne. »Soll das heißen, er hat *pomme* getrunken, am *Morgen*?!«

Der Bauer rutschte hin und her. »Nur zum Kaffee, damit mir ein bißchen warm wird.«

Die Bauersfrau drohte mit dem Finger. »Ich werd gleich dafür sorgen, daß dir warm wird!«

»Was für ein Idiot läßt denn auch beim Reparieren die Dreschmaschine laufen!?«

»*Dieser* Idiot hier!« Die Bauersfrau rammte ihrem ängstlich zusammengekauerten Ehemann den kurzen roten Finger in die gestreifte Pyjamabrust. »Dieser alte Depp hier, der im Frühjahr vergißt, die Maschine zu reparieren, sie in der Scheune stehen läßt, wo sie immer im Weg ist, und sie dann mitten im Sommer wegräumen muß!«

»Ich sage ja, die Faulheit ist schuld an diesem Unfall!« sagte die Nonne. »Das sage ich doch die ganze Zeit!«

»Faulheit *und* Trunksucht!«

Die Schweizer Nonne und die Bauersfrau standen am Fußende des Bettes; sie hatten die Arme verschränkt, und ihr Busen hob sich gemeinschaftlich in rechtmäßiger Entrüstung. Der Bauer zuckte die Achseln und warf mir einen hilfesuchenden Blick zu.

»Zu dem jungen Trottel brauchen Sie gar nicht rüberzusehen!« sagte die Schweizer Nonne. »Der ist genauso dumm wie Sie! Oder noch dümmer! Bricht sich sein Bein ein zweites Mal, und wir müssen die ganze Arbeit noch mal machen!«

Als die Schweizer Nonne und die Bauersfrau fort waren, geriet ich wieder ins Grübeln. Jeden Tag machte ich mir größere Sorgen. Ich war nutzlos, saß hier im Spital fest. Wie konnte ich herausfinden, ob Mom und Dr. Zwingli Großmutter wenigstens zu essen gaben, ganz zu schweigen davon, ob der Tropf richtig eingestellt war, ohne Mom zu verraten, daß ich mitbekommen hatte, wie sie beschloß, die Lungenentzündung nicht zu behandeln? Mir fiel keine Möglichkeit ein, mit Jean-Pierre Kontakt aufzunehmen, und natürlich konnte ich Rachael mein Geheimnis nicht anvertrauen, von Janet ganz zu schweigen. Je mehr ich mir den Kopf zerbrach, um so klarer wurde mir, daß ich nach Hause mußte.

»Mom?«

»Ja, Schatz?«

»Stimmt es, daß Jesus einfach nur ein guter Mensch war?«

»Calvin! Haben die Nonnen etwa *so etwas* behauptet!?«

»Ich wußte nicht, daß Wissenschaftler Erklärungen für sämtliche Wunder Jesu gefunden und festgestellt haben, daß alles nur Tricks waren. Mom, stimmt es, daß die Kinder Israels das Rote Meer an einer Stelle durchquert haben, wo es ganz flach ist, und das Ganze deshalb gar kein Wunder ist?«

Mom sprang auf und stob nach draußen.

Kurz darauf hörte ich lautes Gezeter. Es folgte ein heftiges Getrappel, und dann flog die Tür auf. Mom, die Schweizer Nonne und ein Arzt strömten herein.

Das Gesicht der Schweizer Nonne war rot. Mom war blaß. Der Arzt schien aufgeregt. Der Bauer drehte sich mit dem Gesicht zur Wand und tat während des ganzen Streits so, als schliefe er. Der Mystery Boy stöhnte von Zeit zu Zeit.

Mom beherrschte das Französische nicht sonderlich gut. Wenn sie nervös war, wurde es noch schlimmer. Mom war so aufgebracht, daß sie geradezu bebte.

»Ich werde nicht zulassen, daß mein Sohn von Jesuiten in die Irre geführt wird!«

»Elle est complètement folle.« Die Haube der Schweizer Nonne flatterte heftig, während sie sprach.

Mom wandte sich an den Arzt.

»Was hat die Frau gerade gesagt?«

»*La sœur*, sie 'at gesagt, daß Sie nicht ganz richtig in die Kopf sind.«

»Das ist doch nicht zu fassen! Nach allem, was sie angerichtet hat! Vielleicht bin ich in Christus' Augen eine Verrückte, aber wenigstens bekenne ich mich öffentlich zu meinem Glauben! Die da, die *tut so*, als wäre sie eine Krankenschwester, obwohl sie dieses lächerliche Dingsda aufhat, aber die ganze Zeit trachtet sie nur danach, einen Keil zwischen mich und mein Kind zu schieben!«

Der Arzt rang die Hände. »*Mais, madame*, wir 'aben keine Ahnung, wovon Sie reden!«

»C'est insupportable!« murmelte die Schweizer Nonne.

»Was hat die Frau gerade gesagt?«

»Sie sagt, es ist unerträglich zu 'ören falsche Anschuldigungen gegen ihre Ehre!«

Mom richtete sich zu voller Größe auf.

»Diese arme, irregeleitete Frau da mit ihrer lächerlichen Haube kann sagen, was sie will. Machen Sie ihr klar, daß es einen Haufen gute Gründe gibt, daran zu glauben, daß die Kinder Israels *tatsächlich* durchs Rote Meer marschiert sind, und zwar nicht dort, wo es flach ist! Übrigens, angenommen es wäre tatsächlich so flach gewesen, wieso ist dann die ägyptische Armee in den Fluten versunken, als Moses, wie von Gott geheißen, den Arm ausstreckte? *Das* sollen dieses Weib und ihr Herr Papst mir mal erklären!«

Der Arzt bemühte sich zu übersetzen. Während seines hoffnungslos verkorksten Erklärungsversuchs lächelte die Nonne auf einmal bitter, tippte sich an die Stirn, machte kehrt und marschierte mit wütend flatternder Haube aus dem Krankenzimmer. Sie warf die schwere Tür hinter sich zu. Der Mystery Boy stöhnte, und der Bauer rutschte unbehaglich hin und her.

»Sie beleidigen die Personal mit Dinge, die nischt wahr sind, *pas du tout.*«

»Sie ist gegangen, weil sie nicht weiß, was sie angesichts der blanken Wahrheit, der *biblischen Beweise* erwidern soll! Sie ist zwar fähig, den Schatten papistischen Aberglaubens auf den Verstand eines unschuldigen Kindes zu werfen, aber sie weiß nicht, was sie auf die *Wahrheit* erwidern soll! So ist das nämlich!«

»Mom«, flüsterte ich, »sie hat gesagt, daß der Papst und Jesus gleich sind. Daß die Tradition wichtiger ist als die Bibel.«

»*Jetzt reicht's!* Er wird keine weitere Nacht in diesem römischen Sumpf verbringen!«

»*Mais, Madame*, seien Sie vernünftiesch, es ist *impossible*, daß er geht ... Was iest *Sumpf*?«

»Lesen Sie den *Pilgrim's Progress*!«

»Comment?«

»Wenn Sie mich zwingen, ihn hierzulassen, rufe ich das amerikanische Konsulat in Genf an! *In Amerika herrscht Religionsfreiheit!*«

»*Mais, Madame! Ce n'est pas* eine Frage von Religion, sondern von *médicaments! Nom de Dieu!*«

»Der Herr kann heilen, wenn er will.«

»C'est vraiment intolérable!«

Der Arzt knetete auf seinem Kinn herum, als erwartete er, dort die Lösung seines Problems zu finden. Er war ratlos. Ein Patt schien sich ergeben zu haben. Einen Augenblick lang sagte niemand etwas. Ich sah, daß Mom auf einmal ein wenig unsicher dreinschaute und auf ihrer Lippe kaute. Da dachte ich mir, ich sollte lieber etwas unternehmen, damit ihr gottgefälliger Vorsatz nicht ins Wanken geriet.

»Mom, so schlimm ist es gar nicht, eine von den netten Nonnen betet abends mit mir. Gestern abend hat sie zu Maria gebetet, daß mein Bein wieder heilt. Ich war von einer unaussprechlichen Freude erfüllt, als sie betete. Ich glaube, Maria hat uns erhört.«

Wütend fuhr Mom den Doktor an: *»Morgen nehme ich ihn mit heim, und damit basta!«*

Der Mystery Boy stöhnte laut auf. Der Arzt starrte Mom an, dann mich, knetete ein letztes Mal ratlos sein Kinn, breitete die Hände aus und zuckte mit den Schultern. »*Ah bon*, Sie sind eine verrückte Frau, aber wenn Sie darauf bestehen, also bitte. Iesch werde ihn am *le matin* entlassen, für die Transport müssen Sie selber sorgen. Es ist voll und ganz Ihre Verantwortung, *Madame*. Iesch übernehme keine weitere Verantwortung für seine Füße! Und iesch werde die zuständigen Be'örden von Ihre Fahrlässigkeit benachrieschtigen. Ich wasche meine Finger in Unschuld …«

»Hände, Sie wollen sagen, Sie waschen Ihre Hände in Unschuld.«

»Exactement!«

»Ganz wie Pontius Pilatus!«

Der Arzt ließ die Tür krachend ins Schloß fallen. Mom bebte einen kurzen Moment, dann wandte sie sich zu mir. »Du hast das Richtige getan«, sagte sie. Dann brach sie in Tränen aus.

40

Nachdem Mom gegangen war, würdigten mich die Nonnen keines Blickes mehr. Eigentlich schaute mich niemand mehr an. Ich schien alle in Verlegenheit zu bringen. Und das konnte ich ihnen nicht einmal verübeln, nach all den Lügen, die ich verbreitet hatte.

In dieser Nacht lag ich wach, grübelte über mein Problem, durchdachte die Ereignisse des vergangenen Tages, schmiedete Pläne. Ich brauchte wieder Medizin für Großmutter. Ich hatte alles Penicillin unter die Kochsalzlösung gemischt. Bauer Ruchet verabreichte seinen Schweinen normalerweise eine 10-Tages-Kur *pénicilline vétérinaire*. Großmutter hatte nur vier oder fünf Tage hinter sich, wenn ich das richtig in Erinnerung hatte.

Auf dem Nachttisch zwischen dem Bauern und mir bewahrten die Nonnen seine Medikamente in einer Edelstahldose auf. Ich hatte gehört, wie ihm der Arzt erklärt hatte, daß sich seine Arme entzündet hatten. Zu jeder Mahlzeit bekam der Bauer eine hohe Dosis Antibiotika, in Tablettenform.

Ich schaute zu dem Bauern hinüber. Sein Atem ging langsam und gleichmäßig. Vorsichtig streckte ich die Hand aus und nahm den Deckel der Edelstahldose ab. Dann griff ich hinein und ertastete ein schweres Glasgefäß. Ängstlich darauf bedacht, nicht an den Deckel zu stoßen, holte ich es heraus. Behutsam kippte ich die Tabletten auf das Laken auf meiner Brust. Ich zählte fünfundzwanzig ab und tat den Rest wieder zurück.

Hätte ich sie alle oder gar das ganze Glas gestohlen, hätten die Nonnen das ohne Zweifel sofort bemerkt. Wenn ich nur ein paar nahm, so hoffte ich, bestand wenigstens die Chance, daß ich die Tabletten nach Hause schaffen konnte, ehe irgend jemand merkte, daß sie fehlten.

Beim Anziehen am nächsten Morgen würde ich mein Nachthemd ausziehen müssen. Den Nonnen würde es auffallen, wenn ich fünfundzwanzig Tabletten in den geballten Händen versteckte. Wenn ich sie zu meinen anderen Sachen in die Nachttischschublade legte, würde Mom sie sehen, sowie sie meine Sachen zusammenpackte. Mir fiel kein guter Platz ein, wo ich sie hätte verstecken können. Ich versuchte es in meiner Buntstiftschachtel, aber da paßten sie nicht hinein. Wenn ich die Buntstifte herausnahm, würde Mom die Tabletten in der leeren Schachtel entdecken.

Ich schaute zur Statue von Maria hinüber, die im Mondlicht glänzte. »Gegrüßt seist du Maria, du Gnadenreiche, bitte hilf mir, Großmutter zu retten.«

Maria antwortete auf der Stelle. Nicht daß ich eine Stimme hörte, aber ich hatte plötzlich einen Einfall.

Ich zupfte ein wenig an dem feuchten Verbandmull um mein schwitziges Bein und stopfte die Tabletten zwischen meinen Oberschenkel und den Gips. Daraufhin schaute ich wieder zu der Statue hinüber und flüsterte: »Ich danke dir.« Dann schloß ich die Augen.

41

Ich war in Hochstimmung und mit Penicillin beladen. Alle freuten sich offenbar, daß ich wieder da war. Der Himmel war wolkenlos, die Sonne heiß und die Luft kühl. Jeder Vogel im Wald schien zu singen.

Rachael und Janet hängten ein großes ›Willkommen daheim, lieber Calvin‹-Transparent am oberen Balkon auf. Mom, Dad, die Ladies, Jean-Pierre, Dick und Jane Keegan, Janet, Rachael und ein paar von den jungen Leuten kamen aus dem Haus und halfen dem Taxifahrer, mich hineinzutragen. Es roch nach frischgebackenem Kuchen. Mom sagte, ich hätte einen großen geistigen Sieg über das römische Spital errungen.

Nachdem ich ein Stück Kuchen gegessen und ein Glas Milch getrunken hatte, fragte ich Mom, ob ich Großmutter besuchen dürfte.

»Also, das ist schrecklich lieb von dir, aber ich glaube, du solltest dich besser ausruhen.«

»Mom, ich habe für sie gebetet. Wie geht es ihr?«

»Tja, es ist seltsam, mein Schatz, aber ihre Genesung scheint bemerkenswerte Fortschritte zu machen. Dr. Zwingli meint, so etwas hätte er noch nie gesehen.«

»Ich würde sie gern sehen, und … äh … ihr sagen, daß Gott meine Gebete für sie erhört hat. Sie ist vielleicht offener für die Dinge des Herrn – das könnte eine Gelegenheit sein, ihr Gottes Wort zu verkünden.«

Mom lächelte. »Na, unser Unfall scheint ja zu spiritueller Größe geführt zu haben!«

Großmutters Atem klang weniger rasselnd. Sie schlief, als Mom mich in ihr Zimmer schob. »Ich lasse dich jetzt allein«, flüsterte Mom. »Wenn sie aufwacht, kannst du die Last, die Gott dir auferlegt hat, mit ihr teilen.« Auf Zehenspitzen schlich sie hinaus.

Ich hievte mich im Rollstuhl ein wenig hoch, um auf die andere Seite des Betts zu sehen. Die Gläser mit der Infusionslösung in der Schachtel unter Großmutters Nachttisch waren leer, bis auf eines. Ich seufzte erleichtert. Großmutter schien eine gehörige Dosis bekommen zu haben.

Großmutter drehte sich um und machte die Augen auf. Sie streckte den Arm aus und tastete auf dem Nachttisch nach ihrer Brille. Riesengroß funkelten ihre Augen hinter den dicken Brillengläsern.

»Kaum geht es mir besser, schleifen sie *dich* wieder her. Wie kann man nur so blöd sein! Zuerst läßte dich von 'nem Mongo übern Haufen fahren, und dann vermasselste alles gleich selber nochmal! *Dich* sollte man in so'n Heim stekken!«

»Hi, Grandma.«

»Müßtest du nich im Krankenhaus sein?«

»Doch, aber ich bin nach Hause gekommen, weil ich wissen wollte, wie's dir geht.«

»Wer's glaubt, wird selig!«

»Wie geht es dir?«

»Mir ging's gut, bis ich aufgewacht bin und deine blöde Fresse gesehn hab! Was willste eigentlich hier?«

»Habe ich dir doch gesagt: ich wollte wissen, wie du dich fühlst.«

»Na ja, immerhin hat's mir nicht die Sprache verschlagen, oder?«

»Das ist gut. Wann hast du zum letzten Mal eine Infusion bekommen?«

»Geht dich 'nen Scheißdreck an!«

»Ich muß es aber wissen.«

»Ach, jetzt glaubt dieser kleine Dreckskerl, er könnte mich rumkommandieren. Das eine sag ich dir: Ich werd' keine einzige von deinen Scheißfragen beantworten!«

Großmutter drehte den Kopf auf die andere Seite. Ich saß schweigend da und überlegte, was ich tun sollte, starrte zu

Großmutters Fenster hinaus. Riesige Raben kreisten hoch über den Bergen. Ich zählte die Raben. Es waren zwanzig. Da war bestimmt irgendein Tier oder so im Wald gestorben. Das weit entfernte Gebimmel der Kuhglocken schläferte mich beinahe ein. Ich döste ein wenig, glaube ich. Plötzlich schoß mir ein Gedanke durch den Kopf, und ich war hellwach.

»Großmutter, war das Essen so schlecht wie immer?«

»Na, *das* kannste laut sagen. Deine Mom hätte weniger Zeit mit Beten vertun und lieber Kochen lernen sollen!«

»Was hat sie dir zu essen gegeben?«

»Ach, ihr ganzes überkandideltes Zeug. Gestern abend sag ich zu ihr, ich hätt gern mal Hackbraten mit gegrillten Tomaten. Da hat sie so 'ne verdammte Soße drübergekippt. Ich hab's erst angerührt, als sie die Soße weggemacht haben! Aber geschmeckt hat man's trotzdem! Igitt!«

Diesen Abend verbrachten Großmutter und ich Seite an Seite in ihrem Zimmer. Sie saß aufrecht im Bett, ich neben ihr im Rollstuhl. Mom meinte, es sei aber schön, daß »unsere beiden Kranken zusammen essen können«. Wir hielten jeder ein Tablett auf dem Schoß. Beißender Düngergestank drang durchs offene Fenster. Der Bauer, dem das Feld unterhalb der Straße gehörte, hatte offenbar die erste Heuernte hinter sich. Er düngte nämlich immer, damit das Gras beim zweiten Mal besonders schnell wuchs.

Großmutter spuckte ihren Spinat aus.

»Schmeckt wie *Scheiße*!«

»Das ist der Dünger draußen!«

»Nee, isser nich! *Die* Scheiße riech ich auch, aber *die* mein ich nich. Ich mein *diese* Scheiße hier!«

Großmutter stocherte wütend in einem Haufen Spinatpampe herum.

Ich beschloß, beim nächsten Mal etwas weniger Antibiotikum ins Essen zu rühren.

»Meiner ist okay.«

»Dann hau rein, Drecksack!«

Als Janet den Hauptgang hochbrachte, hatte ich die nächste Ladung Pillen vorbereitet: Ich hatte sie zwischen zwei Löffeln ganz fein zermahlen und hielt den Penicillinstaub nun in der Hand. Als mir Janet Großmutters Teller reichte, machte ich die Hand auf und ließ das Pulver über ihr Corned-Beef-Haschee und ihre pochierten Eier rieseln.

»Nicht einmal *deine* Mom schafft es, bei Haschee was falsch zu machen«, sagte Großmutter. Sie aß einen Bissen und machte eine angewiderte Grimasse. »Hol mich der Teufel, sie schafft es doch!«

»Wieso denn?«

»Weil es bitter schmeckt! Wie hat sie das bloß gemacht? Sie ist einfach zu blöd, das isses!«

»Sieht doch gut aus!«

»Isses aber nich!«

Großmutter mußte hungrig gewesen sein. Bitterer Geschmack hin oder her, sie aß das meiste von dem Haschee, obwohl sie die ganze Zeit wüste Beschimpfungen gegen Mom von sich gab.

Als sie fertig war, fing sie an zu gähnen. »Gib mir mal eins von den Kissen da rüber! Bin hundemüde.«

Großmutter lehnte sich zurück, und ohne ein weiteres Wort war sie eingeschlafen. Ich saß eine Weile da, doch sie schien immer tiefer zu schlafen, daher rollte ich nach draußen an die Treppe und rief Rachael, damit sie das Geschirr abräumen kam.

Nachdem Rachael mit dem Tablett aus Großmutters Zimmer geschlichen war, blieb sie im Flur vor meinem Zimmer stehen. »Calvin, wieso wolltest du den ganzen Tag bei ihr sein?«

»Was meinst du?«

»Ach komm, du weißt genau, was ich meine. Seit du wieder zurück bist, weichst du keine Sekunde von ihrer Seite. Was ist los?«

»Was ist denn daran so merkwürdig? Ich bin allein hier oben und sitze im Rollstuhl fest. Ist doch klar, daß ich sie da besuchen will.«

»Das nimmt dir keiner ab. Niemand würde Großmutter aus freien Stücken besuchen wollen. Was heckst du aus?«

»Ich möchte ihr Gottes Wort verkünden.«

»Nun mach mal halblang!«

»Du klingst ganz wie Janet.«

»Janet ist ziemlich clever.«

»Sie ist gemein.«

»Sie weiß genug, um zu wissen, daß du nicht die Wahrheit erzählst. Und ich weiß das auch.«

»Dann ist sie es also, die dir unchristliche Gedanken einpflanzt!« Ich versuchte zu lachen, damit das Ganze wie ein Scherz klang. Rachael lächelte nicht.

»Du kannst keinem von uns weismachen, daß du ihr Gottes Wort verkünden willst. Wir wissen nämlich, daß das nicht stimmt.«

»Wieso?«

»Wir haben abwechselnd vor der Tür gestanden, praktisch den ganzen Nachmittag. Du hast kaum ein Wort zu ihr gesagt. Deshalb wissen wir das!«

»Es ist nicht sehr nett zu spionieren. Sie hat sich ausgeruht.«

»Warum hast du dann an ihrem Bett gesessen?«

»Habe ich dir doch gesagt! Außerdem, wenn ich nicht gerade Gottes Wort verkünde, dann bete ich.«

»Warum lügst du mich an? Was hast du vor?«

Ich senkte die Stimme.

»Rachael, kannst du ein Geheimnis für dich behalten?«

»Na klar, das weißt du doch!«

»Bitte sag Mom nichts.«

»Solange es nichts Ekliges, Gefährliches oder Perverses ist, kann ich das versprechen.«

»Rachael, ich warte darauf, daß Großmutter stirbt.«

Rachaels Stimme klang plötzlich eine Oktave höher.

»Was um alles in der Welt soll das denn heißen?«

»Ich möchte dabeisein, vielleicht sieht man, wie sie ihre Seele aushaucht, vielleicht sieht man, du weißt schon, irgendwas Übernatürliches.«

»Calvin! Das ist entsetzlich!«

»Ich will es einfach nur wissen.«

»Aber das ist so gräßlich, so krankhaft!«

»Na ja, du hast gefragt und versprochen, es nicht weiterzuerzählen. Es ist weder gefährlich noch sündig, außerdem habe ich ihr Gottes Wort verkündet, zumindest ein bißchen.«

Rachael stand da und schaute mich eine ganze Minute lang an.

»Calvin?«

»Ja?«

»Irgendwas stimmt mit dir nicht.«

»Ich weiß. Betest du für mich?«

»Ach, halt den Mund!«

42

Am nächsten Morgen war es auf einmal trüb und kühl, und es fiel ein leichter Nieselregen. Der Geruch nach Dünger war in der Nacht verflogen.

Ich machte mir Sorgen, daß Großmutter einen Rückfall bekam. Bisher hatte ich es geschafft, ihr jeden Tag eine Tablette zu geben. Der Bauer im Spital bekam zu jeder Mahlzeit die doppelte Dosis. Deshalb schüttete ich sechs zermahlene Tabletten in Großmutters Frühstückskaffee.

Großmutter trank ihren Kaffee in kleinen Schlucken und sagte kein Wort. Ich jubilierte innerlich. Endlich hatte ich die Methode gefunden, wie ich ihr die Medizin verabreichen konnte, jetzt, wo sie wieder bei Bewußtsein war und nicht mehr am Tropf hing. Der Kaffee überdeckte den bitteren Geschmack vollkommen.

Als Großmutter den heißen Kaffee zu Ende geschlürft hatte, nickte sie ein. Sie hatte ihr Bircher-Müsli nicht einmal angerührt. Das beunruhigte mich. Sie konnte nicht von Kaffee und Penicillin allein leben; sie mußte wieder zu Kräften kommen. Ich beugte mich im Rollstuhl vor und stieß ihr meinen Löffel in die Rippen.

»*Wach auf!* Iß dein Müsli!«

Großmutter lag da und atmete tief, ihr Mund stand offen, und ihre untere Zahnreihe glitt rhythmisch heraus und herein; zwischen Ober- und Unterlippe bebte ein Speichelfaden.

»Großmutter! Du kannst doch nicht dermaßen müde sein, du bist gerade erst aufgewacht!«

Ich rüttelte sie an der Schulter. Großmutter rutschte noch ein wenig weiter in die Horizontale. Das Speichelrinnsal versiegte. Ihr Tablett drohte umzukippen. Aus ihrem Schälchen tröpfelte Milch auf die Bettdecke.

»*Großmutter!* Setz dich aufrecht hin, du verschüttest deine Milch!«

Ich bekam es mit der Angst zu tun. Großmutters Zustand schien sich ganz plötzlich rapide zu verschlechtern. Ich stellte mein Tablett am Fußende ihres Bettes ab und rollte den Flur hinunter.

Dads Oper – *Tosca*, glaube ich – erdröhnte in voller Lautstärke. Ich mußte mit dem Rollstuhl bis in sein Zimmer hineinfahren und schreien, damit er mich hörte.

»Dad! Mit Großmutter stimmt irgend etwas nicht! Sie schläft!«

Dad schaute von der Bibel auf, aus der er gerade Zitate heraussuchte. »Schlaf tut ihr gut! Laß sie nur!«

»Dad! Es ist was anderes, ich krieg sie nicht mehr wach, sie ist mitten im Frühstück eingeschlafen!«

Dad ging langsam zu seiner Anrichte und schaltete den Plattenspieler aus. »Ich seh wohl besser mal nach ihr.«

Großmutter rührte sich nicht.

Dad drehte sich zu mir um. »Du bleibst hier. Ich hole Elsa.«

Mom war unten im Wohnzimmer und hielt jungen Frauen ihren Vortrag über die christlich fundierte Ehe. Bei Moms Vortrag waren keine Jungs zugelassen. Auf diese Weise, sagte Mom, würden die Jungen nicht von Dingen in Versuchung geführt, die nur für die Ohren von keuschen jungen Frauen bestimmt waren, und die Mädchen würden ihre Scheu ablegen und offen über ihre Gefühle, ihre Zweifel und Ängste im Hinblick auf die Ehe und die »körperlichen Dinge« reden.

Mom liebte es, diesen Vortrag zu halten. Das war vermutlich der Grund, weshalb Dad so lange brauchte, um sie loszueisen und dazu zu bringen, daß sie mit nach oben kam. Endlich hörte ich Schritte, dann Stimmen. Mom klang verärgert.

»Also ehrlich, was soll das? Ich wünschte, sie würde sich endlich mal entscheiden!« Mom marschierte an mir vorbei den Flur entlang, in Großmutters Zimmer hinein.

Einen Augenblick später kam sie wieder heraus und sagte: »Es ist soweit, glaube ich.« Sie ging die Treppe hinunter und rief Dr. Zwingli an.

Großmutter lag wieder im Sterben. Mom meinte, es sei das beste, wenn wir uns alle um ihr Bett versammelten. »Na, *du* dürftest dich ja jedenfalls freuen«, flüsterte Janet, »nun kannst du zusehen, wie es passiert!«

Ich verzichtete darauf, Rachael den bitterbösen Blick zuzuwerfen, den sie verdiente, weil sie mich verpetzt hatte. Ich wollte auf keinen Fall irgendwelche Zeichen verpassen, mit denen sich Dr. Zwingli und Mom darüber verständigten, was nun mit Großmutter zu geschehen oder nicht zu geschehen habe. Rachael konnte ich später immer noch zur Schnecke machen. Der Arzt hörte Großmutters Brust ab. Niemand schien etwas dagegen zu haben, daß ich zusah, als er Großmutters Nachthemd hochschob und ihre Brüste freilegte. Großmutter war so verrunzelt, daß man nicht sagen konnte, ob sie ein Mann oder eine Frau war.

»Ich begreife das nicht«, sagte Dr. Zwingli, als er Großmutters Nachthemd wieder nach unten zog. »Sie scheint in eine Art Koma gefallen zu sein.« Mit einer Taschenlampe leuchtete er in Großmutters Augen. »Wahrscheinlich hat sie einen Schlaganfall gehabt. Es ist jedenfalls keine Lungenentzündung – ihre Lungen sind in Ordnung.«

»Was sollen wir tun?« erkundigte sich Mom.

»Na ja, wäre sie jünger, würde ich sagen, wir sollten sie ins Spital bringen zur Beobachtung. Aber so …«

Mom machte einen Schritt nach vorn.

»Ich glaube, sie wird sich hier wohler fühlen – was meinst du, Ralph?«

»Nun, ich glaube, es hat keinen Sinn, sie fortzubringen. Schließlich haben wir schon letzte Woche gedacht, wir hätten sie verloren, und jetzt dies hier. Nein, ich glaube, sie sollte sich einfach ausruhen.«

Während der Doktor seine Instrumente einpackte, fragte Mom: »Dr. Zwingli, wie sollen wir verfahren in puncto … ähm … Krankenpflege?«

»Wir werden unsere bisherige Behandlung wieder aufnehmen: Flüssigkeitszufuhr und Ruhe. Ich werde der Pflegerin mitteilen, daß sie ihr wie gehabt die Infusionslösung verabreicht.« Dr. Zwingli schüttelte den Kopf. »Wirklich ein seltsamer Fall.«

43

Neue Flaschen mit Infusionslösung brachte am nächsten Morgen die Krankenpflegerin mit. Sie ließ die Tür krachend ins Schloß fallen, als sie kam: Sie war wütend, weil sie am 1. August Dienst hatte, am Schweizer Nationalfeiertag. Normalerweise wäre ich runter ins Dorf gegangen und hätte der Blaskapelle bei der Probe für die Parade zugehört, oder ich hätte zugesehen, wie der Lehrer und einige Bauern am Hang auf der anderen Seite des Dorfs Reisigbündel schichteten, für das Freudenfeuer in der kommenden Nacht. Beim Einbruch der Dunkelheit würde es wie Tausende anderer Leuchtfeuer in der ganzen Schweiz angezündet werden, so wie vor Hunderten von Jahren, als damit vor Eindringlingen gewarnt wurde. Aber am 1. August 1967 beschäftigten mich schwerwiegendere Probleme als Freudenfeuer und die Schweizer Demokratie. Außerdem konnte ich ja immer noch nicht wieder laufen.

Die Schwester hängte Großmutter wieder an den Tropf. Nach sechs Versuchen hatte sie endlich die Nadel in die Vene praktiziert. Als die Schwester wieder fort war, nahm ich die restlichen fünf Flaschen in der Schachtel und rollte damit ins Badezimmer. Ich pulte die restlichen Tabletten aus meinem Gips und legte sie in ein Glas Wasser. Das Wasser färbte sich grau.

Was ein Schlaganfall ist, wußte ich. Rachael hatte mir mehrmals *Medizin für junge helle Köpfe* vorgelesen. Ich wußte, daß man mit Antibiotika kein geplatztes Blutgefäß in Großmutters Gehirn heilen konnte. Aber ich wußte auch, daß sie ihr nicht schaden würden. Großmutter konnte sich immer noch nicht bewegen und war anfällig für Infektionen der Atemwege. Vielleicht würde noch etwas mehr Penicillin wenigstens weitere Komplikationen verhindern.

Ich öffnete die Tür des Badezimmerschranks, in dem

Mom ihr Fläschchen mit *Shackleys Vitamintabletten* aufbewahrte. Mit der Klobürste holte ich die Vitamine vom Regal herunter. Ich nahm etwa ein Dutzend Tabletten heraus. Diese und die Antibiotika rührte ich dann mit dem Griff von Dads Zahnbürste um, bis alles zu einer zähflüssigen graugelben Masse geworden war. Ich wußte, daß sie nicht steril war. Die Lösung dieses Problems befand sich in Dads Kulturbeutel.

Dad hatte immer eine Toilettentasche gepackt, mit Rasierapparat, Shampoo, Aspirin, Aftershave, Zahnbürste, Creme für seinen Fußpilz und anderen wichtigen Dingen. Er bewahrte diese Tasche auf dem unteren Regalbrett im Schrank auf. Seine normalen Toilettensachen waren in dem Arzneischränkchen über dem Waschbecken. Dad brüstete sich damit, daß er immer ganz schnell mit dem Packen fertig war. Mom brauchte wesentlich länger. Sie benutzte so viele Toilettenartikel, daß sie unmöglich in ein spezielles Reisetäschchen gepaßt hätten. Ihre Sachen füllten zwei komplette Regalböden im Schrank und fast das ganze Arzneischränkchen.

Neben Moms Make-up, Cremes, Bürsten, Kämmen und Bändern, die überall verstreut waren, fanden sich auch noch große Plastikbeutel mit Monatsbinden. Sie füllten den Boden des Badezimmerschranks aus. Mom und meine Schwestern hatten sich reichlich eingedeckt.

Als ich klein war, etwa sechs oder sieben, zerrte ich die Binden aus dem Schrank und spielte damit. Eines Tages kam Janet ins Badezimmer und sah, daß ich die Binden so im Kreis auf den Boden gelegt hatte, so daß sie wie ein rosafarbener, flauschiger Zug aussahen. Janet rannte hinaus und brüllte, Mom solle etwas unternehmen. Mom ließ mich die Binden wieder in den Beutel stecken. Dann brachte sie mich auf mein Zimmer und erklärte mir von Gottes wunderbarem Plan für die Frauen: Jeden Monat wird das Kostbare Ei herausgewaschen, bis Gott in seiner Allmacht beschließt, daß eines ein Baby wird.

Auf dem Regalbrett über den Binden stand Dads stets fertiggepacktes Reisenecessaire. Darin befand sich das, womit ich Großmutters Vitamin-Antibiotikum-Lösung sterilisieren wollte.

Dieses Ding hatte Mom Dad zu Weihnachten geschenkt. Es war eine Spirale aus Metall, so groß wie ein Kaffeelöffel. Es hatte einen roten Plastikgriff mit einem Elektrokabel daran. Wenn man den Stecker in die Dose steckte, wurde die Spirale allmählich heiß.

Mit diesem Wasserkocher konnte sich Dad im Hotelzimmer gratis Tee zubereiten, ja sogar Knorr-Instant-Suppe. Auf Reisen hängte er das Gerät in ein Glas oder einen Becher und kochte Wasser. Dann nahm er das Ding wieder heraus, zog den Stecker aus der Dose und tat sein Suppenpulver, seinen Teebeutel oder löslichen Kaffee in das Wasser. Eine richtige Sparbüchse sei das, sagte Dad immer.

Deshalb also machte ich mir keine Sorgen wegen der Bakterien von meinem Gips. Ich hängte die Sparbüchse über den Rand von Dads Zahnputzglas, steckte den Stecker in die Dose und wartete. Durch das offene Fenster hörte ich in der Ferne die Blaskapelle, sie spielte, schräg wie immer, die Nationalhymne. Die Musik verebbte, dann fing sie wieder an. Ich sah Bauer Ruchet vor mir, wie er nach Luft rang, während er auf seiner verbeulten Tuba spielte, mit rotem Gesicht und riesig aufgeblähten Backen.

An der Spirale bildeten sich allmählich winzige Bläschen. Der Plastikgriff wurde warm. Nach ein oder zwei Minuten setzte ich das Glas auf dem Waschbeckenrand ab. Es war zu warm geworden. Das Wasser kochte so stark, daß ein bißchen davon über den Rand spritzte. Ich ließ es gut fünf Minuten kochen.

Dann nahm ich die Spirale wieder heraus, spülte sie ab und packte sie wieder in Dads Kulturbeutel. Ich gab ein wenig von der Mischung in jede der Infusionsflaschen.

Gerade wollte ich die Tür wieder aufschließen, als jemand den Türgriff herunterdrückte.

»Wer ist da drin?« fragte Janet.

»Ich.«

»Was treibst du?«

»Na, rate mal.«

»Werd nicht frech! Beeil dich!«

Da ich ja schlecht mit Großmutters Infusionslösungsflaschen auf dem Schoß nach draußen rollen konnte, beschloß ich, sie im untersten Fach des Badezimmerschranks zu verstecken, unter den Beuteln mit den Monatsbinden.

Bevor ich die Flaschen unter den Binden verschwinden ließ, warf ich einen Blick in den Papierkorb unter dem Waschbecken. Ich mußte erst kontrollieren, ob da irgendwelche kleinen Päckchen drin waren.

Ich weiß noch genau, wie ich herausgefunden hatte, was Mom und meine Schwestern mit diesen »Unsichtbaren Helfern« taten. Damals war ich neun Jahre alt. Wir waren gerade aus den Ferien in Portofino zurückgekommen, und ich packte meinen Schnorchel und meine Tauchermaske aus, als Rachael auf dem Flur vor meinem Zimmer in Tränen ausbrach. Es stellte sich heraus, daß sie versucht hatte, eine Monatsbinde im Klo hinunterzuspülen. Sie hatte zum ersten Mal ihre »Frauensache«. Und nun war die Toilette verstopft.

Als die Toilette überlief, wollte Dad unbedingt wissen, welcher Trottel Schuld war. Rachael leugnete, obwohl sie doch gerade aus dem Badezimmer gekommen war. Dad brüllte: »Na gut, dann wollen wir mal sehen, wer sonst noch seine Frauensache hat und dumm genug ist, einen derartigen Blödsinn anzustellen!«

Da Janet und Mom nicht ihre Frauensache hatten und die jungen Leute ihre Geschichten im unteren Badezimmer erledigten, gab Rachael schließlich alles zu. Und danach rannte sie den Flur entlang und brach in Tränen aus.

Ich steckte den Kopf gerade noch rechtzeitig zur Tür hinaus, um mitzubekommen, wie Mom den Arm um Rachael legte und sagte: »Das gehört alles zum Erwachsenwerden, mein Schatz. So was kann *jedem* passieren! Weißt du, was ich immer mache? Ich wickle meine schmutzigen Unsichtbaren Helfer in Toilettenpapier ein und werfe sie dann in den Papierkorb.«

Deshalb schaute ich in den Papierkorb, bevor ich die Flaschen mit der Infusionslösung im Schrank unter den Binden versteckte. Wenn Janet, Rachael oder Mom ihre Frauensache hatten, würden sie als erstes den Schrank aufmachen und einen Unsichtbaren Helfer herausnehmen. Und dann würden sie die Flaschen mit der Infusionslösung sehen.

Im Papierkorb lagen nur ein zusammengeknülltes Kleenex und ein verfilztes Haarbüschel aus dem Abfluß in der Dusche. Ich rollte wieder zum Schrank hinüber, machte die Tür auf, verstaute die Flaschen im untersten Fach und deckte sie mit zwei riesigen Bindenpaketen (zum Sonderpreis) ab, eine oben, eine vorne. Janet hämmerte an die Badezimmertür.

»Bist du da drin gestorben, oder was?«

»Nein, ich komme schon!«

Nachdem Janet im Badezimmer fertig war, rollte ich zurück und holte die Schachtel. Großmutter machte keinen Mucks, als ich die fast leere Flasche austauschte, den Zufluß einstellte, festschraubte und dann wieder rausrollte.

In der Ferne hörte man gedämpftes Krachen. Vermutlich hatten einige Dorfjungen ein paar für den Abend bestimmte Raketen hochgehen lassen.

Als der Lärm nachließ, ging meine Tür auf. Dad stürmte herein. Er sah wütend aus. Hinter ihm stand Mom und kaute auf ihrem Taschentuch herum.

»Calvin, ich will, daß du uns die Wahrheit sagst.«

»Was meinst du, Dad?«

»Das hier.« Dad hielt mir einen Brief hin.

»Bestimmt versucht diese fürchterliche Nonne, sich dafür zu rächen, daß …«

Dad unterbrach meine Mutter. »Calvin, gestern bekamen wir einen Brief von der Verwaltung des Spitals in Monthey. Ich hielt ihn für eine Rechnung, deshalb habe ich ihn erst jetzt geöffnet.«

»Ich verstehe nicht, worüber ich die Wahrheit sagen soll …«

»Die Leute vom Krankenhaus behaupten, nach deiner Entlassung hätte die Nonne von deiner Station festgestellt, daß eine große Anzahl Schlaftabletten verschwunden ist.«

»Ich bin sicher, daß …«

»Elsa, bitte!«

Ich holte tief Luft. »Dad, ich habe keine Tabletten genommen. Weshalb sollte ich das tun?«

»Eben, Ralph! Das ist doch lächerlich!«

Ich holte nochmals tief Luft. »Dad, bist du sicher, daß es um *Schlaftabletten* geht?«

Dad warf einen Blick auf den Brief. »Hier steht, daß in einer Schachtel mit Medikamenten für den Patienten neben dir zwei Flaschen waren, eine mit Antibiotika, die andere mit *narcoticques puissants*, also hochwirksamen Betäubungsmitteln, eine sehr gefährliche Sache. Sie müssen wissen, was damit passiert ist.«

»Dad, *ganz ehrlich*, ich habe keine Ahnung.«

Dad schaute mich durchdringend an. Ich begegnete seinem Blick, ohne mit der Wimper zu zucken. Schließlich sagte er: »Ich sehe immer sofort, ob du die Wahrheit sagst. Nun, das alles ist ein Rätsel. Kaum zu glauben, daß eine Nonne, wie verderbt sie auch sein mag, eine derart ungeheuerliche Behauptung aufstellt!«

Mom sah furchtbar erschrocken aus. »Wer weiß, was diese gräßlichen Jesuiten mit ihm angestellt haben!?«

»Elsa, ruf Dr. Zwingli an und frage ihn, wie wir reagieren sollen.«

Mom und Dad gingen aus dem Zimmer, doch zuvor umarmte mich Mom ganz fest, küßte mich und flüsterte: »Du bist ein braver Junge!«

44

Den ganzen Tag versuchte ich, in Großmutters Zimmer zu kommen, um den Schaden zu beheben. Aber jedesmal, wenn ich den Flur entlangrollte, war schon jemand drin. Janet, Mom und Rachael fragten ständig, was ich wollte. Als ich schätzungsweise zum siebten Mal gesagt hatte, ich wollte nur nach Großmutter sehen, sagte Rachael: »Wir rufen dich, sobald sie anfängt zu sterben! Okay?«

Der 1. August war ein schrecklicher Tag. Am späten Nachmittag war ich allmählich davon überzeugt, daß Gott Großmutter zum Sterben bestimmt hatte, daß die Idee, die Maria mir eingegeben hatte, nur ein übler Streich war. Als Mom den Kopf zu meiner Zimmertür hereinsteckte, um mir gute Nacht zu wünschen, saß Janet immer noch bei Großmutter. Es war, seit Großmutter krank war, der einzige Tag, an dem sie sich um sie kümmerte! Ich versuchte wachzubleiben und wollte zu Großmutter hinüber, sobald alle schliefen, aber Mom und Dad blieben die halbe Nacht auf.

Am nächsten Morgen schrak ich aus dem Schlaf hoch. Rauch lag in der noch dämmrigen Luft, von den Freudenfeuern. Aber die Tatsache, daß ich die Feierlichkeiten in der vorigen Nacht versäumt hatte, interessierte mich nicht. Mir war ganz beklommen. Zuerst wußte ich nicht, warum ich mit so einem schrecklichen Gefühl aufgewacht war. Dann fiel es mir mit einem Schlag wieder ein. Ich hievte mich in den Rollstuhl.

Alle schliefen noch. Großmutters Tür stand weit offen.

Glücklicherweise war sie allein. Der Schimmer der gerade über den Dents du Midi aufgehenden Sonne färbte ihr Gesicht rosa. Sie sah jünger als sonst aus, aber sie sah auch tot aus. Ich dachte, das Schlimmste wäre passiert. Dr. Zwingli und Mom hätten gewonnen. Sie schien nicht zu atmen. Dann tat sie einen kleinen Schnaufer.

Hastig steuerte ich den Rollstuhl um das Bett herum, kappte die Flüssigkeitszufuhr, löste die Flasche aus der Halterung und drehte sie um, schraubte sie auf, schlug die Bettdecke zurück und träufelte den Inhalt zwischen Großmutters Beine, auf die viereckige grüne Schaumgummimatte, die ihre kleinen Vorkommnisse, wie Mom sie nannte, aufsaugen sollte.

Ich schraubte den Deckel wieder auf die Flasche und hängte sie zurück auf das Gestell, damit es so aussah, als wäre sie auf ganz normale Weise leer geworden. Dann nahm ich die Schachtel mit den restlichen Flaschen auf den Schoß und rollte ins Badezimmer.

Ich schloß die Tür ab, schraubte sämtliche Flaschen auf und goß die Vitamin-Schlaftabletten-Mischung in den Abfluß. Als alle Flaschen leer waren, füllte ich Leitungswasser hinein und schraubte sie wieder zu. Nachdem ich sie zurückgebracht hatte, rollte ich wieder in mein Zimmer und legte mich hin. Ich schloß die Augen.

Die Zeit verging so langsam, daß ich am liebsten nach draußen gegangen wäre und auf dem Flur gewartet hätte, vielleicht sogar zum Speisesaal geschlichen wäre, um zu sehen, ob Jennifer und ihre Eltern mit dem Essen fertig waren. Ich beschloß, es sein zu lassen, weil ich befürchtete, Lucrezia könnte mich sehen. Sie würde dann laut *»Calvino!«* rufen und mich umarmen. Schließlich käme auch ihre Mutter aus der Küche der *pensione*, würde sich die rundlichen Hände an der Schürze abwischen und ein großes Trara veranstalten. Und diese allgemeine Begeisterung würden Jennifer und ihre Eltern mitbekommen. Meine Überraschung wäre verdorben. Außerdem würden sie fragen, wo der Rest der Familie war.

In der Gasse vor Jennifers Fenster ließ jemand einen Ball auf- und abspringen. Vom Strand her hörte ich fröhliches Kreischen. Der Bus fuhr an den Straßenrand, scherte dann wieder aus. Er fuhr nach Portofino, das wußte ich, weil er hupte. (Die erste große Kurve kam gleich nach der Haltestelle.) Ein Motorboot fuhr dröhnend aus der Bucht. Ob es wohl einen Wasserskifahrer hinter sich herzog?

Dann ging die Tür auf, und Jennifer trat aus dem in Sonnenlicht getauchten Flur ins Zimmer. Sie machte die Tür hinter sich zu.

Bevor ihre Augen sich an das Halbdunkel des Zimmers gewöhnt hatten, sagte ich: »Hi, Jennifer.«

45

Gott überlegte es sich anders, oder vielleicht hatte er es ja von Anfang an so geplant; vielleicht hatte ich ihn überlistet, oder Maria hatte mir schließlich doch geholfen. Jedenfalls sagte Dr. Zwingli, er hätte noch nie erlebt, daß sich ein Patient so rasch, so vollständig und so dramatisch von einem Schlaganfall erholt. Mom meinte, dafür gäbe es einen Grund: Gott. Dr. Zwingli sagte, das glaube er auch, fügte aber hastig hinzu: »Ich habe das Johannes-Evangelium noch nicht zu Ende gelesen.«

An diesem Abend erzählte Mom allen beim Gebetskreis, daß Gott ihre Gebete erhört und Großmutter geheilt hatte, damit Großmutter Zeit zur Umkehr blieb.

46

Jennifer Bazlinton
1 Harrow Court
London W1
England

An
Master Calvin Becker
»Die Arche«
Chalet Les Tulipes
Trois-Torrents-sur-Monthey
Wallis
Schweiz

14. August 1967

Lieber Schwachkopf,
ich zähle die Tage. Buon viaggio!

Herzlichst, J.

Ein paar Wochen nach Großmutters Genesung bekam ich eine Postkarte mit einem Pferd darauf. Mom las mir die Karte vor, als sie mir das Mittagessen servierte. Ich brachte es nicht übers Herz, eine Antwort zu diktieren. Es hatte keinen Sinn, Jennifer zu schreiben, daß wir nicht nach Italien kommen würden.

Der 20. August rückte unaufhaltsam näher. Alle Zeichen von Hochsommer machten mich ganz traurig: Die Birken am Waldrand waren ein Haufen flatternder graugrüner Blätter. Wenn ich sie sah, kamen mir die Tränen. Ich konnte Vögel singen hören, als sie von Ast zu Ast hüpften. Ich haßte sie. Die Berge schienen zu wachsen, schienen größer zu werden, jetzt, wo der letzte Schnee schmolz und nichts als graues Gestein zurückließ, das in ein blasses Blau ragte. Ich hätte sie am liebsten in die Luft gesprengt. In zwei Tagen, am 20. August, würde Jennifer in Paraggi ankommen, so wie jedes Jahr, seit ich denken konnte.

Mom reichte mir die Postkarte und lächelte voller Mitgefühl. »O je«, sagte sie.

»Aber jetzt, wo mein Gips ab ist, kann ich doch wieder laufen!«

»Ich weiß, wie hart das für dich ist, aber es ist nun mal nicht zu ändern.«

»Kann ich denn nicht ein paar Tage allein hinfahren?«

»Sei nicht albern, mein Schatz!«

»Aber wir haben unsere Ferien noch *nie* ausfallen lassen!«

Mom beugte sich herab, küßte mich und verließ das Zimmer.

»Großmutter?«

»Ja?«

Großmutter starrte, mit gezückter Schere, in die Zeitung. »Was is 'n MG?« fragte sie dann.

»Eine Art englischer Wagen.« Ich lehnte meine Krücken gegen das Fußende und setzte mich.

»Hier steht, die hätten damit 'nen Leichenwagen gerammt. Auf dem Rücksitz war 'n Schlagzeug. Fliegt so ein Becken durch die Luft und säbelt ihm den Kopf ab! Und sie wird von 'ner Trommel erschlagen! Also ehrlich! Der hat schon immer mit so englischen Schrottautos und Schlagzeugen Blödsinn angestellt. Ich hab sie gewarnt!«

»Wenn du die Sachen da fertig ausgeschnitten hast, möchte ich dir was erzählen.«

»Mm-hmm. Hätte nie gedacht, daß ich das noch erleb, daß Cathie und Danny ins Gras beißen. Ein Schlagzeug, so was Verrücktes!«

Ich rückte das Kissen unter meinem Bein zurecht. Es tat ein bißchen weh.

»Großmutter?«

»Jawoll!«

»Du bist nicht gläubig.«

»Hör bloß mit dem Scheiß auf!«

»Ich will dir nichts aus der Bibel vortragen.«

»Danke, Jesus Christus!«

»Es ist nur, weil ich dir ein Geheimnis anvertrauen will, und du mußt bei irgend etwas schwören, daß du es nie verraten wirst, egal was geschieht. Wie kannst du bei etwas schwören, wenn du an gar nichts glaubst?«

Großmutter musterte mich über ihre Brillengläser hinweg und lächelte. »Weshalb, du verdammter kleiner Gauner?«

»Ich mein's ernst. Wenn du es verrätst, werde ich wahrscheinlich umgebracht oder so.«

»Was haste denn jetzt wieder angestellt? Haste noch 'nem Kind den Pimmel abgehackt?«

»Erst mußt du bei irgendwas schwören, das dir heilig ist.«

Großmutter tippte mit ihren gelblichen Fingernägeln auf die Seite mit den Todesanzeigen. »Ich schwör bei diesen Namen aus dem *Philadelphia Inquirer*.«

Ich saß eine Minute lang da und nahm all meinen Mut zusammen. Dann holte ich tief Luft.

»Großmutter?«

»Jawoll!«

»Ich erzähle dir das nicht, weil du mir dankbar sein sollst, sondern, weil ich will, daß du auf dich aufpaßt. Mir fällt nichts anderes ein, ich muß dir die Wahrheit sagen, damit du vorsichtig bist! Nur dann lassen sie dich weiterleben. Dann hast du zumindest eine Chance.«

Großmutter grinste. »Ich hab dir gleich gesagt, daß du die blödsinnigen Bibelverse nich auswendig lernen sollst! Jetzt biste nich mehr ganz richtig im Kopp!«

»Für dich reicht's noch allemal. Ich habe dir das Leben gerettet.«

»So 'n Käse. Du siehst zwar noch ziemlich normal aus,

aber dir sind ja wohl sämtliche Sicherungen durchgebrannt. Haste dich vielleicht bei den Mongos von nebenan angesteckt, Kleiner? Ich hab dich gewarnt!«

In gespieltem Mitleid schüttelte Großmutter den Kopf.

»Weißt du noch, wie du so richtig weggetreten warst?«

»Ich weiß, wie ich aufgewacht bin.«

»Ich hab Schlaftabletten in deine Infusion getan, weil ich dir mit Antibiotika das Leben gerettet habe, wo die anderen dich sterben lassen wollten!«

Großmutters Gesichtsausdruck veränderte sich. Sie starrte mich durch ihre dicken, verschmierten Brillengläser an. Dann ließ sie die Zeitung sinken und legte die Schere beiseite.

»Junge, du hast wirklich nicht mehr alle Tassen im Schrank!«

»Nein, Großmutter. Ich bin nicht verrückt. Ich hab dich wirklich mit Hühnermedizin gerettet, mit *pénicilline vétérinaire*; das hat gegen deine Lungenentzündung geholfen, genauso wie bei Hühnern und Schweinen. Die wollten dich sterben lassen, du solltest nur keine Schmerzen haben.«

Großmutter traten die Augen aus dem Kopf. *»Was zum Teufel redest du da?«* brüllte sie.

»*Pssst!* Weißt du, ich muß weg hier, aber ich habe einen Plan, wie du am Leben bleibst, wenn du krank wirst, solange ich nicht da bin. Vielleicht komme ich auch nie wieder.«

Großmutter starrte mich an. Ihre wäßrigen Augen blinzelten langsam, ihre Lippen bewegten sich stumm. Ihr Gebiß glitt vor und zurück. Zum ersten Mal war sie sprachlos.

»Ich habe Medikamente in deine Infusion getan. Und da ging es dir auf einmal besser.«

»Warum hast du …«, fing Großmutter an, aber ich hob die Hand.

»Dr. Zwingli und Mom hatten beschlossen, deine Lungenentzündung nicht zu behandeln, aber du solltest nicht leiden. Und ich wollte, daß du lebst, und deshalb habe ich die Tiermedizin genommen, die wir für die Hühner nehmen: Antibiotika. Es hat funktioniert, sonst würdest du nicht hier sitzen und reden.«

Großmutter blinzelte, schüttelte langsam den Kopf und flüsterte atemlos:

»Warum erzählste mir das?«

»Weil ich abhauen will und mir nichts anderes eingefallen ist, wie du am Leben bleiben kannst. Da mußte ich dir die Wahrheit sagen.«

Lange Zeit saß Großmutter schweigend da. Sie seufzte.

»Kein Wunder, daßde abhauen willst. Wenn ich laufen könnte, käm ich sofort mit. Du wirst wie dein Großvater. Haste gewußt, daß der mit zwölf von zu Hause durchgebrannt is?«

Ich schüttelte den Kopf.

»Tja, isser aber!« Wieder entstand eine Pause. Dann schien sie auf einmal zu explodieren. »Wundert mich nich! Die zwei falschen Fuffziger! Diese *Dreckskerle*! Diese nichtsnutzigen *Missionarsschmeißfliegen*! Erst kassierense mein ganzes Geld für den Haushalt, und dann kaufense mir nich mal 'n paar *gottverdammte Pillen*!«

Großmutters Unterlippe und Kinn fingen zu zittern an. Ich nahm ihre Hand. Sie war so trocken wie eine Hühnerklaue. Ich hatte noch nie ihre Hand gehalten. Ich drückte sie. Und sie drückte zurück.

»Du verpetzt mich nicht, oder?«

Großmutter funkelte mich wütend an. »Was glaubste eigentlich, du verdammtes Miststück?! Wofür hältste mich? Ich hab doch bei der Zeitung da geschworen, oder nich?«

Mit einer heftigen Bewegung drehte Großmutter den Kopf zur Seite, wischte sich die Tränen ab, packte mich bei den Haaren, zerrte mich näher und gab mir einen festen Kuß auf den Mund. Ich wußte nicht, wie ich reagieren sollte: Ich hatte nie gesehen, daß Großmutter jemand berührt, geschweige denn geküßt hätte. Großmutter schob mich weg.

»Shit!« sagte sie und schaute weg.

»Ich muß dir meinen Plan erzählen, Großmutter.«

»Diese *Arschlöcher*!«

»Hörst du mir jetzt endlich zu!«

»Nö, ich muß zum Zug! Was kann ich denn sonst tun, du Drecksack?«

»Du mußt dich retten lassen, Großmutter. Du mußt Jesus annehmen und Mom sagen, du hättest dein Leben verpfuscht und sie soll zu dir kommen und Bibelunterricht geben und so, als Buße. Sag ihr, du willst mit ihrer Hilfe die Jahre wieder aufholen, die die Heuschrecken gefressen haben, sag, du weißt, daß es höchste Zeit ist, aber wie der Schächer am Kreuz hoffst du, daß es noch nicht zu spät ist.«

»Hühnerkacke!«

»Wenn du am Leben bleiben willst, hältst du dich an meinen Plan!«

»Herrgott noch mal!«

»Ja, aber nicht so! Sag ihr, du willst in der kurzen Zeit, die dir noch bleibt, zur Jüngerin des Herrn werden, und du willst Jesus kennenlernen, weil du gesehen hast, wie er *ihr* Leben erhellt, weil du gesehen hast, wie sie strahlt, wenn sie vom Herrn spricht; sag, daß du die ganzen Jahre über, in denen du ein schlechter Mensch warst und ihr zugesetzt hast, ihren Glauben im stillen *bewundert* hast, daß du sein willst wie sie und sie soll dir beibringen, wie du ein gottgefälliges Leben führen kannst, damit ein herrliches neues Kapitel in deinem Leben beginnt und du ein Faden in Moms und Gottes Kunstwerk wirst!«

»Lieber krepier ich!« Großmutter schüttelte sich und rang nach Luft.

»Großmutter, du mußt doch nur eine halbe Stunde pro Tag ein guter Christenmensch sein! Wenn du aufhörst, vor den jungen Leute zu fluchen und statt dessen jedem erzählst, du hättest Jesus in dein Herz gelassen, weil Mom dir Gottes Wort verkündet hat, wird Mom dafür sorgen, daß Dr. Zwingli dich *für immer und ewig* am Leben hält! Du willst doch leben, oder?«

Großmutter schüttelte langsam den Kopf und versuchte, wieder zu Atem zu kommen.

»So wichtig isses mir nun auch wieder nich!«

»Aber ich will, daß du lebst!«

Nachdem ich das gesagt hatte, wunderte ich mich über mich selbst, weil ich anfing zu weinen. Großmutter streckte den Arm aus und hielt meine Hand, bis ich aufhörte. Dann saßen wir da und starrten eine Weile zum offenen Fenster hinaus. Die Vögel zwitscherten in der Lärche. Die warme Sommerbrise, die von den Dents du Midi herabwehte, trieb Schäfchenwolken über den Himmel.

Plötzlich mußte Großmutter grinsen. *»Du hast vielleicht Nerven!«*

Das war ihre Art, sich zu bedanken.

Ich lächelte zurück. So wie sie das sagte, war es ein echtes Kompliment – als wären wir alte Freunde.

»Los, Großmutter, wir üben schon mal, sprich mir nach: ›Elsa, bitte den Herrn, er möge in mein Herz einkehren.‹ Na komm schon!«

»Ich will nich', daß so'n Jude in meiner Brust wohnt!«

»Großmutter!«

»Okay, okay.«

»Na los, sag's schon!«

Großmutter ließ ihre untere Zahnreihe vollständig herausgleiten und saugte sie dann wieder nach innen. »Elsa, bitte den Herrn, er möge in mein Herz einkehren, du … alte Hexe!«

»*Großmutter!* Das ist kein Spiel!«

»Okay! Okay! Elsa, bitte den Herrn, er möge in mein Herz einkehren!«

»Jetzt hast du's gerafft! Gott sei Dank!«

»Zum Teufel mit dir!«

47

Solange ich den Gips hatte, konnte ich Jean-Pierre nicht bei der Befriedigung seiner animalischen Gelüste helfen. Er war schon ganz verzweifelt. Aber wir brauchten ein neues Versteck. Am Tag nachdem ich Großmutter meinen Plan erklärt hatte, ging ich zum ersten Mal ohne meinen Stock nach unten und sah, daß Dad der Hecke den Sommerschnitt verpaßt hatte. Man konnte durch die Zweige in den Tunnel zwischen den Stämmen sehen.

Vor vielen Jahren war ich einmal auf der Suche nach einem ausgebüchsten Hamster unter die Kellertreppe gekrochen und hatte dort einen kleinen Geheimraum entdeckt. Dorthin brachte ich Jean-Pierre, als er kam und um Hilfe bettelte.

Ich öffnete den Besenschrank. Wir krabbelten unter den Wassertank. Es war schwierig, Jean-Pierre in den Geheimraum zu verfrachten. Er machte beim Kriechen unerwartete, eckige Bewegungen. Ich mußte neben ihm robben und dabei eine Hand auf seinen Kopf legen. Wenn ihn seine Zuckungen überkamen, war meine Hand der Helm, sie schützte seinen Schädel vor dem Metalltank.

Ich holte einen Kerzenstummel und klebte ihn auf den Stahlträger, der das andere Ende des Tanks stützte. Bevor ich die Kerze anzündete, kroch ich wieder zurück und machte die Tür zu. Mein Bein tat ein bißchen weh.

Als ich versuchte, ein Streichholz anzuzünden, stellte ich fest, daß die Streichholzschachtel feucht war. Ohne nachzudenken hatte ich sie auf den Stahlträger gelegt, neben die Unterseite des Wassertanks. Während ich damit beschäftigt war, Jean-Pierre die Hose herunterzuziehen, hatten die Streichhölzer eine Menge von dem Kondenswasser aufgesogen, das auf dem Stahl kleine Pfützen bildete.

Als ich dann versuchte, die Kerze anzuzünden, zerbröselte der Streichholzkopf. Ich wollte ein neues Zündholz aus der Schachtel holen und hörte, wie die kleinen Hölzchen zu Boden purzelten. Ich kniete mich hin, um sie einzusammeln, und stieß mit der Stirn gegen das Ende des Stahlträger. Es tat nicht übermäßig weh, doch als ich an die Stelle faßte, wurde meine Hand naß. Ich spürte, wie mir Blut übers Gesicht rann.

»Warum entzündest du niescht *la bougie*? Beeil diesch, Calvin!«

»Sei still, ich habe eine Platzwunde an der Stirn!«

»Wie 'ast du das angestellt?«

»Keine Ahnung, ist eben so passiert.«

»Entzünde *la bougie*, dann wir werden sehen.«

»Ich habe die Streichhölzer fallen lassen.«

»Imbécile!«

»Selber *imbécile*!«

»Du mußt sie auf'eben!«

»Mach du's doch! Außerdem sind sie naß.«

»Mach die Tür auf, und wir gehen 'inaus.«

»Ich muß mir ein Pflaster holen. Mein Gesicht ist voller Blut.«

»Erst gehen wir wieder 'inaus!«

»Nein, du bleibst hier. Sobald ich was draufgeklebt habe, komme bin ich wieder.«

»Non! Non! Ne me quitte pas!«

»Ich kann es nicht ändern. Ich bin voll Blut. Bis gleich!«

Jean-Pierre geriet in Panik. Wahrscheinlich machte ihm der Gedanke angst, im Dunkeln alleingelassen zu werden, gefangen unter der Kellertreppe, unfähig, allein wieder herauszukriechen. Er fing an zu schnauben und stöhnen. Ich mußte meine blutige Hand auf seinen Mund pressen, damit er sich wieder beruhigte. Er schlug nach mir, aber ich gab nicht nach und hielt ihm die Nase zu, bis er aufhörte, um sich zu treten.

»Hör zu«, zischte ich, »du *mußt* jetzt einfach still sein! Wenn sie dich hören, kriegen wir Probleme. Es wird ihnen nicht gefallen, daß ich dich hierhergebracht habe und so. *Bitte* sei jetzt still! Ich bin gleich wieder da. *Tu comprends?*«

»Oui, je comprends«, sagte Jean-Pierre schmollend, nachdem ich langsam die Hand von seinem Mund genommen hatte.

»Calvin Dort Becker!« kreischte meine Mutter. »Was hast du denn da wieder angestellt!«

Die Wunde auf meiner Stirn war tief und blutete heftig. Staub und Spinnweben hatten sich an dem klebrigen Blut auf meinen Kleidern festgesetzt.

»Ich glaube, ich habe mir den Kopf angestoßen.«

»Den Kopf angestoßen! Das kannst du laut sagen! Schnell, drück das auf die Wunde!«

Mom tauchte ein Küchenhandtuch ins kalte Wasser und gab es mir.

»Setz dich da auf den Stuhl; ich ruf inzwischen Dr. Zwingli an und frage ihn, was wir tun sollen. Das muß genäht werden, glaube ich.«

»Kann ich nicht einfach ein Pflaster haben?«

»Sei nicht albern!«

Nachdem Mom einen Termin bei Dr. Zwingli vereinbart hatte, ging sie mit mir nach oben ins Badezimmer. Ich mußte mich auf den Wannenrand setzen, sie zog mich bis auf die Unterhose aus und wusch mich ab. Die ganze Zeit über mußte ich ein Handtuch, in das Eiswürfel gewickelt waren, an die Stirn halten. Mom warf meine Kleider ins Waschbecken; sie hatte kaltes Wasser einlaufen lassen, um das Blut auszuwaschen. Dann wickelte sie mir einen breiten Verband um den Kopf, zog mir ein sauberes Hemd an und gab mir ein frisches Paar Hosen.

»Und jetzt erzähl mir mal *ganz genau*, wie du das angestellt hast!«

»Ich war im Hühnerstall, beim Saubermachen, weißt du; schließlich hab ich das lange nicht gemacht, und da bin ich ausgerutscht und hingefallen. Ich bin mit dem Kopf gegen einen Nagel gestoßen. So ist das passiert. Tut mir leid.«

»Ich wünschte, du wärst etwas vorsichtiger! Wieso nur hast du einen Unfall nach dem anderen?«

»Ich weiß nicht, Mom, vielleicht sind es einfach die wunderbaren Veränderungen in meinem Körper, die mich so ungeschickt machen.«

»Wahrscheinlich hast du recht, mein Schatz, aber ich wünschte, du würdest aufhören, ständig in Schwierigkeiten zu geraten!«

»Mom, kann ich mir noch ein Buch aus dem Wohnzimmer holen, bevor wir zur Bahn gehen? Dann kann ich mir im Wartezimmer damit die Zeit vertreiben.«

»*Nein!* Sonst fällst du womöglich noch hin und brichst dir den Arm oder so etwas! *Also wirklich!* Außerdem sollst du dein Bein nicht so sehr belasten.«

»Aber, Mom, ich würde gern das Buch mitnehmen, das ich mir gerade angeschaut habe.«

»Findest du nicht, daß du genügend Unheil angerichtet hast?«

Entschlossen packte mich Mom am Arm und half mir aus dem Badezimmer, den Flur entlang, die Treppe hinunter und auf die Straße hinaus.

Die ganze Zeit fragte ich mich, wie lange Jean-Pierre wohl unter der Kellertreppe warten würde und ob er so blöd sein würde, sich zu berühren. Hoffentlich ließ er es bleiben. Er würde bestimmt laut brüllen.

48

In der Arztpraxis waren zwei müde aussehende junge Mütter mit Babys vor uns dran. Ich setzte mich und wartete nervös, blätterte achtlos alte Ausgaben von *Elle* und *Paris Match* durch. Endlich kam die Arzthelferin ins Wartezimmer und holte uns in den Behandlungsraum.

Dr. Zwingli wusch sich gerade die Hände. Er drehte sich um, trocknete sie ab, strich sich über den Spitzbart und sagte: »Na, dann wollen wir mal schauen, wie's unserem Patienten geht.«

Er schnitt den Verband auf. Mein Kopf fing an zu bluten.

»Das sieht ja ziemlich schlimm aus! O je, o je, das ist wirklich nicht dein Sommer!« Er lächelte.

»Irgendwie nicht. Wie lange wird das dauern?«

»Haben wir's heute eilig?«

»O nein, ich wollte es nur wissen.«

Es stellte sich heraus, daß die Wunde doch genäht werden mußte. Sie sei ziemlich tief, meinte Dr. Zwingli. Er säuberte sie und klebte ein dickes Gazepflaster darüber. Nachdem er meinen Kopf behandelt hatte, sagte er: »Und nun wollen wir uns mal dein Bein ansehen.«

Behutsam strich Dr. Zwingli über die kleine Narbe an meinem Knöchel. »Irgendwelche Probleme beim Laufen?«

»Nein, ist alles okay jetzt.«

»Na, wenigstens heilen deine Wunden schnell! Hervorragend!«

Janet wartete an der Haltestelle der Zahnradbahn. Sie sah äußerst schadenfroh aus. Mir rutschte das Herz in die Hose.

Mom stieg als erste aus. Ich geriet geradewegs in Janets Klauen. Ohne ein Wort zu sagen, stieß sie mich vor sich her, über die Straße. Mom drehte sich um.

»Was um alles in der Welt treibst du da, Janet?«

»Calvin sitzt ganz schön in der Patsche. Dad hat mich hergeschickt, damit ich ihn an der Haltestelle abpasse. Ich hab schon bei der letzten Bahn Ausschau gehalten.«

»Es war ein Unfall. Er hat sich nicht absichtlich verletzt. Laß seinen Arm los!«

»Dad hat gesagt, ich soll Calvin auf der Stelle zu ihm bringen!«

Janet grub mir die Fingernägel ins Handgelenk.

»Autsch!«

»Janet, laß ihn los!«

Janet gehorchte, blieb aber dicht hinter mir und verpaßte mir alle paar Schritte hilfreiche Püffe, bis wir im Haus waren.

Janet klopfte an der Tür zu Moms und Dads Zimmer.

»Ich begreife nicht ...«, murmelte Mom, als wir ins Zimmer traten.

Dad stand auf. »*Was* begreifst du nicht?«

»Warum Calvin in Schwierigkeiten ist ... O hallo, Mary Lou.«

Mary Lou saß auf der Sofakante und trank Tee.

»Hallo, Elsa«, erwiderte Mary Lou mit trauerschwerer, ruhiger Stimme. Sie sah mich nicht an.

»Calvin, komm herein. Janet, das ist alles. Du kannst jetzt gehen«, sagte Dad.

Janet sah enttäuscht aus, weil sie fortgeschickt wurde, bevor sie wußte, was mit mir geschehen sollte. Dad forderte mich auf, mich aufs Bett zu setzen. Eine Weile lang stand er mit verschränkten Armen da und schaute auf seine Füße. Dann schaute er mich an.

»Dies ist der ernsteste Augenblick in deinem Leben. Deine Perversion läßt daran zweifeln, ob du wirklich zu den Auserwählten gehörst. Du scheinst eher einer der hoffnungslos Uneinsichtigen zu sein, ein Gefäß des Zorns. Es ist nun offenkundig, daß du noch nicht berufen bist. Und es ist offenkundig, daß dein Bekenntnis zum Glauben nur geheuchelt war.«

Dad hatte schon eine Menge Sachen zu mir gesagt, bei den verschiedensten Gelegenheiten, aber noch nie, daß ich verloren war, ein Gefäß des Zorns, das vor der Entstehung der Welt bereits verdammt war.

Mom war schockiert.

»O Ralph! Wie kannst du so etwas sagen!«

Wütend fuhr Dad herum. »Elsa, du kennst die Fakten nicht! *Es ist schlimmer, als du dir überhaupt vorstellen kannst!*«

Mary Lou setzte ihre Teetasse ab und fing an zu weinen. »Ich fürchte, wir haben sehr ... sehr schlechte Nachrichten, Elsa. Er hat mit Jean-Pierre ... mas ... masturbiert und noch andere Dinge ... getrieben. Es gibt Beweise, und Jean-Pierre hat ein *Geständnis* abgelegt!«

Als Mary Lou das Wort ›masturbiert‹ aussprach, schrie Mom: *»O nein!«* und fiel auf den Boden.

Dad schaute mich unverwandt an. »Das sind lediglich die ersten Früchte.«

Dad und Mary Lou halfen Mom wieder auf die Beine und betteten sie auf die Couch. Sie lag da und jammerte: »O nein, o nein, o nein, ich habe ihn doch angefleht, es nicht zu tun, wirklich. Oh, Calvin, Calvin ...«

Dad rüttelte mich an der Schulter. »Was hast du dazu zu sagen?«

Bevor mir irgend etwas einfiel, fing Mary Lou an zu reden. Sie sagte, eines der Spastiker-Mädchen hätte Jean-Pierre und mich gesehen, wie wir unter die Hecke gekrochen wären, schon vor Monaten, noch bevor ich mir das Bein gebrochen hatte. Das Mädchen hatte heimlich durch die Zweige geguckt und Mary Lou berichtet, was es gesehen hatte. Die Ladies beschlossen abzuwarten und niemandem etwas zu erzählen; sie wollten uns auf frischer Tat ertappen, denn, so sagte Mary Lou, »wir brauchten schlüssige

Beweise, bevor wir einen der unseren einer so schwerwiegenden Obszönität beschuldigen konnten«.

Wie befürchtet, hatte Jean-Pierre *tatsächlich* versucht, unter der Treppe seine animalischen Bedürfnisse zu befriedigen. Er brüllte und wurde entdeckt, geriet in Panik und schlug mit heruntergelassener Hose wild um sich. Dad rief Mary Lou, die Jean-Pierre daraufhin unzüchtiger Handlungen bezichtigte. Er war in Tränen ausgebrochen und hatte alles zugegeben!

Mary Lous Worten nach hatte Jean-Pierre behauptet, ich hätte ihn unter die Kellertreppe gelockt und *gezwungen*, sich zu berühren. Mary Lou fragte ihn, ob ich ihn noch zu anderen Dingen gezwungen hätte. Jean-Pierre gab alles zu, was Mary Lou mir vorwarf oder unterstellte. Sie unterstellte mir eine Menge.

Wenn das Spastiker-Mädchen nicht gesehen hätte, wie ich Jean-Pierre behilflich war, hätte ich das Ganze einfach geleugnet. Das Problem war, wie Mary Lou sagte: »Wie könnte ein völlig argloses achtjähriges behindertes Mädchen sich etwas derart Scheußliches ausdenken?« Da hatte sie recht.

Als Mary Lou mit ihrem Sermon fertig war, stöhnte Mom: »O Calvin, warum hast du dich berührt!? Habe ich dich nicht gewarnt? Habe ich dich nicht angefleht, dein Kleines Ding in Ruhe zu lassen!?«

»Aber, Mom, ich …«

Dad schüttelte mich noch einmal, und zwar kräftig. »Halt den Mund, Calvin!«

Ich versuchte, mich an Dad festzuhalten, meinen Kopf an seiner Brust zu bergen. Er stieß mich weg. »Sag uns die ganze Wahrheit!«

Ich holte mehrmals tief Luft.

»Dad, ich habe mich mit Jean-Pierre unter der Hecke berührt, jeder für sich. Weil er Spastiker ist, mußte ich ihm helfen, damit er nicht losbrüllt. Aber der Rest ist gelogen.«

Dad gab mir eine kräftige Ohrfeige. »Die Wahrheit, habe ich gesagt! Wir wissen, was du getan hast!«

»Sei vorsichtig mit seinem Verband!« schrie Mom.

»Er wird sich bald um wichtigere Dinge Gedanken machen müssen als um eine Schnittwunde auf seiner Stirn!«

Dad gab mir noch eine Ohrfeige, und die war so heftig, daß ich hinfiel.

Mary Lou sprang auf und beugte sich über mich. »Im Namen Jesu, ich beschwöre dich, die *Wahrheit* zu sagen!« kreischte sie.

Mom fiel neben mir auf die Knie und schluchzte: »O Calvin! Im Namen Gottes, *gestehe*!«

»Das werde ich!« schrie ich. »Wir haben uns nur berührt! Das ist alles!«

Dad packte mich am Hemd, riß mich hoch und haute mir wieder eine runter. Diesmal traf er mich am Mund. Ich schmeckte Blut, als ich mir die schmerzenden Lippen leckte.

»Du bist ein Lügner und ein Homosexueller! Du bist ein hoffnungslos Uneinsichtiger und unwiderruflich Verderbter! Du bist nicht mein Sohn!«

Wahrscheinlich hatte Dad in der Bibel gelesen, daß die Juden ihre Kleider zerreißen, wenn etwas wirklich Schlimmes passiert. Als er sagte, ich wäre nicht mehr sein Sohn, versuchte er, sein blaukariertes Flanellhemd zu zerreißen. Er schaffte es aber nur, sich die Hemdknöpfe abzureißen und das Unterhemd aus der Hose zu zerren.

Mom lag immer noch am Boden, das Gesicht in den Händen vergraben, und wiegte sich stöhnend. »Die Flecken, ich hätte etwas unternehmen sollen, als ich die Flecken entdeckt habe … oh … Gott möge mir vergeben, ich wußte, daß da zu viele Flecken waren …«

Mary Lou fing an hemmungslos zu brüllen.

»Jean-Pierres Leben ist unwiederbringlich zerstört! Man hat ihn geschändet, ruiniert! Ein unschuldiges behindertes Kind, das unse-

rer Obhut anvertraut wurde! Zur Sodomie gezwungen! Vergewaltigt! Belästigt!«

»Dies ist der traurigste Tag meines Lebens«, sagte Dad. »Dein Verhalten widert mich an.«

Einer meiner Schneidezähne war locker. Wahrscheinlich hat das den Ausschlag gegeben; in dem Moment war das Maß voll. Ich spürte also, wie der Zahn wackelte, und da schoß ich hoch, sprang auf Moms und Dads Bett, und schrie: *»Ihr seid die Lügner! Ihr seid die Gefäße des Zorns! Dad, du bist der, der das Magazin mit den nackten Leuten in seinem Nachttisch versteckt!«*

Dad stand wie erstarrt, schaute mich mit aufgerissenem Mund an. Ich sprang auf der anderen Seite vom Bett, riß die Nachttischschublade heraus, warf den Plastik-Brotlaib beiseite, verstreute die Bibelvers-Merkkärtchen auf dem Bett und auf dem Fußboden. Dann griff ich von oben in das verschlossene Schrankfach. Dad setzte zu einem Hechtsprung übers Bett an, aber ich war schneller.

Damals, als ich entdeckte, daß Dad Bilder von nackten Leuten in seinem Nachtschrank aufbewahrte, hatte er nur ein Heft. Jetzt waren es drei. Das erste Heft war hauptsächlich in Schwarzweiß. Diese hier waren in Farbe. Ich warf sie Dad zu, als er mich packen wollte. Eines prallte an Dads Brust ab und fiel offen aufs Bett; ein großes Bild entfaltete sich, auf dem eine nackte, fette Frau sich vornüberbeugte. Ein dünner schwarzer Mann hatte gerade von hinten intime Beziehungen mit ihr.

Bevor Mom, Dad oder Mary Lou etwas unternehmen konnten, während sie alle noch mit offenem Mund das Bild von dem Mann anstarrten, dessen Penis in der fetten Frau steckte, sprang ich aufs Bett, rannte mit zwei Schritten darüber weg, auf die Tür zu und war mit einem Satz aus dem Zimmer.

Janet sprang zur Seite; sie hatte sich gebückt und durchs Schlüsselloch geguckt. Ihr Mund stand sperrangelweit offen.

Sie versuchte mich festzuhalten, im selben Augenblick hörte man Großmutter brüllen: *»Was zum Teufel stellt ihr mit dem armen Jungen an, ihr Hurensöhne!«*

Ich schlug Janet ins Gesicht. Sie sagte kein Wort, ging nur in die Knie, hielt sich die Nase.

Ihren ersten Schrei hörte ich erst, als ich fast schon am Fuß der Treppe war.

Da wir angeblich keinen freien Willen hatten, konnten sie ja schlecht Gott Vorwürfe machen, weil ich Janet die Nase gebrochen hatte. Dies dachte ich, als ich die Kellertür hinter mir zuschloß, die Stufen hinunterrannte und Moms Aktenschrank aufriß. Ich schnappte mir die Adressenlisten, trug sie zum Ofen und kippte sie in die stillen blauen Flammen.

Als ich zurück in Moms Büro rannte und in die Feriengeldkasse griff, hörte ich Schritte und Fäuste an die Kellertür hämmern. Mit einer Hand packte ich alle unsere Pässe, mit der anderen eine Handvoll Geld. Meine Hände zitterten, aber es gelang mir, den ersten Paß aufzuschlagen. Ich sah ein Foto von Rachael. Als nächstes fand ich meinen, stopfte ihn mir in die Brusttasche und trug die anderen zum Ofen.

Als ich die Pässe hineinwarf, machte ich einen Satz rückwärts. Eine orangefarbene Flamme schoß aus dem Ofen, als der Sauerstoff den Adressenstapel hochgehen ließ.

Ich hörte von oben Hämmern, Rufe und Geschrei. Türen wurde aufgerissen und zugeknallt. Rasch lief ich auf die Seitentür zu.

Ich hatte vorgehabt wegzurennen, sowie ich meinen Koffer gepackt und im Wald versteckt hatte. Nun hatten sich die Ereignisse überschlagen. Koffer hin oder her, es war Zeit zu gehen.

49

Ich war erleichtert. Unter mir sah ich die steilen Kuhweiden, die von Feldwegen und einzelnen Baumgruppen durchzogen wurden. Darunter wurde der Wald immer dichter und wilder. Nach dem Wald kamen Weinstöcke, die sich bis in den Talgrund erstreckten: ein flacher grüner Teppich mit einem geometrischen Muster aus Feldern und Obstgärten. Es war ein unglaublich schöner Tag.

Ich schaute nach oben. Auf der anderen Seite des Rhonetals waren die Gipfel der Dents du Midi dunstig grau vor dem blassen Sommerhimmel.

Ich streckte die Arme aus. Es war, als würde ich fliegen.

Als ich an einen elektrisch geladenen Viehzaun kam, sprang ich einfach darüber. Weil ich so schnell lief und der Abhang so steil war, kam ich erst vier, fünf Meter tiefer auf dem Boden auf.

Ein paar Sekunden später wurde das Sonnenlicht gelöscht, und mir schlug eine kühle, feuchte Wand aus Luft ins Gesicht, die bewegungslos zwischen den hochgewachsenen grauen Föhrenstämmen im Wald hing. Ich wurde langsamer und ging nun in normalem Schrittempo, achtete darauf, nicht auszurutschen. Ich wußte, daß ich mich einer Felswand näherte, die ungefähr hundertfünfzig Meter steil nach unten abfiel. Was passieren würde, wenn ich plötzlich ausrutschte, konnte ich mir vorstellen: ich würde auf die Kante zurollen, vergeblich versuchen, mich festzuklammern, mit einem Aufschrei auf die Weinstöcke zustürzen und von einem der Pfähle aufgespießt werden, an welchen die Weinreben in ordentlichen Reihen festgebunden waren; ich sah bereits mein Blut in dem sandigen Boden sickern.

Als ich mich der Felswand näherte, ging ich nicht bis an die Kante, sondern blieb ein paar Baumreihen entfernt. Vorsichtig bahnte ich mir meinen Weg, bis ich das fand, wonach ich suchte: eine riesige Metallröhre von ungefähr anderthalb Meter Durchmesser.

Die Röhre führte von Trois-Torrents bis zum Wasserkraftwerk von Monthey hinab. Ein Bach war umgeleitet worden. Wenn man sein Ohr auf das kalte, kondensierende Metall legte, konnte man das Wasser rauschen hören.

Das immense Rohr ragte kurz vor der Felswand aus dem Boden, bog sich über den Abhang und führte dann an der Felswand entlang steil nach unten. Wenn das Wasser schließlich unten aufkam, hatte es eine derartige Geschwindigkeit, daß es sechs Turbinen antrieb und mit ohrenbetäubender Heftigkeit aus dem Wasserkraftwerk hervorquoll.

Neben der Röhre verlief eine steile Treppe, die schließlich, am Abhang, in eine Steigleiter überging. Einmal pro Jahr wurde die Röhre frisch gestrichen, und rostige Bolzen wurden ausgetauscht. Dazu war die Steigleiter da. Und diese Leiter war der Schlüssel zu meiner erfolgreichen Flucht.

Vorsichtig spähte ich über die Steilkante. Der Magen drehte sich mir um: Ich war nicht ganz schwindelfrei. Ich wußte, daß niemand mich für blöd genug halten würde, diesen Weg zu nehmen. Vielleicht suchten sie die Straßen ab, aber an die Röhre würden sie nicht denken.

Der Abstieg war entsetzlich. Am schlimmsten war es ganz oben, als ich mich über die metallene Absperrung schwingen mußte, an der ein Warnschild hing. Ich war vernünftig genug, nicht nach unten zu sehen, aber das half auch nicht viel.

Mit dem Fuß löste ich aus Versehen einen Felsbrocken aus dem weichen Kalkgestein. Ich hörte, wie er weit unten von der Leiter abprallte. Lange danach gab es einen dumpfen Aufprall, als der Stein im Tal aufkam. Mein einziger Trost war, daß ich jedesmal, wenn meine zitternden, verschwitzten Hände eine Sprosse hinabglitten, dem Boden ein Stück näherkam.

Eine halbe Stunde später, als ich fast den Boden erreicht

hatte, bekam ich einen Schock: Die Leiter endete ungefähr dreieinhalb Meter über dem Weinberg. Sie hörte einfach auf. Ich sah, daß das fehlende Teilstück, mit einem Vorhängeschloß gesichert, unter mir an einem Betonklotz hing. Vermutlich wollten die Leute vom Elektrizitätswerk nicht, daß Kinder die Leiter hinaufkletterten. Deshalb war das letzte Stück abmontiert worden.

Ich hielt inne und sah nach oben. Die Sprossen über meinem Kopf liefen zu einem Punkt in der Höhe zusammen und verschwanden dann im goldenen spätnachmittäglichen Himmel. Mein Bein tat weh. Ich schaute wieder nach unten. Dreieinhalb Meter, das war ordentlich weit, vor allem, weil der Untergrund steil abfiel. Wenn ich aufkam, würde ich weiterrollen, das wußte ich.

Ich stopfte meinen Paß noch tiefer in die Brusttasche, schob die Geldbörse noch fester in die Hosentasche, kletterte auf die unterste Sprosse, ließ mich nach unten hängen, bis meine Finger weiß wurden, und ließ dann los.

Ich schloß die Augen, während ich zwischen den Weinstöcken hindurchkugelte. Als sich mein Fuß im Wurzelwerk eines Weinstocks verhedderte, blieb ich endlich liegen. Mein Bein schmerzte.

Ich lag noch einen Augenblick auf dem warmen, trockenen Kies, dann stand ich auf und tastete nach meinem Paß und meinem Geld. Mein Bein tat immer noch weh, aber sonst schien alles in Ordnung. Ich holte tief Luft. Der Geruch nach zertretenem Weinlaub und Pflanzenschutzmittel erinnerte mich an Italien. Darin sah ich ein Zeichen.

50

Klugerweise fuhr ich von Monthey das Tal hinauf nach Saint Maurice per Anhalter. Ich wußte, daß Mom und Dad am Bahnhof in Monthey oder Aigle anrufen und fragen würden, ob man mich gesehen hatte, ob ich aus der Zahnradbahn ausgestiegen war, eine Fahrkarte gekauft oder gesagt hatte, wohin ich wollte. Ich fühlte mich sicherer, wenn ich weiter südlich in den Zug stieg.

Ich kaufte eine Fahrkarte und wartete. Das Bargeld, das ich in Moms Schublade gefunden hatte, ergab nur dreiundsechzig Schweizer Franken. Das reichte für eine einfache Fahrt zweiter Klasse bis nach Mailand, aber nicht bis nach Santa Margherita. Ich hatte vor, mich in der Toilette des Zugs von Mailand nach Santa Margherita zu verstecken und dem Schaffner aus dem Weg zu gehen.

Als ich meine Fahrkarte kaufte, schaute der Stationsvorsteher auf meinen Verband und die schmutzigen Kleider und fragte, wie alt ich war. Ich tat so, als könnte ich kein Französisch, und hielt ihm meinen Paß hin, als würde ich denken, das wäre es, was er gewollt hatte. Sobald er sah, daß ich Ausländer, daß ich Amerikaner war, verlor er das Interesse.

Ich stand auf dem Gang, in der Nähe der Toilette, weil ich nicht in einem Abteil sitzen wollte: Da hätte ich womöglich einem übereifrigen Schweizer gegenübergesessen, der mein Gesicht eingehend studiert, sich an mich erinnert und das Ganze der Polizei gemeldet hätte, falls eine Suchmeldung vorlag.

Ohne Zwischenfälle fuhren wir eine Stunde später durch Brig, die letzte Station auf Schweizer Seite. Der Zug donnerte in den Simplon-Tunnel.

Weit unterhalb des Bergs kamen wir wieder heraus, rasten auf die Ebenen Italiens zu, verloren beständig an Höhe.

In meinen Ohren knackte es. Die Luft war so feucht, daß sich an den Fensterläden Kondenswasserbäche bildeten.

Der Mailänder Bahnhof war ganz anders als in den Ferien, wenn ich mit meinen Eltern hier tagsüber umstieg. Lampen, die hoch über dem Bahnsteig angebracht waren, ließen alles farblos erscheinen. Der Lärm der Leute, die kamen und gingen, das Quietschen der Zugbremsen, das Klirren beim Ankuppeln, das Zischen der Druckluftbremsen und die Rufe der Zeitungs- und Obsthändler am Bahnsteig bildeten am Tag eine mächtige Geräuschkulisse, gegen die man anschreien mußte. Jetzt drehte man sich beim geringsten Laut um, weil man sehen wollte, wer die einsame Stille durchbrach.

Weit vorn am Gleis rief ein Mann etwas und schwenkte träge eine schmierige und zerrissene rote Flagge, dann rollte eine Lokomotive auf eine Reihe wartender Waggons zu. Als die Lokomotive gegen die Waggons krachte, sah ich, wie ein Ruck durch die ganze Wagenreihe ging. Sekundenbruchteile später hörte ich, wie die schweren Stahlkupplungen in rascher Folge einrasteten. Das schiefergraue, schmutzige Glas- und Stahlgewölbe des Bahnhofdachs ließ den Lärm in einem langen Donnergrollen verhallen.

Ein einfahrender Zug hupte kurz, und ich schaute zum weit aufgerissenen Schlund der Bahnhofseinfahrt. Dahinter war es stockdunkel. Aus der samtenen Tiefe tauchte ein langer brauner *Rapido* mit seiner flaschenförmigen Schnauze auf. Die Dieselmotoren des Schnellzugs heulten auf, als er zum Stehen kam. Ein paar müde Reisende torkelten aus dem Zug. Eine Mutter mit drei kleinen Kindern ging unsicher die Stufen zum Bahnsteig hinab. Ein Kind hielt sie im Arm, die beiden anderen folgten ihr. Sie wirkten alles andere als wach.

Als die Mutter sich etwas gesammelt hatte, ging sie langsam an dem Waggon entlang, die Kinder im Schlepptau. Vor einem Abteil in der Mitte des Wagens blieb sie stehen, gab das Kleinste ihrer ältesten Tochter und reckte dann die Arme hoch. Ihr Mann hatte gerade das Fenster heruntergeschoben und begann nun, das Gepäck hinauszureichen.

Es sah aus, als würde diese Familie umziehen. Sie hatten sechs riesige Pappkoffer und viele, mit braunem Papier und Schnur umwickelte Bündel bei sich. Als schließlich alles auf dem Bahnsteig gestapelt war, schob der Vater das Fenster wieder hoch und erschien gleich darauf in der Wagentür. Er stieg aus und schlenderte zu Frau und Kindern hinüber, die auf den Koffern saßen.

Die Mutter schnippelte Obst für die Kinder und reichte eine Flasche Mineralwasser herum. Dann knöpfte sie ihre weiße Bluse auf und fing an, ihr Baby zu stillen. Selbst von dort, wo ich saß, konnte ich ihre große braune Brustwarze sehen, die von einer erschreckend prallen weißen Brust gedehnt wurde.

Ich beschloß, zur Motta-Espressobar zu gehen. Schlafen wollte ich nicht, weil ich fürchtete, den Zug zu verpassen. Auf halbem Weg fiel mir ein, daß ich nur ein paar Schweizer Franken bei mir hatte, das Wechselgeld von meiner Fahrkarte. Italienische Lire hatte ich keine.

Der *Cambio*-Kiosk war geschlossen. Sein hellblauer Rollladen, an der Unterseite ganz verrostet von unzähligen Hunden, die sich daran verewigt hatten, war herabgelassen und abgeschlossen.

Ich ging zu dem Kellner in der Espressobar. *»Cambio?«* fragte ich und hielt ihm ein Ein-Franken-Stück hin. Der Kellner setzte das Glas, das er gerade trocknete, ab, wischte sich die Hände an der Schürze, nahm die Münze und betrachtete sie.

»Svizzera?«

»Sì, Svizzera, cambio – change – lire?«

Er schüttelte den Kopf und gab mir das Geldstück zurück.

»Non faccio cambio.« Er schüttelte den Kopf.

Ich stand da und schaute auf die exotisch geformten Flaschen mit Alkohol, die auf den Glasregalen an der verspiegelten Wand hinter der Theke aufgereiht standen. Neben den Likörflaschen war die Espresso- und Cappuccinomaschine, wie üblich mit dem nach unten sich verjüngenden Glasbehälter voll glänzender Kaffeebohnen. Zahllose winzige Espressotassen reihten sich auf einem Gestell über der Maschine aneinander.

Tagsüber lehnten Kunden am Tresen und schütteten ihren heißen Espresso in ein oder zwei raschen Schlucken hinunter. Die schweren Täßchen waren den ganzen Tag über naß: Sie hatten keine Zeit zu trocknen, denn zwischen zwei Kunden wurden sie nur gespült und auf das Abtropfgestell gesetzt, bis wieder ein Mann auf den Tresen zutrat, eine Ausgabe der *Stampa* und ein Fünzig-Lire-Stück hinlegte und *»Un caffè«* sagte.

Der Kellner hinter der Theke stellte das Glas ab, das er inzwischen getrocknet hatte, ging zur Espressomaschine hinüber, drückte einen Schalter, ließ die Bohnen in die Kaffeemühle fallen, drückte einen anderen Schalter und mahlte die Bohnen. Er schob den Griff des Kaffeesiebs nach links und schlug den Inhalt auf einem hölzernen Block aus, füllte dann frischgemahlenen Kaffee hinein, drückte ihn zusammen und setzte das Kaffeesieb wieder ein.

Wenige Sekunden später begann die Maschine zu blubbern und zu zischen. Eine würzige schwarze Flüssigkeit, durchsetzt mit hellbraunem Schaum, tröpfelte in die Tasse. Als die eine Tasse halbvoll war, schob er sie geschickt mit der zweiten beiseite. Er wußte ganz genau, wann es soweit war: In beiden Tassen war am Ende exakt die gleiche Menge Espresso.

Der Kellner nahm zwei Untertassen und holte aus einem Behälter unter der Theke schwungvoll zwei winzige Löffelchen; setzte Untertassen samt Löffelchen auf der Theke ab und schob mir die gläserne Zuckerdose mit dem aufklappbaren Deckel aus Edelstahl zu. Er stellte die Tassen mit Espresso auf die Untertassen, gab zwei gehäufte Löffel Zucker hinein, rührte um und trank den Kaffee in einem einzigen, heißen und schlürfenden Zug.

Ich hatte meinen nicht angerührt. *»Cambio?«* sagte ich wieder und hielt den Schweizer Franken hoch. Der Kellner lachte, schüttete zwei Löffel Zucker in meinen Kaffee und rührte um. Er schob meine Münze beiseite und hielt mir die Tasse hin.

51

Ungefähr um drei Uhr morgens wurde der Zug nach Santa Margherita zusammengestellt. Die einzige Lichtquelle im Abteil war das fahle, künstliche Zwielicht, das durch das schmutzige Fenster drang. Ich setzte mich auf einen der ausgeblichenen Plüschsitze, klappte die Armlehne hoch und legte mich mit dem Gesicht auf die Polster.

Wenn ich mit meiner Familie nach Italien fuhr, fand ich den Geruch in italienischen Zügen immer ganz exotisch im Vergleich mit den Schweizer Zügen. Als ich jetzt einatmete, überkam mich das gleiche Ferien-Gefühl, nur war es diesmal besser. Wenn Mom, Dad und meine Schwestern dabei waren, taten sie ständig etwas, das einem den Spaß verdarb. So saßen wir etwa vor einem Teller mit Brathähnchen, das mit frischem Rosmarin gewürzt war, und Dad meinte kummervoll, es ginge doch nichts über die amerikanische Küche, und er verstünde gar nicht, »wieso sie dieses Zeugs da drauf tun, wo das Ganze doch ohne viel besser schmeckt«.

Mom zwang uns auf der Hotelterrasse vorm Essen immer zum gemeinsamen Gebet. Während andere Gäste dasaßen und Espresso oder Brandy nippten, verteilte Mom Gesangbücher und ließ uns fromme Lieder singen. Die anderen Gäste starrten uns dann immer verwundert an.

In den Ferien verbrachte ich viel Zeit damit, meinen Tag so einzurichten, daß ich meine Familie so selten wie möglich sah. Es gab zwei Arten von Ferien: die einen, in denen ich versuchte, mich unsichtbar zu machen, und die anderen, in denen ich mit Jennifer schwamm und schnorchelte, mit meinem Freund Gino, dem Maler, zusammen war oder die Gäßchen von Portofino durchstreifte, während Mom und meine Schwestern einen Einkaufsbummel in Santa Margherita machten und Dad in seinem Hotelzimmer saß und seine theologischen Zeitschriften las.

Ich stellte fest, daß der Samt in der Polsterritze eine frische grüne Farbe hatte, ein richtiger Gegensatz zu dem verblichenen Grau der Sitzfläche. Ich roch nochmal die Mischung aus altem Plüsch, Fusseln, Eisenoxid, Dieselrückständen und Rotweinspritzern. Seufzend schloß ich die Augen. Der große grüne Aschenbecher war mein Prisma und ließ das auf den geweißten Wänden der *pensione* tanzende Sonnenlicht glitzern. Allmählich wurde mir klar, daß der Junge, den der weinende Vater an sich drückt, nicht mehr so wichtig war.

Wirklich wichtig dagegen war der Regenbogen, den das vom Aschenbecher gebrochene Sonnenlicht zauberte. Er war wichtig, weil er mich daran erinnerte, daß der Morgen wunderschön war, daß Kinder am Ufer spielten, daß ich Jennifer liebte, daß gerade der erste Schub Pizza aus dem Ofen der Snackbar kam, daß die Tintenfische auf der schattigen Seite des Strands unter den Felsen hervorgekrochen waren, daß die alte Frau in der Kirche eine Kerze für die heilige Jungfrau anzündete und daß die Mutter am Strand wieder einmal schwanger war.

Ich ging zur *pensione* hinaus, über den Strand, zum Ende des Piers. Ich blickte über das türkise Mittelmeer und atmete tief ein. Der Geruch von Gardenien kam mit einem warmen Luftzug von irgendwoher übers Wasser.

Grelles Sonnenlicht flimmerte vor meinen Augen. Gegenüber von mir saß ein kleiner, dicker Priester mit rundem, flachem Gesicht und las Zeitung. Es raschelte laut, wenn er umblätterte. Davon war ich aufgewacht. Rasch setzte ich mich auf. Der Priester schaute mich über seine Zeitung hinweg an und sagte: »*Buon giorno.*«

»*Buon giorno*«, antwortete ich. Dann fiel mir ein, daß ich ja keine Fahrkarte hatte und mich auf der Toilette verstekken mußte, bis wir in Santa Margherita waren.

So zwanglos wie möglich stand ich auf, schob die Abteiltür auf und bahnte mir meinen Weg den leicht schaukelnden Gang hinunter, vorbei an dunkelhäutigen Männern in glänzenden Anzügen und weißen Hemden, die seltsam riechende Zigaretten rauchten. Ich betrat die Toilette, schloß und verriegelte die schmale Metalltür. Dann fiel mir ein, daß ich ja gar nicht wußte, auf welchem Teil der Strecke wir uns gerade befanden. Waren wir schon durch Genua gefahren?

Das Toilettenfenster bestand aus dickem Mattglas und hatte nur unten einen winzigen Spalt zum Hinausschauen. Alles, was ich sehen konnte, waren vorbeisausende Schwellen. Ich entriegelte die Tür, trat an das abgerundete Fenster in der Tür und studierte die Szenerie da draußen.

Es war ein wunderschöner Blick, aber es war der *falsche Blick.*

Ein fremdes Fischerdorf huschte vorbei. Ich sah weißrote Fischerboote auf einem Kopfsteinpflaster vor rosa und weißen Häusern. Dann sah ich Felsvorsprünge, auf denen bizarr geformte Pinien wuchsen, die bedenklich auf das glitzernde Wasser hinausragten.

Feigenkakteen, die sich an die sandige Uferböschung klammerten, zogen wie im Dunst an uns vorüber. Ein junges Mädchen mit dunklen Haaren, das neben einem mit Reisig beladenen Esel an einer Schranke stand, winkte, als wir vorbeifuhren. Ihr schwarzes Kleid flatterte um ihre braunen Beine. Ich hörte, wie die Glocke am Bahnübergang anders klang. Wir fuhren in einen Tunnel hinein, und das laute Rattern des Zuges erfüllte den Waggon. Kurz darauf waren wir schon wieder im klaren, unbarmherzigen Sonnenlicht.

Ich hatte die zweistündige Fahrt von Mailand nach Genua und den Aufenthalt in Genua verschlafen. Und auch als der Zug in Santa Margherita einfuhr, hatte ich wohl geschlafen. Ich hatte keine Ahnung, wo wir waren. Offenbar lagen Rapallo und La Spezia hinter uns, und wir waren nun auf dem Weg nach Rom!

Ich ging wieder den Gang entlang, bis ich zu dem Abteil, in dem ich geschlafen hatte. Der Priester war noch da. Er hatte das Tablett am Fenster ausgeklappt, einen Bogen braunes Packpapier darübergelegt und eine Focaccia, einen Apfel und ein dickes, cremiges Dreieck *Bel Paese* darauf aufgebaut. Er nahm sein Schweizer Taschenmesser und halbierte den grünen Apfel, dann viertelte er ihn, sah auf und machte mir ein Zeichen, ich solle mich zu ihm setzen.

»*Vuoi mangiare?*« fragte er.

»*Sì, grazie.*«

Er reichte mir ein Stück Apfel und schlug ein Kreuz darüber. Es schmeckte herrlich. Ich war sehr hungrig. Er schnitt ein dreieckiges Stück von der Focaccia ab und reichte es mir über den kleinen Tisch hinweg.

Als ich die Focaccia kaute, atmete ich den Duft des Olivenöls ein, das in kleinen grünen Pfützchen auf der salzigen Oberfläche des Brotes schimmerte. Ich war glücklich. Beinahe hätte ich vergessen, daß ich herausfinden mußte, wo der Zug war.

Als wir fertig gegessen hatten, holte der Priester eine Flasche San-Pellegrino-Mineralwasser heraus, und nachdem er einen Schluck getrunken hatte, reichte er sie mir. In den Jahren, seit wir in Portofino Ferien machten, hatte ich genügend Italienisch aufgeschnappt, um ganz gut zu verstehen, worüber die Leute redeten, und ein paar Worte sagen zu können. Aber viele Italiener sprachen Englisch, daher versuchte ich es für gewöhnlich zuerst damit.

»*Sono americano.* Sprechen Sie Englisch?«

»Sì, un poco.«

»Wo sind wir?«

»Come?«

»Der Zug.« Ich deutete nach draußen. »Wo ist das? Wo sind wir? Was für ein Bahnhof, *stazione*, kommt als nächstes?«

»Ah sì, sì.« Er lächelte. »La Spezia, nächste 'alt.«

»*Grazie.*«

»*E tu?* Fährst du *Roma*?«

»Nein, La Spezia.«

»*Bene, bene.* Ich fahre *Roma. Al Vaticano per una conferenza di teologia.*«

»Aha. Vielen Dank für das Essen. *Molto buono!*«

Er zuckte mit den Achseln. *»Di niente.«*

Der Zug verlangsamte seine Fahrt. Als wir aus einem kurzen Tunnel kamen, umgaben uns Gebäude, meist die Rückseite großer Wohnblocks, im Zentrum von La Spezia. Der Wind, den unser Zug verursachte, ließ Hunderte von Laken in schmuddeligen Innenhöfen aufgeregt flattern.

Ich stand auf.

»Grazie e arrivederci.«

»Buon viaggio!«

Der Priester lächelte.

In La Spezia schaute ich auf die Bahnhofsuhr. Es war halb zehn Uhr morgens. Ich spürte, wie von dem fleckigen, rostfarbenen Bahnsteig die Hitze aufstieg. Die vertrockneten Gräser zwischen den Gleisen raschelten in der sanften Brise. Ein warmer Windstoß trieb Papierschnitzel in eine Ecke, schließlich blieben sie auf den Steinen zwischen den Schwellen liegen. Es waren nicht viele Leute am Bahnsteig.

Ich überquerte die Gleise, nahm nicht die Unterführung wie in der Schweiz, sondern ging einfach oben darüber auf eine Abfahrtstafel zu. Es dauerte eine Weile, bis ich den Fahrplan entziffert hatte. Endlich, nachdem mir ein Gepäckträger ein wenig geholfen hatte, entdeckte ich, daß der nächste Zug nach Santa Margherita um fünf nach zehn kam.

Der Zug hatte nur wenig Verspätung. Gleich nach dem Einsteigen schloß ich mich in der winzigen Toilette ein und wartete. In dem engen Raum roch es heftig nach uraltem Urin. Das erinnerte mich an den Bauer im Spital in Monthey. Als der Zug eine gewisse Geschwindigkeit erreicht hatte, war es nicht mehr so schlimm. Ich öffnete das Klappfenster und stellte mich an das Waschbecken aus Edelstahl, mit dem Rücken zur Wand, die frische Luft blies mir ins Gesicht. Ich schaute in den Spiegel. Und stellte fest, daß der Verband um meinen Kopf schmutziggrau war.

Der blaßgelbe Bahnhof in Santa Margherita mit seinen aufgemalten »Fenstern«, die eine fensterlose Mauer zierten, sah aus wie immer. Und das unregelmäßige Klingeln der Bahnhofsglocke klang auch wie immer. Sogar die Eidechsen, die sich auf den riesigen Granitfliesen an der Bahnsteigkante sonnten, waren wie die, die ich jeden Sommer, seit ich drei Jahre alt war, zu fangen versuchte.

Ich spazierte zu dem *Cambio*-Kiosk hinüber. Dieser hier hatte geöffnet.

Nachdem ich meine restlichen Franken in Lire gewechselt hatte, verließ ich den Bahnhof und ging zur Bushaltestelle. Dort wartete ich auf den Bus von Rapallo nach Santa Margherita und Portofino. Zum Glück hatte ich noch Geld für eine Busfahrkarte. Mein Bein war ganz schwer. Zu Fuß wäre es ein weiter Weg nach Portofino gewesen.

52

Der Bus war voll. Eingequetscht zwischen andere Fahrgäste stand ich ans Rückfenster gelehnt. Vor jeder Kurve hupte der Fahrer fröhlich und ohrenbetäubend, dann rangierte er vorsichtig um die Biegung der engen, einspurigen Küstenstraße. Der gesamte Gegenverkehr, ein Schwarm Vespas, Mofas und Fiats, blieb stehen oder fuhr zurück, um uns vorbeizulassen. In jeder Kurve drohte unser Bus ins Meer zu stürzen. Das hintere Ende schwenkte aus über die zehn Meter unter uns liegenden zackigen Felsen und das Wasser, dann wieder zurück, und wir umrundeten die nächste Ecke.

Als wir die Haarnadelkurve oberhalb der Bucht von Paraggi durchfuhren, kamen wir an der felsigen Landzunge vorbei, auf der die Villa stand, die wir »die Burg« nannten. Unterhalb der Burg lagen abgestürzte Felsbrocken, über die man zum Wasser hinunterklettern konnte. In dieser Bucht hier kannte ich jeden Winkel. Jede Pinie, die ins Wasser hinausragte, war mir vertraut. Wäre eine gefällt worden, ich hätte es bemerkt.

Die ordentlich aufgereihten rot-weißen Liegestühle, die blauen Cinzano-Schirme, die *pensione Biea* und die Sonnenterrasse: alles war dort wie seit eh und je. Ich schaute jeden gebräunten Körper am Strand ganz genau an und musterte die Leute, die in der Snackbar herumstanden. Der Bus hielt. Beinahe wäre ich ausgestiegen, doch dann widerstand ich der Versuchung. Ich beschloß, lieber erst nach Portofino zu fahren, zu Gino zu gehen und eine Übernachtungsmöglichkeit zu suchen, dann zurück zum Strand zu laufen und nach Jennifer Ausschau zu halten.

Ich blieb im Bus. Während wir langsam die andere Seite der Bucht umrundeten, schob ich mich nach vorn, um aus dem anderen Fenster Ausschau nach einem goldblonden Pferdeschwanz zu halten.

Nach drei weiteren Heckschwüngen fuhren wir in einen langen, düsteren und hallenden Korridor, die Rückseite der Häuser um die Bucht von Portofino. Wir bogen auf den Gemeindeparkplatz ein. Außer für frühmorgendliche Lieferungen durften keine Fahrzeuge die schmalen Gassen und die Piazza befahren.

Der Bus hielt an. Zischend glitten die Türen auf. Ich trat auf den in der Hitze glühenden Asphalt. Ich ließ die paar Lire in meiner Tasche durch die Finger gleiten. Eigentlich waren die Leute, die ich hier in Portofino kannte, nur Ferienbekanntschaften. Bestimmt rechneten die nicht damit, daß ich ohne meine Familie bei ihnen aufkreuzte und bei ihnen übernachten wollte.

Ich hatte mir ausgemalt, wie herrlich die Ankunft in Portofino sein würde, hatte mir aber bis zu diesem Moment keine Gedanken darüber gemacht, ob meine Freunde sich freuen würden, mich zu sehen, wenn ich ihnen erzählte, daß ich allein war und kein Geld für ein Zimmer im Hotel *Nazionale*, ja nicht einmal für Essen und Trinken hatte.

Ich stand da und starrte in die flimmernde Hitze über den Reihen parkender Autos. Als der letzte Fahrgast ausgestiegen war, schlenderte der Fahrer zu den Schirmen und Stühlen des Cafés an der Ecke des Parkplatzes hinüber. Ich versuchte, mich zu sammeln, während der Fahrer an die Theke trat, die Kappe abnahm, sich den kahlen Schädel mit einem großen blauen Taschentuch abwischte und der Kellner ihm Espresso servierte.

Ich war nahe dran aufzugeben und überlegte, ob ich mit meinen restlichen Lire eine Busfahrkarte kaufen und wieder zurückfahren sollte. Auf der Rückfahrt in die Schweiz könnte ich mich in der Zugtoilette verstecken. Dann mußte ich an Jennifer denken, wenn sie mit strahlenden Augen übers Meer schaute, an die Silberfontäne, die ihr Pferdeschwanz hinterließ, wenn sie nach einem Kopfsprung wieder an die Oberfläche kam und den Kopf zurückwarf.

Und dann tauchte ich in den Schatten und Lärm der Straße ein, die zum Hafen führte. Ich sah vertraute Lebensmittelgeschäfte mit duftenden Auslagen voll riesiger reifer und seltsam geformter Paprika und Tomaten, ich sah die Schuhgeschäfte und die Souvenirstände. Als ich um die letzte Ecke bog, lag die glitzernde Bucht vor mir. Sanft schaukelten die Yachten im trägen Rhythmus des Sommers. Ich holte tief Luft und seufzte.

Dann überquerte ich den kopfsteingepflasterten Platz, ging vorbei an Boutiquen, an die Yachten begaffenden Leuten, an alten Frauen, die im Schatten ihrer Eingangstüren klöppelten, an einem Fischer, der seine Netze zum Flicken ausbreitete, die Stufen zu Ginos Sommeratelier hinauf.

Ich stieg über eine hagere Katze, die an einem fliegenumschwärmten Fischkopf kaute, und rannte die Treppe hinauf zu dem obersten Tor. Das Tor war angelehnt. Ich stieß es auf und trat ein. Gino stand vor seiner Staffelei, mit dem Rücken zu mir. Er arbeitete gerade an einem riesigen Ölgemälde, auf dem eine nackte Frau eine Bahnstrecke entlangspazierte, einen Delphin an der Leine. Ihr Haar stand in Flammen.

Wie üblich war Gino von einer Menge Staffeleien, Bierkästen, Spinatkisten und anderen Restaurantvorräten umgeben. Er paffte eine filterlose Gauloise. Eine beißende Rauchwolke trieb auf mich zu, hüllte mich ein und brachte mich zum Husten.

53

Gino blickte über die Schulter, gab mir mit einer Kopfbewegung zu verstehen, ich solle mich setzen, und wandte sich dann wieder seiner Arbeit zu. Vorsichtig hockte ich mich auf eine Kiste mit Thunfischkonserven und wartete. Ich wartete darauf, daß Gino den Pinsel hinlegte, eine Zigarette rauchte und mit mir redete.

Während Gino malte, sah ich mich um. Über mir hing die staubige bunte Glühbirnengirlande. Sie stammte noch aus der Zeit, als das Restaurant, von dem Gino das Atelier mietete, im Innenhof Tische aufgestellt hatte, bevor die neue Dachterrasse gebaut wurde. Auf der einen Seite war die graubraune Felswand, auf der anderen eine ockerfarben verputzte Mauer, mit einem einzigen Fenster. Dieses füllte ein riesiger Ventilator aus, der unablässig Dampf und Essensgeruch im Hof verteilte. Neben dem Ventilator führte eine Tür in die Küche. Rechts unten war die Tür ganz verkratzt – von Generationen von Katzen, die hier Leckerbissen erbettelten.

Die meiste Zeit des Tages schien keine Sonne in Ginos Innenhof. Nur gegen Mittag fiel ein Fetzchen Sonnenlicht durch das müde, verwelkte Weinlaub auf dem morschen Spalier.

Gino malte, ohne mich anzusehen. Er trug Sandalen, etwas zu weite khakifarbene Hosen und eine farbbespritzte Schürze. Die öligen, strähnigen Locken hatte er sich aus dem Gesicht gestrichen. Da er stundenlang mit einer brennenden Zigarette zwischen den Lippen malte, kniff er ständig die Augen zusammen.

Ich stand auf und setzte mich in Ginos farbverschmierten Liegestuhl, streckte die Füße aus und entspannte mich. Stundenlang konnte ich Gino dabei zusehen, wie er malte, einen Schritt zurücktrat, sein Werk betrachtete, wieder nach vorn trat und ein bißchen weitermachte, Farben mischte, falsche Pinselstriche übermalte, rauchte, hustete, trank und blinzelte. Ein schönes Gefühl, daß ich mir keine Sorgen machen mußte, hier bei ihm entdeckt zu werden. Mom hatte Gino nie gemocht. Sie nannte ihn »diesen schrecklichen Alkoholiker«, und ich durfte ihn nur besuchen, wenn ich ihm eine religiöse Schrift mitbrachte.

»*Bene«*, brummte Gino. Er legte den Pinsel hin, wischte sich die Hände ab, zündete sich eine neue Zigarette an und wandte sich zu mir. »Wie getes dir?«

»Sehr gut, danke.«

»Ich 'abe dir vermißt. Ich 'abe gedakt, du makst keine Ferien diese Jahrä!«

»Wir konnten letzte Woche nicht kommen.«

»Aberä jetztä seid ihr allä da? *Bene, bene.*« Gino kam auf mich zu und tätschelte mir die Wange. »Was 'ast du mit deine Kopf gemakt?«

»Ich habe ihn mir angeschlagen. Ist nichts Ernstes.«

»Wie? Wie 'ast du das gemakt?«

»Das ist eine lange Geschichte.«

»Gut! Du erzähl mir!«

»Gino.«

»Sì?«

»Gino, ich muß dich was fragen.«

Gino schenkte ein Glas zu einem Viertel mit Johnnie Walker Red Label voll und ließ sich in einen Liegestuhl plumpsen.

»Setz dich 'ier!« Gino klopfte auf die Kante einer Kiste mit Salat. Ich ging hinüber, setzte mich neben ihn, zog gedankenverloren ein Blättchen Rucola heraus und kaute darauf herum.

»Gino, es ist etwas passiert. Ich bin allein hier.«

»Mit deinä *sorelle*?«

»Nein, ganz allein, nur ich.«

»Ganz allein im *Nazionale*?«

»Nein. Ich bin erst heute morgen angekommen. Ich habe noch kein Zimmer.«

»Ich verstehä dir nicht. Calvino, wo is' deinä *famiglia*?«

»Zu Hause. Ich bin ohne sie gekommen.«

»Ich 'ätte nicht geglaub', daß deinä Vater so klug ist und dir allein 'eerschickt. Er ist eine seltsamä Mann!«

»Ja, er ist seltsam. Das ist ein Grund, warum ich allein hier bin, aber er hat mich nicht hergeschickt. Gino, ich bin von zu Hause weggelaufen.«

»Madonna!«

»Ja.«

»Die wisse, daß du 'ier bis?«

»Nein.«

»Misericordia!«

»Es kam alles ganz überraschend. Ich habe nicht einmal was zum Anziehen dabei. Und Geld habe ich auch keines, nur ein paar Lire.«

»Calvino! *Warum* du tust das?«

»In unserer Mission hat es einen großen Streit gegeben, zwischen Dad und jemand anderem, dann hatten Dad und Mom eine Auseinandersetzung mit dem Missionsaufsichtsrat – das sind die Leute, für die Dad arbeitet. Und deshalb sollten wir keine Ferien haben. Dad hat mich beschuldigt, ich wäre ein Homosexueller. Das war gelogen, und deswegen bin ich abgehauen, nachdem ich Großmutter das Leben gerettet habe und es mir wieder besser ging, weil ich mir das Bein zum zweiten Mal gebrochen hatte. Außerdem wollte ich Jennifer sehen. Und dich natürlich.«

Ich dachte, Gino würde mir einen Haufen Fragen stellen und sich alles bis ins Detail erklären lassen. Normalerweise wollte er über meine Familie immer ganz genau Bescheid wissen. Aber er saß einfach nur da und schaute mich an, rauchte und nippte an seinem Glas. Er blieb so lange schweigend sitzen, daß ich nervös wurde und wieder weiterredete.

»Gino, ich habe beschlossen, daß ich nicht mehr an die Prädestination glaube.«

»Glaubs' du nicht mehr an Gott?«

»Nein, ich bin kein Atheist – ich glaube einfach nur nicht daran, daß Gott alles vorausplant.«

Gino sagte nichts.

»Gino, du glaubst doch an den freien Willen, oder?«

Gino sah mich an, zog so intensiv an seiner Zigarette, daß der Tabak knisterte, und lächelte. »Calvino, du bis' eine interessante Jungä! Warum 'at deinä Vater gesag', du bis' eine *omosessuale*?«

»Das stimmte gar nicht. Ein Mädchen hat mich und meinen Freund von dem Heim nebenan zusammen gesehen. Sie hat es den Ladies erzählt, und die haben es Dad erzählt. Ich habe mir den Kopf unter der Kellertreppe gerammt und mußte meinen Freund, Jean-Pierre, im Dunkeln zurücklassen, und sie haben ihn entdeckt, während ich beim Arzt war, und ausgefragt und einen Haufen Lügen aus ihm rausgequetscht. Ich mußte ihm immer helfen, weil er losbrüllt, wenn er sich berührt.«

Verständnislos schüttelte Gino den Kopf.

»Wenn er, du weißt schon, äh, masturbiert … Jedenfalls, er schreit dann immer los. Ich berühre mich nur ab und zu. Na ja, eigentlich ziemlich oft. Aber deswegen bin ich doch noch kein Homosexueller, oder?«

»Nein, das is' normal. Aberä *ich* findä, istä schadä, daß du keine wirkliche *omosessuale* bis'! Das muß man sich vorstellenä! Eine 'übschä jüngä Mann, allein mitä mirä!« Gino warf den Kopf in den Nacken und lachte.

Ich muß ziemlich verdutzt ausgesehen haben, denn er tätschelte meine Hand und sagte: »Calvino, mak dir keinä Sorgenä. Ich nur Spaß.«

»Mir macht das nichts aus.«

Gino nahm einen Schluck Whiskey und lächelte.

»Jennifer, sie is' gekommen, um fier dich zu schauen, als du nicht an die *spiaggia* wars', an die Strand.«

Ich sprang auf.

»Wirklich?«

»*Sì*. Sie frag' mir, ob ich dir gesehenä 'abe.«

»Wann?«

»Letztä Wochä.«

»Fantastisch!«

»Nicht ›fantastisch‹. Wo gees du ’in? Was tus’ du? Wo schläfs’ du?«

»Ich weiß nicht. Deshalb bin ich zu dir gekommen. Ich dachte, du kannst mir vielleicht helfen.«

»Ah, Calvino, du weiß’, was die sagenä, wenn sie dich ’ier finden?«

»Ich brauche nur einen Platz zum Schlafen und ab und zu ein bißchen was zu essen, du mußt mich wirklich nicht durchfüttern. Der Kellner unten am Hafen gibt mir immer das letzte Stück Pizza, außerdem kann ich mir von den Frühstückstabletts vor den Hotelzimmern die übriggebliebenen Brötchen stibitzen. Ich weiß, wie ich ins *Nazionale* komme, ohne daß mich jemand sieht.«

Gino lachte.

»Ich muß sehen, ob ich Jennifer finde. Ich komme später wieder.« Ich machte einen Schritt auf das Tor zu.

»Calvino! Calvino! Warte! Du spinns’, du bis’ verrück’, so jung. Einmal ich bin weggelaufen. Nach eine Tag ich mußte wieda ssurück, weil meine Cousin meine Onkel erzähl’ ’at, daß ich in ihr’ Scheun’ bei Modena verstecke. Sie ’aben mir zurück zu meine *mamma* gebracht, und sie ’at mir geschlagenä. Ich vergesse nie! Ai-jai-jai. *Mamma mia!*«

Er rieb sich die Schenkel.

»Hoffentlich schickt mich keiner zurück. Und wenn doch, dann gehe ich einfach nicht!«

»Ich bin nicht deine Onkel oder die Polizia. Aber ich kann dir nicht ’ier in meine *appartamento* be’alten. Du bis’ zu jung. Die Leute wissenä, was ich bin, die ’olen die Polizia und alles is’ verlorenä.«

»Ich würde ihnen die Wahrheit erzählen.«

»Vielleicht sie dir glauben, aber selbs’ dann wirs’ du nach ’ause geschickt.«

»Was soll ich denn tun?«

»Warum gees’ du nicht nach ’ause?«

»Ich kann nicht. Ich habe die Pässe von den anderen verbrannt und so. Außerdem habe ich, glaube ich, meiner Schwester die Nase gebrochen.«

»Calvino! Was 'ast du getan!?«

Gino nippte mehrmals an seinem Whiskey, bevor er antwortete. Dann sah er mich an und zwinkerte mir zu. »Komm, ich mak dir ein Angäbot. Du darfs' 'ier in meine Atelier schlafenä und bekommst jede Tag etwas zu essen, unter *ein* Bedingung: Du schicks' deine *mamma* eine Postkarte und schreibs', daß es dir gut geet und du bald nach 'ause komms.«

»Nein!«

Ich machte einen Satz auf das Tor zu.

»Dann 'elfe ich dir nicht! Ich will dir nicht 'elfen, daß deine *mamma* vor Kummer sterbenä!«

»Die haben doch damit angefangen. Ich gehe niemals zurück!«

»Die Postkarte, warum schreibs' du nicht wenigstens eine *cartolina*? Du muss' ihne sagenä, daß du nicht tot bis'.«

»Dann wissen die, wo ich bin. Wenn ich schreibe, kommen sie und holen mich sofort. Mein Dad haßt mich.«

»Du muss' gut ieberlegen. Setz dir!«

Gino deutete auf die Salatkiste. Ich setzte mich. Ginos Zigarette brannte zwischen seinen Lippen zu einem feuchten Stummel herunter und ging aus. Fliegen summten um die verbeulte Mülltonne neben der Küchentür. Vom Hafen drangen Rufe und Gelächter die Treppe herauf. Ich hielt es kaum aus, hier zu sitzen und zu wissen, daß Jennifer in Paraggi war.

Gino schaute mich an. Ich konnte ihn nicht ansehen und starrte statt dessen die nackte Frau auf seinem Gemälde an. Eine Katze knurrte langgezogen und zornig.

Gino seufzte.

»Calvino, ich 'elfen dir, aber du *muss'* diesä Kartä schreiben. Ich werde sie in eine Umschlag an meinä Bruder in Modena schicken und ihm bitten, sie von dort aus zu senden. Dann sie wissen nicht, wo du bis'. Wir nehm' ein Postkarte ohne Bild von Portofino. Dann sie wissen, du bis' in Italia, aber sons' nix. Irgendwann sie werden sowieso 'ier nach dir suchen. Schließlich ist es besser, daß sie dich nicht 'assen, weil du sie so große Kummer gemak 'ast.«

»Wenn ich das tue, darf ich dann hierbleiben?«

»*Sì.*«

54

Gino schrieb die Karte für mich. Ich hatte ihm nie erzählt, daß ich nicht schreiben konnte. Als ich es jetzt tat, sagte er nichts, machte nicht einmal ein überraschtes Gesicht, schrieb nur auf, was ich ihm diktierte.

Mom,
ich bin in Italien. Es geht mir gut. Mach Dir keine Sorgen.

Calvin

»Gino, ich gehe jetzt, aber vorher muß ich dich noch was fragen. Wie alt muß man sein, um in Italien heiraten zu können?«

»Was sags' du da?« Gino schenkte sich noch etwas Whiskey ein, nahm einen Schluck und blinzelte mich an.

»Ich will Jennifer heiraten. Wie alt muß ich da sein?«

»Sexundreißig, glaube ich.« Gino lachte.

»Nein, ich mein's ernst! Wie alt, Gino?«

»Älta als du.«

»Ich werde warten, aber ich will wissen, wie lange ich warten muß.«

»Wie alt bis' du jetzt?«

»Fast sechzehn. Nächste Woche hab ich Geburtstag.«

»Fimfsehn! *Dio mio!* Du wills' mit fimsehn 'eiraten!«

»Ich sage doch, ich habe nächste Woche Geburtstag!«

Gino lachte so sehr, daß er seinen Whiskey verschüttete.

»Ich liebe Jennifer.«

»Ah! *L'amore!* Ist so wuunderbar!«

Als Gino aufgehört hatte zu lachen, fing er an zu weinen. Wahrscheinlich kam das vom Alkohol. Zwischen den Schluchzern rief er immer wieder: »Es ist wuunderbar! Wuunderbar!«

»Gino! *Bitte!* Wie ist das Gesetz hier?«

Gino wischte sich die Augen. »Mit oder ohne die Einwilligung von deinä Eltern?«

»Ohne.«

»Ich weiß nicht, vielleich' sexehn ohne ihre Einwilligung und aksehn mit.«

»Du meinst, sechzehn mit und achtzehn ohne.«

»Ja, so wie ich sagä: einunswansig Jahr alt!«

Gino weinte noch heftiger als vorher. Ich reagierte nicht.

»Kann ich die Einwilligung meines Vaters fälschen? Oder kannst du dich als mein Vater ausgeben?«

Endlich gelang es Gino, sich zusammenzureißen, und er antwortete: »Calvino, was is' mitä Jennifer? Und mit ihre *mamma*? Glaubs' du, sie lasse sie 'eiraten, wenn sie noch eine Kind is'? Calvino, warum liebs' du sie nicht einfach *e basta*?«

»Gino, ich sehe sie ja nur im Sommer. Das reicht nicht!«

»Calvino, wo wollt ihr lebenä?«

»Zum Beispiel hier in Portofino.«

»Wo?«

»Bei dir, bis ich eine Arbeit finde. Vielleicht zahlt mir der Bagnino etwas, wenn ich ihm am Strand helfe oder so.«

»Aber du bis' *americano*. Wie wills' du in *Italia* arbeitenä?«

»Hier kennt mich doch jeder. Wer sollte was dagegen haben?«

Gino schniefte herzerweichend. Eine Träne rann langsam seine Wange hinab.

»Es ist wuunderbar, aber es ist unmeglich!«

»Warum? Sie liebt mich.«

»Sags' du; 'offs du. Ich 'offe es auch!«

»Ich weiß, daß es so ist. Letztes Jahr hab' ich beinahe ihre Brüste anfassen dürfen!«

Ginos Schluchzen mündete in explosionsartiges Gelächter. Der Whiskey schwappte aus dem Glas. Je mehr er verschüttete, desto mehr lachte er, bis sein Glas schließlich leer war und alles nach Whiskey stank.

»Gino! Glaubst du mir nicht?!«

Gino lachte so heftig, daß ihm das Glas aus der Hand rutschte und zerbrach. Endlich beruhigte er sich, wischte sich die Augen, stand schwankend auf, holte ein anderes Glas aus der Kiste, in der er seine Getränke und Pinsel aufbewahrte, schenkte sich einen neuen Johnnie Walker ein, setzte sich wieder hin und schaute mich an.

»Ah, Calvino! Ich 'abe auch beinahä Briste beriert und sie nicht ge'eiratet!«

»Das ist etwas anderes. Jennifer ist nicht irgendein Mädchen. Sie ist meine beste Freundin.«

»Ja, das ist was andere, da du 'ast recht. Vielleich' du wirs' sie tatsächlich eines Tages 'eiraten. Aber du kanns nicht sicher sein, daß ihre *mamma* ihr erlaub' zu 'eiraten mit fimfsehn!«

»Fast sechzehn.«

»Oder sexehn.«

»Ich kann ohne sie nicht leben.«

»Gehs' du nich' in *Inghilterra* in die Schule?«

»Früher mal, aber das war woanders.«

»*Ah sì, mi ricordo.* Aber du kanns' ihr Briefe schreibän.«

»Du weißt doch, daß ich nicht schreiben kann ...«

»*Ah sì, sì! Scusa!* Schick ihr Blumän ...«

»Gino! Ich will bei ihr sein!«

»*Mio dio!* Was ich soll nur tun?!«

»Gino, wenn Jennifer hierherkommt, wenn sie von zu Hause ausgerissen ist, können wir dann bei dir wohnen?«

»Ah no! No, no e no, impossibile!«

Gino streckte seine zittrige, farbbefleckte Hand aus und legte sie sanft auf meinen Arm.

»Calvino, ich glaube, du wirs' 'aben eine gebrochene 'erz. Mir ist auch so gegangän. Du tus' mir sehr leid!«

Er schaute mich an; wieder liefen ihm große Tränen über die Wangen. Sie tropften auf sein schmutziges T-Shirt und in sein Whiskeyglas.

»Gino, du kennst Jennifer nicht, sie wird zu mir halten!«

»Calvino. Ich kenne mir aus. Jennifer wird nach 'ause gehän, und du auch. Nach einä Weilä ihr seht euch wiedär, und es wird nicht mehr so sein wie frieher.«

»Ich werde sie *immer* lieben!«

»Ja, das wirsdu, und sie wirdich immer liebenä. Aber niemnd 'ilft jungä Liebendä. Deshalb wird deinä 'erz brechen. Niemand 'ilft!«

Gino weinte jetzt so heftig, daß er mir sein Glas reichen mußte, um das Gesicht in den Händen zu vergraben und zu weinen. Zwischen den einzelnen Schluchzern schaute er zu mir auf und sagte immer wieder: »Niemand 'ilft!«

Nach einer Weile beruhigte er sich, schniefte noch ein paarmal, wischte sich mit dem Handrücken die Augen, streckte die Hand aus, weil er sein Glas wiederhaben wollte, nippte etliche Mal daran und kramte in den Taschen, bis er seine Zigaretten fand. Ich zündete eine für ihn an.

»Calvino, weisdu warum 'erzen brechän? Weil niemand junge Liebende 'ilft, weil niemand ihr Liebe ernst nimmt.«

»Gino, ich muß jetzt wirklich gehen. Ich will sie sehen.«

»Aber ist ernst, und ist danach nie mehr so wie frieher. *Niemals!* Aber weisdu, warum deine 'erz bricht? Ich werdä dir sagen.«

»Gino, ich gehe jetzt rüber.«

»Weil einer von die beide immer mehr liebt als der andere. Und *du* bis' der, wo mehr liebt!«

»Woher willst du das wissen?«

»Weil ich in deinä 'eißen Augen sehe! Du bis' die mit die 'eiße Blut! Du renns' weg, du brichs' die Nase, du masturbiers' mit deine Freund, du schreis' deine *papà* und deine *mamma*. Calvino, ich kenne dir, seit du klein bis', du 'as die 'eiße Blut. Jennifer, die 'at die englische Blut. Deinä 'erz wird blute, Calvino, weil du mehr liebs'. Ich weiß es!«

»Ich frage sie trotzdem.«

Ich machte einen Schritt auf das Tor zu.

»Calvino, gibsdu mir eine *promessa*, eine Versprechen?«

»Und zwar?«

»Calvino, wenn deinä 'erz bricht, wirsdu mir versprechen, 'erzukommen und mit mirä zu weinän? Versprich mir, du wirs' ihr nich nachlaufen. Versprich, du wirs' nich *il treno* hinterher und in die *toiletta* mitfahren und erwisch werden, und dann 'ören die Eltern von Jennifer davon und lachän oder sind böse, und du brings' dich um fier ein klein Mädchen, weil du eine Jungä mit 'eiße Blut bis'. Versprichs mir, du komms' 'ier!«

»Aber Jennifer wird mir das Herz nicht brechen.«

»Versprichs mir, wenn sie doch tut, dann du komms' zuallerers zu mia!«

»Wenn du unbedingt willst. Aber jetzt muß ich gehen.«

»*Me les prometti*, Calvino?«

»Ja.«

Ich trat zum Tor hinaus. Gino rief mir nach.

»Guut! Wir werdän zusammen weinän! Trink eine kleine Whiskey!«

»Nein!«

»Wenn du keine Whiskey trinks', ich laß dich nicht bei mir wohnän!«

»Gino!« Ich trat wieder in den Hof. »Aber du hast doch gesagt ...«

Gino schenkte ein paar Tropfen in ein ziemlich schmutziges Glas und gab einen Schuß Wasser hinzu. Er stakste auf mich zu und hielt mir das Glas hin. Ich nahm einen Schluck.

»Wie viele *soldi* 'ast du?«

»Ungefähr tausend Lire.«

»Was glaubs' du denn!? Das reich' nich' einmal fier eine Ei!«

»Das meiste ist für den Zug draufgegangen. Wenn ich irgendwo schlafen kann, wofür brauche ich dann noch Geld? Etwas zu essen bekomme ich gratis. Und sonst brauche ich nichts. So, und jetzt gehe ich.«

Ich hielt ihm das leere Glas hin, aber er wollte es nicht nehmen.

»Du brauchs' Kleider und du brauchs' vielleich' auch andere Dinge.«

»Wird schon so gehen.«

»Wenn du was stiehls', du wirs' erwisch'. Niemand wird dich 'elfen, und du wirs' zurück nach *Svizzera* geschickt!«

»Ich werde nichts stehlen.«

Gino blinzelte heftig. »Nicht einmal eine Bade'ose fier Schwimmän?«

»Vielleicht nehme ich mir ja leihweise eine von der Wäscheleine hinter den Umkleidekabinen am Strand. Aber ich bring sie wieder zurück.«

»Ah! Siehsdu! Was ich sage! Du wirs' doch eine Dieb!«

»Nein, werde ich nicht!«

»Ich werdä dir die *soldi* leihän!«

»Das mußt du nicht.«

Ich machte einen Schritt aufs Tor zu. Gino packte mich am Arm.

»Gino! Ich muß gehen! Und zwar jetzt!«

»'ier sin' dreitausänd Lire. Du kaufs' eine Bade'ose. Ein Paar Sandale und Sommer'emd.« Gino zupfte an seinem farbbefleckten T-Shirt.

»Es geht schon.«

»Ich bestehä darauf!«

Gino zog seine Geldbörse hervor und entnahm ihr drei labberige Tausend-Lire-Scheine; einer davon war zerrissen und wieder mit Tesa zusammengeklebt. »Wenn du zu die *mercato* hinter die Parkplatz gehs', kriegs' du eine Paar Sandale wie die« – er streckte mir einen mit Plastik-Sandale bekleideten Fuß hin – »fir drei'undert Lire. Dort gibt auch sehr ginstige Sommer-T-Shert. Geh! *Via!*«

Er gab mir das Geld und schob mich zum Tor hinaus.

55

Der Pfad über den Hügel von Portofino nach Paraggi war schon immer mein Lieblingsweg. Er begann mit einer gefliesten Treppe mit breiten Stufen. Der Anstieg war so allmählich, daß man nie müde wurde. Oben wand sich der Pfad um den Hügelkamm, der die beiden Buchten voneinander trennte. Scherben, Platten, Farn, wilder Rucola, Thymian und Oregano gaben dem schmalen Pfad das Aussehen und den süßen Duft eines alten, verlassenen Gewächshauses.

Ungefähr auf halbem Weg nach Paraggi pflückte ich von einem zerzausten, betagten Feigenbaum eine riesige violette Feige. Über mir hörte ich ein leises Summen: Hoch oben im Baum schwirrten Tausende von Wespen, die der süßliche, stechende Duft der gärenden Früchte, der in der milden Luft hing, angelockt hatte. Daß die Feige reif war, sah ich an dem wohlriechenden rosigen Schlitz in der Seite.

Als ich weiterging, platschten meine neuen Sandalen über die Steine. Ein niedriges Mäuerchen säumte den Pfad. Farn wuchs aus den Ritzen, Eidechsen verschiedenster Größe und Farbe huschten hin und her. Unterhalb der

Mauer fiel der Hügel in einem Dickicht aus Birnbäumen, Feigen und Brombeersträuchern steil zu dem türkisen Wasser hinab.

Nachdem ich zehn Minuten abwechselnd schnell gegangen und gerannt war, kam ich – atemlos – zum Ende des Fußwegs. Ich überquerte die schmale Straße Richtung Meer und stieg zu den Häusern und dem schmalen sichelförmigen Strand von Paraggi hinab.

Kinder sprangen von dem niedrigen Pier, der in die seichte Bucht ragte. Ruderboote, die man halbstundenweise mieten konnte, tanzten ziellos auf den sanften Wellen auf und ab. Der Geruch nach Pizza und Sonnenmilch driftete übers Wasser.

Abgesehen von den Badeanzügen, die jedes Jahr kleiner wurden, war jeder Sommer genauso wie der vorhergehende. Seit ich denken konnte, rechte der Bagnino den Sand, stellte Liegestühle in Reihen auf und vermietete Ruderboote. Jahr für Jahr waren das dicke, ältere Ehepaar, die Besitzer der Pensione Biea, ihre blasse Tochter Lucrezia und die meisten der italienischen, deutschen und französischen Familien gleich.

Während ich dem gewundenen Weg folgte, hörte ich das Klappern von Besteck und Gläsern unter den Schirmen an der Snackbar. Ich brauchte gar nicht hinzusehen, um zu wissen, daß die Leute dort Pizza oder Tomaten mit Mozzarella aßen. Die verblaßte Speisekarte an der Wand der Snackbar war immer die gleiche. Nur die Preise wurden jährlich angepaßt.

»Jennifer, mein Schatz, komm raus, wir essen!«

Ich sah mich wild um, bis ich Mrs. Bazlinton entdeckte, die den Pier entlangging und nach ihrer Tochter rief. Dann sah ich einen goldenen Pferdeschwanz, der eine silberne Fontäne hinterließ. Meine Brust zog sich zusammen.

Mit ein paar geschickten Zügen schwamm Jennifer zu der Leiter am Ende des Piers. Sie kletterte heraus, strich das

Haar zurück und lief über die nassen Planken auf ihre Mutter zu. Sie lief wie ein Junge, zielstrebig und bestimmt, ohne Bewegungen zur Seite oder Armschlenker. Sie trug einen einfachen schwarzen Badeanzug.

Schließlich blieb Jennifer stehen, hob ihr Handtuch auf und lief den Strand entlang, auf ihren Vater zu, der gerade die Zeitung zusammenklappte. Mrs. Bazlinton ging zu ihrem Liegestuhl, schlüpfte in einen weißen Bademantel und rückte ihren riesigen Strohhut zurecht.

Die Bazlintons aßen immer in der *pensione* zu Mittag. Als kleines Mädchen mußte sich Jennifer nach dem Essen hinlegen, während ich am Strand bleiben durfte, weil sich unsere Familie ein tägliches Mittagessen in der Pension nicht leisten konnte und daher picknickte. Ich lachte sie immer aus, weil sie nach dem Essen schlafen mußte. Und sie zog mich auf, weil meine Mutter vor und nach dem Abendessen immer so lange betete.

Ich wußte genau, wie das Mittagessen-Ritual der Bazlintons aussah. Zuerst duschten sie unter dem lauwarmen Wasser der *pensione*. Jennifer zog ein geblümtes Kleid oder Shorts und T-Shirt an. Das aschblonde, sonnengebleichte Haar zu einem in der Sonne feucht schimmernden Pferdeschwanz zusammengebunden, schlenderte sie auf die Terrasse und setzte sich hin, knabberte an den *grissini*, die langen braunen Beine unter dem Tisch seltsam ausgestreckt.

Ich hatte mich öfter in die Eingangshalle geschlichen, um Jennifer von dort aus zu beobachten. Einmal, vor Jahren, hatte sie hochgeschaut und mich entdeckt. Ich hatte so getan, als wollte ich gleich auf die Terrasse hinauskommen, um sie etwas zu fragen. Ich glaube nicht, daß ich sie überzeugt habe.

Ich beschloß, außer Sichtweite zu bleiben, bis ich sicher war, daß die Bazlintons beim Mittagessen waren. Dann würde ich in Jennifers Zimmer gehen und dort auf sie warten. In der Pensione Biea in Paraggi schloß niemand seine Tür ab.

Als ich aus dem sonnendurchfluteten Korridor in das kühle, dunkle Zimmer trat, wußte ich sofort, daß hier Jennifer wohnte. Ich wußte es, bevor sich meine Augen an das matte Licht gewöhnt hatten, das durch die Ritzen der geschlossenen Fensterläden drang. Ich erkannte es an dem Geruch nach Pears-Seife und Talkumpuder.

Ich sah Jennifers wenige Habseligkeiten, die ordentlich aufgereiht auf der Pinienholzkommode vor der weißgetünchten Wand standen. Ihr blaugrau karierter Faltenrock hing über einer Stuhllehne. Ihre Bürste und ihr Kamm waren die einzigen Sachen auf der Kommode. Daneben glitzerte etwas im Dunkel, etwas Silbernes. Es war ein Foto, ungefähr so groß wie eine Postkarte. Vorsichtig nahm ich es in die Hand und hielt es in einen Streifen Sonnenlicht, der durch die Fensterläden einfiel. Ich drehte das Bild richtig herum und spürte, wie ein Kitzeln von meiner Magengrube nach oben sauste, durch meine Brust hindurch, bis in meinen Kopf. Es war ein Bild von mir in Badehose, wie ich neben dem Pier stand. Jennifers Dad mußte es im Vorjahr aufgenommen haben, ohne daß ich es bemerkt hatte.

Mein Herz machte einen Satz. Ich konnte kaum stillstehen. Beinahe wäre ich rausgegagnen und hätte auf dem Flur gewartet, wäre vielleicht sogar zum Speisesaal geschlichen, um zu sehen, ob Jennifer und ihre Eltern schon mit dem Essen fertig waren. Ich beschloß, es sein zu lassen, weil ich fürchtete, daß Lucrezia mich entdeckte.

Langsam stellte ich das Foto wieder auf die Anrichte. Immer wieder ging ich von dem Foto zur Tür und wieder zurück. Jedesmal, wenn ich das Bild anschaute, fiel mir ein, wie Jennifer sich immer damit brüstete, daß sie nie etwas Unnützes auf Reisen mitnahm. Sie machte sich über meine Familie lustig, vor allem über meine Mutter, weil wir soviel Gepäck hatten, »den ganzen nutzlosen Plunder«, wie Jennifer es nannte.

Niemand außer mir war auf dem Foto. Es war ein Bild,

wie es Verheiratete von ihrem Ehepartner aufbewahren, nicht irgendein zerfledderter Schnappschuß, den man als Lesezeichen oder so verwendet, und zwar in einem Silberrahmen. Es war den ganzen Weg von England hierher nach Italien gereist, mit jemand, der kaum was zum Anziehen, zwei Bücher, kein Make-up und nur ein Paar Sandalen dabei hatte.

In der Gasse vor Jennifers Fenster spielte jemand Ball. Vom Strand her hörte ich fröhliches Kreischen. Der Bus fuhr an den Straßenrand, scherte dann wieder aus. Er fuhr nach Portofino, das wußte ich, weil der Fahrer hupte.

Dann ging die Tür auf, und Jennifer trat aus dem in Sonnenlicht getauchten Flur ins Zimmer. Ich hielt den Atem an. Sie machte die Tür hinter sich zu.

Bevor ihre Augen sich an das Halbdunkel des Zimmers gewöhnen konnten, sagte ich: »Hi, Jennifer.«

Vor Schreck zuckte sie zusammen. *»Du verdammter Mistkerl!«* brüllte sie.

»Oh, entschuldige, hab ich dich erschreckt?«

»Ja, das kann man wohl sagen!«

»Freust du dich, mich zu sehen?«

»Nicht besonders.«

»Wie lang bist du schon hier?«

»Ungefähr zehn Sekunden.«

»Du weißt, was ich meine.«

»Wir sind letzte Woche angekommen.«

Das Seltsame an dem Ganzen war, daß unsere Begegnung genauso ablief wie in meiner Geschichte. Ich hatte jedes Wort geprobt. Viele Male hatte ich mir unser Gespräch vorgespielt, unter der Hecke, in meinem Bett, droben im Wald, selbst auf dem Weg zu Bauer Ruchet. Und dann verdarb ich alles. Ich brach in Tränen aus und schlang meine Arme um Jennifers Hals.

Ich weinte heftiger als jemals zuvor, wenn man mal von der ersten Nacht in der Great-Dunstable-Schule absieht, als ich Heimweh und Angst hatte und auf den Dachboden gestiegen war, wo ich mich hinter dem Auffangbecken für das Regenwasser versteckte, die Wange an das kühle, feuchte Metall gepreßt.

Zuerst blieb Jennifer ganz still stehen. Dann legte sie langsam die Arme um mich. Ihre bloßen Arme waren warm.

Als ich aufgehört hatte zu schluchzen, trat Jennifer einen Schritt zurück und neigte den Kopf ein wenig. Sie lächelte. »Hm, und ich hatte gehofft, du würdest dich *freuen*, mich zu sehen. Wenn allein mein Anblick Tränenströme bei dir hervorruft, werden diese Ferien wohl ziemlich schrecklich werden!«

Ich wischte mir die Augen, war nur ein kleines bißchen verlegen. Schließlich hatte Jennifer mich schon weinen sehen, als wir klein waren. Und ich hatte sie noch vor ein paar Jahren weinen sehen, als sie in die Flasche getreten war.

Jennifer nahm meine Hand. »Calvin, ist irgendwas Schlimmes passiert?«

Ich wollte gerade antworten, überlegte es mir dann aber doch anders. Ich wollte lieber, daß meine Geschichte weiterging. Ich zog Jennifer an mich und küßte sie. Sie hob das Gesicht ein wenig und küßte mich zurück, ganz heftig. Dann überraschte sie mich, oder vielmehr nicht, weil es genauso war, wie es sein wollte, wie ich es mir ausgemalt hatte. Sie gab mir einen Schubs, und ich fiel auf die graue Wolldecke auf ihrem schmalen Bett, und Jennifer fiel auf mich drauf und preßte ihren langen schlanken Körper an meinen. Ich atmete ihren Duft ein, und sie küßte mich, und ich legte die Arme um sie, während sie sich an mich drückte.

So lagen wir also da, küßten uns und rieben unsere Körper aneinander, aber Jennifer sprang nicht wie sonst auf, und als meine Hände ihre Brüste gefunden hatten, stieß sie sie nicht beiseite, sondern ging ein bißchen ins Hohlkreuz, damit ich sie besser anfassen konnte.

Jennifer atmete genauso heftig wie ich. Die Träger ihres Kleids verrutschten. Nur noch ein Knopf trennte mich von der Erfüllung meiner Voraussage. Ich nestelte an dem Knopf; ihr mit weißblauen Blumen bedrucktes Kleid öffnete sich von selbst. So war es vorherbestimmt. Ich fühlte mich, als würde ich ertrinken.

Ich fiel in Ohnmacht, starb, explodierte, und Jennifer genauso. Ich hörte, wie sie keuchte.

Danach sprang Jennifer nicht auf, so wie sie es immer in meiner Geschichte tat. Statt dessen blieb sie auf mir liegen und hielt mich fest. Dann setzte sie sich langsam auf, drehte sich zu mir um und sagte: »So! Ich hoffe, jetzt geht's dir besser!« Sie lächelte.

Ich lag ganz still da und überlegte, ob ich nun anfangen sollte, alles zu erklären. Jennifer schien meine Gedanken zu erraten.

»Nicht nötig, Calvin. Dein Vater hat in der *pensione* angerufen und wollte mit Daddy sprechen. Er hat ihm erzählt, daß du weggelaufen bist und vielleicht hierher unterwegs bist. Er sagte, Daddy möge ihn anrufen, falls du auftauchst. Daddy hat erzählt, dein Vater hätte wie ein kleines Kind geweint und wäre ganz außer sich gewesen.« Jennifer drückte meine Hand und stand auf. »Daddy sagt, dein Vater hätte ihn gebeten, dir auszurichten, daß es ihm leid täte, und daß du ihm hoffentlich verzeihst, oder daß er dir verzeiht. Wie rum genau, weiß ich nicht mehr.« Jennifer tätschelte mein Knie. »Ganz schön was los bei der Becker-Sippe, hm?«

Ich nickte, wußte aber nicht, was ich sagen sollte. Ich starrte auf das Sonnenlicht, das vom Wasser reflektiert auf die rissige Zimmerdecke fiel. Ich stellte fest, daß meine Badehose ganz naß und klebrig war. Ich setzte mich auf und starrte auf den größer werdenden Fleck. Jennifer lachte.

»Irgendwelche Probleme?«

Ich vermied es, sie anzuschauen, und ging in Jennifers

Badezimmer hinüber, zog mein T-Shirt aus, behielt die Badehose an, stieg in die Dusche, drehte das heiße Wasser auf und ließ lauwarmes Wasser auf mich herabtröpfeln. Jennifer stand in der Tür.

Ich fühlte mich leer, nicht traurig, einfach nur ausgelaugt. Eines wußte ich ganz sicher: Es war egal, ob Jennifer Dads Nachricht falsch erzählt hatte oder nicht, ob ich Dad vergeben sollte oder er mir vergeben hatte. So oder so, es spielte keine Rolle mehr. Was Dad dachte oder sagte, war nicht mehr wichtig. Jennifer stand neben mir. Dad schien ganz weit weg.

Als ich aus der Dusche trat, gab mir Jennifer ihr Handtuch.

»Calvin, du hast mir gefehlt.«

Ich lächelte und warf durch die Badezimmertür einen Blick auf mein Foto.

»Ich weiß.«

Jennifer folgte meinem Blick. Als sie mich wieder ansah, war sie ganz rot. Sie war so wunderschön, daß ich vergaß, mich abzutrocknen. Ich stand einfach tropfnaß da und starrte sie an.

»Oh, hör auf, mich anzuglotzen und mir idiotische Fragen zu stellen wie so ein blöder Trottel!« sagte Jennifer.

»Ich habe gar nichts gefragt!«

»Na, dann will ich *dir* mal ein paar Fragen stellen! Zum Beispiel, was macht dieses schmuddelige, große klebrige Pflaster da an deinem Kopf?!«

»Das ist eine lange Geschichte«, seufzte ich.

»Du kannst mir gleich alles erzählen.«

Jennifer machte auf dem Absatz kehrt, durchquerte das Zimmer mit drei Schritten und riß die Tür zum Flur auf. Auf der Schwelle drehte sie sich um, die Hand in die Taille gestützt. »Und? Kommst du jetzt oder nicht?«

Ich nickte und rieb mich hastig mit dem Handtuch ab. Jennifer marschierte den Flur entlang bis zur Treppe, die zur

Eingangshalle führte. Ich ließ das Handtuch fallen und rannte ihr nach.

Als wir aus der *pensione* traten, griff Jennifer nach meiner Hand und führte mich den Weg zum Strand hinunter. Wir kamen an einem kleinen Orangenbaum in einem riesigen Terracottatopf vorbei, bogen um die Ecke, gingen um die Reihe von Umkleidekabinen herum und traten auf den heißen Sand.

»Also, das mit dem Verband war so …« fing ich an.

Ungeduldig drückte Jennifer meine Hand.

»Nicht jetzt. Wir haben massig viel Zeit. Erzähl's mir, während wir zur Landzunge rausschwimmen.«

Cato Isaksen, der sympathische Kommissar aus Oslo, versucht den Mord an der 18-jährigen Therese aufzuklären. Doch nicht einmal ihre Zwillingsschwester Tanja scheint ihm helfen zu können. Isaksen steht unter Druck: Es geschieht ein zweiter Mord. Ein Wettlauf mit der Zeit beginnt ...

Ausgezeichnet mit dem Riverton-Preis 1999 für den besten norwegischen Kriminalroman.

»Ein meisterhaft geschriebener Krimi - spannend bis zur letzten Seite.«
Drammens Tidene / Buskeruds Blad

Unni Lindell

Pass auf, was du träumst
Roman

Econ | Ullstein | List

B85

Risika wird verfolgt. Auf ihrem Bett findet sie ein schwarze, langstielige Rose, identisch mit der, die vor über 300 Jahren ihr Schicksal besiegelt hat. Vor über 300 Jahren, als sie vom Menschen zum Vampir wurde und sich in der Welt der Unsterblichen zurechtfinden mußte. Heute ist sie stark und fast ohne Angst – doch ihre menschliche Vergangenheit scheint sie einzuholen...

Man ist gefangen von der ersten Seite an, und es ist unmöglich, das Buch zu schließen, bevor man nicht die dramatische Auflösung der Geschichte gelesen hat ...«
The Boston Sunday Globe

Amelia Atwater-Rhodes

In den Wäldern tiefer Nacht

Roman

Econ | Ullstein | List

B71

Martha Cooley

Der Archivar

Roman

Die junge Roberta Spire ist geschockt: Ihre Eltern haben ihr ein Leben lang verheimlicht, daß sie vom Judentum zum Katholizismus übergetreten sind. Noch mehr berührt die selbstbewußte Frau der Hintergrund dieser Entscheidung: Ihre Eltern waren im Zweiten Weltkrieg aus Deutschland nach Amerika emigriert und nahmen dort eine völlig neue Identität an. Roberta versucht verzweifelt, ihre Eltern zu verstehen, und forscht nach Zeugnissen ähnlicher Schicksale. Auf ihrer Suche lernt sie den Archivar Matthias Lane kennen, und schon bald ist es nicht mehr nur die ihnen gemeinsame Leidenschaft für Bücher, die sie verbindet ...

Ein Fest für alle Freunde von A. S. Byatts Roman *Besessen*

»Das außerordentliche Debüt einer Schriftstellerin, die ihr Metier bereits meisterhaft beherrscht.«
Publishers Weekly

Econ | ULLSTEIN | List

Der Kameraassistent Mario liebt die hübsche Marie Louise bereits seit Kindertagen. Seither bleiben seine Versuche, ihre Aufmerksamkeit zu gewinnen, ohne Erfolg. Das ändert sich in einer einzigen glücklichen Nacht, die er mit Marie Louise im Eppendorfer Moor verbringt. Tags darauf fährt Mario wie auf Wolken nach Berlin, um seinen ersten Job beim Film anzutreten. Doch dann überstürzen sich die Ereignisse, und nichts geschieht so, wie es Mario erwartet hat.

»Das Buch sei allen empfohlen, die sich auf intelligente Art unterhalten wollen und Freude an hintergründigem Humor haben.«
Märkische Allgemeine

»Eine raffiniert verschachtelte und psychologisch effektvoll inszenierte Liebesgeschichte.«
MDR

Armin Mueller-Stahl

In Gedanken an Marie Louise

Roman